Barbara Delinsky

RÜCKKEHR NACH MONTEREY

Roman

Aus dem Amerikanischen von Georgia Sommerfeld

Knaur

Die amerikanische Originalausgabe erschien 1998 unter dem Titel
»Coast Road« bei Simon & Schuster, New York

Besuchen Sie uns im Internet:
www.droemer-weltbild.de

Deutsche Erstausgabe 2001

Redaktion: Gerhild Gerlich
Umschlaggestaltung: ZERO Werbeagentur, München
Umschlagabbildung: Image Bank, München / Britt Erlanson
Satz: Ventura Publisher im Verlag
Druck und Bindung: Clausen & Bosse, Leck
Printed in Germany
ISBN 3-426-61424-3

4 5 3

Dank

Dieses Buch beruht auf meiner Bewunderung für die Küste von Big Sur, auf meiner Bewunderung für Menschen mit künstlerischer Begabung und für Männer, die sich in Krisenzeiten bewähren. Was diese drei Bausteine meiner Geschichte betrifft, genügten mir meine Intuition und ein alljährlicher Besuch in Big Sur, doch es verblieben Bereiche, für die ich auf Hilfe von außen angewiesen war.

Und so möchte ich Nancy Weinstein, der Oberschwester auf der Intensivstation des Newton Wellesley Hospital dafür danken, daß sie mir so viel von ihrer kostbaren Zeit opferte sowie Fachwissen und Phantasie zu diesem Werk beisteuerte. Ebenso – und nicht zum ersten Mal – gilt mein Dank Margot Chamberlin für ihre wertvollen Informationen über den Beruf des Architekten. Für die fachliche Beratung beim Aufbau von Rachels Gemälden danke ich Renata, Rob, Chris und Steve von der Renjeau Gallery sowie Barbie Goldberg für ihre Unterstützung, ihr Engagement und ihr großes Einfühlungsvermögen.

Wie bei großen Projekten üblich, mußten Ideen- und Informationsflut eingedämmt werden, und so fanden die unermüdlich von Elaine Raco Chase zusammengetragenen Charakteristika der fünfziger Jahre schließlich doch keinen Eingang in dieses Buch. Das gleiche Schicksal ereilte die Beiträge meiner Freundin, der Schriftstellerin und Naturforscherin Margaret Carney über Pukaskwa und Bob Reside, den Oberaufseher des Pukaskwa National Park in Ontario/Kanada. Die Schönheit und die Abgeschiedenheit des nördlich vom Lake Superior gelegenen Ontario hat mich tief beeindruckt, und ich denke, daß diese Landschaft in einem meiner nächsten Bücher ihren Platz finden wird.

Ich hatte schon eine halbe Ewigkeit in meinem Lesezirkel davon gesprochen, die Geschichte der Menschen zu schreiben, die dieses Buch tragen, doch das ursprüngliche Konzept ging schließlich den gleichen Weg wie das Datenmaterial zu den fünfziger Jahren und Ontario. Aber was übrigblieb, ist wahr. Nein, nein, meine Freundinnen – sucht bei den Charakteren nicht nach Übereinstimmungen mit euch. Ich hatte versprochen, sie zu vermeiden, und ich habe mich daran gehalten. Dennoch glaube ich, daß ihr euch mit der Rolle der geschilderten Personen identifizieren werdet, so wie ich es tue.

Zum wiederholten Male danke ich meiner Agentin Amy Berkower, deren Einsatz für dieses Buch dem meinen kaum nachsteht. Ich schulde auch ihrem Partner, Al Zukerman, Dank für seine Bemühungen, und ihrer Assistentin Jodi Reamer dafür, daß sie jedesmal erreichbar ist, wenn ich anrufe. Und ich danke meiner Redakteurin Laurie Berstein dafür, daß sie mich als Keule in ihre Jongleurnummer aufgenommen hat.

Wie stets bedanke ich mich von Herzen bei meiner Familie für ihre Begeisterung, ihre Rückenstärkung und ihre Geduld – bei meinem Mann Steve, meinem Sohn Eric und seiner Frau Jodi und den Zwillingen Andrew und Jeremy. Ohne sie wäre dieses Buch nicht zu realisieren gewesen.

Prolog

Als das Telefon klingelte, war Rachel Keats in ihrem Atelier, und arbeitete an einem Meerotter-Bild. Sie malte in Öl und hatte endlich das richtige Schwarz für die Otteraugen gefunden. In diesem Moment kam eine Unterbrechung nicht in die Frage. Samantha war für diesen Fall vorgewarnt.

»Hallo! Sie sind mit dem Anschluß von Rachel, Samantha und Hope verbunden. Wir sind im Augenblick nicht zu erreichen. Bitte hinterlassen Sie Ihren Namen und Ihre Nummer, wir rufen zurück.«

Während der auf die Ansage folgenden Reihe von Pieptönen machte sie sich mit einem runden Pinsel an das erste Auge. Die tiefe, männliche Stimme, die schließlich erklang, war zu erwachsen, als daß der Anruf Samantha hätte gelten können, und außerdem kannte Rachel dieses Timbre, das irreführenderweise die Vorstellung von einem tollen Mann weckte. Der Bursche war Eintrittskarten-Vorverkäufer, ein Freund eines Freundes, ohne Ausstrahlung und Sinn für eine gepflegte Erscheinung. Aber tüchtig. »Ich habe drei Karten für das Garth-Brooks-Konzert in San Jose heute abend zu vergeben«, sagte er. »Spitzenplätze! Wenn ich in fünf Minuten nichts von Ihnen gehört habe, rufe ich den Nächsten auf meiner Liste an ...«

Rachel ließ Otterauge Otterauge sein und riß den Hörer von der Gabel. »Ich will sie!«

»Hallo, Rachel! Wie geht's meiner Lieblingskünstlerin?«

»Gestreßt. Sie brauchen eine Kreditkartennummer, stimmt's? Bleiben Sie dran – es dauert nur eine Minute!« Sie legte den Hörer neben den Apparat, hetzte durch das Haus in die Küche, wo ihre Brieftasche auf dem Tisch lag und gab, nach Luft ringend, von dort aus die Nummer durch. Als sie ins Atelier zurückkehrte, betrachtete sie schuldbewußt die Leinwand auf der Staffelei und die sechs auf dem Boden an der Wand lehnenden, ebenfalls noch unfertigen Bilder, dachte an all das, was sie in den kommenden drei Wochen außerdem noch zu tun hätte, und kam zu dem Schluß, daß sie verrückt war. Sie hatte keine Zeit, in ein Konzert zu gehen.

Aber die Mädchen würden ausflippen vor Begeisterung.

Sie stieß das Fenster auf und lehnte sich in die frische, nach Wald duftende Luft hinaus.

»Samantha! Hope!« Sie waren irgendwo da draußen. Rachel rief noch einmal.

Von weither antworteten zwei helle Stimmen.

»Beeilt euch!« drängte Rachel.

Gleich darauf stürzten ihre Töchter mit wehenden blonden Haaren und vom Rennen geröteten Wangen zwischen den Rotholzbäumen hervor, und Samantha sah in diesem Moment keinen Tag älter aus als Hope. Rachel verkündete ihnen die Neuigkeit noch bevor sie bei ihr ankamen, und der Ausdruck auf ihren Gesichtern machte die Aussicht auf ein, zwei strapaziöse Nächte ohne Schlaf mehr als wett.

»Ist das dein *Ernst?*« Hopes große Augen strahlten über blendendweißen Zähnen, die noch zu groß für ihr sommersprossiges Gesicht waren. Sie war dreizehn, aber noch völlig kindlich.

Rachel nickte lächelnd.

»Phantastisch!« hauchte Samantha. Sie war mit ihren fünfzehn Jahren einen Kopf größer als ihre Schwester und bereits sanft gerundet, sah alles in allem genau wie Rachel in diesem Alter aus.

»*Heute* abend?« vergewisserte Hope sich.

»Heute abend.«

»Gute Plätze?« fragte Samantha.

»Spitzenplätze.«

»Und gehen wir hin, wie wir es uns ausgemalt haben – mit allem Drum und Dran?«

Rachel hatte nicht die Zeit dazu und auch nicht das Geld, aber wenn ihre Bilder Anklang fänden, würde das Geld kommen, und was die Zeit betraf, so war das Leben zu kurz, um damit zu geizen. »Mit allem Drum und Dran«, bestätigte sie, denn es würde Samantha guttun, vom Telefon wegzukommen, und Hope, von ihrer Katze wegzukommen, und, ja, vielleicht sogar Rachel, von ihren Ölgemälden wegzukommen.

»O Gott, ich muß Lydia anrufen!« rief Samantha.

»Viel wichtiger ist, daß die für morgen fälligen Hausaufgaben erledigt werden«, erwiderte Rachel. »Das gilt für euch beide. Wir fahren in einer Stunde los.« Sie war wirklich verrückt. Nicht nur ihre Arbeit drängte, auch die Mädchen hatten reichlich zu tun, aber ... aber es ging um *Garth*.

Sie kehrte für die eine Stunde an ihre Staffelei zurück, brachte jedoch ebensowenig zustande, wie sie es von ihren Töchtern befürchtete. Und dann war es schließlich soweit. Sie stiegen in den Kombi und fuhren in Richtung Norden. Rachel hatte sich angesichts ihrer gemeinsamen Eines-Tages-klappt-es-bestimmt-Träumereien schlau gemacht und wußte, daß der einschlägige Laden an der Strecke nach San Jose lag. Nach dreißig Minuten inklusive einer himmelschreienden Geldausgabe verließen sie das Geschäft mit Cowboystiefeln unter den Jeans, Cowboyhüten auf den Köpfen und suppentassengroßen Strahleaugen.

Wiederum dreißig Minuten später starteten sie, umweht von Burger- und Pommesduft, McDonalds-gestärkt zu ihrer letzten Etappe.

Was sie vorfanden, übertraf ihre kühnsten Erwartungen. Unmengen von Fans, Light-Shows und wabernde Nebel bildeten den Rahmen für den Mann, der auf Bühnen, die aus dem Nichts aufstiegen, ohne Pause einen Hit nach dem anderen und von jedem eine nie zuvor gehörte längere Version sang. Wie hätte sich Rachel angesichts ihrer beiden sich verzückt neben ihr wiegenden Töchter und der Begeisterung um sie herum nicht anstecken lassen sollen? Nachdem sie sich bei den ersten beiden Songs noch zurückgehalten hatte, war ihre Schüchternheit beim dritten verflogen, und auch sie sprang von ihrem Sitz auf, klatschte mit hocherhobenen Händen und sang mit. Sie jubelte mit Samantha und Hope, wenn ein vertrauter Akkord ein besonders beliebtes Lied ankündigte, und applaudierte und schrie mit ihnen Beifall, wenn es endete. Die drei sangen sich bis zur letzten Zugabe die Seele aus dem Leib, und dann verließen sie das Stadion Arm in Arm – drei Freundinnen, die zufällig miteinander verwandt waren.

Es war ein ganz besonderer Abend, und Rachel bereute keine Sekunde – nicht einmal, als Samantha fragte: »Hast du das Mädchen vor uns gesehen? Das mit dem französischen Zopf? Hast du die Tätowierung auf ihrem Arm gesehen? Die Rose? Was würdest du sagen, wenn ich so was auch wollte?«

»Nein«, antwortete Rachel, während sie den Kombi durch die Dunkelheit nach Süden lenkte.

»Auch keine ganz winzige? Einen kleinen Stern am Knöchel?«

»Nein.«

»Aber es ist so *cool!*«

»Nein.«

»Warum nicht?«

»Weil sie älter war als du. Wenn du fünfundzwanzig bist …«

»So alt war sie nicht.«

»Okay – wenn du zweiundzwanzig bist, können wir noch mal darüber reden. Jetzt nicht.«

»Das hat doch nichts mit dem Alter zu tun – es ist einfach Mode.«

Damit hatte sie Rachel ein Stichwort geliefert. »Du sagst es – eine Mode, die etwas vermittelt, was du mit zweiundzwanzig vielleicht gar nicht mehr vermitteln möchtest, wenn du dein Herz an jemanden oder etwas hängst, bei dem es sich als unpassend erweist.«

»Seit wann hast du denn diesen Hang zur Spießigkeit?«

»Seit meine fünfzehnjährige Tochter mit Riesenschritten auf die harte Realität zumarschiert.«

»Tattoos sind toll. Alle haben welche.«

»Lydia nicht. Shelley auch nicht. Und auch keines von den Mädchen, die ich aus dem Schulbus steigen sehe.«

Samantha verschränkte die Arme auf der Brust und senkte den Kopf. Rachel konnte sich gut vorstellen, wie sie unter der breiten Hutkrempe mit finsterem Gesicht vor sich hin starrte. Hope hatte sich auf dem Rücksitz zusammengerollt und schlief fest. Ihr Hut war heruntergefallen.

Rachel schob eine CD in den Player und fuhr, die Songs mitsummend, die sie an diesem Abend gehört hatten, durch die Nacht. Sie liebte ihren Hut, sie liebte ihre Stiefel, sie liebte ihre Töchter. Und es tat ihr nicht leid, daß sie mit ihrer Arbeit nun in Verzug geriet.

Am nächsten Morgen war sie nicht mehr so davon überzeugt, ihnen dreien etwas Gutes getan zu haben. Die Mädchen kamen kaum und dann äußerst mürrisch aus den Betten, griffen sich im Vorbeilaufen ihr Frühstück vom Küchentisch und hätten den Bus trotzdem um ein Haar verpaßt. Rachel war zutiefst erleichtert, als sie ihn doch noch gerade erreichten – und zutiefst beunruhigt, als sie gleich darauf in ihrem Atelier stand und den Arbeitsplan für die nächsten drei Wochen machte.

Sie malte fieberhaft, bis es Zeit war, die Mädchen nachmittags vom Bus abzuholen. Dann aß sie eine Kleinigkeit mit ihnen, denn sie hatte ihr Mittagessen ausfallen lassen. Samantha war noch immer auf dem Tattoo-Trip, weshalb sie ihr Streitgespräch – streckenweise wörtlich – wiederholten, bevor das Mädchen aufgebracht auf sein Zimmer stürmte. Hope blieb noch ein Weilchen mit ihrer Katze auf dem Schoß sitzen, doch schließlich verschwand auch sie.

Rachel kehrte ins Atelier zurück. Als sie nach einer Stunde überzeugt war, daß die Meerotter keines weiteren Pinselstriches mehr bedurften, ging sie in die Küche und schob das Abendessen in den Backofen. Wieder im Studio, nahm sie sich zunächst ein anderes Bild vor, doch ihr Blick wanderte erneut zu den Ottern, und sie genehmigte sich noch eine weitere Stunde dafür.

Nachdem diese Stunde verstrichen war, bewegte sich der Pinsel wie von selbst. So war es jedesmal.

Nur noch eine Minute, sagte sie sich zum x-ten Mal. Mit abwechselnden Blicken auf ihre Skizze und die Fotografie setzte sie den Rücken des Streichmessers ein, um dem Ölbild Leben einzuhauchen. Die Otter spielten im Tang. Die Herausforderung bestand darin, ihr nasses Fell naturgetreu darzustellen. Sie hatte mit ungebrannter Umbra und Kobaltblau begonnen, jedoch festgestellt, daß es damit zu dunkel wurde. Ungebrannte Umbra mit Ultramarinblau erwies sich als ideal.

»Die Backofenuhr ist abgelaufen, Mom«, rief Hope von der Tür her.

»Danke, Schatz«, murmelte Rachel und brachte noch ein paar Feinheiten auf die Leinwand. »Nimmst du bitte die Auflaufform aus dem Rohr und drehst das Gas ab?«

»Hab' ich schon.« Hope war neben sie getreten und betrachtete das Bild. »Ich dachte, du wärst vorhin schon fertig gewesen.«

»Es hatte noch etwas gefehlt.« Rachel trat zurück, begutachtete ihr Werk und nickte schließlich. »Jetzt bin ich zufrieden.« Den Blick noch immer auf das Gemälde geheftet, legte sie die Palette aus der Hand, griff nach einem terpentingetränkten Lappen und wischte sich die Hände ab. »Ich räume nur noch schnell auf, dann komme ich.« Sie wandte sich Hope zu. »Hat Samantha den Tisch gedeckt?«

»Nein – ich.«

»Telefoniert sie wieder?«

»Noch immer«, erwiderte Hope so trocken, daß Rachel lachen mußte.

Sie hakte ihren Arm um den Nacken ihrer Kleinen und zog sie an sich. »Gib mir fünf Minuten.« Damit schickte sie sie hinaus.

Wie versprochen stand Rachel fünf Minuten später in der Küche und teilte Lasagne und Salat aus. Zwanzig Minuten später, als sie die Mahlzeit, begleitet von Samanthas Bericht über die neuesten Nachrichten aus ihrem Freundeskreis, verdaute, teilte sie die Aufräumungsarbeiten unter den Mädchen auf. Wiederum fünfzehn Minuten später zog sie, nachdem sie sich unter der Dusche aller Farbreste entledigt hatte und danach in frische Kleider geschlüpft war, ihre Bürste durch die Haare. Plötzlich hielt sie inne, und ihr Blick schoß hektisch durch den Raum. Wo war das Buch, das sie am letzten Wochenende gelesen hatte?

Die Durchsuchung ihres Schlafzimmers verlief ergebnislos. Vielleicht hatte sie es bereits zurechtgelegt. Sie ging in die Küche. »Ist mein Buch hier irgendwo?«

Samantha war beim Abwaschen, Hope trocknete weisungsgemäß ab.

»Ich würde mich ja danach umsehen, aber du hast gesagt, bevor ich etwas anderes täte, müßte erst das Geschirr fertig sein«, erwiderte Samantha patzig.

Rachel durchforstete einen Stapel Post, der hauptsächlich aus an eben diese Kindfrau adressierten Modekatalogen bestand. »Ich dachte, es läge vielleicht beim Telefon«, sagte sie und machte sich daran, bei den Kochbüchern nachzusehen. Dann bückte sie sich, um die an den Tisch geschobenen Stühle zu überprüfen.« Ich weiß genau, daß ich es in der Hand hatte«, murmelte sie, als auch das nichts erbrachte.

»Du bist eben nicht ordentlich«, griff Samantha sie an. Rachel predigte ihren Töchtern regelmäßig, daß Ordnung das halbe Leben sei.

»Oh, doch, das bin ich«, widersprach sie, aber nicht heftig, denn sie war in Gedanken bei dem Buch. Sie ging ins Wohnzimmer hinüber, um es dort zu suchen. »Ich habe momentan nur viel im Kopf.«

Das war milde ausgedrückt. Bis zu ihrer Ausstellung waren es nur noch drei Wochen, und die Daumenschrauben wurden zusehends fester angezogen. Okay, die Meerotter waren ihr optimal geglückt, aber es fehlte ihnen – und sechs anderen Bildern – noch der Hintergrund, und alles in allem müßten achtzehn gerahmt werden. Das Pensum wäre durchaus zu schaffen gewesen, wenn sie sich ausschließlich auf ihre Arbeit hätte konzentrieren können – aber Samantha brauchte ein Kleid für ihren ersten Schulball, das Picknick zum Jahresende von Hopes siebter Klasse mußte organisiert werden, beide Mädchen hatten Arzt- und Zahnarzttermine, für Ben Wolf, den Besitzer der Galerie und gelegentlichen abendlichen Begleiter stand eine Geburtstagsparty an und ein Tag der offenen Tür bei ihr für drei Fünftkläßler, die sie noch nicht kannte.

Sie hatte gestern abend über die Stränge geschlagen – eigentlich konnte sie es sich nicht erlauben, heute abend schon wieder nicht zu arbeiten.

Aber das gestrige Konzert war ein gemeinsames Erlebnis gewesen – der Lesezirkel war allein *ihr* Ding. Sie liebte die Frauen, liebte die Bücher. Auch wenn diese Zusammenkünfte eine zusätzliche Belastung für ihren ohnehin gedrängten Zeitplan bedeuteten – sie war nicht bereit, darauf zu verzichten.

Plötzlich stand Hope neben ihr. »Ich glaube, es liegt im Atelier.«

Rachel schloß die Augen und rief sich den Raum, der am anderen Ende des weitläufigen Hauses lag, wieder ins Bewußtsein.

An sich hatte sie ihn für heute verlassen gehabt, war dann jedoch außerplanmäßig noch einmal dorthin zurückgekehrt. Und davor? Ja, sie hatte das Buch in der Hand gehabt. Sie hatte es mitgenommen und dort irgendwo hingelegt.

»Danke, Schätzchen.« Sie umfaßte Hopes Kinn. »Bist du okay?«

Traurigkeit stand in den Augen des Kindes.

»Guinivere geht's gut«, versuchte Rachel sie zu beruhigen. »Sie hat doch gefressen, oder?«

Hope nickte.

»Na, siehst du.« Sie küßte ihre kleine Tochter auf die Stirn. »Ich hole besser das Buch – es ist schon höchste Zeit für mich.«

»Soll ich es dir holen?« erbot sich Hope.

Eingedenk dessen, woran sie gearbeitet hatte, bevor die Meerotter wieder ihre Aufmerksamkeit beanspruchten, lehnte sie ab: Die Zeichnung mußte verschwinden. »Danke dir, Schatz – ich mach' das schon.« Als Hope unschlüssig stehenblieb, bat sie: »Hilf Sam – sei so lieb«, und machte sich auf den Weg.

Das Buch lag auf einer Ecke des großen Arbeitstisches. Hope war hereingekommen, als Rachel an der Leinwand arbeitete.

Die Zeichnung – eine Kohleskizze – lag noch auf dem Schreibtisch am Fenster.

Rachel legte sie in eine dünne Mappe und schaute auf die zwischen zerwühlten Laken bäuchlings ausgestreckte Gestalt hinunter. Ihr war, als spüre sie die schmalen Hüften unter ihren Händen, die Wirbelsäule, den Rückenmuskel, den Trizeps, den Deltamuskel. Wären die Haare nicht gewesen, hätte man die Arbeit für den harmlosen Entwurf eines männlichen Körpers halten können, doch die dunklen, im Nacken ein wenig zu langen Haare identifizierten das Modell eindeutig. Dieser Körper hatte einen Namen, und es war besser, wenn die Mädchen ihn nicht sahen.

Sie versteckte die Mappe zwischen dem Schreibtisch und der Wand, nahm das Buch, lief in die Küche zurück, gab ihren beiden Mädchen einen schnellen Abschiedskuß, versprach, um elf wieder da zu sein und hastete zu ihrem Wagen hinaus.

Erstes Kapitel

JACK MCGILL war um Mitternacht zu Bett gegangen, doch die Sorgen, die ihn quälten, hatten ihn nicht einschlafen lassen, und als um zwei Uhr das Telefon klingelte, wirkte das Schrillen wie ein Stromschlag auf seine angegriffenen Nerven. In den Sekunden, die er brauchte, um den Hörer abzunehmen, schossen ihm ein Dutzend beunruhigende Gedanken durch den Kopf. »Ja?«

»Ist da Jack McGill?« fragte eine weibliche, angespannt klingende Stimme, die er nicht kannte.

»Ja.«

»Hier spricht Katherine Evans, eine Freundin von Rachel. Sie hatte einen Unfall. Sie liegt im Krankenhaus in Monterey. Ich denke, Sie sollten herkommen.«

Jack hatte sich aufgesetzt. »Was für einen Unfall?«

»Mit dem Auto.«

Sein Magen verkrampfte sich. »Auf welcher Straße? Waren die Mädchen dabei?«

»Auf dem Highway One – sie war allein unterwegs.« Erleichterung durchflutete ihn. Gott sei Dank war wenigstens seinen Töchtern nichts geschehen. »Es passierte in der Nähe von Rocky Point. Rachel war auf dem Weg nach Carmel. Ein Wagen hat sie von hinten gerammt. Der Aufprall war so stark, daß der Kombi quer über die Fahrbahn schleuderte und das steile Felsufer hinunterstürzte.«

Er schwang die Beine aus dem Bett. Sein Magen wurde zu Stein.

»Sie lebt«, berichtete die Freundin weiter. »Sie hat ein paar Knochenbrüche und Schürfwunden und, was aber den Ärzten Sorgen macht, eine Kopfverletzung mit Gehirnbeteiligung.«

»Mit Gehirnbeteiligung«, echote er. »Inwiefern?«

»Rachel ist noch immer bewußtlos. Sie hat ein Schädelhirntrauma mit Hirnödem.«

Er fuhr sich mit der Hand durch die Haare. Die Sorgen, die ihn zuvor wachgehalten hatten, waren vergessen. »Die Mädchen ...«

»... sind noch zu Hause. Rachel war zu unserem Lesezirkel unterwegs gewesen. Als sie um neun noch immer nicht aufgetaucht war, rief ich bei ihr zu Hause an. Samantha sagte mir, sie sei um sieben losgefahren, und ich rief sofort bei der Polizei an, wo ich erfuhr, daß sie einen Unfall gehabt hatte. Zu dem Zeitpunkt war es noch nicht gelungen, sie aus dem Wagen zu befreien, und darum konnte man mir keine Auskunft über ihren Zustand geben. Ich alarmierte ihren Nachbarn, Duncan Bligh, und er versprach, sich um die Mädchen zu kümmern. Ich habe sie gerade vorhin angerufen, aber nichts von der Kopfverletzung erwähnt, um sie nicht in Panik zu versetzen – und ich habe mich auch nicht getraut, Duncan zu bitten, sie hierherzubringen, denn diese Entscheidung steht mir nicht zu.«

Nein – das war Jacks Sache. Er war zwar nicht mehr Rachels Ehemann, aber immer noch der Vater der Mädchen. Das Telefon zwischen Schulter und Kinn geklemmt, griff er nach seinen Jeans. »Ich mache mich gleich auf den Weg. Die Mädchen rufe ich dann vom Auto aus an. Wo liegt Rachel?«

»In der Nothilfe.«

»Okay. Danke.« Als er auflegte, wurde ihm bewußt, daß er den Namen von Rachels Freundin vergessen hatte, aber das war angesichts des Drucks, unter dem er stand, kein Wunder. Sowohl im Büro als auch auf der Baustelle war die Hölle los, und er wurde am Morgen an beiden Orten dringend erwartet – und dann war da noch Jill. Heute abend fand das Wohltätigkeitsdinner statt, auf das sie so lange hingearbeitet hatte. Da er wußte, wieviel es ihr bedeutete, hatte er sich diesen Termin mit Mühe und Not freigehalten. Sein Smoking war frisch gebügelt, und sie erwartete ihn um fünf – aber er mußte nach Monterey fahren, und Gott allein wußte, für wie lange.

Du bist nicht mehr mit Rachel verheiratet, sagte sein Alter ego, doch er stopfte unbeirrt sein Hemd in die Jeans und schlüpfte in Sportschuhe. Du schuldest ihr nichts, Mann – schließlich hat *sie* sich von *dir* getrennt.

Aber sie war verletzt, und er war angerufen worden, und wenn es schlimm um sie stünde, würde er für seine Töchter eine Regelung finden müssen. Zunächst einmal müßten sie erfahren, was er gehört hatte. Sie waren zu alt, um mit Beruhigungsfloskeln zu Bett geschickt zu werden, und zu jung, um den möglichen Alptraum allein zu bewältigen. Rachel war ihre Mutter und ihre Vertraute – die drei waren ein Herz und eine Seele.

»Was den Ärzten Sorgen macht, ist eine Kopfverletzung mit Gehirnbeteiligung«, hatte Rachels Freundin gesagt. Vielleicht hatten sie ja inzwischen festgestellt, daß gar kein Grund zur Sorge bestand.

Jack schaufelte sich mit seinen Händen kaltes Wasser ins Gesicht und putzte sich die Zähne. Dann ging er in sein Atelier hinüber – und fragte sich in einem Anflug von Frustration, warum er es immer noch so nannte. Die wenigen Skizzen, die er angefertigt hatte, lagen unter Angeboten, Bauplänen, Verträgen und Korrespondenz begraben, den Zeugnissen einer schwindelerregenden Anzahl von Projekten in verschiedenen Entwicklungsstadien. Der Raum atmete Streß.

Jack packte seinen Laptop und so viele Unterlagen, wie sein Aktenkoffer zu fassen vermochte, zusammen, und verschiedene Versionen des Montana-Entwurfes in eine Mappe, klemmte sich beides unter jeweils einen Arm und ging durch den Flur in die Küche, schnappte sich seine Schlüssel von dem Granitklotz in der Mitte und einen Blazer von dem Garderobenständer neben der Tür, schaltete die Alarmanlage ein, lief in die Garage hinunter und fuhr gleich darauf in ein nebliges San Francisco hinaus. Die Sicht war so schlecht, daß das fahle Licht der Scheinwerfer seines Wagens nur meterweit reichte und er nicht erkennen konnte, ob es sich bei den dunklen Silhouetten, die sich vereinzelt gegen Hauswände abhoben, um Müllsäcke oder Obdachlose handelte.

Ohne den Blick von der Straße zu lösen, ertastete er sich auf dem Tableau seines Autotelefons die Nummer der Auskunft. Als er zur Klinik in Monterey durchkam, hatte er die Filbert und Russian Hill hinter sich gelassen und war auf der Van Ness in Richtung Süden unterwegs. »Hier spricht Jack McGill. Meine Frau, Rachel Keats, ist vor kurzem bei Ihnen eingeliefert worden. Ich bin zwar bereits auf dem Weg zu Ihnen, aber ich möchte doch schon vorab wissen, wie es ihr geht.«

»Einen Moment, bitte – ich verbinde Sie weiter.« Nach ein paar nervenaufreibenden Minuten meldete sich in der Nothilfe eine Schwester. »Mister McGill? Ihre Frau wird gerade operiert. Mehr kann ich Ihnen im Augenblick leider nicht sagen.«

Was den Ärzten Sorgen macht, ist eine Kopfverletzung mit Gehirnbeteiligung. »Was ist der Grund für die Operation?«

»Warten Sie einen Moment?«

Die plötzliche Stille in der Leitung zeigte, daß die Frage eine reine Formsache gewesen war – es wurde ihm keine Wahl gelassen. Auch Rachel hatte ihm keine Wahl gelassen, als sie damals vor sechs Jahren ausgezogen war. Sie hatte ihm mitgeteilt, sie verlasse ihn, und dann, während er beruflich unterwegs war, die Mädchen und ihre Sachen gepackt, und als er bei seiner Rückkehr ein leeres Haus vorfand, hatte er die gleiche Frustration und Hilflosigkeit empfunden wie jetzt. Dann hatte er sich mit Zorn gewappnet, das Haus verkauft und war in eines gezogen, das ihm seine Einsamkeit nicht so bewußt machte. Doch in diesem Fall gab es keine solche Fluchtmöglichkeit. Immer wieder sah er ihr Gesicht in den Nebelschwaden, in einem Augenblick realistisch schön und im nächsten fiktiv durch Verletzungen entstellt. Sein Herz schlug wie ein Hammer gegen seine Rippen.

»Mister McGill?« drang eine Männerstimme blechern,

aber verständlich aus dem Lautsprecher. »Hier ist Doktor Couley. Ich habe mich Ihrer Frau angenommen, als sie eingeliefert wurde.«

»Warum wird sie operiert?« Jack umklammerte das Steuer.

»Um ihr linkes Bein in Ordnung zu bringen. Das Schienbein und der Oberschenkelknochen sind gebrochen. Sie werden genagelt ...«

»Ich habe gehört, sie hat eine Kopfverletzung«, unterbrach er den Arzt. An Beinbrüchen starb man schließlich nicht.

»Als Folge des Schädelhirntraumas hat sich ein Hirnödem gebildet. Wir wissen noch nicht, in welche Richtung es zunehmen wird.«

»Ich wünsche, daß ein Spezialist hinzugezogen wird. Der beste aus der City.«

»Unser Mann ist bereits auf dem Weg. Wann werden Sie hier sein?«

»Etwa in zwei Stunden – ich komme aus San Francisco. Ich gebe Ihnen meine Nummer.« Er ratterte sie herunter. »Rufen Sie mich bitte an, wenn es etwas Neues gibt.« Nachdem der Arzt ihm dies zugesagt hatte, tippte Jack eine zweite Zahlenreihe ein, doch diesmal zögerte er, bevor er auf die grüne Taste drückte.

Aber es half nichts – er konnte dieses Gespräch auf niemanden abwälzen.

Katherine. Plötzlich war ihm wieder eingefallen, wie Rachels Freundin hieß. Katherine.

Rachel hatte sie nie erwähnt, aber Rachel sprach mit ihm grundsätzlich nur über Belange der Mädchen. Und die hatten irgendwann einmal von Katherine erzählt, daran erinnerte er sich dunkel.

Von Duncan Bligh hatten sie ebenfalls erzählt, und das *nicht* nur einmal. Seine Ranch lag in dem tiefen, engen Küstental, in dem Rachel lebte, und seine Herde weidete auf den Hangwiesen über ihrem Rotholzwald. Sowohl die Hochwiesen als auch der Wald gehörten zur Santa Lucia Range, der zur Küste von Big Sur parallel laufenden Bergkette mit ihren schroff ins Meer abfallenden Landspitzen.

Duncan war Jack ein Dorn im Auge. Es paßte ihm nicht, mit welcher Zuneigung die Mädchen sein Häuschen, seinen Bart oder seine Schafe beschrieben, und es paßte ihm auch nicht, wie sie grinsten, als er fragte, ob Rachel mit dem Mann ausginge. Es war ihm natürlich klar, daß sie ihn eifersüchtig machen wollten, und es ärgerte ihn, daß es ihnen gelang. Er konnte sich durchaus vorstellen, daß ein Bursche wie dieser Rachel gefiel. Die Männer aus den Bergen besaßen eine Art rustikaler Attraktivität. Nicht, daß er selbst ein Weichei gewesen wäre. Er war hochgewachsen und durchtrainiert, und er konnte es beim Nägeleinschlagen mit den kräftigsten der Zimmerleute aufnehmen, die bauten, was er entwarf, aber er fällte die Bäume nicht, die die tragenden Balken lieferten, und er schor keine Schafe und erlegte kein Wild.

Es schmeckte ihm ganz und gar nicht, möglicherweise Duncan Bligh gleich am Apparat zu haben, aber andererseits mußte er den Mädchen zeigen, daß der Rancher nicht der einzige Mann war, der sich in dieser Situation um sie kümmerte.

Er drückte auf die grüne Taste.

»Hallo?« meldete sich eine atemlose Mädchenstimme, kaum daß das erste Klingelzeichen verklungen war.

»*Hi*, Sam. Ich bin's. Seid ihr okay?«

»Weißt du schon, was Mom passiert ist?«

»Ja – ihre Freundin hat mich angerufen. Ich bin auf dem Weg in die Klinik. Als ich dort anrief, sagte mir ein Arzt, sie werde gerade operiert. Ihr Bein muß ziemlich übel zugerichtet sein.«

»Katherine erzählte, sie hätte auch Rippenbrüche.«

»Das hat der Doktor nicht erwähnt, also denke ich, daß es nicht so dramatisch ist«, wiegelte Jack ab. »Schläft deine Schwester?«

»Sie hat geschlafen – bis das Telefon klingelte. Wir wußten gleich, daß es mit Mom zu tun haben mußte – mich ruft schließlich mitten in der Nacht keiner an.« Das letzte kam mit einem Nachdruck, der Jack vermuten ließ, daß es in der Vergangenheit mehrfach vorgekommen war. »Wir möchten unbedingt ins Krankenhaus, Dad, aber Duncan will uns nicht hinbringen.«

»Gib ihn mir mal.«

«Er ist im Sessel eingeschlafen. Kannst du dir das vorstellen? Er schläft! Warte einen Moment – ich hole ihn. Sag ihm, daß er uns fahren soll.« Sie rief so laut, daß es sogar in Jacks Ohren dröhnte: »Duncan! Kommen Sie her! Mein Vater ist am Telefon!«

»Samantha!« rief Jack.

»Nein«, sagte sie leiser, »Mom ist nicht tot, aber die Katze wird es gleich sein, wenn du sie weiter so an dich drückst. Du tust ihr weh.« Dann wandte sie sich wieder an Jack: »Ich geb' dir Hope, sie will mit dir reden.«

»Daddy?« kam ein zaghaftes Flüstern aus dem Lautsprecher.

Jacks Herz krampfte sich zusammen. »Hallo, Hope. Wie geht's dir, Süße?«

»Ich hab' Angst.«

»Das kann ich mir vorstellen, aber Mom wird bestimmt wieder gesund. Ich bin auf dem Weg in die Klinik. Wenn ich dort bin, erfahre ich mehr, und dann rufe ich gleich wieder an.«

»Komm her!« flehte die kleine Stimme.

»Das werde ich«, versprach er. »Aber das Krankenhaus liegt auf dem Weg, und darum schaue ich erst dort vorbei. Dann kann ich euch schon Genaueres berichten, wenn wir uns sehen.«

»Sag Mom ...« Sie brach ab.

»Was denn, Süße?«

»Sie weint wieder«, sagte Samantha. »Ich geb' dir Duncan.«

»Duncan Bligh«, meldete sich eine schroffe Stimme. »Was gibt es?«

Jack hätte lieber wieder mit Hope gesprochen. »Ich habe noch nicht viel erfahren, aber ich bin auf dem Weg ins Krankenhaus. Bringen Sie die Mädchen bitte nicht hin.«

»Hatte ich gar nicht vor.«

Nach einem lautstarken Protest im Hintergrund kam wieder Samantha an den Apparat. »Daddy! Wir können doch unmöglich hier rumsitzen! Was ist, wenn sie nach uns fragt?«

»Sie ist im Operationssaal, Samantha. Selbst wenn ihr

dort wärt, könntet ihr sie nicht sehen. Kümmere dich lieber um deine Schwester – sie braucht Trost.«

»Und ich brauche keinen?«

Jack hörte die Panik unter ihrem brüsken Ton, aber um sie machte er sich keine Sorgen. Im Alter waren die Mädchen zwar nur zwei Jahre auseinander, aber im Wesen Welten. Samantha war eine energische, fünfzehnjährige Erwachsene, die es gar nicht mochte, wie ein Kind behandelt zu werden. Hope war kindlich und sensibel. Samantha stellte die Fragen – Hope hörte die Nuancen der Antworten.

»Natürlich brauchst du auch Trost«, sagte er, »aber du bist älter als sie. Wenn du ihr Kraft gibst, gibt sie dir vielleicht auch Kraft, verstehst du?«

»Ich muß immer an den Highway One denken, Dad. Da gibt es Stellen, wo man hundert Meter in die Tiefe stürzt, wenn man von der Straße abkommt, und auf *Felsen* landet. War das bei Mom so?«

»Ich weiß nicht genau, was passiert ist.«

»Sie kann auch ins Meer gestürzt sein, aber das wäre nicht viel besser. Wenn sie in der Brandung im Auto festsaß …«

Samantha hatte eine fast ebenso lebhafte Phantasie wie ihre Mutter, doch sie besaß noch nicht die Reife, sie zu bändigen. »Sam!« holte er seine Tochter in die Realität zurück. »Sie ist nicht ertrunken, deine Mutter hat ein gebrochenes Bein!«

»Aber du weißt nicht, was ihr sonst noch fehlt!« rief sie. »Ruf bei der Polizei an, die sagen dir, was genau passiert ist.«

»Das mache ich später. Das Krankenhaus hat meine Autotelefonnummer, und ich möchte jetzt für den Fall, daß man mich anruft, die Leitung freihalten. Und ihr beide geht bitte schlafen. Es tut euch nicht gut, wenn ihr euch ausmalt, was geschehen sein könnte. Macht euch nicht verrückt und bleibt nicht neben dem Telefon sitzen, denn ich rufe euch erst wieder an, wenn die Sonne aufgegangen ist.«

»Ich gehe morgen nicht in die Schule.«

»Das besprechen wir später. Jetzt beruhige deine Schwester und dann geht schlafen.

»*Oh-keeh*«, dehnte sie widerstrebend.

* * *

MIT DER STADT BLIEB auch der Nebel hinter Jack zurück. Um diese Zeit herrschte kaum Verkehr auf dem kurvigen Highway, und er gab Gas. In der Hoffnung, die Verkrampfung seines Magens dadurch zu lösen, legte er eine Hand auf seine Magengrube, doch es nützte nichts. Dieses unangenehme Symptom stellte sich jedesmal ein, wenn etwas seine Nerven belastete, und in letzter Zeit war dieser Krampf fast zu einem ständigen Begleiter geworden.

Er hoffte inständig, daß das Telefon klingeln und ihm mitgeteilt würde, daß Rachel nach der Operation aufgewacht und wohlauf sei, doch es blieb stumm. Er versuchte sich abzulenken, indem er seine Gedanken wieder auf die Probleme richtete, mit denen er sich vor dem Anruf herumgeschlagen hatte – Vertragsstreitigkeiten, Terminverzögerungen, Personalverluste –, aber er konnte keine Verbindung zu ihnen herstellen. Sie waren weit weg, in San Francisco, und samt der Stadt mit einem dichten, weißen Kokon umhüllt.

Am Morgen müßte er einige Telefongespräche führen, um die angesetzten Besprechungen zu verschieben. Wenn Rachel zu sich käme, könnte er allerdings schon mittags im Büro sein.

Eigentlich hielt er das für wahrscheinlich. Rachel war die willensstärkste und gesündeste Frau, die er kannte – die willensstärkste, gesündeste und unabhängigste. Sie brauchte ihn nicht, hatte ihn nie gebraucht. Als sie vor sechs Jahren an einer Gabelung ihres Lebensweges ankam, hatte sie sich für die Richtung entschieden, die von ihm wegführte. Ihre Entscheidung. Ihr Leben. Okay.

Warum war er dann jetzt auf dem Weg nach Süden? Warum stellte er auch nur eine Besprechung hintan, um an ihrem Krankenbett zu sitzen? Sie hatte ihn verlassen, hatte zehn Jahre Ehe zusammengeknüllt wie eine mißlungene Skizze auf einem Notizblock.

Warum also fuhr er nach Süden?

Er tat es, weil ihre Freundin ihn angerufen hatte. Weil es seine Vaterpflicht war, sich in dieser Situation um die Kinder zu kümmern. Und weil er panische Angst hatte, daß sie sterben könnte. Sein Leben war mit ihr schöner gewesen als davor oder danach. Er fuhr nach Süden, weil er das Gefühl hatte, ihr immer noch etwas dafür zu schulden.

* * *

Als Jack Rachel zum ersten Mal sah, entsprach sie überhaupt nicht seinem Geschmack. O ja. Er liebte blonde Haare, und sie besaß eine wellige Flut davon, aber er bevorzugte als Student den Model-Typ, und dem wurde Rachel Keats nicht gerecht. Sie sah viel zu natürlich aus. Keine getuschten Wimpern, kein Lipgloss, keine vordergründige Erotik – statt dessen ein sommersprossengesprenkeltes Gesicht und große Kinderaugen, die fasziniert an den Lippen des langweiligsten Professors hingen, den Jack je gehört hatte.

Das Thema der Vorlesung war »Rokoko und Klassizismus«. Der Professor, der auf seinem Gebiet einen hervorragenden Ruf genoß, hatte den Auftrag erhalten, ein Lehrbuch zu verfassen, Jack als Assistenten bewilligt bekommen und ihm so ermöglicht, während seines Architekturstudiums seinen Lebensunterhalt zu verdienen. Jack korrigierte Examens- und Seminararbeiten und half seinem Professor bei den Recherchen und bei der Korrespondenz, die für das Lehrbuch anfielen.

Jacks Interesse an Rokoko und Klassizismus hielt sich in Grenzen, und er war auch nicht scharf darauf gewesen, von Manhattan nach Tucson umzuziehen, aber es waren ihm nirgendwo sonst ein Job und ein Stipendium angeboten worden, und da er mittellos war, hatte er wohl oder übel zugreifen müssen.

Der Job war nicht anstrengend. Da Jack das Manuskript der Vorlesungen jeweils vorab las, bestand der Sinn seiner Anwesenheit im Hörsaal weniger in seiner Weiterbildung als darin, seinem Professor bei Bedarf ein Glas Wasser oder ein vergessenes Buch oder Skript zu holen. Er saß in einiger Entfernung neben seinem Chef, eine ideale Position, um die etwa fünfzig Studenten zu überblicken, die von den eigentlich dreimal soviel für diesen Kurs eingeschriebenen erschienen waren.

Rachel ließ keine Vorlesung aus, lauschte wie gebannt, machte sich Notizen. Jack redete sich ein, daß sein Blick sie nur jedesmal suchte, weil ihr unverbrüchlicher Eifer ihn faszinierte, doch das erklärte nicht, daß er registrierte, daß sie mittags immer in dem kleinsten Café auf dem Campus aß, und das stets allein, oder daß sie einen alten, roten VW-Käfer fuhr und ein bemalter Sonnenschutz auf ihrem Armaturenbrett lag, der einen leuchtendbunten Käfer hinter dem Steuerrad eines Autos zeigte.

Ihr Hauptfach war Kunst, sie wohnte nicht weit von ihm entfernt in einem Apartmentkomplex, war allem Anschein nach eine Einzelgängerin und wirkte mit sich und der Welt zufrieden.

Sie war nicht nur nicht sein Typ, sondern er war dazu auch noch mit einem Mädchen zusammen, das seiner Vorstellung von Frau absolut entsprach. Celeste war groß und langbeinig, vollbusig und willig, stellte angenehm wenige Fragen und angenehm wenige Forderungen an ihn, engte ihn in keiner Weise ein. Sie kochte für ihn und putzte sein Badezimmer, aber er hatte sie nicht dazu bewegen können, seine Wäsche zu waschen, und darum war er an einem Dienstagabend wieder einmal im Waschsalon, als Rachel durch die Tür kam.

Sie hatte ihre blonde Wellenflut mit einem türkisfarbenen Band gebändigt, dessen Farbe einen gewagten Kontrast zu dem knalligen Rot ihres kurzen, ärmellosen

Hemdchens darstellte. Shorts und Sandalen waren allerdings weiß, ebenso dezent wie die zarte Röte, die ihr sommersprossiges Gesicht bei seinem Anblick färbte. Sie blieb stehen, schien mit dem Gedanken zu spielen, wieder zu gehen, und um sie daran zu hindern, sagte er hastig: »Hallo! Wie geht's?«

Sie lächelte. »Prima.« Einen vollgestopften Wäschesack an die Brust gedrückt, ging sie auf zwei nebeneinander offenstehende Waschmaschinen zu.

Jacks Herz klopfte bis zum Hals. Aber warum? Sie hatte ihn lediglich angelächelt, und es war ein völlig unerotisches Lächeln gewesen. Außerdem war sie überhaupt nicht sein Typ. Trotzdem sprang er von dem Trockner, auf dem er gesessen hatte, herunter, folgte ihr und lehnte sich an die Maschine, die mit dem Rücken zu den beiden stand und für die sie sich entschieden hatte.

»Sie besuchen die Vorlesungen über Rokoko und Klassizismus«, konstatierte er, um nicht den Eindruck zu erwecken, er wolle sie aus heiterem Himmel anmachen, denn es fiel ihm gar nicht ein, sie anzumachen. Sie war nicht sein Typ. Es war alles ganz harmlos.

Sie bestätigte seine Feststellung mit einem »Mm« und machte sich mit noch immer leicht gerötetem Gesicht daran, Wäsche aus dem Sack zu ziehen und in die erste Maschine zu stopfen.

Er schaute ihr eine Weile zu und sagte dann: »Meine ist im Trockner.«

Ein selten dämlicher Satz – aber er wollte irgend etwas sagen und sie darauf hinweisen, daß es ungut ausgehen konnte, wenn man, wie sie gerade, rote und weiße Wäsche zusammentat, stand ihm nicht zu – ebensowenig wie eine genauere Musterung der Wäschestücke. Beides hätte sie in Verlegenheit gebracht, und das wäre ein ungünstiger Ausgangspunkt gewesen. Ausgangspunkt? Wofür?

»Sie sind Obermeyers Assi«, sagte sie, als sie die zweite Maschine mit Dingen in regelrecht schreienden Farben zu füllen begann. Sie hob den Blick, und Jack sah, daß ihre Augen haselnußbraun mit goldenen Flecken waren – und sanfter als alle, die er je gesehen hatte. »Wollen Sie ins Lehrfach?«

»Nein. Ich studiere Architektur.«

Sie lächelte. »Ehrlich?«

Er erwiderte ihr Lächeln. »Ehrlich.« Sie war ein niedliches Ding.

Die Maschinen waren beladen. Sie richtete sich auf und schaute sich suchend um.

Jack holte seinen Waschpulverkarton und hielt ihn ihr hin. Sie belohnte ihn mit einem neuerlichen Erröten und einem gemurmelten Dankeschön. Als beide Maschinen angesprungen waren, fragte sie: »Was wollen Sie denn bauen?«

Diese Frage kannte er von seinen Eltern, und bei ihnen schwang Verachtung darin mit. Rachel Keats hingegen schien echt interessiert zu sein.

»Zunächst einmal Wohnhäuser«, antwortete er. »Ich komme aus einem Kaff mit Schachtelbauweise; mein Schulweg führte mich täglich an diesen Schachteln vorbei, und während des Unterrichts machte ich Entwürfe für Erweiterungen und Verschönerungen dieser einfallslosen Dinger. Wirkte sich nicht günstig auf meine Noten aus.«

»Das kann ich mir vorstellen.« Sie warf einen Blick zu dem Lehrbuch hinüber, das aufgeschlagen auf dem Trockner lag. »Geht es darin um den Bau von Wohnhäusern?«

»Noch nicht. Im Moment befassen wir uns mit Bögen. Es gibt die verschiedensten Arten davon: Flachbögen, Rundbögen, Giebelbögen, Spitzbögen, Korbbögen, Lanzettbögen, Kleeblattbögen, Fächerbögen ...«

Sie lachte. Ihr Lachen war genauso sanft wie ihr Blick. »Haben Sie Erbarmen«, bat sie scherzhaft und gestand dann fast schüchtern: »Ich habe auch immer gezeichnet.«

Ihre Schüchternheit gefiel ihm – sie machte sie ungefährlich für ihn. »Wo?«

»Zuerst in Chicago, dann in Atlanta und später in New York. Meine Kindheit war rastlos. Mein Dad kauft alte Firmen und bringt sie auf Vordermann – und wenn er sie dann verkauft, ziehen wir weiter. Und wo kommen Sie her?«

»Aus Oregon. Sie haben sicher nie etwas von dem Ort gehört – er ist auf keiner Landkarte zu finden. Was haben Sie gezeichnet?«

»Oh – Menschen, Vögel, Säugetiere, Fische. Was immer sich bewegt. Ich fange gerne den Augenblick ein – wie ein Fotoapparat.«

»Also tun Sie es noch immer«, schloß er daraus, da sie in der Gegenwartsform gesprochen hatte.

Ihr Blick drückte ein wenig Angst vor der eigenen Courage aus. »Ich hoffe, daß ich irgendwann mal von meiner Malerei leben kann.«

»Na, da haben Sie sich ja was vorgenommen.« Die meisten Künstler verdienten kaum die Margarine aufs Brot.

Wenn Rachel nicht überdurchschnittlich begabt war, erwartete sie ein entsagungsreiches Leben.

Sie schlang die Arme um sich und sagte leise, beinahe traurig: »Ich habe Glück – die Firmen verkaufen sich gut. Meine Eltern haben kein Verständnis für meine künstlerischen Ambitionen. Sie würden mich lieber in der Geschäftswelt sehen, als Managerin oder so was. Haben Sie Geschwister?«

»Fünf Brüder und eine Schwester.«

Rachels zauberhafte Augen leuchteten auf. »Das ist ja toll! Ich habe keine.«

»Und genau darum finden Sie es toll. Wir sieben kamen innerhalb von zehn Jahren zur Welt, und wir wohnten mit unseren Eltern in einem Haus, in dem es nur drei Schlafzimmer gab. Aber ich hatte es gut erwischt – im Sommer durfte ich auf der Veranda schlafen.«

»Was machen denn die anderen jetzt? Sind sie über das ganze Land verstreut, oder leben ein paar von ihnen hier in der Gegend?«

»Sie sind alle noch zu Hause – ich bin der einzige, der den Absprung schaffte.«

»Und wie?«

»Ich mußte einfach weg – ich komme mit meiner Familie nicht klar.«

»Und warum nicht?« fragte sie so unschuldig, daß er es nicht als indiskret empfand.

»Sie sind destruktiv, kritisieren alles in Grund und Boden, weil sie es aus Mangel an Ehrgeiz selbst zu nichts bringen. Mein Vater hätte alles mögliche werden können – er ist ein kluger Kopf –, aber er fing irgendwann bei einem kartoffelverarbeitenden Betrieb an, und da blieb er dann. Meine Brüder haben zwar andere Jobs, aber auch sie werden daran klebenbleiben, nichts aus sich machen. Ich ging aufs College, und darum fühlen sie sich mir unterlegen – und das werden sie mir nie verzeihen.«

»Das tut mir leid.«

Er lächelte. »Da kann man nichts machen.«

»Demnach sind Sie nicht oft zu Hause.«

»Nein. Und Sie? Zieht es Sie nach New York?«

Sie rümpfte die Nase. »Ich bin kein Stadtmensch.«

»Haben Sie keine Freunde dort?«

»Doch, schon – aber nur wenige. Ich bin nicht übermäßig gesellig. Und wie ist es mit Ihnen? Haben Sie einen Mitbewohner?«

»Das fehlte mir noch! Davon habe ich wirklich zur Genüge genossen. Was gefällt Ihnen in Tucson am besten?«

»Die Wüste. Und Ihnen?«

»Die Santa Catalinas.«

Wieder leuchteten ihre Augen auf, mehr golden als braun. »Fahren Sie gerne Rad?« Als er nickte, sagte sie: »Ich auch. Wann haben Sie Zeit? Sind Sie für den ganzen Kurs eingespannt? Wie viele Stunden müssen Sie für Obermeyer arbeiten?«

Jack beantwortete ihre Fragen und stellte seinerseits weitere, und sie redeten und redeten, und als sie den Waschsalon schließlich mit ihrer getrockneten und ordentlich zusammengefalteten Wäsche verließen, wußte er dreimal soviel über sie wie über Celeste.

Das gab ihm zu denken, und so trennte er sich am nächsten Tag von Celeste, rief Rachel an und verabredete sich zu einer Pizza mit ihr, wobei sie ihr Gespräch nahtlos dort fortsetzten, wo sie es tags zuvor beendet hatten.

Jack war fasziniert. Er hatte nie das Herz auf der Zunge gehabt, seine Gedanken und Vorstellungen lieber für sich behalten, aber Rachel hatte etwas an sich ... Sie war ungefährlich. Sie war sanft. Sie war interessiert. Sie war intelligent. Ebenso ein Einzelgänger wie er, faßte auch sie zum ersten Mal spontan Vertrauen zu einem völlig fremden Menschen und öffnete sich ihm vorbehaltlos. Es war für sie beide eine gleichermaßen erstaunliche und wohltuende Erfahrung.

Sie wurden unzertrennlich. Sie aßen miteinander, lernten miteinander, sie gingen ins Kino, machten Radtouren, steckten vor den Vorlesungen die Köpfe zusammen und suchten gemeinsam ihre Lieblingsbänke auf dem Campus aus – aber es verging eine ganze Woche, bis sie miteinander schliefen.

An sich war eine Woche keine lange Zeit, aber angesichts der allgemein üblichen sexuellen Schnellebigkeit war sie für zwei Menschen, die sich zueinander hingezogen fühlten, fast eine Ewigkeit. Und sie fühlten sich *stark* zueinander hingezogen. Bei sich erkannte Jack es an den Empfindungen, die in ihm erwachten, wenn er ihre feingliedrigen Künstlerhände oder ihren zarten Nacken betrachtete, wenn sein Blick auf ihren festen, runden Po in den knappen Shorts fiel oder auf ihre Brüste, die sich klein und hochstehend unter ihrem Hemdchen abzeichneten. Und bei ihr erkannte er es daran, wie sie sich an ihn lehnte, wenn sie miteinander ein Konzert auf dem Campus besuchten, wie ihr der Atem stockte, wenn er sich zu ihr herunterbeugte, um ihr etwas ins Ohr zu flüstern, und an dem Ausdruck, der in ihre Augen trat, wenn sie ihn ansah. O ja. Sie begehrte ihn. Er hätte sie schon zwei Tage nach ihrer Begegnung im Waschsalon nehmen können.

Er tat es nicht, weil er es nicht wagte. Er hatte noch nie eine so emotionale Beziehung zu einem Mädchen gehabt. Bei Rachel fühlte er sich geborgen, ihr konnte er sagen, was er fühlte und dachte. Und da er nicht wußte, ob die körperliche Intimität all das nicht zerstören würde, vermied er es tunlichst, sie mit zu sich zu nehmen oder mit zu ihr zu gehen. Er küßte sie nicht einmal.

Doch als sie ihn nach einer Woche zu sich zum Abendessen einlud, kam er zu dem Schluß, sich jetzt lange genug kasteit zu haben – und wie sich zeigte, hatte auch sie genug davon. Er hatte ihre Wohnung kaum betreten, als ihre Lippen sich zu einem brennenden Kuß fanden, der immer leidenschaftlicher wurde, während sie, einander umklammernd, an der Wand entlang zu ihrem Schlafzimmer glitten und aufs Bett fielen. Mit vor Ungeduld linkischen Fingern rissen sie sich die Kleider vom Leib, konnten gar nicht schnell genug zusammenkommen – und dann erlebte Jack eine in ihrer Intensität so atemberaubende Vereinigung, wie er sie niemals für möglich gehalten hätte.

Danach holte Rachel Block und Bleistift, setzte sich aufs Bett und zeichnete ihn – und was dabei herauskam, sagte mehr als tausend Worte. Er war ihr Gott, sie war sein Engel, und er war verliebt.

Zweites Kapitel

Der Operationssaal lag im ersten Stock am Ende eines langen Flures. Jack ließ sich in dem offenen Warteraum davor in einen Sessel fallen, verschränkte die Arme und fixierte die Tür. Seine Augen waren müde, doch die Angst hielt sie offen.

Es dauerte eine ganze Weile, bis er bemerkte, daß er nicht allein war. Eine Frau musterte ihn von einem in der Nähe stehenden Sofa aus. Sie hielt seinem prüfenden Blick gelassen stand.

»Sind *Sie* Katherine?« fragte er schließlich. Ein schiefes Lächeln huschte über ihr Gesicht.

»Warum überrascht Sie das?«

Er war zu erschöpft und zu angespannt, um sich in Diplomatie zu üben. »Weil Sie überhaupt nicht der Typ meiner Frau sind«, erwiderte er, sie noch immer anstarrend. Bei Rachel war alles Natur. Diese Frau hingegen war von ihren lackierten Fingernägeln über die getuschten Wimpern bis zu der modischen, in einem Dutzend verschiedener Beigetöne gefärbten, langen Lockenmähne durchgestylt.

»Sie ist ihre *Exfrau*«, korrigierte Katherine ihn, »und der Schein kann trügen. Sie sind also Jack.«

Er konnte gerade noch nicken, bevor die Tür aufging und ein Arzt erschien.

Jack sprang auf und ging mit großen Schritten auf ihn zu. »Ich bin Jack McGill.« Er streckte ihm die Hand hin. »Wie geht es ihr?«

Der Arzt hatte einen festen Händedruck. »Steve Bauer. Sie ist im Aufwachraum. Die Operation ist gut verlaufen. Die Vitalfunktionen sind in Ordnung, Ihre Frau atmet selbständig – aber sie hat noch immer nicht das Bewußtsein wiedererlangt.«

»Koma«, sagte Jack tonlos. Das Wort hatte ihn, in seinem Hinterkopf lauernd, von San Francisco hierherbegleitet, und er wünschte sich inständig, der Arzt würde ihm widersprechen.

Zu seiner Bestürzung nickte Dr. Bauer. »Sie reagiert nicht auf Stimuli wie Licht, Schmerz oder laute Geräusche. Die linke Gesichtshälfte weist eine schwere Prellung und eine starke Schwellung auf. Ihre tiefe Bewußtlosigkeit legt die Vermutung nahe, daß auch ein Hirnödem vorliegt. Wir überwachen den Hirndruck. Eine leichte Erhöhung des Liquordrucks kann medikamentös behandelt werden. Im Augenblick deutet nichts darauf hin, daß wir ihn chirurgisch normalisieren werden müssen.«

Jack fuhr sich mit der Hand durch die Haare. In seinen Ohren summte ein Bienenschwarm. Er versuchte, ihn zu vertreiben, indem er sich räusperte. »Sie liegt also im Koma. Okay. Wie schlimm ist das?«

»Nun – es wäre mir schon lieber, sie wäre wach.«

»Das versteht sich wohl von selbst«, erwiderte Jack ungeduldig. »Ich will wissen, ob sie sterben wird.«

»Ich hoffe nicht.«

»Wie können wir es verhindern?«

»*Wir* überhaupt nicht – das kann nur sie selbst. Wenn Gewebe verletzt wird, schwillt es, und je umfangreicher die Schwellung ist, um so mehr Sauerstoff wird für den Heilungsprozeß benötigt. Unglücklicherweise unterscheidet sich das Gehirn von anderen Organen dadurch, daß es vom Schädel umschlossen ist, in einer starken knöchernen Kapsel liegt. Wenn Hirngewebe schwillt, begrenzt der Knochen die entsprechende Raumforderung und der Hirndruck nimmt zu. Als Folge kommt es zu einer Abnahme der Hirndurchblutung, und da das Blut den lebenswichtigen Sauerstoff transportiert, bedeutet diese Mangeldurchblutung eine nicht ausreichende Sauerstoffzufuhr, wodurch der Heilungsprozeß verzögert wird. Inwieweit, entscheidet ihr Körper.«

»Wie sieht das schlimmste Szenario aus?« wollte Jack wissen.

»Der Hirndruck erhöht sich derart, daß es zum Stillstand des Blutstroms im Gehirn kommt, ihm somit kein Sauerstoff mehr zugeführt wird, die Hirnfunktionen ausfallen und der Patient stirbt. Darum überwachen wir Ihre Frau. Wenn wir eine Drucksteigerung sofort feststellen, haben wir die Chance, den Druck zu erniedrigen. Die nächsten achtundvierzig Stunden werden uns Aufschluß geben. Im Moment hat die Hirnschwellung einen minimalen Umfang.«

»Wenn sie nicht zunimmt – wann wird meine Frau dann wieder zu sich kommen?«

Der Arzt wischte sich mit dem Unterarm den Schweiß von der Stirn. »Das kann ich Ihnen leider nicht sagen – das ist bei jedem Fall anders.«

Jack wollte nichts unerwähnt lassen. »Wird sie einen bleibenden Schaden davontragen?«

»Auch das weiß ich nicht.«

»Wächst diese Gefahr proportional zur Dauer des Komas?«

»Nicht, wenn das Ödem nicht weiter an Umfang zunimmt.«

»Können Sie etwas tun, damit es zurückgeht?«

»Wir haben Ihre Frau an einen entsprechenden Tropf angeschlossen – aber eine Überdosierung brächte wiederum Probleme mit sich.«

»Dann lassen wir sie also einfach *daliegen*?«

»Nein«, antwortete der Arzt geduldig. »Wir lassen sie daliegen und *gesund* werden. Der Körper ist ein Wunderding, Mister McGill – er arbeitet selbsttätig.«

»Können wir denn gar nichts tun?« fragte Katherine, die zu ihnen getreten war.

»Nicht viel«, erwiderte Dr. Bauer bedauernd. »Krankenschwestern, die auf Komapatienten spezialisiert sind, raten dazu, mit ihnen zu reden, denn es kommt immer wieder vor, daß sie nach dem Erwachen Dinge wiedergeben, die an ihrem Krankenbett gesprochen wurden.«

»Aber das ist nicht die Regel«, entnahm Jack seinen Worten.

»Leider nein, aber es kann auf keinen Fall schaden, wenn Sie mit ihr sprechen.«

»Und was sollen wir sagen?«

»Das ist gleichgültig, solang der Tenor positiv ist. Vermitteln Sie ihr Zuversicht.«

»Wir haben zwei Töchter von dreizehn und fünfzehn

Jahren. Sie möchten natürlich bei ihrer Mutter sein. Soll ich sie lieber noch ein wenig hinhalten? Vielleicht kommt meine Frau ja schon morgen zu sich.«

»Bringen Sie die beiden ruhig her. Ihre Stimmen könnten durchaus helfen, ihre Mutter aus der Bewußtlosigkeit zu holen.«

»Wie sieht sie denn aus?« erkundigte sich Jack. »Wird ihr Anblick die Mädchen erschrecken?«

»Die eine Gesichtshälfte ist stark geschwollen und abgeschürft. Sie verfärbt sich bereits. Und eine Hand hat eine Schnittwunde ...«

»Schlimm?« fiel Jack ihm alarmiert ins Wort und Katherine ergänzte: »Sie ist Malerin – und Linkshänderin.«

»Es ist zwar die linke Hand«, antwortete Dr. Bauer, »aber die Verletzung bedingt keine bleibenden Schäden. Ihr Bein ist gegipst; wir haben einen Streckverband angelegt und ihre Rippenfraktur durch einen Heftpflasterverband behandelt, damit nichts passiert, wenn sie sich unkontrolliert bewegt ...«

»Unkontrolliert?« unterbrach Jack ihn erneut. »Sie meinen *krampfartig*?« Wie viele Schreckensnachrichten hatte der Arzt wohl noch in petto?

»Manchmal kommt es dazu«, nickte Dr. Bauer. »Ich meine Bewegung allgemein. Wir Ärzte sprechen von ›Streckkrämpfen‹. Aber es ist auch möglich, daß sie bis zu ihrem Erwachen reglos daliegen wird. Ich denke, das wird Ihre Töchter weitaus mehr erschrecken als die sichtbaren Verletzungen.«

Nicht nur unsere Töchter, dachte Jack und schluckte: Das Bild, das der Doktor da gemalt hatte, entsprach in keiner Weise der aktiven Frau, die Rachel immer gewesen war. »Wann kann ich sie sehen?«

»Sobald wir sie stabilisiert haben, wird sie auf die Intensivstation verlegt ... Nein«, beruhigte er Jack, als dessen Augen sich weiteten, »das bedeutet nicht, daß sie in Lebensgefahr ist. Nur, daß wir sie genau beobachten wollen.« Er warf einen Blick auf die Uhr an der Wand. Es war vier Uhr zehn. »Ich schätze, in einer Stunde können Sie zu ihr.«

* * *

Jack und Katherine waren nicht die einzigen in der Cafeteria. Eine Handvoll Krankenhauspersonal saß, verteilt an mehreren Tischen, entweder bei einem frühen Frühstück oder einer Tasse Kaffee. Sie sprachen mit gedämpften Stimmen, gelegentlich klirrten Besteck und Porzellan.

Jack hatte einen Kaffee, einen Tee und einen Krapfen mit dickem Zuckerguß gekauft. Der Kaffee war für ihn, der Rest für Katherine. Ihre lackierten Fingernägel leuchteten im Neonlicht, als sie den warmen Krapfen auseinanderriß.

Jack beobachtete sie geistesabwesend und wandte sich dann seinem Kaffee zu. Er fühlte sich wie zerschlagen und brauchte das Koffein – aber jetzt etwas zu essen, war undenkbar für ihn. Daß Rachel sterben könnte, war eine unerträgliche Vorstellung, daß Rachel geistig behindert bleiben könnte, nicht minder.

Er trank einen großen Schluck, setzte die Tasse ab und schaute auf die Uhr, streckte sich, um seinen Magen zu entkrampfen und schaute wieder auf die Uhr, doch es war noch keine Zeit vergangen.

»Es will mir einfach nicht in den Kopf, daß sie hier ist«, sagte er und ließ gedankenverloren den Blick über die anderen Gäste wandern. »Sie haßt Krankenhäuser. Die Mädchen waren kaum auf der Welt, da war sie auch schon wieder zu Hause. Wenn sie eine Bauernmagd gewesen wäre, hätte sie die Kinder auf dem Feld bekommen.«

Katherine nickte. »Das kann ich mir gut vorstellen. Rachel ist einer der Freigeister unseres Zirkels.«

Ihre Zugehörigkeit zu diesem Zirkel verwunderte ihn. Während ihrer Ehe war sie eine erklärte Einzelgängerin gewesen, und das in einer Stadt, wo der geringste Anlaß genügte, um irgendeine Gruppe ins Leben zu rufen. Sie hatte das alles abgelehnt, hatte *ihn* abgelehnt, hatte ihre Sachen gepackt und war drei Autostunden weiter in den Süden nach Big Sur gezogen, um dort offenbar genau einige Dinge zu tun, die zu tun sie sich unter seinem Dach geweigert hatte.

Das gab ihm einen Stich, und er sagte anzüglich: »Das muß ja ein ganz besonderer Zirkel sein.«

Katherine hörte auf zu kauen und schluckte. »Wie meinen Sie das?«

»Na ja – es ist doch erstaunlich, daß Sie schon die ganze Nacht hier sind.«

Sie legte den Rest des klebrigen Krapfens auf den Teller zurück und wischte sich an einer Serviette die Hände ab. »Rachel ist meine Freundin – und ich wollte nicht, daß sie mutterseelenallein wäre, wenn sie aufwachte.«

»Wie es aussieht, wird sie vorläufig nicht aufwachen,

und außerdem bin jetzt ich hier. Sie können nach Hause fahren.«

Katherine schaute ihn lange an. Dann schüttelte sie den Kopf, nahm ihre Tasse und ihren Teller, stand auf und sagte in einem Ton, der ein Erheben ihrer Stimme überflüssig machte: »Sie sind ein unsensibler Scheißkerl, Jack. Kein Wunder, daß sie sich von Ihnen hat scheiden lassen.«

Jack sah ihr nach, und als sie den Raum durchquert hatte, hatte er sich eingestanden, daß ihr Urteil noch milde ausgefallen war: Er war nicht nur unsensibel, sondern auch undankbar – und dazu noch ungehobelt. Er begann zu begreifen, warum diese beiden Frauen befreundet waren: Wenn er in einer solchen Art und Weise mit Rachel gesprochen hätte, wäre sie ebenfalls gegangen.

Er nahm seine Tasse und folgte ihr. »Sie haben recht«, gestand er leise. »Das war wirklich unsensibel von mir. Sie sind ihre Freundin und haben – weiß Gott – das Recht, hier zu sein. Ich fühle mich entsetzlich hilflos und habe Angst, und das habe ich an Ihnen ausgelassen.«

Sie sah ihn eine Weile an und senkte den Blick dann auf ihren Krapfen.

»Darf ich mich zu Ihnen setzen?« flehte er regelrecht. »Sie wissen doch – geteiltes Leid ist halbes Leid. Und wie wäre es mit ›ein Freund von Rachel ist auch mein Freund‹?«

Die Drohung einer Ablehnung hing eine halbe Ewigkeit lang über seinem Kopf wie ein Damoklesschwert, doch schließlich deutete Katherine auf den freien Stuhl an ihrem Tisch. Sie nippte an ihrem Tee, während er sich niederließ, und stellte ihre Tasse dann wieder hin. Den Blick darauf gerichtet, sagte sie ruhig: »Ich erwärme mich nicht schnell für Menschen – und in Ihrem Fall sind die Voraussetzungen denkbar ungünstig. Sie sind nämlich nicht der einzige hier, der sich hilflos fühlt und Angst hat.«

Plötzlich bemerkte er Spuren von Erschöpfung hinter ihrer makellosen Fassade. Es war nicht seine Absicht gewesen, ihr das Leben noch schwerer zu machen. Er freute sich für Rachel, daß sie eine so gute Freundin hatte.

Wieder schaute er auf seine Uhr. Es war erst halb fünf. Sie mußten Zeit totschlagen, und er war neugierig. »Rachel hat mir nie von dem Lese-Zirkel erzählt.«

»Vielleicht liegt das daran, daß Sie geschieden sind«, meinte Katherine sarkastisch, fuhr dann jedoch in freundlicherem Ton fort: »Sie hat die Gruppe mit aufgebaut. Wir haben uns vor fünf Jahren zusammengeschlossen.«

»Wie oft treffen Sie sich?«

»Einmal im Monat. Wir sind zu siebt.«

»Wer sind die anderen?«

»Frauen aus der Gegend. Eine Reisebürokauffrau, eine bildende Künstlerin, eine Bäckereiinhaberin, und zwei spielen Golf. Sie waren vorhin alle hier. Diesmal sprachen wir allerdings nicht über Bücher.«

Nein, dachte Jack – sie hatten natürlich über den Unfall gesprochen. In dem Bedürfnis, seiner Wut Luft zu machen, richtete er seine Aggression gegen einen Unbekannten. »Was war denn das für ein Irrer, der Rachel reingefahren ist? War der Kerl betrunken? Hat die Polizei ihn wenigstens erwischt?«

»Es war kein Mann. Es war eine Frau, und sie war nicht betrunken. Sie war senil, schon über achtzig, und man hätte ihr längst den Führerschein abnehmen müssen. Die Polizei hatte keine Schwierigkeiten mit ihr – sie liegt im Leichenschauhaus.«

Jack stockte der Atem. Im Leichenschauhaus. Daß sie tot war, machte die Situation plötzlich realer, ließ Rachels Zustand noch ernster erscheinen.

Er stieß ein langgezogenes Stöhnen aus. Mit der Luft entwich auch der Zorn aus ihm.

»Sie hinterläßt bestimmt Kinder und Enkel«, mutmaßte Katherine.

»Bestimmt.« Er lehnte sich zurück. »Großer Gott.«

»Sie sagen es.«

* * *

KATHERINE ERKLÄRTE sich einverstanden damit, daß Jack als erster zu Rachel hineinginge, und er war ihr sehr dankbar dafür. Rachel, die immer vor Lebhaftigkeit gesprüht hatte, lag wie ein Schatten in dem mit einem Geländer versehenen Bett. Der Raum war nur gedämpft beleuchtet, die vierte Wand bildete eine Glasschiebetür, der Ungestörtheit gewährleistende Vorhang war zurückgezogen, damit das Klinikpersonal Rachel im Auge haben konnte.

Jack näherte sich leise dem Bett. Er registrierte an einer Wand einen Monitor, neben dem Bettgestell mehrere Infusionsgalgen, das durch den Gips monströs wirkende, an einem Zug hängende Bein, doch sein Blick fand sehr schnell zu Rachels Gesicht. Selbst im Dämmerlicht sah er, daß die linke Seite um eine häßliche Schürfwunde geschwollen und blaurot verfärbt war. Ansonsten war die Haut aschfahl, die lustigen Sommersprossen wirkten fehl am Platze. Sogar die schulterlangen, naturblonden, dicken Haare sahen kraftlos aus.

Er griff nach ihrer unverletzten und infusionsnadelfreien Hand und umschloß die kühlen, schlaffen Finger mit der seinen.

»Rachel«, sagte er leise. »Ich bin's – Jack.«

Keine Reaktion.

»Rachel! Kannst du mich hören?« Er schluckte. »Rachel?«

Seine Knie begannen zu zittern, und er lehnte sich an das Geländer. »Komm schon, Engel – es ist Zeit, aufzuwachen. Es macht keinen Spaß, mit dir zu reden, wenn du nicht antwortest.« Er drückte vorsichtig ihre Hand. »Deine Freundin Katherine hat mich als Scheißkerl tituliert. Das hast du auch oft zu mir gesagt. Wenn du es jetzt tust, werde ich es dir nicht krummnehmen.«

Keine Reaktion.

»Schenkst du mir nicht einmal ein Blinzeln?« Er öffnete seine Hand. »Was hältst du davon, einen Finger zu bewegen, um mich wissen zu lassen, daß du mich hören kannst? Oder willst du es nicht preisgeben?«

Keine Reaktion.

Sie hatte sich vor sechs Jahren von ihm getrennt, und er wußte nicht, ob sie ihn wirklich nicht hörte oder ihn ignorierte.

Er hob ihre Hand an seine Lippen, küßte sie und drückte sie dann flach auf sein Herz.

»Spürst du das?« Es schlug wie ein Hammer. »So schlägt es schon, seit ich den Anruf bekam. Samantha und Hope haben auch Angst um dich. Ich habe mit ihnen telefoniert und sie beruhigt.« Als ihm das zu endgültig in den Ohren klang, setzte er hinzu: »Ich rufe sie nachher noch einmal an.« Auch das klang nicht richtig, also sagte er: »Ich fahre anschließend zu ihnen raus. Sie werden mir eher glauben, daß du okay bist, wenn ich es ihnen persönlich sage. Duncan ist bei ihnen. Was läuft denn da? Ist er lediglich der Babysitter, oder was?«

Er fragte sich, ob sie insgeheim über ihn lachte. »Es ist mir ernst. Schließlich kenne ich den Burschen nicht. Habt ihr beide was miteinander?«

Keine Reaktion.

»Sam hat mir erklärt, sie gehe morgen nicht in die Schule. Keine Sorge – sie wird gehen. Oder vielleicht bringe ich die beiden lieber hierher zu dir. Es ist kein Drama, wenn sie einen Tag versäumen.« Allerdings ging es mit Riesenschritten auf den Juni zu. »Wann fangen die Abschlußprüfungen an?« Rachel antwortete nicht. »Na schön – ich werde sie fragen.«

Er schlug sich leicht mit ihrer Hand auf die Brust. »Wach auf, Rachel.« Ihre Lider blieben geschlossen.

Wieder hob er ihre Hand an die Lippen. Ihre Haut war zart und wie eh und je, aber völlig geruchlos, was höchst ungewöhnlich für Rachel war. Wenn sie nicht nach ihrem jeweiligen Werkstoff roch, duftete sie nach Maiglöckchen. Darauf hatte er sie gebracht, als er am Anfang ihrer Beziehung aus Geldmangel Maiglöckchen aus dem Garten seines Vermieters für sie stahl. Zum zweiten Hochzeitstag fand er das entsprechende Parfüm. Nein, nicht Parfüm – Eau de Toilette. Parfüm wäre zu stark für Rachel gewesen, und darum kaufte er es auch später, als er es sich hätte leisten können, nie. Zart und blumig – das paßte zu Rachel.

Aber wahrscheinlich hatte sie den Duft längst gewechselt, um nicht an die Zeiten erinnert zu werden, die allerdings zu einem nicht unbeträchtlichen Teil durchaus erfreulich gewesen waren.

»Wach auf, Rachel!« flehte er in aufsteigender Panik. Er hatte die letzten sechs Jahre ohne sie gelebt, aber immer gewußt, wo sie war. Jetzt wußte er es nicht. Nicht wirklich. Ein zutiefst beunruhigender Gedanke. »Ich muß wissen, wie es dir geht«, beschwor er sie mit einem hektischen Unterton in der Stimme. »Ich muß wissen, was ich den Mädchen sagen soll. Du mußt mit mir *sprechen!*«

Als sie weiter hartnäckig schwieg, wurde er zornig. »Was ist passiert, verdammt noch mal? Du bist die sicherste Fahrerin, die ich kenne. Ich weiß gar nicht, wie oft du mich vor einem Unfall bewahrt hast, indem du mich warntest: ›Links kommt ein Irrer angerast!‹ oder ›Hinter uns fährt ein Choleriker‹. Hast du den Wagen hinter dir denn nicht kommen sehen?«

Vielleicht konnte sie es nicht. Sie war auf der Küstenstraße in Richtung Norden gefahren, hatte sich auf einem Abschnitt befunden, der, hoch über dem Meeresspiegel in die Landspitzen eingeschnitten, sich von der Mündung eines Kerbtals zur anderen wand. Rechts von ihr ragten die steilen Felswände in die Höhe, links lag die Gegenfahrbahn, die durch Leitplanken gesichert war, um von der Fahrbahn abkommende Fahrzeuge vor einem Sturz in die Tiefe zu bewahren. Die Kurven waren so eng, daß Rachel, wenn sie um eine Landspitze fuhr, einen Wagen hinter sich erst hätte bemerken können, wenn er ebenfalls um den Vorsprung bog, und wenn er das mit hoher Geschwindigkeit tat, erst Sekunden vor dem Aufprall. Und wohin hätte sie ausweichen sollen?

Er konnte ihr das Entsetzen nachfühlen, das sie gepackt haben mußte und flüsterte entschuldigend: »Okay, okay, du konntest nichts dafür. Tut mir leid, daß ich dich angeschnauzt habe. Es ist nur so – frustrierend. Frustrierend, daß er sie nicht aufwecken konnte. Frustrierend, daß nicht einmal die Ärzte es konnten. Und auch frustrierend, daß die Unfallverursacherin tot war und nicht zur Rechenschaft gezogen werden konnte. Letzteres jedoch durfte er angesichts der Möglichkeit, daß Rachel ihn hören konnte, nicht aussprechen, denn sie war eine weichherzige Frau. Dickköpfig, aber weichherzig. Es würde sie tief erschüttern, vom Tod der alten Frau zu erfahren, und der Arzt hatte ihn angewiesen, ihr nur positive Dinge zu erzählen.

Zum Beispiel? »Es wird dich freuen zu hören, daß meine Firma vor dem Bankrott steht.« Nein, Rachel war nicht gehässig – also wäre das kaum geeignet. Und auch »Ich habe die Inspiration verloren – was ich entwerfe, hat keinen Pfiff mehr«, wäre unangebracht. Rachel hatte kein Verständnis für Selbstmitleid. Und was hätte es für einen Sinn gehabt, ihr von Jill zu erzählen? Arme Jill. Sie war fast so weichherzig wie Rachel, fast so hübsch und fast so intelligent – aber nicht annähernd so lebhaft oder talentiert oder originell. Ein Vergleich würde sie immer blaß erscheinen lassen.

Warum sollte er Rachel das sagen? Sie hatte ihn verlassen. Sie waren geschieden.

Er fühlte sich nutzlos und war plötzlich unendlich müde. »Deine Freundin Katherine ist hier«, fuhr er fort. »Schon seit du eingeliefert wurdest. Sie hatte bei der Polizei von deinem Unfall erfahren. Daß ich davon erfuhr, verdanke ich einem Anruf von ihr. Netterweise hat sie mir den Vortritt gelassen. Ich hole sie jetzt rein und rede noch mal mit dem Arzt. Dann fahre ich zu den Mädchen und komme in ein paar Stunden mit ihnen wieder her, okay?« Keine Wimper bewegte sich. »Okay?« Nichts.

Entmutigt legte er ihre Hand auf das gestärkte Laken zurück, beugte sich über sie und küßte sie auf die Stirn. »Bis später.«

* * *

Der Verkehr lief einspurig an der Unfallstelle vorbei. Einer der geknautschten Wagen war bereits heraufgeholt worden, aber es war eine Limousine. Also mußte Rachels Kombiwagen noch irgendwo da unten liegen. Jack hielt hinter den Abschleppfahrzeugen an und stieg aus. Am Rand des Abgrunds lag ein abgerissenes, verbogenes Stück Leitplanke. Jack spähte hinunter und sah Rachels Wagen tief unten zwischen Gesteinsblöcken liegen. Drei Meter davon entfernt schlug das Wasser mit ungeheurer Wucht gegen die aus der See ragenden Klippen und die zerklüftete, schroff ins Meer abfallende Felsküste.

»Bitte fahren Sie weiter, Sir«, ersuchte ihn ein Streifenbeamter. »Sonst bleiben andere auch stehen, und in Null Komma nichts haben wir einen Stau.«

Jack schob seine zitternden Hände in die Taschen.

»Meine Frau war in dem Wagen da unten. Es ist ein Wunder, daß sie den Sturz überlebt hat.«

»Ist sie okay?« fragte der Mann in nachgiebigerem Ton.

»Wie ich schon sagte – sie ist am Leben.«

»Wir haben festgestellt, daß sie die Geschwindigkeitsbeschränkung eingehalten hatte.«

Jack schaute in die Richtung zurück, aus der er gekommen war. Die Straße wand sich aus einer von alten Zypressen gesäumten Talsenke herauf. »Das war ihr Pech. Wäre sie schneller gefahren, wäre sie im Augenblick der Kollision vielleicht schon dort unten gewesen und nicht so tief hinuntergestürzt.«

»Oder gegen einen der Bäume geprallt.«

Die Besatzung des zweiten Abschleppwagens war damit beschäftigt, Stahltrossen um Rachels Fahrzeug zu legen, um es hochzuziehen.

»Wann wird die Straße wieder normal befahrbar sein?« fragte Jack. »Ich will meine Töchter mit ins Krankenhaus nehmen, und dazu müssen wir hier vorbei. Es wäre mir lieb, wenn ich ihnen diesen Anblick ersparen könnte.«

»Ein paar Stunden wird es schon noch dauern.«

Wenn die Mädchen inzwischen schliefen, wäre das kein Problem. Außerdem hätte er dann Zeit, sich die schonendsten Worte zurechtzulegen, um sie auf das vorzubereiten, was sie in der Klinik erwartete.

Drittes Kapitel

JACK HATTE SEIT vierundzwanzig Stunden nicht geschlafen, sein Leben war ein Alptraum gewesen, und nun mußte er den Mädchen gegenübertreten, die nicht mehr die niedlichen kleinen Dinger waren, die ihn angebetet hatten, bis die Familie auseinanderbrach, sondern junge Mädchen, eigenständige Persönlichkeiten. Es würde nicht mehr genügen, sie einfach in den Arm zu nehmen, um sie zu trösten – sie würden es vielleicht nicht einmal zulassen. Seine Töchter begegneten ihm schon seit einer ganzen Weile eher reserviert als mit Anbetung, waren ihm in vieler Hinsicht fremd geworden.

Plötzlich wurde ihm in brutaler Deutlichkeit bewußt, wie eingeschränkt seine Beziehung zu den beiden war. Mit ihnen ins Kino zu gehen, in Chinatown bei einer Hochzeit zuzusehen oder in Sausalito bei Fred's zu frühstücken, war eine Sache – Rachel zu vertreten, mit allen damit einhergehenden Pflichten, war eine ganz andere. Es stand ihm eine Feuerprobe bevor.

Eine halbe Autostunde südlich der Unfallstelle zweigte, durch Steineichen und neun hintereinander aufgereihte Briefkästen gekennzeichnet, die Straße ab, die von der Küste in Rachels Tal führte. Nur einer der Briefkästen, der vierte von links, war lackiert. Dieses Jahr auf Hopes Wunsch hin feuerrot. Letztes Jahr hatte Rachel sich mit

Buttergelb durchgesetzt, und im Jahr davor Samantha mit Purpur.

Jack bog in die ungeteerte, schmale Nebenstraße ein, die sich den steil ansteigenden Talhang aufwärts schlängelte. Hier und da zweigten sich windende Zufahrten zu privaten Anwesen von ihr ab. Der Baumbestand wechselte, je höher er kam: von Steineichen zu Platanen und Erdbeerbäumen, die sich weiter oben mit Zedern mischten. Hinter Rachels Haus wuchsen ausschließlich Rotholzbäume.

Ihr Haus, ein weitläufiger, mit Zedernschindeln verschalter Bau, schmiegte sich, auf einer Seite nach oben und auf der anderen nach unten ausufernd, an den Hang. Jack hielt in der grob gekiesten Auffahrt an, stieg aus und blieb, von einem eigenartigen Geruch gefangengenommen, wie angewurzelt stehen. Frische Luft, diagnostizierte er, nachdem er seine Nase darauf angesetzt hatte. Er streckte sich und rieb sich das Gesicht. Jetzt brauchte er eine Rasur, eine Dusche und etwas Schlaf. Ob und in welcher Reihenfolge ihm dies vergönnt war, hing davon ab, was er im Haus vorfand.

Breite, verwitterte Planken führten zum Hauseingang. Seine Sportschuhe machten keinerlei Geräusch, doch die Tür wurde bereits aufgerissen, bevor er sie erreicht hatte. Der Mann, der die Öffnung fast zur Gänze ausfüllte, war viel älter als Jack erwartet hatte – Mitte Sechzig, schloß er aus dem weißen Haar und Bart und den wettergegerbten Zügen – aber beileibe nicht das, was man unter einem alten Mann verstand. Jack war mit seinen einsfünfundachtzig nicht gerade klein, doch sein Gegenüber brachte es auf eine noch beachtlichere Größe. Aber es war nicht die imposante Erscheinung, die Jack davon abhielt, dem Fremden die Hand hinzustrecken – es war der abweisende Ausdruck der Augen, die ihn musterten.

»Die Mädchen schlafen«, erklärte Duncan Bligh in dem gleichen ruppigen Ton, in dessen Genuß Jack schon am Telefon gekommen war. Allerdings sprach er jetzt leiser. »Wie geht es ihr?«

»Sie liegt im Koma«, antwortete Jack ebenfalls gedämpft, um die Mädchen nicht zu wecken. »Aber ihr Zustand ist nicht kritisch – ihr Körper arbeitet selbsttätig. Das Problem ist die Hirnprellung.«

»Wie lautet die Prognose?«

Jack zuckte mit den Schultern und deutete mit dem Kinn nach drinnen. »Wenn die beiden jetzt schlafen, haben sie sich offenbar beruhigt.«

»Nein.« Duncan fuhr mit seinen kräftigen Armen in die Flanellweste, die er in der Hand gehalten hatte. »Sie waren nur irgendwann einfach erschöpft.« Er ging an Jack vorbei und murmelte: »Ich habe zu arbeiten.«

Jack hob grüßend und zum Dank die Hand, doch Duncan stieg bereits den bewaldeten Hang hinauf. »Ja, ich habe mich auch gefreut, Sie kennenzulernen«, meinte er sarkastisch zu sich, trat über die Schwelle, schloß leise die Tür und lehnte sich daran, um sich für die bevorstehende Begegnung zu wappnen.

Er hatte das Haus vorher noch nie von innen gesehen. Meistens trafen sie sich, wenn er die Mädchen zu einem Besuch abholte, in einem McDonald's nördlich von San Jose. Wenn er bis zu ihnen fuhr, erwarteten ihn die drei für gewöhnlich unten bei den Briefkästen. Er konnte an einer Hand abzählen, wie oft er hier oben gewesen war – und jedesmal hatte er vor der Tür bleiben müssen, von wo aus er nur einen bruchstückhaften Eindruck des Inneren gewann, den er nun vervollständigen konnte. Naturbelassenes Holz, in Grün und Lila gehaltene Möbel, Terrakotta-Pflanzkübel und leuchtend bunte Farbstudien an der Wand schufen eine behagliche Atmosphäre. Die Rückwand des Wohnzimmers und der angrenzenden Küche bildete eine auf den Rotholzwald hinausgehende Fensterfront.

Links vom Wohnraum führten ein paar Stufen nach oben, die Jack leise hinaufstieg. Er ging einen Flur hinunter und spähte in das erste Zimmer hinein. Die Poster an der Wand und die heillose Unordnung identifizierten es als Samanthas Domizil. Das Bett war zerwühlt, aber leer.

Wiederum ein paar Stufen und einige Flurmeter weiter stand eine zweite Tür offen. Hier hingen Aquarelle an der Wand, und der Raum wirkte sehr viel ruhiger. Beide Mädchen schliefen in dem Doppelbett, Hope zusammengerollt, Samantha ausgestreckt, zwischen sich ein rotes Fellbündel, das eine Katze sein mußte.

Jack ließ die drei schlafen, kehrte ins Wohnzimmer zurück, sank auf das Sofa, rutschte so weit herunter, daß sein Kopf an der Lehne ruhte, und schloß die Augen. Sein Körper schrie nach Schlaf, doch seine grauen Zellen arbeiteten auf Hochtouren. Nach ein paar Minuten stand er wieder auf und ging in die Küche, um im Krankenhaus anzurufen. Die Oberschwester der Intensivstation teilte ihm mit, daß sich Rachels Zustand nicht verändert hatte.

Als nächstes wählte er die Privatnummer seines Partners. Auf dessen atemloses »Hallo?« hin fragte er: »Bist du beim Frühsport?«

»Auf dem Laufband«, keuchte David Sung, und Jack stellte ihn sich in dem Eßzimmer vor, das mit Fitneßgeräten vollgestopft war, seit Davids vorläufig letzte Frau mit den Chippendale-Möbeln ausgezogen war.

»Tut mir leid, dich zu stören«, entschuldigte er sich, »aber ich habe ein Problem. Rachel hatte letzte Nacht einen Autounfall, und ich bin jetzt hier bei den Mädchen.«

»Wo ›hier‹? In Big Sur?« Die Schritte auf dem Laufband wurden langsamer. »Sag, daß das nicht wahr ist! Wir haben in zwei Stunden eine wichtige Konferenz. Was war das denn für ein Unfall?«

»Ein schwerer.« Jack sprach leise und behielt die ganze Zeit über das Wohnzimmer im Auge, damit es ihm nicht entginge, falls eine seiner Töchter auftauchte. »Sie liegt im Koma.«

»Jesus.«

»Ich will die Mädchen ins Krankenhaus fahren. Wir müssen die Konferenz verschieben.«

»Im Koma.« David war noch immer kurzatmig. »Wie schlimm ist es denn?«

»Gibt es ein Koma, das nicht schlimm ist?«

»Du weißt schon, was ich meine. Wird sie durch irgendwelche Maschinen am Leben erhalten?«

»Nein. Aber ich schaffe es nicht, bis zur Konferenz zurückzukommen.«

Einen Moment herrschte Stille in der Leitung, dann atmete David laut aus und sagte gereizt: »Wir können sie unmöglich absagen – wir haben sie schon zweimal verschoben.« Wieder Stille und dann ein weiteres geräuschvolles Pusten. »Du hast die Präsentation noch gar nicht parat, stimmt's?«

»O doch, durchaus«, widersprach Jack, und alles, was ihm vor Katherines Anruf den Schlaf geraubt hatte, stürmte erneut auf ihn ein, »aber meine Vorschläge werden ihnen nicht besser gefallen als beim letzten Mal.«

Er hatte den Auftrag bekommen, eine Luxus-Ferienanlage in Montana zu entwerfen. Dem Kunden schwebte etwas in Glas und Stahl vor, aber Jack war in Montana gewesen, und dieser Stil wäre ein Schlag in das Gesicht der Landschaft gewesen. Nicht einmal Stein paßte dorthin. Jack wollte Holz.

Als sein erster Entwurf abgelehnt wurde, bezog er Granit mit ein, und als auch das keine Billigung fand, hatte er versucht, den Wünschen zunächst mit unbehauenen Natursteinen und dann mit Glas gerecht zu werden, jedoch beide Zeichnungen zerrissen und war zu Holz zurückgekehrt, diesmal in einer moderneren Version, von der allerdings nicht einmal er selbst überzeugt war. Die beste Idee war die erste gewesen.

Aber darum ging es im Moment gar nicht. »Hör zu«, sagte er zu David, »wir sind Partner, und ich appelliere an deine Solidarität. Ich kann hier jetzt unmöglich weg.«

»Darf ich dich daran erinnern, daß du geschieden bist?«

»Von meinen Kindern nicht!«

»Okay, das verstehe ich. Das verstehe ich wirklich,

Jack – aber wir haben die Burschen schon über Gebühr vertröstet, und es stehen Millionen auf dem Spiel. Wenn ich jetzt mit einer Familienkrise daherkomme, können wir nicht mit Verständnis rechnen.«

»Das Leben meiner Frau hängt an einem seidenen Faden, und das läßt die Leute kalt? Dann sollen sie uns am Arsch lecken.«

»Vor kurzem hätte ich noch genauso reagiert – aber dieses Projekt ist ein dicker Fisch. Wir haben schon zwei Geschäfte eingebüßt, die die Mitarbeiter, diese Mistkerle, die sich letzten Monat selbständig gemacht haben, mitnahmen.«

»Wir haben immer noch mehr als genug zu tun.«

»Aber diese Sache ist reizvoll«, versuchte David ihn zu locken. »Hängen dir die ewigen Schulgebäude nicht zum Hals heraus? Urlaubszentren bringen einen Haufen Kohle – und wir erreichen damit auch noch eine höhere Ebene. Uns dieses Ding zu verscherzen, wäre unverzeihlich.«

»Dann verhandle du mit den Leuten.«

»Das täte ich ja sofort – aber sie wollen nur dich, wie du weißt.«

Jack war plötzlich so müde, daß ihm jeder Knochen im Leib weh tat. »Ist ja sehr schmeichelhaft, aber ich kann trotzdem nicht rechtzeitig zurück sein. Ich rufe dich wieder an, wenn es etwas Neues gibt.« Er legte hastig auf, denn er wußte, daß sein Partner jetzt fluchen würde, und diese Schimpferei wollte er sich ersparen. Sich mit Rachels Situation zu befassen, sich mit seinen Töchtern zu befassen, jeden Gedanken daran zu verdrängen, was die Zukunft möglicherweise brächte – mehr konnte er im Moment wirklich nicht bewältigen.

Aber im Augenblick lagen Rachel und die Mädchen im Tiefschlaf, was ihm Gelegenheit zu einer Verschnaufpause gab. Er streckte sich auf dem Sofa aus, legte einen Arm über die Augen und einen über den Magen und folgte den dreien ins Reich der Träume.

* * *

Hope erwachte immer langsam, stellte sich innerlich auf den vor ihr liegenden Tag ein, lauschte und ließ ihre Gedanken wandern, ehe sie sich bewegte. So auch heute. Helligkeit drang durch ihre Lider und wärmte ihr Gesicht – offenbar schien die Sonne. Sie hörte Guinivere leise an ihrem Hals atmen. Ihre Gedanken kamen in Gang – und ihre Augen flogen auf.

Sie drehte den Kopf herum und sah, die Wange in das getigerte Fell ihrer Katze gedrückt, daß Samantha neben ihr schlief.

Guinivere streckte sich. Hope streichelte sie, setzte sich vorsichtig auf, um ihre Schwester nicht zu wecken, nahm die Katze auf den Arm und schlich auf Zehenspitzen hinaus.

Es überraschte sie nicht, ihren Vater im Wohnzimmer vorzufinden – sie hatte irgendwie gespürt, daß er schon da war. Sie spürte oft Dinge. So hatte sie auch schon lange bevor Katherine anrief, um sich nach Rachels Verbleib zu erkundigen, gespürt, daß etwas nicht in Ordnung war, sich unbehaglich gefühlt, als ihre Mutter wegfuhr. Aber da hatte sie noch geglaubt, es hinge mit Guinivere zusammen. Der Tierarzt hatte angekündigt, daß ihre Katze irgendwann schnell und ohne Schmerzen sterben würde, und so war sie darauf vorbereitet – aber sie wollte ihre Mutter dabeihaben, wenn es soweit wäre.

Erst als Samantha »*Hi,* Katherine« sagte, nachdem sie den Hörer abgenommen hatte, brachte Hope ihr ungutes Gefühl mit ihrer Mutter in Verbindung, und dann war es, als habe ihr jemand den Boden unter den Füßen weggezogen. So war ihr auch zumute gewesen, als sie ohne den Vater nach Big Sur übersiedelt waren.

Sie ließ sich im Schneidersitz vor dem Sofa nieder und legte Guinivere in die Mulde, die ihr Bigshirt zwischen ihren Beinen bildete. Die Katze blickte leise schnurrend zu ihr hoch. Hope stellte sich vor, daß ihr Anblick auf Guinivere ebenso beruhigend wirkte, wie der Anblick ihres Vaters auf sie.

Sie betrachtete ihn. Seine Haare waren zerzaust, seine Wangen bartstachelig, dunkle Schatten lagen unter seinen Augen. Er war sichtlich erschöpft, und sie beschloß, ihn nicht zu wecken. Daß er schlief, sprach für sich: Wenn Rachel tot wäre, hätte er es ihnen doch bestimmt gleich gesagt. Oder nicht? Wenn ihre Mutter gestorben wäre, während sie schlief, würde sie sich ihr Leben lang vorwerfen, daß sie es nicht geschafft hatte, wach zu bleiben. Dabei hatte sie sich so bemüht, indem sie zu dem gleichen Mittel griff wie Rachel, wenn sie sich einsam fühlte oder niedergeschlagen war: Arbeit. Aber die Hausaufgaben zu überprüfen, machte sie nach dem x-tenmal noch müder, und als sie sich statt dessen ein Buch nahm, merkte sie nach einer Seite, daß sie gar nicht registrierte, was sie las. Und dann war sie eingeschlafen.

Plötzlich sah sie die Lider ihres Vaters flattern, sein Körper spannte sich an, und er schlug die Augen auf. Einen Moment lang starrte er an die Decke, dann setzte er sich abrupt auf, schwang die Beine auf den Boden – und entdeckte Hope.

»Du hättest mich wecken sollen«, sagte er mit zittriger Stimme und fuhr sich mit der Hand durch die Haare.

»Ich dachte, wenn du schläfst, ist Mom okay.« Sie hielt den Atem an.

»Sie *ist* okay«, bestätigte er.

»Hast du mit ihr gesprochen?«

»Nein. Sie schlief – aber ich glaube, sie wußte, daß ich da war.«

»Sie ist wirklich nicht tot?«

»Nein.«

»Bestimmt nicht?«

Er setzte zum Sprechen an, hielt inne, und Hopes Herz klopfte bis zum Hals. Aber sie richtete sich auf und schaute ihm tapfer in die Augen. Sie war dreizehn. Wenn ihre Mutter tot war, dann wollte sie das wissen. Sie könnte die Wahrheit verkraften.

Als sie sah, wie sein Gesichtsausdruck sich veränderte, erkannte sie, daß er begriffen hatte. »Nein, Hope«, sagte er, und auch sein Ton war ein anderer geworden, »sie ist nicht tot. Ich würde es dir nicht verschweigen, wenn es so wäre. Okay?«

»Okay.«

Sein Blick senkte sich auf die Katze. »Ist das das kleine Ding, das eines Tages total zerrauft und halb verhungert vor der Haustür saß?«

Hope spielte mit dem Ohr der Tigerkatze und nickte.

»Gwendolyn, stimmt's?«

»Guinivere. Ist Moms Bein gegipst?«

»Mmm.«

»Wird es wieder?«

»Natürlich – es ist ja nur gebrochen.«

»Trotzdem könnte was zurückbleiben – und das wäre schlimm für Mom. Wie sollte sie dann mit uns in den Bergen wandern?«

Das war eine von Rachels Lieblingsbeschäftigungen. Und sie hatte auch ein Lieblingsziel: den Eukalyptuswald. Hope wußte nicht, wie viele Stunden sie dort schon mit ihrer Mutter zugebracht hatte, den Duft eingeatmet, dem Blöken der Schafe zugehört, die auf Duncans Hangweide in der Ferne grasten, und ihre Gedanken wandern lassen. Für gewöhnlich wanderten sie zu Guinivere. Und zu Jack. Sie fragte sich, ob auch Rachel an ihn dachte.

»Das Bein kommt wieder ganz in Ordnung«, versicherte Jack ihr. »Das kannst du mir ruhig glauben.«

Doch gerade das fiel Hope schwer. Sie hatte ihre letzten acht Geburtstage ohne ihn feiern müssen, und die ersten beiden davon noch vor der Scheidung. Er hatte beide Male versprochen, zu Hause zu sein, aber dann war er nicht einmal in San Francisco gewesen. Er rief zwar an und entschuldigte sich, daß er sein Versprechen nicht gehalten hatte.

Samantha sagte, daß ihm seine Arbeit viel wichtiger sei

als seine Kinder und daß sie sich nur auf ihre Mutter verlassen könnten.

Aber ihre Mutter war nicht da.

»Der Arzt hat gesagt, daß das Bein wieder in Ordnung kommt«, ergänzte Jack, als er ihren zweifelnden Blick sah. »Du kannst dich wirklich darauf verlassen.«

Hope senkte den Kopf, streichelte Guinivere und wiederholte die Worte ihres Vaters gerade zum dritten Mal im stillen wie eine Beschwörungsformel, als von der Tür her Samantha fragte: »Wann bist du gekommen?«

* * *

JACK WANDTE DEN KOPF – und glaubte Rachel vor sich zu sehen. Zum einen lag es an der Frisur, die auch ihre Mutter getragen hatte, als er sie kennenlernte. Zum zweiten an der Figur, die sich – seit ihrem letzten Treffen vor sechs Wochen um ein weiteres gerundet – unter dem Nachthemd abzeichnete. Aber die verblüffendste Ähnlichkeit lag in ihrem Ton – er war identisch mit dem ihrer Mutter an ihrem letzten gemeinsamen Abend. Und plötzlich war er wieder in ihrem ehelichen Schlafzimmer und suchte im Schrank nach Krawatten, die er auf die Reise mitnehmen wollte, während Rachel in der Tür stand.

Er sah sie deutlich vor sich, die zerzausten, blonden Haare, die sanften Rundungen unter den alten, engen Jeans und einem seiner Hemden, das über und über mit allen möglichen Farbspritzern gesprenkelt war, deren hellblauer Löwenanteil vom Streichen der Schlafzimmerwände vor einigen Monaten herrührte. Sie war gerade aus dem Atelier heruntergekommen, das sie sich im obersten Stockwerk ihres altrosa getünchten, baustilistisch an toskanische Landhäuser angelehnten Heimes teilten. Ihr Gesicht war blaß und drückte eine Enttäuschung aus, die ihn augenblicklich in die Defensive trieb.

»Ich dachte, du würdest hierbleiben«, sagte sie.

»Das dachte ich auch – aber ich mußte meine Pläne ändern.« Er durchforstete gereizt den Krawattenhalter nach passenden Schlipsen zu den Anzügen, die er aufs Bett gelegt hatte.

»Du warst nur so kurz hier – ich hatte gehofft, wir hätten endlich einmal mehr Zeit füreinander.«

Er vermied es, sie anzusehen. »Ich auch.«

»Könntest du nicht einfach ... einfach ... umdisponieren?«

»Nein«, antwortete er scharf, weil er ein schlechtes Gewissen hatte. »Ich habe den Auftrag, ein Tagungszentrum zu entwerfen. Ein großes Tagungszentrum. Das Gerippe ist zwar fertig, aber um ihm Leben einzuhauchen, muß ich mich mit der Stadt vertraut machen.« Er warf eine Krawatte aufs Bett und drehte sich nun doch zu Rachel um. »Denk doch mal an deine Art zu arbeiten«, appellierte er an sie. »Auch du machst dir Skizzen, aber um dir über die endgültige Art ihrer Ausführung schlüssig zu werden, mußt du deine Objekte vor Ort studieren. Genauso geht es mir.«

»Ich genehmige mir nur zweimal im Jahr eine Woche dafür, damit meine Familie nicht darunter leiden muß. Du bist zweimal im Monat weg – dreimal, wenn du morgen nach Providence fliegst.«

»Ich muß.«

»Mußt du nicht«, widersprach sie den Tränen nahe.

»Wenn ich in meinem Beruf Erfolg haben will, schon.«

»Du läßt mich also allein«, konstatierte sie tonlos.

»Du hast doch die Mädchen – und wenn du nicht gänzlich in deiner Malerei aufgingst, hättest du auch einen Freundeskreis. Du könntest jeden Abend ausgehen.«

»Du weißt, daß mir das nicht liegt. Ich hasse es, mich aufzustylen, ich hasse seichtes Geschwätz, ich hasse es, in unbequemen Pumps herumzustehen und an Kaviar-Kanapees zu knabbern.«

»Auch, wenn es für einen guten Zweck ist?« Wohltätigkeitspartys waren ein wesentlicher Bestandteil des gesellschaftlichen Lebens in der Bay Area – besonders für jemanden wie Jack, der sehen und gesehen werden mußte. Das war gut fürs Geschäft.

»Ich kann nicht mehr malen«, sagte sie traurig.

Aber die Malerei war ihr Leben, und sein Gewissen wurde noch schlechter. »Jeder Künstler hat ab und zu eine Blockade«, meinte er wegwerfend.

»Das ist es nicht.« Sie schlang die Arme um ihre Taille. »Ich bin wie ausgetrocknet, meine Kreativität ist versiegt. Ich kann keine Farben mehr sehen. Ich finde keine Themen mehr. Und ich weiß auch ohne Seelenklempner, woher das kommt: Ich bin nicht glücklich. Ich bin unzufrieden. Weil wir beide häufiger getrennt sind als zusammen.«

»Du brauchst mich doch nur auf meinen Reisen zu begleiten«, wälzte er die Verantwortung auf sie ab.

Rachel verdrehte die Augen. »Die Diskussion hatten wir doch schon.«

»Richtig: Du willst die Mädchen nicht allein lassen. Wenn deine Arbeit es erfordert, tust du es – aber um meinetwillen nicht. Was ich tue, ist in deinen Augen offenbar nichts wert.«

»Sie sind noch Babys, Jack.«

»Sie sind sieben und neun – sie würden es unbeschadet überstehen, ab und zu ein paar Tage ohne dich zu leben.«

»Vielleicht kann ich nicht ohne sie leben. Mütter sind da anders als Väter. Ganz anders.«

Auch diese Diskussion hatten sie bereits geführt. Er warf noch ein paar Krawatten aufs Bett.

»Schau dir die an!« rief Rachel. »Schau sie an! Sie sind so konservativ! Wir wollten doch anders sein als die Masse, etwas Besonderes aus unserem Leben machen.«

»Das haben wir doch auch getan – du bist freischaffende Malerin, und ich habe eine eigene Firma.«

Sie preßte die Lippen aufeinander und senkte den Blick.

»Was ist?« fragte er.

Als sie aufschaute, waren ihre Augen ausdruckslos. »Ich werde nicht mehr hier sein, wenn du zurückkommst.«

»Das hast du vor meiner letzten Reise auch angekündigt.«

»Diesmal ist es mir Ernst damit.«

Er seufzte. »Ach, komm, Rachel – versuch mich zu verstehen.«

»Versuch du *mich* zu verstehen!« fuhr sie auf, dämpfte ihre Stimme jedoch sofort wieder. »Wenn ich schon soviel allein sein muß, dann wenigstens an einem Ort, der mir gefällt. Ich ziehe nach Big Sur.« Leise fragte sie: »Kommst du mit?«

»Machst du Witze?«

»Nichts läge mir ferner.«

Er war zutiefst erschrocken – und wütend. Sie wußte genau, daß er nicht nach Big Sur ziehen könnte. Big Sur war drei Autostunden von San Francisco entfernt!

»Ich habe dir zuliebe dreizehn Jahre hier gelebt«, sagte sie, noch immer leise. »Jetzt bist du dran, mir zuliebe anderswo zu leben.«

»Ich bitte dich, Rachel – meine Firma ist hier!«

»Du reist doch sowieso unentwegt in der Gegend herum. Wann bist du denn schon in der Stadt? Die paar Male kannst du auch von Big Sur in die City fahren.«

»Das wäre doch idiotisch.«

Sie schlang die Arme noch fester um sich, als habe sie Schmerzen. »Ich gehe jedenfalls – und ich möchte, daß du mitkommst.«

Wütend über ihre Uneinsichtigkeit, über ihr mangelndes Verständnis für seine Situation und über die Art und Weise, wie sie ihn moralisch unter Druck setzte, rief er: »Wie soll ich das machen? Ich muß nach Providence!«

»Dad!« holte Samanthas energische Stimme ihn in die Gegenwart zurück. »Wie geht es ihr?«

Er fuhr sich mit der Hand übers Gesicht und atmete tief durch. Als er sich gefaßt hatte, berichtete er von Rachels an einem Dauerzug hängenden Gipsbein, dem Heftpflasterverband der Rippen und der Schnittwunde an ihrer linken Hand. Dann streckte er seine Hand aus und streichelte in dem verzweifelten Wunsch, die kommende Erschütterung dadurch etwas abzumildern, Hopes Haare. »Das Schlimme ist ihre Bewußtlosigkeit. Sie liegt im Koma.«

»Im Koma!« echote Samantha entsetzt.

»Es ist nicht so dramatisch wie es klingt«, beeilte Jack sich, dem Wort den Schrecken zu nehmen. Er gab in einer gekürzten Fassung die Erklärung des Arztes wieder und setzte hinzu: »Das Gehirn braucht jetzt alle Energie für den Heilungsprozeß. Darum hat es die anderen Funktionen ausgeschaltet. Wenn es eurer Mom wieder besser geht, wacht sie auf.«

»Oder auch nicht«, widersprach Samantha. »Manche Menschen liegen jahrelang im Koma.«

»Das wird in diesem Fall nicht passieren.« Jack gab sich alle Mühe, überzeugend zu klingen.

»Woher weißt du das?«

Er wußte es natürlich nicht, aber die Alternative war unvorstellbar. »Der Arzt sieht keinen Grund, daran zu zweifeln. Hört mir zu.« Er senkte den Blick, um auch Hope einzubeziehen, aber sie hatte sich über ihre Katze gebeugt. Ihre Schultern bebten. Er ging in die Hocke und legte den Arm um sie. »Wir müssen optimistisch sein – das ist ganz wichtig. Wir müssen zu eurer Mom gehen und ihr sagen, daß sie bald wieder gesund wird. Wenn wir ihr das oft und eindringlich genug versichern, dann helfen wir ihr.«

Samantha stieß einen verächtlichen Laut aus. Jack schaute auf und sah, daß sie die Augen verdrehte, aber es hingen Tränen an ihren Wimpern.

»Hast du einen besseren Vorschlag?«

Sie schüttelte den Kopf.

»Okay. Dann werden wir jetzt frühstücken und anschließend nach Monterey fahren.«

Hope murmelte etwas, das er nicht verstand. Er beugte sich wieder zu ihr hinunter. »Hmm?«

»Ich bleibe lieber hier.«

»Willst du Mom denn nicht sehen?«

»Doch ... aber ...«

»Sie hat Angst«, erklärte Samantha. »Ich habe auch Angst, Hope – aber ich will wissen, ob sie wirklich noch lebt.«

»Sie lebt«, beteuerte Jack.

Hope blickte mit tränennassen Augen zu ihrer Schwester hoch. »Und wenn Guinivere stirbt, während wir weg sind?«

»Das wird sie nicht, der Tierarzt hat gesagt, es dauert noch eine Weile.«

»Aber nicht mehr lange.«

»Sie wird heute nicht sterben, Hope«, sagte Samantha in ungeduldigem Ton.

»Worum geht es denn?« Jack schaute fragend von einer Tochter zur anderen.

»Guinivere hat einen Tumor«, klärte Samantha ihn auf. »Der Tierarzt wollte sie einschläfern, aber Hope erlaubte es nicht.«

Hope wandte sich ihm zu und sagte mit zitternder Stimme: »Sie hat keine Schmerzen. Wenn es so wäre, würde ich sie sofort einschläfern lassen. Aber ich liebe sie, und sie spürt das, und ich möchte, daß sie es noch ein bißchen länger spürt. Was ist daran falsch?«

»Gar nichts«, meinte Jack.

»Denk doch mal logisch, Hope«, forderte Samantha ihre Schwester auf. »Wenn der Unfall nicht passiert wäre, wärst du jetzt auf dem Weg zur Schule und könntest dich auch nicht um Guinivere kümmern. Wenn wir nachher wegfahren, weiß sie doch nicht, ob du in die Schule gehst oder Mom besuchst.« Sie wandte sich an Jack. »Hast du Rasierzeug dabei? Du siehst schrecklich aus.«

»Herzlichen Dank.« Er tätschelte Hopes Schulter, rappelte sich auf und ging in die Küche, um sich Kaffee zu machen.

* * *

Es war leichter gesagt als getan. Er hatte gerade erfolglos den Kühlschrank nach Kaffeebohnen durchsucht, als Samantha hinter ihm sagte: »In dem Behälter da drüben.«

Er drehte sich um. Die beiden Schwestern standen in der Tür und beobachteten ihn. »Sie hat die Bohnen immer im Kühlschrank aufbewahrt.«

»Seit wir hier wohnen, nicht mehr«, erklärte Samantha.

Er machte die Kühlschranktür zu und wandte sich der Reihe von Behältern zu, die auf der Arbeitsfläche standen. Sie waren aus leuchtendbunter Keramik und stellten verschiedene Gemüsesorten dar. Er öffnete die Tomate und fand Zucker, der Kohlkopf enthielt Nudeln und eine Aubergine irgendwelche undefinierbaren braunen Bröckchen.

»Das sind Katzenknabberles«, erklärte Hope. »Schau im Spargel nach.«

»In dem Spargel müssen Spaghetti sein«, sagte er und hob den Deckel von einer dicken, gelben Paprikaschote. Mehl. Jetzt war nur noch der Spargel übrig. »Das ist idiotisch«, maulte er wie ein rechthaberisches Kind, während er Bohnen in die Kaffeemühle löffelte. »In den Spargel gehören Spaghetti – das bietet sich bei der Form doch an.«

»Mom sagt, man muß ab und zu von der Norm abweichen«, teilte Samantha ihm mit. »Wann fahren wir?«

»Sobald ich Kaffee getrunken und geduscht habe.«

»Und wie lange wird das dauern?«

Die Zeiger der Küchenuhr – zwei Schnurrhaare eines Keramikbibers, den zweifellos ebenfalls Rachel modelliert hatte – standen auf sieben Uhr vierzig. »Zwanzig Minuten. Ist das okay?«

»Klar. Wir müssen uns ja auch noch duschen und anziehen.« Samantha nahm ihre Schwester bei der Hand und zog sie hinter sich her.

Jack hätte eigentlich ein paar Telefonate führen müssen, aber er beschloß, sie zu verschieben, um die Geduld der Mädchen nicht übermäßig zu strapazieren.

Viertes Kapitel

SAMANTHA SASS mit duschfeuchten Haaren auf dem Beifahrersitz und starrte unverwandt geradeaus. Hope hockte auf dem Notsitz des BMW und schaute, die mit weichem, schwarzem Leder gepolsterten Lehnen der Vordersitze umklammernd, zwischen den Kopfstützen hindurch nach vorne.

Jack wußte, woran die Mädchen dachten. Auch er dachte daran und hoffte inständig, daß die Bergungsarbeiten inzwischen abgeschlossen und die Autowracks abtransportiert wären. Um die Atmosphäre zumindest ein wenig zu entspannen, machte er das Radio an.

»Na, das baut doch auf«, meinte Samantha sarkastisch, als eine männliche Stimme von einer Hungerkatastrophe in einem kleinen afrikanischen Staat berichtete. Ohne die Straße aus den Augen zu lassen, probierte sie alle gespeicherten Sender durch. »Hörst du denn nie Musik?«

»Was war denn das vorletzte gerade?« fragte Jack.

»Eine Beleidigung für die Ohren.« Sie versuchte manuell etwas zu finden, das ihr zusagte, doch der Empfang war zu schlecht.

»Dann eben nicht.« Sie schaltete das Radio aus, hakte die Finger in den Griff über der Tür und konzentrierte sich wieder auf die Straße.

»Was hört ihr denn im Auto?« erkundigte sich Jack.

»CDs«, antwortete Samantha.

»Mom hört Nachrichten«, korrigierte Hope ihre Schwester.

»Mom liegt halbtot im Krankenhaus«, gab Samantha in scharfem Ton zurück.

»Eure Mutter ist nicht halbtot!« protestierte Jack.

»Sie liegt im Koma. Lydias Onkel lag monatelang im Koma, und als sie die Maschinen schließlich abschalteten, war er fünf Minuten später tot.«

»Das kannst du nicht vergleichen. Eure Mutter wird nicht künstlich am Leben erhalten – es werden lediglich ihre Vitalfunktionen überwacht, damit ...«

»Schau, Hope!« Samantha deutete nach vorne. »Da fehlt ein Stück Leitplanke, und die Straße ist ganz schmutzig. Hier ist es passiert, stimmt's?« Sie drehte sich um, als sie die Stelle passierten. »Fahr langsamer«, forderte sie Jack auf. »Ich will mir das ansehen.«

Jack behielt die Geschwindigkeit bei. »Da gibt es nichts zu sehen. Der Wagen ist längst weg.«

Die Mädchen schauten aus dem Rückfenster. »Katherine sagte, jemand sei Mom reingefahren. Was ist dem anderen Fahrer passiert?«

»Das weiß ich nicht«, log Jack.

Sie drehte sich wieder um und setzte sich zurecht. »Du weißt es genau, aber du, du sagst es nicht – das höre ich deiner Stimme an. Mom würde wollen, daß wir es erfahren.«

Das bezweifelte Jack entschieden, aber er war nicht bereit, sich in eine Diskussion darüber einzulassen. »Das einzig wesentliche Thema ist eure Mutter«, bog er den Dialog ab.

»Was ist, wenn sie nicht mehr aufwacht?« fragte Samantha.

»Sie *wird* aufwachen.«

»Ich gehe auf keinen Fall wieder nach San Francisco. All meine Freunde sind hier – ich ziehe nicht um.«

»Großer Gott – du hast deine Mutter ja schon beerdigt!« entsetzte sich Jack.

»Daddy?« kam ein kleines Stimmchen von hinten.

»Ja, Hope?«

Er suchte und fand Hopes Gesicht im Rückspiegel. »Keine Angst, Hope – sie stirbt nicht. Sie wird wieder gesund. Vielleicht ist sie ja schon wach, wenn wir kommen, und hat Appetit auf ein ordentliches Frühstück.«

* * *

Doch Rachel war nicht wach. Sie lag genauso da, wie er sie verlassen hatte, und die Angst, daß ihr nächster Atemzug ihr letzter sein könnte, schnürte ihm die Kehle zu.

»Sie schläft«, flüsterte Hope, und Jack war fast versucht, ihr zu glauben. Abgesehen von dem Bluterguß und der Abschürfung sah Rachels Gesicht aus wie immer. Vielleicht war sie aus dem Koma erwacht und anschließend eingeschlafen. Vielleicht hatte der Arzt versucht, ihn im Auto zu erreichen, und war nicht durchgekommen. Autotelefone waren störanfällig.

Voller Hoffnung trat Jack an das Bett und streichelte

Rachels Wange. Als sie nicht reagierte, nahm er ihre gesunde Hand und drückte sie. »Rachel?«

»Stör sie nicht!« rief Hope ängstlich von hinten.

Samantha sagte nichts, starrte nur mit aufgerissenen Augen zu ihrer Mutter hinüber.

Jack kehrte zu den Mädchen zurück, die an der Schiebetür stehengeblieben waren. Als er sich nach seiner Enttäuschung über Rachels unveränderten Zustand gefaßt hatte, sagte er leise: »Seht ihr? Keine lebenserhaltenden Maschinen. Ihr Bein ist gegipst, die Hand verbunden, und ihr Gesicht sieht schlimmer aus, als die Verletzung ist. Erinnerst du dich, wie du den Tennisball aufs Auge bekamst, Sam? Es wurde erst blau und dann lila und nach einer Woche grün und gelb, und irgendwann war es wieder wie neu – aber es dauerte eine Weile.«

Samantha nickte, ohne Rachel aus den Augen zu lassen.

»Die Infusionen versorgen eure Mutter mit Medikamenten und Nahrung«, erklärte Jack seinen Töchtern. »Der Monitor hinter ihr zeichnet ihren Blutdruck, ihren Puls und ihre Atmung auf, und im Stationszimmer sitzt eine Schwester, die das alles sieht und jede Veränderung sofort bemerkt. Außerdem können sie eure Mom durch die Glastür beobachten, ohne hereinkommen zu müssen. Das ist der Grund, warum sie hier liegt und nicht in einem normalen Krankenzimmer.«

Hope rückte näher an ihn heran.

»Siehst du die oberste Aufzeichnung, die Linie, die sich auf und ab bewegt?« fragte er sie. »Siehst du, wie gleichmäßig der Rhythmus ist?« Er spürte Hopes Nicken an seinem Arm. »Möchtest du Mom wissen lassen, daß du hier bist?« Jetzt spürte er ein Kopfschütteln. »Samantha?«

Seine große Tochter sah plötzlich ebenso kindlich und ängstlich aus wie ihre kleine Schwester. »Kann sie uns denn hören?«

»Das weiß man nicht genau.«

»Was soll ich sagen?«

»Was du willst.«

»Redest du mit ihr?«

Er nahm die Herausforderung an, ging zu Rachel, nahm wieder ihre Hand, beugte sich über sie, küßte sie auf die Stirn und stützte sich auf das Geländer des Bettes. »Hallo, Engel. Wie geht's dir? Siehst du – ich hatte dir versprochen wiederzukommen, und da bin ich. Ich habe die Mädchen mitgebracht. Sie stehen drüben an der Tür. Das Drum und Dran hier macht ihnen ein bißchen angst.«

Plötzlich stand Samantha neben ihm. »Mir nicht«, sagte sie. »Hallo, Mom.« Er hörte sie schlucken, sah, wie ihre Finger sich um das Geländer schlossen. »Ich bin's – Sam. Meine Güte, sieh dir nur dein Gesicht an. Was hast du bloß gemacht?« Aus dem Mundwinkel flüsterte sie Jack zu: »Das ist doch blöde – sie kann nicht hören.«

»Bist du sicher?«

»Nein.«

»Dann geh nicht davon aus.« Er schaute sich nach Hope um, die immer noch an der Tür stand. Als er sie mit einer Kopfbewegung aufforderte, herüberzukommen, wich sie noch weiter zurück.

»Was tun sie, um sie aufzuwecken?« fragte Samantha.

»Siehst du die Infusion da?« Er deutete auf einen der Beutel. »Sie verhindert, daß das Ödem in ihrem Kopf größer wird und sorgt dafür, daß das verletzte Hirngewebe ausreichend durchblutet und mit dem nötigen Sauerstoff versorgt wird, damit es heilen kann.« Er wußte natürlich nicht, ob das von dem Arzt erwähnte Mittel sich tatsächlich in diesem Beutel befand, aber darauf kam es ja nicht an.

»Warum geben sie ihr nicht einfach eine Spritze, oder so was?«

»Wenn sie spritzen könnten, hätten sie das längst getan.«

»Hast du verlangt, daß ein Spezialist geholt wird?«

Er war gekränkt. »Natürlich – sofort. Du traust mir wohl gar nichts zu.«

Sie schnitt eine Grimasse.

»Hör zu«, sagte er. »Ich muß ein paar Telefonate führen. Bleib du hier und erzähle deiner Mutter was – am besten etwas Lustiges.«

Im Hinausgehen sagte er zu seiner kleinen Tochter: »Ich bin gleich wieder da.«

»Ist Doktor Bauer im Haus?« erkundigte er sich im Stationszimmer.

»Dienstagvormittags hält er Vorlesungen in der City«, erklärte die Schwester, die die Monitore überwachte.

»Sind Sie Mister McGill?« fragte eine Frau, die an einem Tisch Schreibarbeiten erledigte. Sie trug eine Seidenbluse unter ihrem Arztkittel und Perlenohrringe.

»Ja.«

Sie stand auf und streckte ihm die Hand hin. »Ich bin

Doktor Kara Bates, Neurologin. Doktor Bauer hat nach Ihrer Frau gesehen, bevor er losfuhr.«

»Sie ist noch immer nicht wach. Wirkt die Infusion nicht?«

»Doch – zumindest insofern, als das Hirnödem nicht größer geworden ist. Wir müssen Geduld haben.«

»Ich habe versucht, meinen Töchtern das klarzumachen, aber sie sehen es nicht ein. Vielleicht hätte ich sie lieber zu Hause lassen sollen.«

»Mal sehen, ob ich mehr Glück bei ihnen habe«, sagte die Ärztin.

Jack blieb an der Tür stehen, während sie mit den Mädchen sprach. Sie wiederholte, was Dr. Bauer ihm gesagt hatte, und sie hörten ihr aufmerksam zu und nickten, als die Neurologin sie fragte, ob sie alles verstanden hätten. Als sie geendet hatte, trat Hope an Rachels Bett, und Samantha nahm die Hand ihrer Mutter – und plötzlich wallte eine Mischung aus Zorn und Scham in ihm auf: Eine Fremde hatte erreicht, was ihm als Vater nicht gelungen war.

Frustriert ging er den Flur hinunter, um zu telefonieren.

* * *

»Sung und McGill«, meldete sich Christina Cianni, die seit der Firmengründung für Jack arbeitete. Damals war sie Mädchen für alles gewesen. Man sah ihr nicht an, daß sie zehn Jahre älter war als ihr Chef. Sie war immer freundlich und strahlte eine wohltuende Ruhe aus. In den ersten Jahren am Empfang hatte sie potentiellen Auftraggebern das Gefühl vermittelt, sich an einen erfolgreichen Architekten zu wenden, lange bevor er das tatsächlich war. Inzwischen bediente sie das Telefon nur noch, wenn die Empfangssekretärin Pause machte. Den Rest der Zeit teilte sie zwischen Buchführung und PR-Arbeit auf. Sie war eine tüchtige Frau, absolut zuverlässig und Jack treu ergeben.

»Hallo«, sagte Jack. Es tat ihm gut, ihre Stimme zu hören – zumindest etwas in seinem Leben war noch so wie gestern.

»Jack! Es tut mir so leid, was Rachel zugestoßen ist. Wie geht es ihr?«

»Sie liegt im Koma. Die anderen Verletzungen sind nicht so dramatisch, aber die Hirnprellung könnte ihr zum Verhängnis werden. Ich habe keine Ahnung, was passieren wird.«

»O Gott! Wie schrecklich! Wie verkraften es die Mädchen?«

»Sie haben natürlich Angst.«

»Ist Rachel in guten Händen?«

»Ich habe schon den Eindruck, aber ich möchte trotzdem einen Spezialisten hinzuziehen. Bitte erkundigen Sie sich, wer der beste Neurologe in der Stadt ist.«

»Wird sofort erledigt.«

»Was tut sich an der Heimatfront?«

»Sie werden es nicht glauben – die Leute aus Montana haben sich tatsächlich auf eine nochmalige Verschiebung der Besprechung eingelassen. Sie ist jetzt für den kommenden Dienstag festgesetzt.«

»Ich muß ja wirklich ein toller Bursche sein«, sagte er

sich selbst ironisierend. »Wann muß ich nach Napa?« In Napa hatte er ein Restaurant projektiert, und es stand eine Besprechung mit dem Auftraggeber, einem Elektriker, einem Installateur und einem Küchenberater an.

»Nächsten Mittwoch.«

»Gut. Und nach San Jose?« Dort sollte er sich zu einem Vorgespräch mit den Inhabern einer Computerfirma treffen, die, aufgrund akuten Platzmangels in ihren derzeitigen Räumen, bauen wollten.«

»Auch am Mittwoch. David hat versucht, den Termin auf diesen Freitag zu legen – er will die Leute festnageln –, aber glücklicherweise haben sie da keine Zeit. Allerdings müßten Sie am Freitag in Austin sein. Ist das zu schaffen?«

Jack schloß die Augen und rieb seine Lider. Er war wie benebelt. »Keine Ahnung. Rachel kann noch heute aufwachen, aber genausogut erst morgen oder am Donnerstag. Oder nächste Woche. Ich habe zwar nichts zum Anziehen mitgenommen, aber ich muß trotzdem hierbleiben, bis sich zumindest eine Entwicklung zur Besserung abzeichnet. Irgendwann wacht Rachel bestimmt auf – sie ist eine Kämpfernatur –, aber ich kann die Mädchen im Moment nicht allein lassen, und wenn es sich länger hinzieht, muß ich eine Regelung für sie finden.« Er fuhr sich mit der Hand durch die Haare. »Verschieben Sie Austin erst mal nicht – ich muß jetzt von einem Tag zum anderen disponieren.«

»David wird nicht begeistert sein.«

»Das kann ich nicht ändern«, erwiderte er lapidar. David war im Augenblick sein geringstes Problem.

Ein anderes – und sehr viel größeres – nahm er mit seinem nächsten Telefonat in Angriff.

»Hallo«, sagte er um einen zärtlichen Ton bemüht.

»Jack!« rief Jill, und er sah im Geiste das Lächeln auf ihrem Gesicht, das er so mochte. »Ich hatte nicht damit gerechnet, so bald von dir zu hören. Ist die Besprechung schon zu Ende?«

»Ich mußte sie absagen. Rachel hatte einen Autounfall und liegt auf der Intensivstation. Ich bin mit den Mädchen hier im Krankenhaus.«

Nach einer Pause fragte sie, und nun war kein Lächeln mehr zu hören: »In Big Sur?«

»In Monterey. Rachel liegt im Koma.« Er gab Jill einen knappen Bericht. »Sie kann in fünf Minuten aufwachen, in fünf Tagen, in fünf Wochen – oder gar nicht. Die Ärzte haben keine Möglichkeit, eine Prognose zu stellen, und die Mädchen sind völlig verzweifelt. Ich muß erst mal bei ihnen bleiben.«

Nach einer noch längeren Pause konstatierte Jill: »Du schaffst es nicht zu dem Ball.« Ihre Enttäuschung war ebenso deutlich zu hören wie vorher ihre Freude.

»Nein – es sei denn, Rachel wacht innerhalb der nächsten paar Stunden auf. Es tut mir leid, Jill, wirklich. Ich weiß, wie wichtig der heutige Abend für dich ist – aber vielleicht tröstet es dich ein wenig, daß du nicht die einzige bist, die ich jetzt versetze. Ich habe heute drei Termine platzen lassen müssen, und vielleicht kann ich die morgigen ebenfalls nicht wahrnehmen. Diese Warterei ist nervenzerfetzend – aber man kann nichts tun, um sie abzukürzen.«

»Gibt es denn niemanden, der heute nacht bei den Mädchen bleiben kann? Du könntest doch morgen wieder zu ihnen fahren.«

Duncan Bligh wäre sicher dazu bereit, und bestimmt auch Katherine Evans – aber Jack wollte sich nicht noch einmal von einem fremden Menschen beschämen lassen. Und außerdem ließ sein Stolz nicht zu, daß er sich um die Verantwortung drückte.

»Sie sind noch Kinder, Jill, und sie haben Angst. In dieser Situation könnte ich nicht guten Gewissens auf einen Ball gehen. Ich weiß zwar nicht, wie ich sie trösten soll, aber ich kann sie jetzt auf keinen Fall im Stich lassen.«

»Ich hatte mich so darauf gefreut, dich dabeizuhaben«, sagte sie traurig.

»Ich weiß. Aber sieh es doch mal so: Als stellvertretende Vorsitzende des Komitees hättest du ohnehin kaum Zeit für mich. Außerdem würde ich, selbst wenn ich dich begleitete, bestimmt in irgendeiner Ecke einschlafen, denn ich habe in den letzten vierundzwanzig Stunden kaum ein Auge zugemacht. Und ich wäre keine Zier an deiner Seite – ich sehe aus wie ein Gespenst.«

»Du bist nicht mehr mit Rachel verheiratet, Jack.«

Es war nur eine simple Feststellung, aber Jack wußte, was Jill damit sagen wollte: Wir sind seit zwei Jahren zusammen, ich habe deinen Geschäftspartner kennengelernt, dich zu Geschäftsessen begleitet, hier und in Tahoe Wochenenden mit dir verbracht, und du hast mich sogar deinen Töchtern vorgestellt. Bedeute ich dir nicht endlich mehr als deine Exfrau?

David hatte etwas Ähnliches gesagt, und Jack antwortete Jill in gleicher Weise. »Ich bin zwar von Rachel geschieden, aber doch nicht von meinen Töchtern. Sie sind dreizehn und fünfzehn Jahre alt, ihre Mutter liegt im Koma, aus dem sie vielleicht nicht mehr erwacht, die nächsten zwei Tage sind kritisch – und du erwartest von mir, daß ich hier alles stehen und liegen und die Kinder in fremder Obhut lasse, um in San Francisco auf einen Ball zu gehen?« Er sah Katherine auf sich zukommen. »Es tut mir leid, ich muß auflegen. Ich rufe dich wieder an.«

Katherine wirkte ausgeruht. Sie trug einen modischen Hosenanzug aus Leinen, und ihr Make-up war ebenso makellos wie ihre Frisur.

»Fahren Sie in die City zurück?« Sie steckte eine Hand in die Hosentasche.

»Nein – ich habe gerade alle Termine abgesagt, um hierbleiben zu können.«

Das erstaunte sie sichtlich und sie wollte gerade etwas sagen, als jemand ihren Namen rief. Sie drehte sich um, und dann erhellte ein Lächeln ihr Gesicht. »Hallo! Wie geht's denn so, Darlene?«

Darlene blieb nicht stehen. Mit leuchtendweißen Zähnen in dem fast schwarzen Gesicht und nach oben gestrecktem Daumen stürmte sie vorbei.

Jack stieß sich von der Telefonkabine ab, an der er gelehnt hatte, und machte sich auf den Rückweg zu Rachels Zimmer. Als Katherine sich ihm anschloß, fragte er: »Sie hatten nicht gedacht, daß ich bleiben würde?«

»Eigentlich nicht. Rachels Schilderung nach sind sie kein Familienmensch. Sie fühlte sich im Stich gelassen.«

Jack blieb abrupt stehen, und Katherine tat es ihm

nach. »Im Stich gelassen?« echote er. »Rachel hat diese Ehe beendet und ist aus- und weggezogen!«

Katherine setzte zu einer Erwiderung an, doch dann nickte sie nur schweigend.

»Keine Hemmungen – sprechen Sie aus, was Ihnen auf der Seele liegt.« Vielleicht würde ein Streit seine Lebensgeister wecken.

Sie dachte eine Weile nach, und als sie schließlich sprach, war ihr Ton neutral, doch in ihren Augen lag eine Herausforderung. »Rachels Empfinden nach hatten Sie sie zu diesem Zeitpunkt längst verlassen, ihr Auszug war nur eine Reaktion darauf. San Francisco erstickte sie, würgte ihre Kreativität ab. Sie war frustriert, gelangweilt.«

»Wenn sie sich langweilte, dann war das ganz allein ihre Schuld. Sie hätte alles mögliche tun können.«

Es war weder der passende Zeitpunkt für diese Auseinandersetzung, noch der passende Ort, aber Jack brachte es nicht über sich, sie zu beenden, denn Katherine hatte einen wunden Punkt bei ihm getroffen. »Sie hat mir die Schuld für ihre Langeweile gegeben?«

Katherine zuckte leicht mit den Schultern. »Sie waren der einzige Mensch, mit dem sie gerne etwas unternommen hätte – aber Sie waren nicht da.«

»Das ist richtig.« Es war wirklich nicht der passende Zeitpunkt und der passende Ort, aber er konnte diesen Vorwurf nicht stehenlassen. »Ich habe mir den Arsch aufgerissen, um eine erfolgreiche Firma aufzubauen, damit wir ein schönes Dach über dem Kopf und gut zu essen hatten – und nicht zuletzt, damit Rachel malen konnte, ohne unter dem Druck zu stehen, Geld verdienen zu müssen.

Von ihren Eltern wollte sie nichts annehmen, und dafür hatte ich Verständnis. Ich habe sie verwöhnt, so gut ich konnte.« Es reicht! sagte eine Stimme in seinem Kopf, aber seine Zunge hörte nicht darauf. »Was habe ich denn schon von ihr verlangt? Zweimal die Woche auf eine Party zu gehen. Sie ist mit Partys aufgewachsen – und außerdem wußte sie genau, daß es unerläßlich war: Wenn man sich einen Namen machen will, muß man sich sehen lassen.«

»Darum ging es gar nicht – sie litt unter Ihren ständigen Reisen. Ihrer Aussage nach waren sie mehr unterwegs als zu Hause.«

Wut kochte in Jack hoch. »Wie kommen Sie eigentlich dazu, sich einzumischen? Das geht nur meine Frau und mich etwas an!«

»Sie ist ihre Exfrau«, korrigierte Katherine ein zweites Mal, »und Sie haben mich aufgefordert, mich zu äußern. Ich bin Rachels Freundin, ich liebe sie, und ich liebe die Mädchen. Ich möchte nicht, daß ihnen weh getan wird.«

»Aber mir schon, oder wie?« Zornbebend setzte er sich wieder in Bewegung.

* * *

NICHT NUR, aber auch Katherine zum Trotz wich Jack seinen Töchtern nicht von der Seite. Er blieb mit ihnen bei Rachel, aß mit ihnen in der Cafeteria zu Mittag und kehrte anschließend mit ihnen zu Rachel zurück.

Die für Rachel zuständige Schwester war ein Schatz. Sie hieß Cindy Winston und strahlte Warmherzigkeit und Ruhe aus. Wenn Dr. Bates eine Lehrerin war, dann war

Schwester Cindy eine Freundin. Die Mädchen hingen an ihren Lippen.

»Redet mit ihr«, sagte sie. »Erzählt ihr, was euch bewegt. Daß ihr traurig seid. Oder zornig. Oder ängstlich.« Sie schaute Rachel an. »Erzählt ihr Witze.« Sie wandte sich wieder den beiden zu. »Ihr dürft lachen und auch weinen – wonach immer euch ist.«

»Und wenn uns nichts mehr einfällt?« fragte Samantha bang.

»Dann berührt sie. Das ist wichtig. Seht her.« Obwohl ihre Worte an die Mädchen gerichtet waren, folgte auch Jack der Aufforderung. Cindy rieb Rachels Schulter. »Eure Mutter spürt das. Eine Berührung ist eine Möglichkeit, mit ihr Verbindung aufzunehmen. Scheut euch nicht, ihre Hände anzuheben. Oder ihr gesundes Knie anzuwinkeln. Oder ihr Haar zu bürsten. Oder ihre Finger oder Zehen zu bewegen.« Nach einer kleinen Pause fragte sie: »Hat sie einen Lieblingsduft?«

Hopes Augen leuchteten auf. »Maiglöckchen.«

Dann bringt doch welche mit, wenn ihr das nächste Mal kommt.«

»Wird ihr das helfen?«

»Schaden kann es auf keinen Fall.«

* * *

UNGLÜCKLICHERWEISE WAR Schwester Cindys Aufmunterung nur von kurzer Dauer und einseitig. Auch sie konnte ihnen nicht sagen, wann Rachel aufwachen würde. Niemand konnte das.

Jack trank so viel Kaffee, um nicht einzuschlafen, daß er am späten Nachmittag zu zittern begann. Als Katherine mit ein paar Freundinnen ins Zimmer kam und sie ihm vorstellte, vergaß er die Namen, kaum daß er sie gehört hatte, und wich mit seinen Töchtern der Übermacht.

Sie waren erst ein paar hundert Meter gefahren, als Samantha in sachlichem Ton fragte: »Was wird aus Hope und mir?«

»Wie meinst du das?«

»Wenn Mom stirbt.«

»Sie wird nicht sterben.«

»Und wenn sie noch eine Weile so daliegt – wer kümmert sich dann um uns?«

»Ich.«

»Wo?« Sie schaffte es, ihr ganzes Mißtrauen in dieses eine kurze Wort zu legen. Er erinnerte sich daran, daß sie gesagt hatte, sie wolle nicht wieder in San Francisco leben. Sollte er sich jetzt auf eine Auseinandersetzung über eine Entscheidung einlassen, die aller Wahrscheinlichkeit nach gar nicht gefällt werden müßte? Nein – dazu war er zu müde, und außerdem wäre, wenn sie nach Hause kämen, vielleicht schon die Nachricht auf dem Anrufbeantworter, daß Rachel aufgewacht war.

Also sagte er: »In Big Sur. Wenn eure Mutter morgen immer noch nicht aufgewacht ist, fahre ich heim und hole mir etwas zum Anziehen, während ihr in der Schule seid.«

»Wir können doch nicht in die Schule gehen!« protestierte Sam.

»Das müßt ihr sogar. Schließlich fangen demnächst die Abschlußprüfungen an.«

»Ja, aber …«

»Ich hole euch nach dem Unterricht ab.« Da die Schule in Big Sur nur bis zur sechsten Klasse ging, besuchten die Mädchen eine weiterführende Schule in Carmel, und von dort waren es nur zehn Autominuten nach Monterey. »Dann könnt ihr den Rest des Tages bei eurer Mutter verbringen.«

»Glaubst du im Ernst, daß wir uns konzentrieren können?«

»Ihr solltet es zumindest versuchen. Das würde auch eure Mutter wollen. Ihr solltet euer Leben so normal wie möglich weiterleben.«

»Aber es ist nicht mehr normal!«

»Bald wird es das wieder sein. Eure Mutter wird nicht ewig in diesem Zustand verharren.«

»Woher weißt du das?« kam Hopes Stimmchen vom Rücksitz.

»Ich weiß es einfach. Eure Mom ist jung und gesund. Sie wird aufwachen, glaubt mir.«

»Nicht einmal die Ärzte sind sich dessen sicher«, wandte Samantha ein.

»Das ist richtig – aber möchtest du lieber davon ausgehen, daß sie stirbt?«

»Natürlich nicht! Mir ist nur schleierhaft, was jetzt werden soll. Mom wollte mit uns zum Allgemeinarzt und zum Zahnarzt …«

»Und das Abschlußpicknick meiner Klasse organisieren …«

»Und das Kleid für meinen ersten Ball mit mir kaufen. Wer soll das machen, wenn sie im Krankenhaus bleibt?«

»Ich«, sagte Jack.

Sam ließ die Schultern sinken und starrte aus dem Fenster. »Und wann? Du hast doch nie Zeit.«

»Ich werde sie mir nehmen.«

»Wie für meine Turnvorführungen?«

Ihre Turnvorführungen. Anfangs war er zu jeder Veranstaltung gegangen, doch dann hatte die Arbeit ihn mehr und mehr beansprucht, und er konnte es nur noch selten einrichten. Sie war damals noch ein kleines Mädchen gewesen – er hätte nicht gedacht, daß sie sich daran erinnerte. Die Bitterkeit in ihrer Stimme traf ihn tief.

»Das kannst du nicht vergleichen«, sagte er lahm. Und dann setzte er, zornig darüber, in die Defensive gedrängt worden zu sein, denn jede Medaille hatte schließlich zwei Seiten, hinzu: »Es ist auch für mich schwer, eure Mutter so daliegen zu sehen, und es wäre nett, wenn du mir eine Schonzeit gönntest.«

»Hast du Grandma angerufen?«

Grundgütiger! Er hatte überhaupt nicht an Victoria Keats auch nur gedacht. »Nein, ich habe Grandma nicht angerufen«, antwortete er. »Ich warte lieber noch damit. Vielleicht wacht eure Mom schon morgen auf, und ich will ihre Mutter nicht unnütz in Aufregung versetzen.« In Wahrheit graute ihm vor dem Gespräch, und er hatte – weiß Gott – schon genug Probleme.

Hope beugte sich vor und fragte schüchtern: »Was werden wir zu Abend essen?«

Ein Festsaal erschien vor Jacks geistigem Auge. Er sah sich nach einem exquisiten Dinner in Frack und Fliege mit Jill, die ihn anbetete, im Fairmont tanzen. Unwillkürlich schüttelte er den Kopf. Das Bild verschwand. Dafür stürmten Pflichten auf ihn ein. Abendessen kochen, Ballkleid kaufen, Arztbesuche, Picknick organisieren – mit einem Anflug von Panik fragte er sich, ob er der Aufgabe gewachsen sein würde, die Rachel ihm da gestellt hatte.

Was würden sie zu Abend essen? »Irgendwas«, antwortete er gereizt. »Und jetzt laßt mich bitte alle beide in Ruhe.«

»Und wenn du am Steuer einschläfst?« fragte Samantha, und plötzlich klang sie gar nicht mehr aggressiv, sondern ängstlich.

»Du wirst mich daran hindern, okay? Behalte mich im Auge. Sobald meine Lider sich schließen, gibst du mir einen Renner.«

* * *

Jack registrierte, daß der Himmel wolkenlos war und die Sonne dem Meer entgegensank, aber er war zu müde, um das Farbenspiel zu genießen.

Diesmal passierten sie die Unfallstelle ohne Kommentar, und auch der Rest der Fahrt verlief in tiefem Schweigen.

Er hatte kaum vor dem Haus angehalten, als Samantha mit einem »Ich muß telefonieren!« aus dem Wagen sprang und Hope ihr »Ich muß nach Guinivere sehen«, murmelnd auf dem Fuß folgte.

Jack stieg aus, schlug die Tür zu – und blieb zum zweiten Mal an diesem Tag und dieser Stelle wie angewurzelt stehen. Die Luft war hier wirklich völlig anders als überall sonst. Und das Spätnachmittagslicht, der hochaufragende Rotholzwald und die Stille schufen eine Atmosphäre, die ihn seine Erschöpfung vergessen ließ.

Er atmete ein paarmal tief und genießerisch durch und wäre gerne noch eine Weile draußen geblieben. Aber dann fiel ihm ein, daß er sich um das Abendessen kümmern mußte.

Fünftes Kapitel

HOPE WACHTE MIT Bauchschmerzen auf. Sie rollte sich zusammen und hatte sich gerade die Decke über den Kopf gezogen, als sie ein klagendes Miauen hörte. Sie schlug die Decke zurück und setzte sich auf. Guinivere hockte, schuldbewußt zu ihr aufschauend, neben dem Malheur, das ihr gerade passiert war.

»Ach, das macht doch nichts, mein Baby, das ist überhaupt nicht schlimm«, versicherte Hope ihr in liebevollem Ton, nahm sie auf den Arm und drückte sie an sich. »Ich putz' das gleich weg.« Sie setzte die Katze aufs Bett und lief einen Lappen holen.

* * *

SAMANTHA WACHTE mit steifem Hals auf, aber erst als sie den Telefonhörer zwischen Ohr und Schulter klemmte, wurde ihr klar, warum. Die Diagnose ihrer Mutter hätte »Telefonitis« gelautet – aber was hätte sie tun sollen? Sie mußte Shelly wegen Mathe anrufen, John wegen Physik, Amanda wegen Spanisch, und als das alles erledigt war, rief Lydia an. Wann hatten sie aufgelegt? Um halb eins?

»Die Intensivstation bitte«, sagte sie zu der Telefonistin. Als sich eine Schwester meldete, gab Samantha sich mit der Selbstsicherheit zu erkennen, von der ihre Mutter sagte, daß sie ihr die Türen öffnete, doch sie war nur gespielt. In Wahrheit wurde sie von der Angst geschüttelt, daß ihre Mutter in der Nacht gestorben sein könnte.

»Wie geht's meiner Mom?«

»Gut.«

Hoffnung durchströmte Samantha. »Sie ist wach?«

»Nein, noch nicht.«

Was soll das »Gut« dann heißen? dachte Samantha. »Danke«, sagte sie in vor Enttäuschung patzigem Ton und legte auf. Sie schlang die Arme um die Knie und wippte auf dem Po vor und zurück. Das war also ihre Strafe für ihre gestrige Aufmüpfigkeit – ihre Mutter hatte sie ihrem Vater ausgeliefert. Samantha dachte an die Auseinandersetzung, die sie wegen des Tattoos gehabt hatten und in deren Verlauf Rachel ihr klarzumachen versuchte, daß sie trotz des Tätowierungsverbots keinen Grund zur Klage über ihr Leben habe.

Wenn sie diesen Streit nicht gehabt hätten, wäre Rachel nicht so zerstreut gewesen, hätte das Buch für den Lese-Zirkel nicht ins Atelier mitgenommen, und wenn sie es von dort nicht hätte holen müssen, wäre sie zwei Minuten früher losgefahren und nicht gerammt worden. War also sie, Samantha, schuld an dem Unfall?

Hatte sie es nicht schon schwer genug? Sie strengte sich weiß Gott an und bekam trotzdem immer nur Zweier statt Einser, sie konnte nicht Flöte spielen wie Lydia oder singen wie Shelly. In Turnen war sie die Beste gewesen – aber dann war sie gewachsen. Jetzt war ihr Aussehen ihre Stärke – aber was brachte es ihr? Rachel behandelte sie wie ein Kleinkind. Die *Coolen* hatten drei Ohrstecker und

Tätowierungen am Knöchel, trugen in der Schule hautenge Tops und Mascara – und Rachel legte ausgerechnet Lydia als Maßstab an. Lydia war lieb, aber nicht im entferntesten cool.

Rachel war auch nicht mit dem Kleid einverstanden gewesen, das Samantha für den Ball vorschwebte. Und Jack würde erst recht protestieren.

* * *

JACK WACHTE mit einer Erektion auf, aber er erinnerte sich nicht daran, was er geträumt hatte. Schlaftrunken ließ er den Blick durch den Raum wandern. Die schwungvoll über die Vorhangstangen drapierten Stoffbahnen, der Samtmorgenrock an dem Haken an der Tür, die runde, an ein Fruchtbarkeitssymbol erinnernde Bodenvase mit den Trockenblumen, der Bücher- und Zeitschriftenstapel neben dem aus Ton handgearbeiteten, vielarmigen Garderobenständer, an dem Baseballkappen und ein Cowboyhut hingen, der zu den darunterstehenden Stiefeln paßte – all das war ebenso typisch für Rachel wie der Maiglöckchenduft, den die Laken verströmten.

Er schüttelte seine Benommenheit ab und griff nach dem Telefon. Es erfüllte ihn mit Erleichterung zu erfahren, daß Rachel noch lebte, mit Furcht, daß sie noch immer im Koma lag, und mit Stolz, daß Samantha den Mut aufgebracht hatte, selbst im Krankenhaus anzurufen.

Üblicherweise dauerte es am Morgen eine gewisse Zeit, bis sein Gefühlsleben in Gang kam. Daß sich gleich drei Emotionen auf einmal in ihm regten, und dazu noch so intensiv, war eine völlig neue Erfahrung für ihn. Ein Gutes hatten sie jedoch: Seine Erektion war in sich zusammengefallen, was ihm ersparte, ihren Ursprung zu analysieren.

Er stieß die Decke zurück, ging zum Fenster, stützte sich mit den Händen am Rahmen ab und schaute hinaus. Morgennebel waberte in dem tiefen, engen Tal, doch er war ganz anders als der in seinem Garten. Weich und zart umschmeichelte er die Bäume. Kein Blättchen rührte sich, und es herrschte tiefe Stille. Jacks Lider wurden schwer.

»Daddy?«

Er fuhr erschrocken herum und sah Hope durch einen schmalen Türspalt spähen.

»Ich habe Bauchweh, Daddy.«

Augenblicklich krampfte sich Jacks Magen zusammen. »Hast du richtige Schmerzen?« Wenn es eine Blinddarmentzündung wäre, müßte er mal ein ernstes Wort mit dem Schicksal sprechen.

»Nein. Es grummelt nur so da drin.«

Er ging zu ihr und legte die Hand auf ihre Stirn. »Du fühlst dich nicht fiebrig an. Ich denke, das vergeht bald wieder.«

»Aber wenn es in der Schule schlimmer wird, müssen sie dich anrufen, und wenn du in der Stadt bist, kannst du doch nicht so schnell wieder hier sein. ich glaube, ich bleibe lieber im Bett.«

Sie sah nicht im mindesten krank aus. »Willst du denn deine Mutter nicht besuchen?«

Ihre Augen weiteten sich. »Natürlich! Wenn ich vormittags liegenbleibe, geht's mir bis nachmittags bestimmt wieder gut, dann kann ich doch mit Sam hinfahren …«

Ein Verdacht beschlich ihn. »Wie geht es Guinivere?« fragte er.

Bingo. Besorgnis verdunkelte ihre Augen. »Auch nicht gut. Wenn wir uns zusammenkuscheln, geht es uns bestimmt beiden schnell besser.«

Jack rieb sich den Nacken. Was sollte er dazu sagen? Die Katze war todkrank – daran würde sich nichts ändern. »Und was ist, wenn sich einer von euch morgen noch immer nicht gut fühlt? Oder übermorgen? Willst du dann wieder vormittags bei Guinivere bleiben und nachmittags Mom besuchen? Damit könnte der Rest des Schuljahres vergehen. Du willst doch bestimmt nicht riskieren, es wiederholen zu müssen.«

»Aber wenn ich in die Schule gehe und anschließend zu Mom, ist Guinivere den ganzen Tag allein.«

»Sam sagte, sie schliefe fast nur noch.«

Hope nickte kummervoll.

»Dann merkt sie ja gar nicht, daß du weg bist.«

»Das denkst du. Ich kann sie unmöglich so lange allein lassen. Nicht jetzt, wo sie so krank ist. Ich liebe sie doch.«

Hope war normal schlank, aber in ihrem voluminösen Bigshirt wirkte sie zerbrechlich wie ein kleiner Vogel. Entsprechend vorsichtig legte er den Arm um ihre Schultern. »Ich weiß, daß du sie liebst.« Er zermarterte sich das Gehirn nach einer Lösung. Wenn es um Architektur ging, war er ideenreich – als Vater nicht. »Wie würde Mom entscheiden?« wälzte er die Verantwortung auf die bewußtlose Rachel ab.

Hope zuckte mit den Schultern.

»Würde sie dich die Schule schwänzen lassen?«

»Nein – aber sie wäre hier bei Guinivere.«

Und er wäre das nicht. Er würde die Kinder in Carmel absetzen, ins Krankenhaus fahren und dann weiter nach San Francisco, die Mädchen auf dem Rückweg in Carmel einsammeln und wieder ins Krankenhaus fahren. Big Sur lag fünfundvierzig Autominuten südlich von Carmel, und er hatte keine Lust, sich zusätzlich zu der unumgänglichen Fahrerei nur wegen einer Katze eine neunzigminütige Rundreise anzutun.

»Ich kann sie nicht den ganzen Tag allein lassen, Daddy!« Hopes Augen schwammen in Tränen. »Sie ist so krank. Würdest du Mommy den ganzen Tag allein lassen?«

»Um Mommy kümmern sich Ärzte und Schwestern ...« Er brach ab, als er sie nicken sah: Er hatte sich selbst eine Grube gegraben.

Aber er wollte auf keinen Fall, daß sie diesen Schultag versäumte – okay, hauptsächlich, weil er nicht extra herfahren wollte, um sie zu holen. Es mußte eine andere Möglichkeit geben. Der hilfsbereite Nachbar fiel ihm ein. »Meinst du, Duncan könnte ab und zu nach ihr sehen?«

Hopes Blick drückte Skepsis aus. »Er ist auch viel unterwegs.« Plötzlich erhellte sich ihre Miene ein wenig. »Aber er geht immer zum Mittagessen nach Hause. Ich könnte ihn fragen.«

* * *

Duncan machte einen Vorschlag, der Hope noch besser gefiel, was Jack allerdings nicht verstand. Warum sollte es besser für Guinivere sein, den Tag bei Duncan zu verbringen als zu Hause?

»Er hat einen starken Glauben«, antwortete Hope auf seine Frage hin lapidar. Die Mädchen hatten Duncans Gläubigkeit im Laufe der Jahre so oft erwähnt – fast so oft wie seinen Namen –, daß Jack Rachel irgendwann fragte, ob der Mann einer Sekte angehörte, denn in Big Sur gebe es eine Menge Freigeister, alternde Hippies und Sonnenanbeter, wie er gehört habe. Rachel hatte schallend gelacht. Duncan sei schlicht und einfach religiös.

»Daddy, bitte …«

Nun, dagegen war nichts einzuwenden. In aller Eile wurden Katzentoilette und Futter zusammengepackt und samt Guinivere zu dem drei Autominuten hangaufwärts liegenden, kleinen Ranchhaus geschafft. Hopes Bauchweh war verflogen.

Jack wartete im Wagen, während sie die Katze versorgte. Als Duncan herauskam, sagte Jack: »Danke. Sie tun ihr einen großen Gefallen.«

»Wie geht es ihrer Mutter?«

»Unverändert. Ich fahre jetzt zu ihr.«

»Sie sollten Ben anrufen.«

»Wer ist Ben?« fragte Jack, doch als Duncan gerade zu einer Erklärung ansetzte, ergriff Hope seine Hand und schaute ehrfürchtig zu ihm auf.

Es war ein eindrucksvolles Bild – die zierliche, hübsche Hope mit ihren sonnenscheinblonden Haaren und den goldbraunen Augen und den von Rachel geerbten, lustigen Sommersprossen auf dem jetzt leicht geröteten Gesicht, und der vierschrötige Duncan mit seinem buschigen, weißen Bart, den überlangen Ohren und den ledrigen Pranken.

»Ich hole sie dann abends wieder ab«, sagte Hope.

Der massige Mann nickte, drückte ihre Hand und schob sie sanft in Richtung Auto.

* * *

ALS JACK INS KRANKENHAUS kam, lag Rachel frisch gewaschen und in frischer Wäsche, aber ansonsten unverändert in ihrem Bett. Er hatte eine Creme aus ihrem Bad mitgebracht und machte sich daran, die sichtbaren Hautpartien einzureiben.

»Jetzt riechst du wieder vertraut«, sagte er zufrieden, als ihm der Maiglöckchenduft in die Nase stieg. »Ich fühle mich geschmeichelt – ich hatte angenommen, du hättest gewechselt.«

Sorgsam die Schürfwunde und die Schwellung darum aussparend, verteilte er mit sanften Bewegungen Emulsion über ihr Gesicht. »Der Bluterguß ist wirklich eindrucksvoll«, berichtete er. »Schwarzblau.« Nach einer kleinen Pause setzte er hinzu: »Wenn sie es nicht besser wüßten, würden die Leute hier annehmen, du seist geschlagen worden.«

Wobei es ihm nie eingefallen wäre, die Hand gegen Rachel zu erheben – oder gegen eines der Kinder. Als Sohn eines extrem autoritären Vaters hatte er genug darunter zu leiden gehabt, um diese »Erziehungsform« strikt abzulehnen. »Du hast bestimmt Kopfschmerzen.«

Sie reagierte nicht. Jack forschte nach einer Bewegung

unter ihren Lidern. Als er keine feststellen konnte, glitt sein Blick zum Monitor. Ihr Herz schlug kräftig und regelmäßig. Sie war unzweifelhaft am Leben. Er fragte sich, ob sie sich über seine Besorgnis amüsierte.

Er erzählte ihr, wie sie die Katze zu Duncan gebracht hatten, wie er zehn Minuten im Auto gewartet hatte, bis Samanthas Haare endlich gefönt waren, wie er die Mädchen trotzdem sogar noch ein paar Minuten vor Unterrichtsbeginn in Carmel abgesetzt hatte. Er schilderte ihr seine Pläne für diesen Tag, um ihr klarzumachen, daß sie sein ganzes Leben auf den Kopf stellte. Als sie nicht einmal dazu etwas zu sagen hatte, verließ er frustriert das Zimmer.

Auf dem Flur kam ihm Dr. Kara Bates entgegen, heute mit Onyxquadraten an den schöngeformten Ohren und einem modischen Netz über den seidigen, schwarzen Haaren.

»Müßte Rachel inzwischen nicht wenigstens auf irgend etwas reagieren?« fragte er ungeduldig. »Wir warten jetzt schon anderthalb Tage.«

Kara deutete mit dem Daumen über ihre Schulter. »Die Familie da drin wartet schon anderthalb Monate. Diese Dinge brauchen Zeit, Mister McGill. Der Zustand Ihrer Frau verschlechtert sich nicht. Die Sauerstoffsättigung ist konstant, der arterielle Druck nicht gestiegen. Ihr Körper scheint die Sache richtig anzugehen.«

»Ihnen fällt es leicht, in aller Ruhe abzuwarten.«

»O nein. Durchaus nicht«, erwiderte sie frostig. »Ich möchte auch lieber etwas tun, anstatt zu warten. Es ist für uns alle nicht einfach.«

»Ich habe gestern einen Neurologen in San Francisco angerufen. Er hat versprochen, heute herzukommen.«

»Er war bereits hier.«

»Hat er ihr Krankenblatt gesehen.«

»Ihr Krankenblatt, sie selbst – alles. Er geht mit unserer Diagnose konform und meint auch, daß im Moment nichts anderes getan werden sollte.«

Jack erkannte erst an dem Ausmaß seiner Enttäuschung, welche Hoffnungen er in den Spezialisten aus der City gesetzt hatte. »Wenn Sie schätzen sollten, wann sie aufwachen wird ...«

»Das kann ich nicht.«

»Versuchen Sie's wenigstens.«

Sie schüttelte den Kopf. »Ich würde Ihnen wirklich gerne die Ungewißheit nehmen, aber ich – weiß – es – einfach – nicht. Bei Kopfverletzungen weiß man das nie. Ich kann Ihnen lediglich sagen, daß gute Heilungschancen bestehen.«

* * *

Jack hatte gedacht, er würde sich auf der Fahrt nach San Francisco zusehends besser fühlen, denn dort war er zu Hause, dort war seine Firma, dort bewegte er sich auf vertrautem Terrain. In San Francisco war er bekannt und angesehen, hatte schon beachtliche Erfolge verzeichnet, Großaufträge an Land gezogen, erlebt, wie seine Entwürfe in die Tat umgesetzt wurden.

Aber je näher er San Francisco kam, um so schmerzhafter verkrampfte sich sein Magen, und ein wachsendes Gefühl von Benommenheit ergriff von ihm Besitz. Sein Kopf fühlte sich an wie ein eingeschlafener Fuß. Taub.

Er fuhr zuerst nach Hause, weil er hoffte, dort wieder zu sich zu kommen, doch die Kälte, die ihn empfing, veranlaßte ihn, in Windeseile zu packen, um der ungastlichen Stätte schleunigst den Rücken kehren zu können. Ein flüchtiger Blick in den Garten erwies sich als unergiebig – es war schon wieder neblig. Er stellte seine Reisetasche, den Aktenkoffer mit den eingegangenen Faxmeldungen und die Mappe mit den Bauplänen neben das Tischchen in der Eingangshalle, sah eiligst die gestrige Post durch und wollte gerade aus der Tür, als ihm etwas einfiel. Er machte kehrt und rief aus der Halle mit den anthrazitgrau gewischten Wänden – damals hatte ihm die Farbe gefallen – bei Jill an.

»Wie ist es gelaufen?« fragte er ohne Einleitung, nachdem sie sich gemeldet hatte.

»Jack! Wo bist du?«

»Zu Hause – aber auf dem Sprung. Ich fahre noch schnell im Büro vorbei und dann muß ich wieder los. Ich habe den Mädchen versprochen, sie von der Schule abzuholen. Rachel liegt noch immer im Koma. Wie war der Abend?«

»Ein voller Erfolg.«

»Das war zu erwarten. Du verstehst dich einfach großartig auf diese Dinge.« Jill war eine perfekte Gastgeberin, gleichgültig, ob sie zu sich nach Hause einlud, in ein Restaurant oder zu einem Ball. Sie hatten sich vor zwei Jahren als Gäste auf einer Party kennengelernt und beide sofort Gefallen aneinander gefunden. Jill war selbstsicher und intelligent, gebildet und politisch informiert, ohne sich jedoch in den Vordergrund spielen zu wollen.

»Wieviel habt ihr eingenommen?«

»Wir addieren noch – aber wie es aussieht, ist es mehr als eine Viertelmillion.«

»Das ist ja sensationell! Ich freue mich für dich.« Das tat er tatsächlich, auch wenn sein Ton es nicht ausdrückte. Sie hatte sich diesen Erfolg verdient.

»Ich habe dich vermißt«, sagte sie.

Jetzt wäre ein »Ich dich auch« am Platze gewesen, aber er brachte es nicht über sich, sie anzuschwindeln: Er war so mit Rachel und den Kindern beschäftigt gewesen, daß er überhaupt nicht an Jill gedacht hatte. »Hast du dich sehr unwohl gefühlt?« gab er ihr die Gelegenheit zu einer Anklage, doch er wußte vorher, daß sie sie nicht ergreifen würde.

»Nein. Du hattest recht – ich war ständig auf Achse. Du wärst dir verloren vorgekommen. Sehe ich dich, Jack?«

»Ich habe keine Zeit, Jill.«

»Nicht einmal für einen kurzen Abstecher auf dem Weg zum Büro?«

»Ich kann nicht.«

»Wann bist du wieder im Lande?«

Diese Frage hatte sie ihm in den letzten zwei Jahren häufig gestellt. Jack war immer nur zu Stippvisiten in San Francisco. Bis er Jill traf, waren all seine Beziehungen daran in die Brüche gegangen. Sie akzeptierte es ohne zu murren. Warum auch nicht? Sie hatte ihr eigenes Leben, ihre eigenen Anliegen, ihre eigenen Freunde, war ein reifer, unabhängiger und dabei ungemein warmherziger und hilfsbereiter Mensch. Das alles liebte er an ihr – und ganz besonders die Tatsache, daß sie ihm das Gefühl gab, begehrt zu werden. Das würde er immer brauchen. Aber sie nörgelte nicht, wenn sie auf ihn verzichten mußte, und sie nörgelte auch jetzt nicht. Doch die Frage klang diesmal anders. Er hätte schwören können, daß Angst darin mitschwang – die gleiche Angst, die er auch die paar Male gespürt hatte, als sie die Sprache auf eine gemeinsame Zukunft brachte.

Er hatte die Klippe jedesmal umschifft, indem er seine Arbeit vorschob. »Es würde dir nicht gefallen, an einen Mann gebunden zu sein, der mit seinem Job verheiratet ist«, sagte er, oder »Laß mich diesen Auftrag zu Ende bringen, dann reden wir noch mal darüber«, oder sogar »Ich bin doch gar nicht Herr über mein Leben, Jill – wann sollte diese Beziehung denn angesichts meiner ständigen Überlastung stattfinden?«

»Ich komme zurück, sobald ich kann«, beantwortete er ihre aktuelle Frage. »Bete für Rachel.«

In dem Bewußtsein, daß die gute Seele das wahrscheinlich tatsächlich tun würde, fuhr er ins Büro, doch als er in die Parklücke einbog, für die er jeden Monat ein kleines Vermögen bezahlte, wäre er plötzlich am liebsten gar nicht hinaufgegangen. Auch dort hätte er mit Problemen zu kämpfen. Nicht mit existenziellen – auch wenn er diese sein Leben lang fürchtete –, sondern mit innerlichen. Er war durcheinander, in seinem Kopf summte es, er wollte weglaufen, fliehen.

Aber er trug ebenso die Verantwortung für die knapp über zwanzig Angestellten der Firma wie David.

Immer zwei Stufen auf einmal nehmend, hastete er die Treppe hinauf und mit einem nur flüchtigen Nicken für die Empfangssekretärin durch das Foyer mit den modisch-rohen Ziegelwänden. Er stürmte den Flur hinunter, ohne sich einen Blick in eine der offenstehenden Türen zu gestatten, um nicht aufgehalten zu werden, und blieb erst stehen, als er Tina Ciannis verglastes Büro erreichte.

Sie telefonierte gerade. Ihre Augen weiteten sich, als sie ihn sah, und sie beendete das Gespräch so schnell es die Höflichkeit erlaubte. »Jack! Was machen Sie denn hier? Ich dachte, Sie seien in Monterey.« Dann erschrak sie. »Ist Rachel ...« Sie brach ab.

»Nein, sie lebt – aber sie liegt noch immer im Koma. Und ich ...«

Tina atmete auf. »Daß sie lebt, klingt doch vielversprechend. Wie geht's den Mädchen?« unterbrach sie ihn.

»So lala. Und was gibt es hier zu berichten?«

»Unerfreuliches. Michael Flynn hätte die abgeänderten Blaupausen für Buffalo gestern abend fertig haben sollen. John Perry ruft alle paar Stunden an. Er schäumt vor Wut. Jeder Tag, um den sich der Fenstereinbau verschiebt, kostet ihn einen Haufen Geld.«

Das wußte Jack nur zu gut. Bei seinem letzten Auftrag für diesen Bauherrn – damals war es um einen Apartmentkomplex gegangen – hatten starke Schneefälle die Arbeit an drei entscheidenden Bauabschnitten zum Erliegen gebracht, und jeder Tag Verzögerung bedeutete einen Tag mehr Zinsbelastung auf dem Baudarlehen. Diesmal war eine Kunstgalerie mit angeschlossenen Ateliers betroffen, ein Projekt, das Jack besonders am Herzen lag: Es waren falsche Fenster gekommen. Der Bauunternehmer schwor Stein und Bein, die richtigen bestellt zu haben. Ob das der Wahrheit entsprach oder nicht – die Lieferzeit der neuen hätte sie um zwei Monate zurückwerfen können, und so hatte Jack den Plan den vorhandenen Fenstern entsprechend geändert. Michael Flynn hatte als sein Projektmanager die Aufgabe, dafür zu sorgen, daß auch tatsächlich gebaut wurde, was Jack entworfen hatte, was bedeutete, daß er sich, mit Blaupausen bewaffnet, vor Ort davon überzeugen mußte – in diesem Fall in Buffalo.

»Wo ist Michael denn?«

»Zu Hause. Er verschwand gestern nachmittag um drei, um seine zweijährige Tochter zum Arzt zu bringen. Sie war mit Giftsumach in Berührung gekommen, wer weiß, wo der Strauch stand, und seine Frau war in Panik. Auf dem Heimweg fuhr ihm einer hinten rein, und dann stolperte er und fiel mit dem Kind auf dem Arm eine Treppe hinunter. Es ist ein Wunder, daß die beiden noch leben. Der Kleinen geht es wieder gut, aber Michaels Knöchel ist dick geschwollen, und er meint, daß er gebrochen ist. Er will ihn röntgen lassen.«

Das Summen in Jacks Kopf wurde lauter. »Und was ist jetzt mit den Blaupausen?«

»Als Michael abhaute, behauptete er, fast fertig zu sein, aber das stimmte nicht. Alex und Brynna sitzen noch immer dran.«

Jack hätte zornig sein müssen – immerhin würde es seinem Ruf schaden, wenn Buffalo Anlaß zur Klage hatte –, aber er war immer noch wie betäubt. »Was haben Sie sonst noch für Hiobsbotschaften?«

»Boca. Neuerliche Einwände. Muß aufs Reißbrett zurück.«

Das Projekt in Boca war eine Kombination aus Bürohaus und Einkaufszentrum. Jack hatte den ursprünglichen Plan bereits sage und schreibe dreimal abgeändert, um den Marotten eines Mitglieds eines maßgeblichen Komitees gerecht zu werden. Nach dem Vorab-Okay dieser letzten Version hatte er zwei Zeichner mit der Erstellung der Baupläne beauftragt. Und nun sollten die erneut umgeworfen werden? Sein Fluchtimpuls unten auf dem Parkplatz war berechtigt gewesen – er hatte im Moment nicht die Nerven, die man in diesem Job brauchte.

»Soll ich Ihre morgigen Termine absagen?« fragte Tina in seine Gedanken hinein.

»Ja.«

»Sie sehen fix und fertig aus. Haben Sie überhaupt geschlafen?«

»Nicht viel.« Jack legte den Kopf in den Nacken und schaute zur Decke hinauf. Er konnte sich nicht auf Buffalo konzentrieren, er konnte sich nicht auf Boca konzentrieren – aber er war der Chef dieser Firma und verpflichtet, sich entsprechend zu verhalten.

Also ging er den Flur hinunter und machte bei jedem Zimmer halt, um seine Präsenz zu dokumentieren, stellte hier eine Frage, gab dort eine Anregung, und wartete darauf, daß das Summen in seinem Kopf endlich verstummen würde. Er zeichnete allein für drei Viertel der Entwürfe verantwortlich, die die Firma erstellte, und er leistete gute Arbeit, zunehmend bedeutende Arbeit. Metropolitan Home hatte sein Museum in Omaha fotografiert, der Architectural Digest würde einen Bericht über seine Bibliothek in Memphis bringen. Er bekam Aufforderungen, bei einigen der aufregendsten Projekte mitzubieten, und mehrere Auftraggeber beschäftigten ihn fortlaufend. Das war der Traum jedes Architekten, und für Sung und McGill wurde er Wirklichkeit. Aber Jack hatte im Augenblick keinen Sinn dafür, wollte nur weg.

Glücklicherweise war David auf einer Baustelle in Seattle – Jack hätte nicht gewußt, was er ihm sagen sollte: Er verstand selbst nicht, was mit ihm los war.

Sein Büro befand sich in einer abgelegenen Ecke der Etage. An den Wänden hingen Schwarzweißfotos unter Glas, künstlerische Interpretationen seiner Lieblingsprojekte, Kopien von Magazinbeiträgen, und als er sie von der Tür aus betrachtete, empfand er einen Moment lang das alte Hochgefühl. Nichts war mit dem Triumph zu vergleichen, den es für ihn bedeutete, seinen ersten Entwurf in ein Wohnhaus umgesetzt zu sehen, doch es hatte auch andere Triumphe gegeben, den Triumph, etwas Größeres entwerfen zu dürfen, etwas Komplizierteres, Kostspieligeres; den Triumph, eine Auszeichnung verliehen zu bekommen oder einen Auftrag von einem Kunden zu erhalten, der so mächtig war, daß Jack schwindelte. Er verspürte Stolz, ja, das tat er – aber seltsam gedämpft.

Vielleicht brauchte er einfach eine Pause. Früher, als er noch eine Familie hatte, war der Sommerurlaub eine Selbstverständlichkeit gewesen – wenn er auch mit den Jahren immer kürzer wurde –, aber seit der Scheidung hatte er sich höchstens mal ein verlängertes Wochenende genehmigt, und dann war er zu erledigt gewesen, um etwas zu unternehmen. Doch – im Winter war er mit Jill beim Skifahren gewesen. Aber dieser Skiurlaub hatte ihm nicht die Entspannung gebracht wie die Ferien mit Rachel.

Vielleicht brannte er aus. Es mußte eine Erklärung für die Abwehr geben, die ihn erfüllte.

Vielleicht rührte sie aber auch von der Erschöpfung her. Oder von seiner Sorge um Rachel. Sicher würden die jüngsten Ereignisse, die sein Leben auf den Kopf gestellt hatten, auch jedem anderen Menschen einen Schock versetzt und ihn dann veranlaßt haben, sich darüber klarzuwerden, was im Moment das wichtigste war: sich darauf zu konzentrieren.

Er steckte den Stapel niedergelegter telefonischer Nachrichten, der auf seinem Schreibtisch lag, in die Tasche und bat Tina auf dem Weg nach draußen, Austin abzusagen. Dann machte er sich auf den Rückweg nach Monterey.

* * *

JACK CREMTE RACHEL ein, indem er die Emulsion von den Fingerspitzen über die Knöchel und das Handgelenk bis zum Ellbogen einmassierte, wie er es bei den Schwestern gesehen hatte. Ihre Oberarme waren für eine ansonsten so zierliche Person erstaunlich muskulös. Sie zeugten davon, daß sie eine tatkräftige Frau war, die nicht das schwache Weibchen spielte, sondern zupackte, wenn es nötig war.

Bewundernswert. Beschämend. Es war schwer, ihr gegenüber den starken Mann zu markieren, denn sie handelte nach der Devise »Selbst ist die Frau«. Er erinnerte sich, wie wütend er damals auf sie gewesen war, als sie zusammenzogen. Nachdem sie drei Monate miteinander gegangen waren, kamen sie zu dem Schluß, daß es idiotisch wäre, weiterhin zwei Mieten zu bezahlen, und entschieden, seine Wohnung ob ihrer Größe und Südlage zu behalten. Am vereinbarten Einzugstag raste er nach den Vorlesungen zu ihrer Wohnung, um den Umzug in Angriff zu nehmen, und mußte feststellen, daß sie so gut wie ausgeräumt war. Als er daraufhin in seine Wohnung fuhr, empfing Rachel ihn verschwitzt, schmutzig und strahlend, führte ihn herum, um ihm zu zeigen, wo alles stand und wie gut es dorthin paßte. Sein Zorn verrauchte – sie war zu aufgeregt, zu stolz, zu sehr darauf bedacht, ihm das Leben leichter zu machen. Gott, er hatte sie für diese Stärke geliebt.

Stärke. Unabhängigkeit. Selbstvertrauen. Dickköpfigkeit.

»Hallo«, holte Katherines Stimme ihn in die Gegenwart zurück. Auch sie bewies Stärke, indem sie sich nicht von dem Exmann ihrer Freundin vergraulen ließ, der ständig seine Frustration bei ihr austobte.

»Hallo«, erwiderte er, zu Freundlichkeit entschlossen. »Wie geht's?«

»Es ginge mir besser, wenn Rachel aufwachen würde«, antwortete sie mit einem Blick auf die noch immer geschlossenen Lider.

»Wahrscheinlich bin ich ihr zu langweilig«, meinte er mit einem schiefen Grinsen.

Wunder über Wunder – er hatte Katherine tatsächlich

ein Lächeln entlockt. »Sie sagte, Sie seien erst später langweilig geworden, daß sie am Anfang richtig Spaß mit Ihnen gehabt hätte.« Das Lächeln erlosch. »Es ist qualvoll, Rachel so daliegen zu sehen.«

»Ja. Ich hatte auf der Herfahrt so sehr gehofft, daß sie inzwischen das Bewußtsein erlangt hätte.« Plötzlich fiel ihm etwas ein. »Glauben Sie, es würde helfen, wenn ich Ihre Mutter bäte, zu kommen?«

Katherines spontanes Kopfschütteln verriet ihm, daß sie über Victoria Keats Bescheid wußte.

»Ich hatte es als Schocktherapie gedacht«, erklärte er ihr. »Was meinst du, Rachel«, wandte er sich in spöttischem Ton an die Bewußtlose. »Soll ich deine Mutter anrufen?«

Daß Rachel nicht mit einem entsetzten »Nein!« hochfuhr, daß sie nicht einmal mit der Wimper zuckte, zeigte, wie tief sie schlief. Ihrer Meinung nach verkörperte ihre Mutter den amerikanischen Traum in seiner schlimmsten Form. Sogar das Verhältnis zu ihrem einzigen Kind basierte eher auf Geld als auf Zuneigung. Jack nahm an, daß Rachel sie nicht einmal an ihrem Bett würde sehen wollen, wenn sie im Sterben läge.

»Ich werde es vorerst lassen«, sagte er zu Katherine. »Rachel wird bestimmt bald aufwachen. Auch der Spezialist aus San Francisco, den ich hinzugezogen habe, plädiert dafür, einfach zu warten. Also warten wir.« Er brummte unwillig. »Ich kann das nur sehr schwer.«

Katherine nahm die Haarbürste vom Nachttisch. »Das verstehe ich – Männer wollen etwas *tun*. Diese Bürste gehört *ihr* – haben Sie die mitgebracht?«

»Ja – und Sie haben nur teilweise recht: Männer wollen nicht nur einfach etwas tun – es geht ihnen darum, etwas zu erreichen.« Er schaute auf Rachels blasses Gesicht hinunter, das mit den hellen Wimpern, die halbmondförmig auf den Wangen ruhten, und den wie darübergestreut wirkenden Sommersprossen trotz der Schürfwunde und des häßlichen Blutergusses makellos wirkte.

Katherine begann, Rachels Haare zu bürsten. »Sind die Mädchen in der Schule?«

»Ja.« Er schob die Bettdecke beiseite, wärmte ein wenig Emulsion in seinen Händen an und begann, Rachels gesundes Bein damit einzucremen. »Ich mußte in die Stadt fahren und wollte die beiden nicht so lange allein bei ihr lassen. Außerdem hätte Rachel nicht gewollt, daß sie noch einmal den Unterricht versäumten. Ich hole sie in einer Stunde ab und bringe sie her. Es ist schlimm für die beiden.«

Katherine schob den Arm unter Rachels Kopf, hob ihn an und machte sich daran, das Haar am Hinterkopf zu bürsten. »Ich habe so ein Gefühl, daß Rachel nur ein Teil ihres Problems ist.«

Er war gerade dabei, Rachels Knie einzureiben. Jetzt schaute er hoch. »Wie meinen Sie das?«

»Ich meine, daß Ihre Anwesenheit hier andere Themen wieder aufleben läßt.«

»Die Scheidung? Nein, das glaube ich nicht. Die Mädchen sorgen sich um ihre Mutter, um ein Schulpicknick und einen Ball. Sie sorgen sich darum, wer heute Abend das Essen macht. Sie denken gar nicht über die Scheidung nach – die Scheidung ist Schnee von gestern.«

»O doch! Ich bin überzeugt, daß sie darüber nachdenken«, widersprach Katherine. »Vor allem Samantha. Sie lehnt sich gegen jede Bevormundung auf, was allerdings nichts Ungewöhnliches ist – das tun die meisten Teenager. Daß sie sich ihrer Mutter letztendlich fügen muß, hat sie erkannt, aber ich weiß nicht, ob sie sich von einem Vater, den sie in den letzten sechs Jahren kaum gesehen hat, etwas sagen lassen wird. Wahrscheinlich ist sie der Ansicht, daß Sie kein Recht dazu haben.«

»Hat sie etwas in der Art geäußert?«

»Nein. Und auch nicht, daß sie sich fragt, warum Sie hier sind.«

»Weil meine Frau im Koma liegt und meine Töchter mich brauchen«, antwortete er.

»Sie ist Ihre Exfrau – das vergessen Sie immer wieder. Liegt da ein Freudscher Versprecher vor?«

»Rachel und mich verbinden mehr als zehn gemeinsame Jahre und zwei Kinder. Es ist ganz natürlich, daß ich hier bin. Geheimnissen Sie da bitte nichts hinein.«

»Vielleicht lieben Sie sie ja noch.«

Das tat er nicht. »Wir sind seit sechs Jahren geschieden, und ich weiß seitdem kaum noch etwas über sie. Wie kann ich eine Frau lieben, die ich nicht kenne?«

»Manche Männer klammern sich an Erinnerungen.«

»Sie sind erstaunlich«, sagte er, aber es war nicht als Kompliment gemeint.

Katherine hörte auf, Rachels Haar zu bürsten und lächelte ihn an. »Wollen Sie schon wieder streiten? Ich fechte für mein Leben gern Kämpfe meiner Freunde aus, wenn diese nicht dazu in der Lage sind, und auf Rachel trifft das im Augenblick eindeutig zu.« Ihr Blick wanderte zu ihrer Freundin, und ihr Lächeln schwand. »Wenn sie uns hören kann, wird es sie freuen, daß wir über die Mädchen sprechen. Sie sind das Wichtigste in ihrem Leben.«

»Und im Moment auch in meinem.«

»Wissen Sie von dem Kummer, den Hope wegen ihrer Katze hat?«

»Das kann man wohl sagen! Sie wollte heute partout nicht in die Schule gehen, weil sie fürchtete, das Tier könne sich einsam fühlen. Gottlob hat Duncan sich bereit erklärt, die Katze bis zum Abend zu betreuen.«

»Hope liebt Guinivere. Der Gedanke, daß die Katze sterben wird, war vorher schon schrecklich für sie – aber jetzt wird sie noch mehr darunter leiden. Sie muß das Gefühl haben, daß jeder, den sie liebt, sie im Stich läßt. Und hier spielt auch die Scheidung hinein, denn sie fühlt sich von Ihnen ebenfalls verlassen. Ich denke, darum will sie die Katze nicht einschläfern lassen.«

»Aufgrund der Scheidung? Das erscheint mir doch ein wenig überzogen.«

»Wissen Sie, was ich glaube?«

Er konnte kaum erwarten, es zu hören.

»Ich glaube, Sie sind hier, um wettzumachen, was Sie damals zu tun versäumt haben.«

»Ich bin hier, weil die Mädchen mich brauchen.«

»Und warum weichen Sie kaum von Rachels Bett?«

»Um der alten Zeiten willen.«

»O nein.« Jetzt lächelte Katherine wieder. »Aus Schuldgefühl.«

»Großer Gott – Sie haben uns ja alle analysiert. Sind Sie ein Seelenklempner?«

»Könnte man sagen.« Sie legte die Bürste auf den Nachttisch. »Ich bin Friseurin.«

Darauf wäre er im Traum nicht gekommen. »Sie machen Witze.«

»Danach ist mir – weiß Gott – nicht zumute.«

»Sie sehen überhaupt nicht wie eine Friseurin aus.«

»Sie fanden ja auch, daß ich nicht so aussehe, als könnte ich eine Freundin von Rachel sein.«

»Das ist noch aus einem anderen Grund verblüffend«, erklärte er. »Ich habe seit dem Tag unserer Hochzeit nicht erlebt, daß meine Frau einen Fuß über die Schwelle eines Friseursalons gesetzt hätte. Sie sagte damals, sie würde es nie wieder tun.«

Katherine zuckte leicht mit den Schultern. »Offenbar hat sie ihre Meinung geändert.«

Sechstes Kapitel

JACK MCGILL ERINNERTE Katherine an ihren Exmann – zumindest insofern, als auch er sich bis zum heutigen Tag keiner Schuld am Scheitern ihrer Ehe bewußt war. Sie hatte jahrelang nichts dagegen gehabt, daß er ihre Bedürfnisse ignorierte, denn sie hatte ihren Beruf, sie hatte Freunde, sie fand anderswo, was sie zu Hause vermißte: Loyalität, Sensibilität und geistige Anregung. Aber als er das einzige Mal, als sie ihn wirklich dringend gebraucht hatte, auch nicht für sie da war, zog sie einen Schlußstrich und kündigte ihre unbezahlte Stellung als seine Haushälterin.

Sie war seine erste Frau gewesen. Derzeit lebte er in Scheidung von der dritten in fünf Jahren, was ihr eine gewisse Genugtuung bereitete. Er war ein aalglatter Bursche, ihr Verflossener, aalglatt, oberflächlich und egozentrisch.

Man soll ein Buch nicht nach seinem Einband beurteilen. Der Wahrheitsgehalt dieser Volksweisheit hatte sich bei Roy bestätigt. Sie war von seinem Äußeren geblendet gewesen, hatte seine charakterlichen Mängel nicht gesehen. Nach Roy war Byron gekommen. Der Mann war ein anderer, der Kummer der gleiche.

Katherine schüttelte unwillig den Kopf, um die Erinnerung zu verscheuchen, als sie mit dem Lift zur Cafeteria hinunterfuhr, aber die Kulisse war nicht dazu angetan, sie auf angenehme Gedanken zu bringen. Sie haßte Krankenhäuser im allgemeinen und dieses im besonderen, aber hier kannte sie sich zumindest aus. Sie steuerte zielsicher auf die Teebeutel zu, nahm sich einen Earl Grey, goß heißes Wasser in eine Styroportasse und bezahlte, setzte sich an einen der kleinen Tische und fragte sich, wie lange Jack McGill wohl noch hier herumhängen würde, wenn Rachels Koma sich hinzöge.

Sie drückte gerade den Teebeutel aus, indem sie ihn um den Löffel wickelte, als eine Stimme sagte: »Entschuldigen Sie – kennen wir uns nicht?«

Sie hob den Blick. Der Mann, der sie neugierig musterte, trug einen Blazer, Schlips und Kragen und Jeans. Seine Haare – Pfeffer und Salz, wobei der Pfeffer überwog – waren dicht und gekonnt geschnitten. Es war berufsbedingt, daß Katherine so etwas sofort auffiel. Und daß sein gutes Aussehen sie spontan für ihn einnahm, zeigte, daß sie noch immer nicht klüger geworden war. Seine Anmache allerdings war abgedroschen.

»Ich glaube, es war gestern früh. Sehr, sehr früh.« Er streckte ihr die Hand hin. »Steve Bauer.«

Plötzlich dämmerte es ihr. Das war gar keine Anmache – der Bursche war Rachels Neurologe. Wenn er nicht an ihren Tisch gekommen wäre – sie hätte ihn ohne seinen Arztkittel nicht erkannt.

Sie gab ihm die Hand. »Katherine Evans. Ich bin Rachel Keats' Freundin. Haben Sie heute schon nach ihr gesehen?«

»Gleich als ich kam. Und dann habe ich bis eben operiert.« Er schaute zur Kaffeemaschine hinüber. »Ich brauche Koffein.« Er hob einen Finger und ging.

Katherine ließ sich nicht gerne Vorschriften machen – ihr Bedarf daran war ausreichend gedeckt –, und Steve Bauers Finger hatte ihr befohlen, sitzen zu bleiben. Sie wäre am liebsten aufgestanden und gegangen, doch um Rachels willen harrte sie aus.

»Mmm – das tut gut«, sagte er zwischen zwei Schlukken und setzte sich mit seiner dampfenden Tasse an ihren Tisch. »Waren Sie bei Rachel Keats?«

»Ja. Sie wirkt unverändert. Kann man denn wirklich nichts anderes tun?«

»Vorläufig nicht. Wir sind schon glücklich, daß ihr Zustand sich nicht verschlechtert.«

»Das höre ich ständig, aber es tröstet mich nicht. Für mich ist ein Koma nur einen Schritt vom Tod entfernt, und ich habe unentwegt Angst, daß Rachel diesen Schritt tun könnte.«

»Das verstehe ich gut.« Er lehnte sich zurück.

Sie erwartete irgendwelche aufmunternden Worte, aber es kamen keine. Also erwartete sie, daß er ihr erzählen würde, wie schwierig und oft frustrierend seine Arbeit sei, wie sie an seiner seelischen Substanz zehrte. Als auch das nicht kam, fragte sie: »Wie halten Sie das aus?«

»Was meinen Sie? Das Warten? Daran muß man sich bei Kopfverletzungen gewöhnen. Wohnen Sie in der Nähe?«

»Nicht direkt.« Also war es doch eine Anmache!

»Sie kommen mir bekannt vor.«

»Sie haben mich gestern früh gesehen.«

»Da kamen Sie mir auch schon bekannt vor.« Er wirkte aufrichtig verwirrt. »Vielleicht irre ich mich ja. Es passiert mir manchmal, daß sich mir ein Gesicht einprägt und ich mir dann einbilde, mich von früher daran zu erinnern. Sie haben nicht irgendwann hier gearbeitet?«

»Nein.« Um ihm zu zeigen, wie falsch er lag, ein wenig aber auch, um ihn zu schocken, wie sie Jack McGill geschockt hatte, sagte sie: »Ich bin Friseurin.«

Sie hatte sich verrechnet. »Ach, tatsächlich?« fragte er interessiert. »In Monterey?«

Sie schüttelte den Kopf.

»Sie haben sensationelle Haare.«

Katherine verdrehte die Augen.

»Es ist mein Ernst.«

»Finden Sie es nicht unangebracht, sich Gedanken über meine Haare zu machen, während meine Freundin da oben im Koma liegt?«

»Durchaus nicht. Es schadet ihrer Freundin in keiner Weise. Sie haben übrigens auch sensationelle Fingernägel – aber stören die Sie nicht bei der Arbeit?«

»Reine Gewohnheitssache«, erwiderte sie in abweisendem Ton.

»Haben Sie einen eigenen Salon?«

Sie fand, er hatte genug gefragt. »Wo wohnen Sie?«

»In Pacific Grove.«

Oje – bei den Reichen und Schönen.

»Ich habe vor sieben Jahren ein kleines Haus dort gekauft – am Ende der Straße, die vom Meer heraufführt.«

»Haben Sie Familie?«

»Eine Exfrau und drei erwachsene Kinder – zwei Söhne und eine Tochter.«

Diese Eröffnung überraschte Katherine – sie hatte ihn auf Mitte Vierzig geschätzt. »Wie alt sind Sie denn?«

»Dreiundfünfzig.«

Und das ohne Falten im Gesicht – der Glückliche!

»Und wie alt sind Sie?« erkundigte er sich.

Gottlob hatte sie ihren Tee schon ausgetrunken. Sie stand auf und nahm ihre Tasse. »Alt genug, um zu wissen, daß es sträflich wäre, noch länger hier mit Ihnen zu sitzen – schließlich bin ich Rachels wegen gekommen, und meine Zeit ist begrenzt. Bis dann.«

* * *

ALS JACK VOR DER SCHULE HIELT, wurde er von zehn Teenagern erwartet. Hope riß die Tür auf und fragte, während sie sich zum Notsitz durchzwängte: »Wie geht's Mom?«

Er antwortete gespielt munter: »Gut, gut. Sie schläft noch.«

Samantha ließ sich auf den Beifahrersitz fallen und deutete auf die anderen, die sich um die offene Tür versammelten. »Das sind meine Freunde: Joshua, Adam, Shelly, Heather, Brendan, Amanda, Seth und Lydia. Sie wollen wissen, wie es Mom geht. Ist sie denn aufgewacht?«

Er hob grüßend die Hand. »Noch nicht – aber sie ist okay.«

»Und wann wird sie aufwachen?« fragte das Samantha

am nächsten stehende Mädchen, das im Gegensatz zu den übrigen noch kindlich wirkte. Wobei Jack auffiel, daß Samantha am erwachsensten von allen aussah. Er wußte nicht, ob das positiv oder negativ war.

»Das können die Ärzte nicht voraussagen – aber sie sind mit ihrem Zustand zufrieden.«

»Dürfen wir sie besuchen?« fragte ein anderes Mädchen.

»Vielleicht in zwei, drei Tagen.«

Ein Junge drängte sich nach vorne durch. Er wirkte noch kindlicher als das Mädchen neben Sam. »Ich bin Brendan. Meine Mutter hat gesagt, ich soll Ihnen ausrichten, daß Sie sich wegen des Balles keine Gedanken zu machen brauchen. Sie hat am Montag alles mit Sams Mom besprochen und nimmt die Sache in die Hand.«

Samantha schob ihre Freunde vom Wagen weg. »Wir müssen los.« Sie machte die Tür zu. »Fahren wir – ich will zu Mom.«

Jack legte den ersten Gang ein. »Von welchem Ball war denn da die Rede?« erkundigte er sich.

»Von dem, für den ich das Kleid brauche. Ich habe dir doch davon erzählt.«

Er konnte sich nicht daran erinnern, aber das war angesichts des Durcheinanders in seinem Kopf kein Wunder. »Wieso gehst du auf einen Ball? Du bist doch erst fünfzehn?«

»Der Ball ist für die neunte und zehnte Klasse«, erklärte Hope vom Rücksitz her, um die drohende Auseinandersetzung abzubiegen.

»Und wann findet er statt?«

»Samstag in einer Woche«, sagte Samantha. »Und ich muß das Kleid dieses Wochenende kaufen. Du hast gesagt, du würdest das übernehmen, wenn es Mom bis dahin nicht besser ginge. Es ist kein gutes Zeichen, daß sie noch nicht aufgewacht ist.«

»Wirklich nicht?« kam Hopes Stimme ängstlich von hinten.

»Die Ärzte sehen keinen Grund zur Besorgnis«, versuchte Jack sie zu beruhigen. »Ihr Zustand hat sich nicht verschlechtert.« Was hätte er sonst sagen sollen? Er wurde ständig vertröstet, und so hatte er keine andere Möglichkeit, als die Mädchen seinerseits zu vertrösten.

»Daddy?«

»Ja, Hope?«

»Was wird aus meinem Picknick? Mommy wollte es organisieren, aber auch wenn sie bis dahin aufwacht, kann sie mit dem Gipsbein nicht Auto fahren und die Sachen besorgen.«

Jack fühlte sich, als stehe er mit den Armen voll Ziegelsteinen da und gerate jedesmal ins Taumeln, wenn ein weiterer darauf gelegt wurde. Ein Ballkleid zu kaufen, war kein Problem – dazu mußte er nur in einem Laden stehen, ja oder nein sagen und am Ende eine Kreditkarte zücken. Ein Picknick zu veranstalten war nicht nur zeit- und arbeitsintensiv, sondern auch völliges Neuland für ihn, und außerdem hatte er sich eine Menge dringender Arbeit aus San Francisco mitgebracht. Wenn Rachel doch nur endlich aufwachen würde!

Was das Picknick betraf, beschloß er, es auf jemand anderen abzuwälzen.

»Ich werde heute abend deine Lehrerin anrufen. Hast du die Nummer?«

»Die steht in Mommys Büchlein. Dann sag ihr auch gleich, daß Mom am Career Day ausfällt.«

»Was soll mit ihrer Ausstellung werden?« fragte Samantha.

»Mit welcher Ausstellung?«

»Bei P. Emmet's. Das ist eine Galerie hier in Carmel.«

»Ich weiß, wo P. Emmet‘s ist.« So weit hatte er sich nun doch nicht von der Kunstszene entfernt. In Carmels Seitenstraßen reihte sich eine Galerie an die andere. P. Emmet's war eine der besten. Jack war beeindruckt.

»Sonntag in vierzehn Tagen ist die Eröffnung. Wie soll die stattfinden, wenn Mom bis dahin noch nicht wach ist?«

»Sie wird wach sein«, erklärte er im Brustton der Überzeugung. Die Liste der Dinge, bei denen Rachel fehlte, wurde allmählich zu lang. Es war gar nicht daran zu denken, daß *er* das alles übernähme.

»Das müßte dann aber schnellstens passieren, denn die Bilder sind noch gar nicht fertig. Sie war ganz hektisch deswegen. Ich glaube, du mußt mit Ben reden.«

»Mit welchem Ben?«

»Ben Wolfe. Er ist der Besitzer der Galerie, und er hat die Ausstellung arrangiert. Mom und er gehen miteinander aus.« Hörte er da einen provozierenden Unterton bei dem letzten Satz? »Ihr seid geschieden. Du hast doch nicht erwartet, daß sie nur bei uns zu Hause hocken würde, oder? Du bist ja auch nicht allein. Was sagt denn Jill dazu, daß du jetzt hier bei uns bist?«

»Sie hat Verständnis dafür.« Das hoffte er zumindest. Er hatte schon wieder vergessen, sie anzurufen!

»Ben verkauft mehr Bilder von Mom als alle anderen Galerien – und bei dieser Ausstellung werden nur *ihre* gezeigt.«

Jack stieß einen Pfiff aus. Wie es aussah, war Rachel auf dem Weg nach oben. »Ich werde mit Ben reden.«

* * *

DIE GELEGENHEIT DAZU ergab sich früher als erwartet: Ben Wolfe war bei Rachel, als Jack und die Kinder ins Zimmer kamen, äußerlich in jeder Hinsicht durchschnittlich, mit braunen Haaren und einer randlosen Brille auf der Nase – nicht im entferntesten der flippige Typ, als den Jack sich Rachels Freund vorgestellt hatte. Rachel hatte ihn bezichtigt, konservativ zu sein. Ben Wolfe war die Verkörperung dieses Begriffs. Aber angesichts des guten Rufes der Galerie mußte er, auch wenn er mit seinem blauen Blazer, dem weißen Hemd und der tadellos gebügelten grauen Hose nicht danach aussah, über einen ausgeprägten Kunstverstand verfügen.

Die Frau, mit der er Jack bekannt machte, war das krasse Gegenteil; ein Paradiesvogel mit grellrosa Strähnen im Haar, riesigen Kreolen an den Ohren, einem hautengen, schreiend gemusterten, langen Rock und ebensolchem Lagen-Hemdchen. Jack schätzte sie auf noch nicht dreißig Jahre und ordnete sie, schon ehe sie ihm vorgestellt wurde, als die bildende Künstlerin aus Rachels Lesezirkel ein.

Ben Wolfe. Charlene Avalon. Er schüttelte den beiden die Hände und trat dann an Rachels Bett. Rachels Gesicht war blaß und still.

Er streichelte ihre Wange. Dann nahm er ihre Hand. Die Mädchen hatten sich zu ihm gesellt, und Jack fragte Hope, die neben ihm stand: »Möchtest du ihr erzählen, was du heute in der Schule gemacht hast?«

»Ich habe eine Mathearbeit verhauen«, verkündete Samantha, bevor Hope etwas sagen konnte.

»Im Ernst?« entsetzte sich Jack. Würde er sich nun auch noch nach einer Nachhilfe umsehen müssen? Seine Arme begannen unter dem Gewicht der Ziegel zu zittern.

»Ach wo«, beruhigte Sam ihn. »Ich dachte nur, ich könnte Mom damit aufwecken.«

»*Hi,* Mommy«, sagte Hope mit kleiner Stimme. »Ich bin's – Hope. Ich habe wieder meine Glücksstiefel an.«

»So was Blödes«, meinte Sam abfällig.

»Es ist überhaupt nicht blöd – sie erinnern mich an Sonntagabend«, verteidigte sich Hope und wandte sich wieder Rachel zu. »Guinivere ist bei Duncan. Ich hoffe, es geht ihr gut.« Sie schaute bang zu Jack hoch. »Hast du bei ihm angerufen?«

Hatte er nicht. »Ich dachte mir, Duncan wäre bei seinen Schafen draußen«, redete Jack sich heraus. Er schaute auf die Uhr. »Wir versuchen es gleich mal.«

»Charlie kennt Duncan. Sie besucht ihn oft.«

»Er hat einen ganzen Schuppen voll mit rostigem Schrott«, erklärte Charlene, die am Fußende stand und Rachel nicht aus den Augen ließ. »Und ich darf mir dort holen, was ich für meine Arbeit brauche.«

»Ihr Werkstoff ist Metall?«

»Früher war es Ton – bis ich Duncan kennenlernte. Rachel hat uns miteinander bekannt gemacht.«

»Und wie kamen Sie zu Rachel?«

»Durch Eliza.«

»Eliza?«

»Sie war eine der Frauen, die Katherine gestern mitbrachte«, versuchte Samantha ihm auf die Sprünge zu helfen, aber es gelang ihm nicht, dem Namen ein Gesicht zuzuordnen. »Ihr gehört eine französische Bäckerei im Ort«, setzte Sam hinzu.

»Wo hat eure Mutter sie kennengelernt?«

»In der Bäckerei«, sagte Hope. »Es gibt auch Sandwiches da, weißt du. Als wir hierhergezogen waren, probierten wir alle möglichen Lokale aus, aber wir landeten immer wieder dort, weil Eliza für Sam und mich etwas Besonderes machte, und als Mommy und sie sich angefreundet hatten, halfen wir in der Küche, damit die beiden sich in Ruhe unterhalten konnten.«

»Dir würde es da nicht gefallen«, sagte Samantha zu Jack. »Die Leute stehen immer Schlange, und du müßtest wie alle anderen warten.«

Was war so schlimm daran, daß er es haßte, in Restaurants warten zu müssen? Er haßte es generell, warten zu müssen. Du weißt das, Rachel – du weißt das sehr genau. Wachst du deshalb nicht auf – um mich zu reizen? »Ihr habt in der Küche geholfen?« fragte er ungläubig. Soviel er wußte, verboten die staatlichen Vorschriften so etwas.

»Nicht wie du denkst. Wir durften Servietten zusammenfalten, die Tagesspezialitäten auf die Schiefertafel schreiben und so was alles. Eliza ist cool.«

»Wie haben Sie Eliza kennengelernt?« erkundigte Jack sich bei Charlene.

»Ich habe früher für sie gearbeitet. Das tue ich immer noch ab und zu, aber meistens besuche ich sie nur. Wir sind befreundet.«

Charlenes Blick kehrte zu Rachel zurück. »Der Gips wird ihr ein Greuel sein – sie ist doch so aktiv.« Sie sah Jack an. »Wissen Sie von der geplanten Ausstellung?«

»Natürlich«, er tat so, als wüßte er es schon seit einer Ewigkeit. »Ich bin sicher, daß sie längst vor der Eröffnung in vierzehn Tagen wieder bei uns ist.«

»Aber der Gips wird sie behindern.«

Nicht so sehr wie die verbundene Hand, dachte Jack. Er fing Ben Wolfes Blick ein. »Können wir uns kurz unterhalten?«

Der Galerist nickte. Sie verließen das Zimmer und blieben vor der Glastür stehen.

»Können Sie die Ausstellung verschieben?« fragte Jack.

Ben schüttelte den Kopf. »Keine Chance. Der Terminplan ist voll. Ich habe die anderen Künstler alle angerufen, weil ich auf eine Tauschmöglichkeit hoffte, aber die haben natürlich auch alle disponiert, und keiner wird bis dahin fertig.«

»Samantha sagte mir, Rachels Bilder seien noch gar nicht so weit, daß sie ausgestellt werden könnten.«

»Das kann ich nicht bewerten – ich weiß nur, daß noch keines der achtzehn Gemälde, die sie mir versprochen hat, gerahmt ist. Aber ich muß zu ihrer Rechtfertigung sagen, daß der Termin sehr kurzfristig war: Die Zeit war frei geworden, weil der für diesen Termin vorgesehene Künstler sich plötzlich für London entschied. Da Rachels Arbeiten sich sehr gut verkaufen, lag es nahe, ihn *ihr* anzubieten. Sie rahmt ihre Bilder gerne selbst, aber wenn die Zeit drängt, können wir das auch in unserer Werkstatt machen.« Er steckte die Hand in die Hosentasche, warf einen Blick in Rachels Richtung und fragte mit gesenkter Stimme: »Ist das eine langwierigere Geschichte?«

»Keine Ahnung. Könnten Sie die Ausstellung notfalls nicht auch mit weniger Bildern als vorgesehen eröffnen?«

»Doch, natürlich. Es wäre das beste, wenn ich mich vor Ort über den Stand der Dinge informierte, damit ich sehe, was man machen kann.«

»Das ist nicht nötig«, sagte Jack. Irgendwo mußte er ja anfangen, Rachels Interessen zu wahren. Warum nicht hier? Er fragte sich, was sie an Ben Wolfe finden mochte. Der Mann war doch blutleer. Was könnte er einer Vollblutkünstlerin und dementsprechend leidenschaftlichen Frau geben? »Ich werde nachsehen und Sie dann anrufen. Haben Sie eine Karte?«

Selbstverständlich hatte er.

* * *

NACH DEM ABENDESSEN, einem Hilferuf an Hopes Lehrerin wegen des Picknicks, zwei Stunden am Laptop und einer weiteren, in der er sich mit Problemen der Bauzeichnung herumschlug, die ihm aus Boca gefaxt worden war, machte er sich, zu müde, um sich Rachels Atelier vorzunehmen, an die Durchforstung ihrer Schubladen. Cindy Winston meinte, daß Rachel sich in ihrer eigenen Nachtwäsche vielleicht wohler fühlen würde als in den unpersönlichen Krankenhaushemden, und es den Mädchen außerdem bestimmt lieber wäre, sie darin zu sehen.

Etwas Züchtiges zu finden, war, wie sich herausstellte, kein Problem: Rachel war schon in San Francisco immer hochgeschlossen und bodenlang ins Bett gegangen, und an dieser Gewohnheit hatte sie festgehalten.

Er entschied sich für ein weinrotes Modell, ein türkisfarbenes, ein apfelgrünes, schob das feuerwehrrote beiseite, um nachzuschauen, ob sich eine Alternative dazu böte – und entdeckte die gerahmten Fotos. Sie lagen mit dem Gesicht nach unten nebeneinander, sieben Stück, die er auch nach all der Zeit sofort von hinten erkannte.

Er nahm als ersten den größten Rahmen heraus, ein vergoldetes, protziges Schnörkelmonster, das natürlich Rachels Mutter gekauft und seine Exfrau als abschreckendes Beispiel für Neureichtum behalten hatte. Und aus dieser Scheußlichkeit blickte ihm ein sichtlich verkrampftes, für die Hochzeit aufgezäumtes, von zwei strahlenden Elternpaaren, die im wirklichen Leben kaum jemals auch nur lächelten, flankiertes Brautpaar entgegen. Jack und Rachel hatten dieses Foto gehaßt, denn sie sahen eine Verewigung der Scheinheiligkeit darin.

Ihr Verlobungsfoto – in einem schlichten Holzrahmen – war sehr viel erfreulicher. Völlig natürlich entsprach es ganz und gar nicht dem, was Rachels Mutter sich für die Veröffentlichung in den Zeitungen vorgestellt hatte, aber sie setzten sich durch. Ihre Gesichter leuchteten vor Lebendigkeit und Glück. Rachel hatte sich in den siebzehn Jahren, die seitdem vergangen waren, kaum verändert, dachte er. Als er sie vor sechs Wochen gesehen hatte, war sie ihm noch ebenso lebendig und nur unwesentlich älter erschienen. Und wie stand es mit ihm? Seine Figur war gleichgeblieben, aber seine Haare, die Rachel als pecannußbraun beschrieben hatte, durchzogen silberne Fäden, er hatte Krähenfüße in den Augenwinkeln und eine steile Falte zwischen den Brauen.

Fünf gerahmte Fotos lagen noch auf ihrem Gesicht, deren kleinstes er sich bis zum Schluß aufsparte. Die vier größeren Rahmen beherbergten Aufnahmen von ihm, die Rachel im Laufe der Jahre an verschiedenen Orten geschossen hatte. Eines war ihnen allen gemeinsam: Er sah auf allen Fotos glücklich aus.

Und dann griff er nach dem letzten Rahmen, der sein Lieblingsbild enthielt, einen Schnappschuß aus dem Jahr vor ihrer Scheidung. Er zeigte ihn und die Mädchen bei einem übermütigen Gerangel in dem winzigen Garten ihres Hauses in Pacific Heights, drei vor Vergnügen sprühende Augenpaare, drei lachende Gesichter, die den Eindruck erweckten, daß Rachel, obwohl sie hinter der Kamera stand, die eigentliche Hauptperson war.

Jack hatte diese Fotografie immer geliebt. Als er in der Zeit nach diesem Schnappschuß spürte, wie Rachel sich mehr und mehr von ihm entfernte, hatte die ausgelassene Fröhlichkeit, die diese Szene ausstrahlte, ihm die tröstliche Botschaft vermittelt, daß – letztendlich – doch alles in Ordnung sei.

Dann hatte Rachel ihn verlassen. In den ersten Monaten danach hatte er das Foto nicht vermißt, sich in seinem Zorn nur mit neuen, nicht erinnerungsbefrachteten Dingen umgeben, doch nach einer Weile war er auf den Dachboden gestiegen und hatte alle Schachteln durchsucht, weil er glaubte, es in seiner Umräumwut dort irgendwo versteckt zu haben. Jetzt wußte er, warum er es nicht hatte finden können.

Er legte den kleinen Steinzeugrahmen behutsam in die Schublade zurück und ließ die anderen folgen – bis auf das goldene Ungetüm. Er konnte sich nicht helfen – er hatte das Gefühl, daß es die übrigen vergiftete.

Auf der Suche nach einem möglichst weit von ihnen entfernten Aufbewahrungsort öffnete er die unterste Schublade – und was er dort fand, schnürte ihm die Kehle zu. Nachdem er lange darauf hinuntergestarrt hatte, strich er zart über die Komposition aus Spitze, Seide, Damast und Baumwollstoff, und plötzlich war er wieder in der geräumigen Wohnung in Tucson, die sie sich nach Abschluß seines Studiums dank eines neuen Jobs hatten leisten könnte. Sie waren eine Woche zuvor eingezogen.

Als Jack von der Arbeit kam, fand er Rachel in dem Zimmer, das eigentlich als ihr Atelier gedacht war. Aber angesichts der schon in ein paar Tagen stattfindenden Hochzeit trafen täglich Geschenke ein, die sie, um sie aus dem Weg zu haben, fürs erste hier sammelten. Leere Schachteln, zerrissenes Papier, bunte Bänder und noch verschlossene Kartons bildeten einen chaotischen Rahmen für seine zukünftige Ehefrau, die in einer feuerroten Hose und einem sonnengelben Hemdchen, die Haare mit einem giftgrünen Band zum Pferdeschwanz hochgebunden und mit vor Eifer glühendem sommersprossigen Gesicht so in ihre Arbeit vertieft an einer Nähmaschine saß, daß sie ihn zuerst gar nicht bemerkte. Der Tisch war mit weißen, elfenbeinfarbenen, blaßgrünen und blauen Stofffetzen übersät.

Sie hatte bereits Vorhänge für alle Fenster genäht, und er konnte sich nicht vorstellen, was sie da machte. Neugierig trat er zu ihr.

Sie schaute auf, streckte ihm strahlend die Arme entgegen und legte den Kopf in den Nacken, um sich küssen zu lassen.

»Was wird denn das?« fragte er, als er wieder zu Atem gekommen war.

»Ein Quilt.«

»Und woher hast du die Stoffe?«

»Das waren Hochzeitsgeschenke.«

Er sah sich die Fetzen genauer an – sowohl die bereits zusammengenähten als auch die auf dem Tisch. »O Gott! Ist das nicht Spitze von dem Tischtuch, das du von deinen irischen Verwandten mütterlicherseits bekommen hast?«

»Du hast es erfaßt«, grinste Rachel spitzbübisch.

Die Party, bei der die Hochzeitsgeschenke überreicht wurden, hatte einen Monat zuvor in New York stattgefunden. Da Rachel wußte, was für eine großspurige Veranstaltung sie erwartete, hatte sie sich nur sehr widerstrebend bereit gefunden, sich dort sehen zu lassen, ihrer Mutter anschließend erklärt, sie solle die Sachen selbst mit nach Hause nehmen, und war mit leeren Händen zurückgekommen. Aber Victoria Keats machte ihr einen Strich durch die Rechnung: Sie schickte ihr alles nach, und so mußten sie sich mit dem unerwünschten Luxus auch noch abschleppen, als sie in die neue Wohnung umzogen.

Ein Quilt aus Hochzeitsgeschenken. Jack entdeckte Teile von Negligés, Satinlaken, Tischwäsche und Schürzen.

»Sie bestand darauf, daß ich diese Dinge brauche«, sagte Rachel. »Trage ich seidene Nachthemden? Nein! Benutze ich kostbare Tischtücher? Nein! Will ich auf Laken schlafen, die gebügelt werden müssen? Nein, nein, nein. Ein Quilt ist wenigstens etwas Nützliches.«

»Weißt du, wie teuer diese Sachen sind?« fragte Jack, doch er war nicht bei der Sache. Selbst jetzt, nach all den Jahren, erinnerte er sich noch daran, daß er viel interessierter an dem Einblick war, den Rachels Hemdchen ihm gewährte.

»Ich weiß ganz genau, wie teuer die Sachen sind – meine Mutter hat es mir gesagt. Darum bin ich ja so froh, etwas Sinnvolles daraus zu machen, anstatt sie ungenutzt in irgendwelchen Schachteln oder Schubladen zu horten.«

Als Jack den Blick endlich von ihren Brüsten losreißen konnte und ihre Arbeit kritisch betrachtete, mußte er ihr recht geben. Sie war dabei, eine künstlerische Meisterleistung zu vollbringen, und außerdem verschaffte sie sich auch noch in mehrerer Hinsicht Genugtuung. Zum einen, indem sie die Geschenke nicht in der von Victoria gewünschten Weise verwendete, und zum anderen, indem sie etwas daraus nähte. Ihre Mutter haßte es, wenn Rachel nähte. Sie hatte es ihr zwar selbst beigebracht, es dann jedoch für unpassend erklärt, als Rachels Vater zehn Jahre zuvor sein erstes Vermögen machte.

»Sie wird außer sich sein, wenn sie das sieht«, meinte Jack.

Rachel wurde ernst. »Sie wird es nie sehen. Meine Mutter kommt nicht hierher, Jack. Sie hatte ein anderes Leben für mich vorgesehen – darum findet dieses für sie nicht statt.«

»Und das tut dir weh.«

Sie schüttelte den Kopf. »Früher habe ich darunter gelitten, daß sie mich nicht akzeptierte, so wie ich bin, aber jetzt nicht mehr.« Sie lächelte ihn an. »Jetzt ist mir nur noch wichtig, daß du mich akzeptierst.«

Sie sagte oft solche Dinge, manchmal nur in Nebensätzen, die ihm das wohlige Gefühl gaben, geliebt zu werden. Er küßte sie wieder, tief hinuntergebeugt, bis sein Rückgrat zu schmerzen begann, und dann umfaßte er ihr Gesicht und sagte: »Dafür helfe ich dir bei deinen Dankschreiben.«

»Nicht nötig – die habe ich schon erledigt. Mein Gewissen hätte es mir nicht erlaubt, vorher die Schere anzusetzen. Aber du kannst mir bei der restlichen Post helfen.«

Sie hatten ursprünglich vereinbart, daß jeder sich für die Geschenke *seiner* Seite bedankte, aber als die Keats-Geschenke schließlich zwölf zu eins die der McGills übertrumpften, war er Rachel beigesprungen. Er ließ den Blick durch den Raum wandern. »Hast du denn überhaupt eine Ahnung, was hier Sache ist?«

»Absolut. Alles da drüben«, sie deutete nach links, »ist

erledigt. Für die Sachen dort«, sie deutete nach rechts, »ist noch ein Wir-haben-uns-ja-so-gefreut fällig, und in der Ecke haben wir Silber, Gold, Glas und diverse Scheußlichkeiten. Ich möchte wirklich wissen, warum wir den Leuten gesagt haben, was wir gerne hätten – kaum einer hat sich daran gehalten. Und jetzt müssen wir nicht nur scheinheilige Karten schreiben, sondern auch noch Platz für den ganzen Kram finden.«

»Das Problem ist leicht zu lösen«, meinte Jack. »Wir werfen alles weg, was uns nicht gefällt.«

»Ich hatte mir so gewünscht, daß wir nach der Hochzeit in eine aufgeräumte Wohnung zurückkämen«, sagte Rachel, »aber da wir schon übermorgen nach New York fliegen, besteht gar keine Chance, diesem Chaos noch vor der Abreise Herr zu werden.

Also beschloß ich, die Zeit zu nutzen, um mir selbst mit diesem Quilt eine Freude zu machen. Dann fällt es mir leichter, diese Alptraumhochzeit durchzustehen.«

Sie hätten lieber in aller Stille geheiratet, aber Victoria Keats hatte darauf bestanden, ein klatschspaltenwürdiges Ereignis daraus zu machen.

»Liebst du mich?« fragte Jack.

»Ja, das tue ich.«

»Wie verrückt?«

»Absolut.«

»Dann sieh es doch so: Wir haben deiner Mutter das Zugeständnis gemacht, den Rahmen unserer Hochzeit zu bestimmen, aber wo wir leben und wie, bestimmen wir ganz allein. Es steht also ein einziger Tag gegen unsere gesamte Zukunft.«

»Du hast recht«, nickte sie. »Sehen wir es pfadfindermäßig – als gute Tat.«

Der Hauptsitz der Firma befand sich in Manhattan – alles andere wäre für Victoria indiskutabel gewesen. Und sie war auch nicht bereit, woanders zu wohnen als auf der Upper Eastside. Jack hatte ihre Telefonnummer längst vergessen, aber er nahm an, sie in Rachels Büchlein zu finden, das auf dem Nachttisch lag.

Er schob die Schublade zu, in der er den Quilt entdeckt hatte, öffnete die darüber und vergrub das Hochzeitsfoto unter den Pullovern, die darin gestapelt waren.

Ein Blick auf seine Uhr zeigte ihm, daß es in New York jetzt tiefe Nacht war – aber Rachel lag nun schon zwei Tage bewußtlos im Krankenhaus, und Victoria war trotz allem ihre Mutter. Er mußte ihr Bescheid sagen.

Jack setzte sich auf die Bettkante und griff nach dem Telefon. »Ich gebe dir noch zwei Minuten«, teilte er Sam mit, die wieder einmal die Leitung blockierte. Nach genau zwei Runden des Sekundenzeigers schaltete er sich wieder ein, und Samantha beugte sich mit einem gereizten »Okay, okay!« der väterlichen Gewalt.

Siebtes Kapitel

ALS JACK AM NÄCHSTEN MORGEN ins Krankenhaus kam, lag Rachel mit dem Rücken zur Tür auf der Seite. Sein Herz schlug bis zum Hals. Sie war aufgewacht! Als er auf leisen Sohlen zum Bett schlich, kamen ihm plötzlich Bedenken: Wie würde sie reagieren, wenn sie ihn sähe? Schließlich hatte sie ihn verlassen und auf der Scheidung bestanden. Vielleicht wäre er ihr gar nicht willkommen.

Er mußte es riskieren. Ihre Augen waren geschlossen. »Rachel!« flüsterte er und erwartete, daß sie sie öffnete.

Kara Bates, die Neurologin, kam herein. »Wir haben angefangen, sie zu drehen – zwei Tage auf dem Rücken sind genug. Außerdem haben wir ihr eine elastische Matte untergelegt, damit sie sich nicht wundliegt.«

Die Enttäuschung schnürte ihm die Kehle zu – und Angst, denn diese neuen Maßnahmen deuteten darauf hin, daß die Ärzte nun definitiv mit einer Andauer des Komas rechneten.

Er räusperte sich und fragte dann mit belegter Stimme: »Ist denn noch gar keine Besserung eingetreten?«

»Doch. Die äußerliche Schwellung geht zurück – sehen Sie?«

Jack nickte. »Aber warum nimmt die innere dann nicht ebenfalls ab?«

»Weil sie vom Schädel umschlossen ist. Das verlangsamt die Heilung. Ich habe auch versucht, ihrer Mutter das zu erklären, aber sie sah es nicht ein.«

»Victoria Keats hat hier angerufen?«

»Mehrfach.«

Das sah ihr ähnlich – sie machte für ihr Leben gern Wirbel. Er hatte ihr auf dem Anrufbeantworter hinterlassen, sie solle ihn bitte bei Rachel in der Klinik anrufen, was sie um fünf Uhr früh getan hatte. Sie war geschäftlich in Paris – seit dem Tod ihres Mannes leitete sie die Firma – und hatte seine Nachricht gerade erst abgehört. Als sie fragte, ob sie kommen solle, meinte Jack, das sei nicht nötig – Rachel werde heute sicher aufwachen.

»Sie ist eine hartnäckige Frau«, lächelte die Ärztin.

»Sie ist eine unerträgliche Frau«, murmelte Jack. »Sie haben ihr hoffentlich nicht gesagt, daß sie herüberfliegen soll!«

»Nein. Diese Entscheidung liegt bei Ihnen.« Kara Bates warf einen Blick auf die kleine Reisetasche, die er ans Fußende des Bettes gestellt hatte. »Was haben Sie denn da mitgebracht?«

»Nachthemden. Die Schwester meinte, Rachel würde sich in einem eigenen wohler fühlen.«

»Sie ist offenbar sehr beliebt«, sagte die Ärztin mit einer Handbewegung in die Richtung des Fensterbretts, auf dem sich Blumenvasen drängten. An jeder lehnte eine Karte. »Es wird ständig telefonisch angefragt, ob man sie besuchen darf. Medizinisch ist bei Komapatienten nichts dagegen einzuwenden. Wir untersagen es nur, wenn die Familie es wünscht. Wie stehen Sie dazu?«

»Die Frage kommt etwas spät – es waren ja schon eine

Menge Leute hier –, aber lassen Sie die anderen ruhig auch noch rein.«

Vielleicht gelänge es ja einem ihrer Freunde, Rachel aus dem Koma zu holen. Das wäre zwar ein weiterer Tiefschlag für sein Ego, aber andererseits auch in seinem Interesse, denn dann könnte er endlich nach San Francisco zurück. Doch auch wenn sie nicht aufwachte, würden Besuche ihn entlasten, denn dann könnte er wenigstens, während die Mädchen in der Schule waren, im Büro nach dem Rechten sehen. Das hatte er eigentlich auch heute wieder tun wollen, es aber dann doch nicht über sich gebracht, weil er fürchtete, daß Rachel dann vielleicht bis nachmittags allein wäre.

* * *

KURZ DARAUF ERSCHIEN Katherine in der Tür. Als sie Rachel auf der Seite liegen sah, weiteten sich ihre Augen und ihr Mund rundete sich zu einem stillen »O«. Jack schüttelte den Kopf.

Sie fluchte leise und trat ans Bett. »Ich hatte gehofft ...«

»Ich auch.«

Sie beugte sich zu Rachel hinunter und sprach eine Weile leise mit ihr. Dann richtete sie sich wieder auf, seufzte entmutigt und wandte sich Jack zu. »Ich dachte, Sie wären wieder nach San Francisco gefahren.«

»Wenn ich gewußt hätte, daß Sie kommen, hätte ich das auch guten Gewissens tun können«, nahm er ihr den Wind aus den Segeln. »Wer sind Dinah und Jan?« Er hatte sich, bevor Katherine kam, die Karten von den Blumenvasen angesehen. Es war erstaunlich, was für einen Freundeskreis Rachel sich hier aufgebaut hatte. In San Francisco war ihr Leben nur auf die Kinder, auf ihre Kunst und auf ihn ausgerichtet gewesen.

»Dinah Monroe und Jan O'Neil. Sie gehören unserem Lesezirkel an. Ich habe Ihnen die beiden doch gestern vorgestellt.«

Sie hatte ihm gestern eine Menge Frauen vorgestellt, und er hatte sich nicht einmal die Gesichter gemerkt, geschweige denn die Namen. »Und wer sind Nellie, Tom und Bev?«

»Freunde aus der Bridgerunde.«

Er traute seinen Ohren nicht. »Bridge? Sie meinen das Kartenspiel?«

»Richtig.«

»Das ist ja ein Hammer.«

»Warum?«

»Weil es das Lieblingsspiel ihrer Mutter war, bis ihr Mann starb und sie die Firma übernahm – und es stand für alles, was Rachel haßte. Was hat sie dazu gebracht, ihre Meinung zu ändern?«

»Bev. Sie zaubert die unglaublichsten Acrylmalereien auf Schlangenhaut, und als Rachel sie näher kennenlernte und von ihrer Bridgeleidenschaft erfuhr, sah sie das Spiel plötzlich in einem anderen Licht.«

Acrylmalereien auf Schlangenhaut. Ja, er konnte sich gut vorstellen, daß eine Frau, die auf eine so ausgefallene Idee gekommen war, Rachel faszinierte. »Hat sie Nellie und Tom mit ihr bekannt gemacht?«

»Nein. Rachel und Bev suchten per Annonce in der Lokalzeitung die zwei ihnen für eine Runde noch fehlenden Spieler. Tom gehört die Zeitung, und Nellie antwortete auf die Anzeige.«

»Ist Nellie Künstlerin?«

»Nein. Karmeliterin.«

»Eine Nonne?«

»Sie ist aus dem Orden ausgetreten, aber immer noch gläubig.

»Und wer sind die Liebermans?«

Katherine lächelte in dem Gedanken an die beiden voller Zuneigung. »Faye und Bill. Faye ist auch in unserem Lesezirkel. Sie ist eine der Golferinnen. Jan ist die andere.«

Rachel gab ihm immer neue Rätsel auf. Er erinnerte sich noch sehr genau, wie entschieden sie den Kopf geschüttelt hatte, als ihre Mutter ihnen vorschlug, doch in den Golfclub einzutreten. »Spielt Rachel etwa auch Golf?«

Katherine grinste. »Nur die Ruhe – so weit hat sie sich denn doch nicht verändert.«

»Und was, bitte, haben Golfspielerinnen in einem Lesezirkel zu suchen?«

»Auch Golfer lesen Bücher.«

»Und wie kam der Kontakt zustande?«

»Die beiden sind schon seit Jahren Kundinnen bei mir. Faye und ich unterhalten uns gerne über Bücher, während ich sie frisiere. Jan kommt jeden Donnerstag zur Maniküre, und irgendwann saß sie neben Faye, hörte uns reden und beteiligte sich an dem Gespräch. Als Rachel und ich beschlossen, den Lesezirkel zu gründen, bot es sich an, die beiden zu fragen, ob sie Interesse daran hätten.«

»Und wie kam Dinah dazu?«

»Sie arbeitet in einem Reisebüro des Ortes, und wir waren alle irgendwann einmal bei ihr.«

Jetzt war nur noch eine Verbindung ungeklärt. »Und wie haben Sie und Rachel sich kennengelernt?«

»Im Wartezimmer ... beim Frauenarzt.« Katherine schaute auf ihre Uhr. »Oh, du meine Güte!« Sie beugte sich über Rachel. »Ich habe um neun eine Kundin – ich muß gleich weg. Kannst du nicht wenigstens ein Auge für mich aufmachen? Es ist schon Donnerstag. Du schläfst jetzt schon den dritten Tag. Ich möchte wieder mit dir reden können, Rachel. Das fehlt mir so.«

Rachel ließ sich nicht erweichen.

»Ich habe mir am Nachmittag eine Stunde freigehalten, damit ich dir die Haare richten kann.« Sie wandte sich an Jack. »Soll ich die Mädchen von der Schule abholen und mitbringen?«

»Danke, nein – ich hole sie lieber selbst.«

Katherines Mundwinkel zuckten. »Hast du das gehört?« sagte sie zu Rachel. »Ich glaube, er traut mir nicht.«

»Ich bin für die Mädchen verantwortlich.«

Sie richtete sich auf und erwiderte: »Dann würde ich Ihnen empfehlen, ein anderes Auto zu kaufen. Wenn Sie Ihr eigenes Leben mit diesem Winzling riskieren, ist das Ihr Bier, aber Sie sollten die Mädchen nicht mutwillig gefährden.«

Das war Jack zuviel. »Geht Sie das etwas an?«

»Allerdings. Rachel kann es nicht sagen, also sage ich es für sie.«

»Guten Morgen!« Steve Bauer kam herein.

Katherine hob die Hand zu einem allgemeinen Gruß und eilte mit einem »Bis dann« zur Tür.

»Ich wollte Sie nicht vertreiben«, rief der Arzt ihr nach, aber sie war schon auf dem Flur.

* * *

Jack hätte dringend arbeiten müssen. Sein Laptop hatte bei jedem Anschalten neue Nachrichten für ihn, Rachels Anrufbeantworter war voll davon und an ihrem Fax stapelten sie sich. Er war an diesem Morgen in der Absicht aufgebrochen, die Mädchen in Carmel abzusetzen, bei Rachel vorbeizuschauen und nach San Francisco weiterzufahren. Doch dann war er im Krankenhaus hängengeblieben. Nachdem der Arzt sich verabschiedet hatte, war Jack wieder mit Rachel allein. Er stützte die Ellbogen auf das Geländer des Bettes und betrachtete ihr Gesicht. Er fand es schön. Das hatte er immer getan – und anfangs hatte er es ihr auch oft gesagt. In seiner Verliebtheit hatte er, um möglichst viel mit ihr zusammensein zu können, sogar ihren Zeichenkurs belegt, obwohl der gar nichts mit Architektur zu tun und er die größte Mühe hatte, das Gesicht des Modells auch nur annähernd ähnlich aufs Papier zu bringen.

»Sie ist eine Schönheit«, flüsterte Rachel ihm mit vor Eifer geröteten Wangen zu. »Diese weit auseinanderliegenden Augen, die hohen Wangenknochen, die makellose Haut. Sie hat keine einzige Sommersprosse.«

Aber Jack hatte Rachels Sommersprossen geliebt. Er hatte *sie* geliebt. Und sie ihn.

Er streichelte ihre unverletzte Wange. »Das Leben hier tut dir offenbar gut. Du malst wieder, und du hast Freunde. Warum hast du dir damals in San Francisco keine gesucht? Ich verstehe das nicht.« Er verstand so vieles nicht. »Warum hast du die Fotos aufgehoben? Es hätte sich doch angeboten, sie zu zerschneiden wie die Hochzeitsgeschenke, aus denen du den Quilt nähtest, um ein Papier-Mahnmal daraus zu machen. Hast du die Fotos in der Schublade aufs Gesicht gelegt, weil du es nicht erträgst, sie anzusehen? Oder aus Zorn? Was hättest du für einen Grund, zornig zu sein? Wie es aussieht, geht es dir seit unserer Scheidung doch viel besser als mit mir.«

Ihre Passivität machte ihn plötzlich seinerseits zornig. Er hätte sie am liebsten geschüttelt. »Hörst du mich, Rachel? Weißt du, daß ich hier bin? Ja, ich glaube, du hörst mich sehr gut. Ich glaube, du willst mir heimzahlen, daß ich damals so viel unterwegs war und mich so wenig um dich und die Mädchen kümmern konnte. Jetzt kümmere ich mich um sie. Und wir kommen gut miteinander aus. Ich liebe meine Töchter. Als du sie mir wegnahmst, war das hart für mich.« Er stieß sich vom Bett ab und ging zum Fenster hinüber. »Verdammt hart. Das Haus war leer, nichts rührte sich, niemand lachte.«

Er kehrte zum Bett zurück. »Du weißt, wie ich aufgewachsen bin. Ich brauchte die Geborgenheit, die mir meine Familie gab, und du hast sie mir genommen.«

Er beugte sich über sie und sagte leise: »Okay, es ist vorbei. Wir sind geschieden. Es war dein Wunsch. Warum holst du mich dann jetzt mit deinem Koma zurück? Warum wirfst du mich aus der Bahn? Du liegst jetzt schon den dritten Tag so da. Das kannst du doch nicht machen, Rachel! Ich tue wirklich mein Bestes, aber die Mädchen brauchen dich. Du bist der Angelpunkt in ihrem Leben, bist es immer gewesen. Ich bin nur eine ›Aushilfe‹.« Nach einer kleinen Pause fügte er hinzu: »Und ich muß dringend arbeiten. Ich komme in Teufels Küche, wenn ich die Dinge schleifen lasse. Wie lange willst du dieses grausame Spiel noch fortsetzen?«

Rachel zuckte mit keiner Wimper.

Okay, hätte er am liebsten gesagt, wenn du nicht kooperierst, warum soll ich es dann tun? Ich fahre nach San Francisco zurück. Ich habe es satt. Ciao. Sayonara. Bis irgendwann.

Er starrte finster auf sie hinunter, aber dann weckte der Maiglöckchenduft, den ihre Creme verströmte, Erinnerungen an die schönen Zeiten, die sie miteinander erlebt hatten, und sein Zorn verrauchte.

Jack zog sich einen Stuhl heran und setzte sich an Rachels Bett.

* * *

Katherines für dreizehn Uhr angemeldete Kundin verspätete sich um zwanzig Minuten. Unter normalen Umständen hätte sie ihr gesagt, daß sie sich in diesem Fall mit Waschen und Fönen begnügen müsse, aber die Frau war zu einer Hochzeit eingeladen, und so kam sie nicht darum herum, die Haare auch noch nachzuschneiden, wodurch sich der Dreizehn-Uhr-fünfundvierzig-Termin entsprechend verschob. Dann kam eine Kundin, die sich tags zuvor entgegen Katherines Bedenken feuerwehrrote Strähnchen hatte färben lassen. Den Tränen nahe berichtete sie, ihr Mann weigere sich, mit ihr auch nur über die Straße zu gehen, und als Katherine das Malheur mittels einer gedeckteren Farbe behoben hatte, war es schlußendlich so spät, daß sie erst um vier Uhr im Krankenhaus eintraf.

Zu ihrer Bestürzung lag Rachel noch immer im Koma. Hope saß an ihrem Bett und las, Jack mit einem Berg Arbeit vor sich an dem Tisch in der Ecke.

Katherine umarmte Hope. »Wie geht's dir?«

»Okay«, antwortete das Mädchen, aber es klang niedergeschlagen.

»Was liest du denn da?«

Hope klappte das Buch zu, damit Katherine den Titel lesen konnte: A Bell for Adano. Die Gestaltung des Einbandes und sein Zustand ließen ein beträchtliches Alter erkennen.

»Ist das Schullektüre oder hat Mom es dir gegeben?«

»Es ist von Mom.«

»Gefällt es dir?«

»Mmm. Mom sagte, es sei eines ihrer Lieblingsbücher gewesen. Schau.« Sie zeigte Katherine das Vorsatzblatt, auf dem in ordentlicher Kinderschrift Rachels Name und ein Datum eingetragen waren.

»*Wow!*« staunte Katherine. »Da war sie dreizehn!«

»Ja – genau so alt wie ich jetzt.«

Jack stand auf. »'Tag«, sagte er im Vorbeigehen. »Ich komme gleich wieder.«

»Er geht wieder mal telefonieren«, beantwortete Hope Katherines fragenden Blick. »Guck mal, was gekommen ist.« Sie deutete auf ein pompöses Blumenarrangement, für das eigens ein Tischchen ins Zimmer gestellt worden war. »Von Grandma.«

Von wem hätte es auch sonst sein sollen? dachte Katherine. Und es war bestimmt nur der Anfang. Victoria Keats liebte es, bombastische Geschenke zu machen – damit kompensierte sie ihren Mangel an Gefühl. »Ein schöner Strauß.«

»Mmm.« Hope schaute Rachel an, und es lag eine solche Traurigkeit in ihrem Blick, daß es Katherine fast das Herz zerriß. »Meinst du, sie weiß, daß ich hier bin?«

»Ich bin davon überzeugt.«

»Wirklich?«

»Wirklich.«

Hopes Mine erhellte sich. »Sam ist draußen auf dem Flur.«

»Ich weiß – ich habe sie gesehen, als ich kam.« Das Mädchen hatte, den Hörer zwischen Ohr und Schulter geklemmt, mit einem Schulbuch in der einen und einem Bleistift in der anderen Hand telefoniert. Als sie Katherine bemerkte, unterbrach sie das Gespräch, und das übertrieben strahlende Lächeln, mit dem sie Katherine begrüßte, legte die Vermutung nahe, daß die Unterhaltung sich mitnichten um Hausaufgaben drehte.

»Ich habe Duncan angerufen«, erzählte Hope. »Guinivere schläft.«

»Heißt es nicht, daß Katzen achtzehn Stunden am Tag schlafen?«

»Bei ihr sind es jetzt mehr. Manchmal habe ich Angst, daß sie nicht mehr aufwacht. So wie Mom.«

»Deine Mom wacht wieder auf«, versicherte Katherine ihr.

»Aber wann? Wenn sie mich hören kann, wenn sie weiß, daß ich da bin, warum macht sie dann nicht die Augen auf und sagt es mir? Will sie nicht?«

»Natürlich will sie – aber sie hat noch nicht genügend Kraft. Wir müssen uns gedulden.«

Hope warf einen prüfenden Blick zur Tür und flüsterte dann: »Sam macht mir angst.«

Katherine beugte sich zu ihr herunter und fragte, ebenfalls im Flüsterton: »Inwiefern?« Redete Samantha ihr vielleicht ein, daß ihre Mutter sterben würde und sie dann beide in ein Internat müßten?

»Es geht um den Ball. Ich glaube, die haben irgend etwas vor. Ich weiß nichts – ich spüre es nur. Und ich will nicht, daß noch was passiert.«

»Was hältst du davon, wenn ich deinen Dad ein bißchen mißtrauisch mache?«

»Wie soll das denn gehen?«

»Ich finde schon eine Möglichkeit.«

In diesem Augenblick kam Jack zurück. Katherine nahm ihr Portemonnaie aus der Handtasche. »Holst du mir einen Earl Grey aus der Cafeteria?« wandte sie sich an Hope und gab ihr einen Geldschein. »Möchten Sie vielleicht einen Kaffee, Jack?«

Er nickte. »Ja. Schwarz.«

Als seine Tochter gegangen war, sagte Katherine mit einem Blick auf den mit Arbeit übersäten Tisch. »Rachel sagte, Sie seien ein Workaholic.«

»Das ist Unsinn. Ich tue, was getan werden muß. Normalerweise jedenfalls. Was Sie hier sehen, ist der verzweifelte Versuch, wenigstens das Allerdringendste auf die Reihe zu kriegen.«

Er fuhr sich mit der Hand durch die Haare, die aussahen, als hätte er das an diesem Tag schon öfter getan. Katherine verspürte zu ihrer Verwunderung tatsächlich einen Anflug von Mitgefühl. Er hatte momentan wirklich viel am Hals, und es tat ihr leid, ihm noch ein Problem mehr aufzubürden, aber sie hatte keine Wahl.

»Wie kommen Sie mit Sam klar?« begann sie ihren Vorstoß.

»Zu meiner Überraschung ist sie seit heute nachmittag regelrecht freundlich zu mir.«

»Dann könnte etwas im Busch sein.«

»Ich werde dem geschenkten Gaul nicht ins Maul sehen.«

»Vielleicht sollten Sie das aber«, riet sie ihm. »Teenager sind durchtrieben. Ich weiß das – ich war selbst mal einer. Hat sie ihr Ballkleid schon?«

»Nein. Wir kaufen es am Wochenende.«

»Soll ich das übernehmen?«

»Nein, nein – ich mache das.«

Katherine hätte es ihm gerne abgenommen – sie war schon mehrmals mit den Mädchen beim Einkaufen gewesen –, aber Jack nahm seine Verantwortung offenbar tatsächlich ernst. Gut. Dann würde er es ihr nicht verübeln, wenn sie ihn in die Pflicht nähme. »Wie ist der Ablauf in der Nacht der Nächte?«

»Sie meinen den Ball? Ich weiß bisher nur, daß die Mädchen sich bei Lydia treffen, von dort aus hinfahren und danach bei ihr übernachten.« Jack kam ein Gedanke. »Das wird es sein!«

»Was wird was sein?«

»Der Grund für Sams plötzliche Freundlichkeit mir gegenüber. Sie warf mir die Sache mit der Übernachtung heute früh hin, als sie aus dem Auto stieg. Wahrscheinlich hat sie einen Protest erwartet. Aber ich wüßte nicht, was dagegen einzuwenden wäre.«

»Sie glauben, daß das alles seine Richtigkeit hat?«

»Warum sollte ich nicht?«

»Rachel würde sich vergewissern. Rufen Sie doch bei Lydias Eltern an.«

»Wenn ich das täte, würde es den Eindruck erwecken, daß ich meiner Tochter nicht traue«, antwortete Jack ablehnend.

»Es geht hier nicht um Vertrauen – es geht um die von Ihnen zitierte Verantwortung. In einem Fall, der wichtiger ist als der Kauf eines Ballkleides.«

»Beruhen Ihre Bedenken auf persönlichen Erfahrungen? Haben Sie selbst Kinder in diesem Alter?«

Traurigkeit verdunkelte Katherines Augen. »Nein«, sagte sie leise. »Ich habe keine Kinder.«

Es hatte eine Zeit gegeben, da hatte sie sich glühend ein Baby gewünscht, aber weder Roy noch Byron waren als Väter geeignet gewesen, und irgendwann war sie zweiundvierzig.

»Tut mir leid – ich habe da wohl einen wunden Punkt berührt«, überraschte Jack sie mit einem erstaunlichen Zartgefühl. Er dachte einen Moment nach und sagte dann: »Samantha hat mich, seit ich Rachel vertrete, nicht gerade mit Zuneigung überschüttet. Sie meckert am Essen herum, es paßt ihr nicht, daß ich ›ihr‹ Telefon benutze, in Rachels Bett schlafe und in Rachels Bad dusche. Wenn es nach ihr ginge, müßte ich vor der Haustür auf der Fußmatte die Nacht verbringen. Sie ist die ganze Zeit entweder patzig oder frostig gewesen – aber als ich sie heute von der Schule abholte, hat sie mich wirklich und wahrhaftig angelächelt! Verlangen Sie nicht von mir, mich nun mutwillig unbeliebt bei ihr zu machen. Lassen Sie mich diesen Frieden ein bißchen genießen, ja?«

* * *

ALS JACK SPÄTER an der Küste entlangfuhr, fiel ihm ein, daß er diese Formulierung schon einmal im Zusammenhang mit Samantha McGill benutzt hatte. Es lag fünfzehn Jahre zurück. Sie war fünf Monate alt und um nichts in der Welt bereit, nachts durchzuschlafen. Sie wohnten seit vier Wochen in San Francisco, Sam in einem Zimmer, dessen Wände Rachel in genau den gleichen Farben gestrichen hatte wie die in Tucson, damit sie sich in der neuen Umgebung nicht fremd fühlte. Sie war um elf Uhr das letzte Mal gefüttert worden. Jetzt war es zwei, und sie schrie.

Das ging nun schon zwei Wochen so, und sie waren fix und fertig. Jack wurde in der Firma, bei der er angestellt war, hart rangenommen, und Rachel zu Hause nicht minder. Als Sam im Nebenzimmer zu schreien anfing, stöhnte Rachel auf und verkroch sich unter Jacks Arm.

»Sie kann unmöglich hungrig sein«, murmelte er und drückte sie fest an sich.

»Ist sie auch nicht«, nuschelte Rachel. »Laß uns weiterschlafen.«

Aber Sam gab keine Ruhe.

Schließlich stand Rachel auf und ging nach nebenan. Stille trat ein. Rachel kam ins Bett zurück, aber sie hatte sich kaum an seinen Rücken gekuschelt, als Sam wieder losbrüllte.

Jack zog die Decke über ihre Köpfe, was den Lärm jedoch nicht wesentlich dämpfte. »Glaubst du, sie ist krank?« fragte er, nachdem er sich in der warmen, dunklen Höhle zu Rachel umgedreht hatte.

»Nein«, erwiderte Rachel. »Zornig. Wir lassen sie einfach schreien. Schließlich hat der Kinderarzt uns das geraten.«

Sie ließen sie schreien. Nach fünf Minuten hielt Jack es nicht mehr aus. Er schlug die Decke zurück und setzte sich auf.

»Wage es ja nicht, sie herzuholen!« rief Rachel.

Das hatte Jack gar nicht vor. Er würde das Baby nicht einmal anfassen. »Ich will nur sichergehen, daß sie nicht zwischen die Gitterstäbe geraten ist.«

»Vorhin lag sie ganz normal da«, sagte Rachel, aber sie schlich, die Finger in den Taillengummi seiner Boxershorts gehakt, dicht hinter ihm auf Zehenspitzen zu Samantha hinüber. Er blieb so abrupt vor der Tür stehen, daß Rachel gegen ihn prallte. Vorsichtig schob er die angelehnte Tür auf und machte einen Schritt auf das Bettchen zu, in dem Sam im Schein des von einer Steckdose aus zart leuchtenden Nachtlichts unter einem von Rachel gebastelten, in fröhlichen Farben angemalten, von der Decke herabhängenden Tier-Mobile lag und vor Wut mit Armen und Beinen ruderte.

Sie legten sich beruhigt wieder hin, doch als das Geschrei sich kurz darauf zu schrillem Kreischen wandelte, löste Rachel sich seufzend aus Jacks Armen. »Sie wird hysterisch«, sagte sie und huschte hinaus. Sekunden später verstummte Sam. Gleich darauf kam Rachel ins Bett zurück, und sie lauschten atemlos in die Dunkelheit. »Du hast es geschafft!« flüsterte Jack schließlich hoffnungsvoll.

Samantha brüllte.

Rachel lachte.

»Wessen Idee war dieses Kind eigentlich?«

»Meine nicht.« Sie lachte wieder.

»Meine auch nicht.«

Das Brüllen steigerte sich erneut zum Diskant.

»Jetzt lassen wir sie aber wirklich schreien«, meinte Jack.

»Ja«, stimmte Rachel ihm zu. »Irgendwann wird sie nicht mehr können.«

»Es ist nur eine Frage der Zeit.«

Aber jetzt waren sie beide hellwach.

»Wir müssen uns ablenken«, beschloß Rachel, und diesmal zog sie ihnen die Decke über die Köpfe. »Küß mich!«

»Glaubst du im Ernst, daß bei dem Krawall Stimmung aufkommt?«

»Wir müssen uns nur konzentrieren.« Er sah sie spitzbübisch grinsen.

Nach anfänglich noch halbherzigen Zärtlichkeiten gewannen Rachels wohlige Laute in Jacks Ohren zusehends die Oberhand über das Geschrei, und sein Penis war voll erigiert, als Rachel mit einem Lächeln in der Stimme triumphierte: »Es funktioniert.«

»Das kann man wohl sagen«, erwiderte er heiser.

Sie lachte leise auf. »Ich meine Samantha – nicht dich.«

Tatsächlich hatte sich das Crescendo nebenan zu einem leisen Greinen reduziert. »Sie schläft schon fast«, meinte Rachel zufrieden. »Das ist schön«, gab er zurück. »Laß uns den Frieden genießen.« Er senkte sich auf sie herab und fand, seine Finger neben ihrem Kopf mit den ihren verflechtend, den Zugang zu einer anderen, warmen, dunklen Höhle.

* * *

ALS SIE NACH BIG SUR zurückkamen, hing die Sonne bernsteinfarben über dem Horizont. Sie holten Guinivere ab, und daheim angelangt, verschwanden die Mädchen im Haus. Jack blieb unschlüssig neben dem Wagen stehen. Nach ein paar tiefen Atemzügen beschloß er, dem Wohlgeruch der Luft hier auf den Grund zu gehen, verließ die gekieste Zufahrt und schlenderte in den Rotholzwald hinein, bis ihm ein umgestürzter Baum den Weg versperrte. Er ließ sich mitten auf dem Stamm nieder und schaute zu den Wipfeln hinauf, deren eibennadliges Grün ein dichtes

Dach über ihm bildete. Kein Lüftchen regte sich. Es duftete nach Rinde und Moos.

Plötzlich knackte ein Zweig in seiner Nähe. Jack senkte den Blick und sah Hope mit der Katze im Arm auf sich zukommen. Ihre Miene war so tiefernst, daß er fürchtete, Guinivere sei gestorben, aber als Hope sich neben ihn setzte, öffnete das Tier die Augen und streckte eine Pfote vor.

»Sie hat heute nichts gegessen«, berichtete Hope kummervoll. »Keinen Bissen.«

Jack fielen nur nichtssagende Trostworte ein, und so schwieg er lieber. Hope streichelte ihre Katze, von der Nase bis zum Schwanz, wieder und wieder und wieder, und es war so still im Wald, daß Jack sie schnurren hörte.

»Das gefällt ihr«, sagte er leise.

Hope nickte.

Nach einer Weile hob Jack die Hand und berührte Guiniveres Fell. Es war seidenweich und warm. Er hatte eigentlich damit gerechnet, daß sie den Kopf heben würde, um ihren Unwillen über diese Dreistigkeit eines Fremden auszudrücken, aber sie schaute nur zu ihm hoch. Ihr Blick drückte vorbehaltloses Vertrauen aus.

Ein dicker Kloß bildete sich in seinem Hals.

Achtes Kapitel

ALS RACHELS ZUSTAND sich am Freitag morgen noch immer nicht verändert hatte, bat Jack um eine neuerliche Hinzuziehung von Dr. William Breen, dem Spezialisten aus der City. Jack war überzeugt, sich an den besten Mann seines Faches gewandt zu haben. Nicht nur, weil Tina ihm den Namen genannt, sondern auch, weil Victoria ihm den gleichen gefaxt hatte.

Die Konferenz fand in Dr. Bauers Büro per Telefon statt. Außer ihm und Jack nahmen auch Dr. Bates und Schwester Cindy daran teil.

Dr. Breen bekam die neuesten Befunde auf seinen Bildschirm, und Steve Bauer erläuterte sie mündlich. Kara Bates lieferte auf ihrer Beobachtung der Patientin basierende Interpretationen. Cindy Winston berichtete, daß Rachel weder beim Waschen noch beim Drehen und auch bei keiner Bewegungsübung irgendeine Reaktion zeigte.

Jack baute darauf, daß mit den Millionen, die alljährlich in die medizinische Forschung flossen, irgendeine Behandlungsweise oder ein Medikament gefunden worden war, um Rachel zu wecken, aber am Ende sagte Dr. Breen: »Ich wünschte, ich hätte einen Alternativ-Vorschlag anzubieten, aber wir würden auch nichts anderes tun, wenn sie hier in San Francisco wäre. Wir müssen abwarten. Es ist ja erst der vierte Tag.«

Jack hatte nicht einmal mit zwei Tagen gerechnet, und das sagte er auch.

»Uns wäre es auch anders lieber«, erwiderte der Arzt, »aber Schädelhirntraumen sind unberechenbar. Ihr GCS-Punktestand bleibt konstant – leider! – niedrig.«

»*Jaa!*« dehnte Jack. »Im Keller.« Er war über die Glasgow-Koma-Skala schon aufgeklärt worden: Rachels Gesamtpunktezahl war die niedrigste, da sie weder die Augen öffnete, noch verbale oder motorische Reaktionen zeigte.

»Aber ihre Vitalfunktionen sind in Ordnung.«

»Könnten die sich denn plötzlich verschlechtern?« Jacks Magen verkrampfte sich, wie er es jedesmal tat, wenn das Telefon klingelte oder bevor er das Krankenhaus betrat.

»Möglich wäre es«, antwortete Breen. »Aber wenn es passierte, würde Ihr Team es sofort bemerken und entsprechend handeln können. Komata sind ein Geduldsspiel. Es tut mir leid, Mister McGill. Ich weiß, daß Sie etwas anderes von mir zu hören hofften, aber es ist wie beim Entschärfen einer Bombe: Wenn man den Vorgang beschleunigt, geht sie hoch.«

* * *

AUF DEM RÜCKWEG zu Rachel machte Jack beim Telefon halt. Er wollte Victoria das Ergebnis des Gesprächs mit dem auch von ihr empfohlenen Spezialisten mitteilen, ihr im Namen ihrer Tochter für die Blumen danken und ihr einen Bericht über deren Zustand geben.

Er mußte sich damit begnügen, in New York eine Nachricht zu hinterlassen: Victoria war noch immer in Europa.

* * *

ALS BEN WOLFE ins Zimmer kam, stand Jack auf. Er hatte an Rachels Bett gesessen und sie betrachtet – die Haare, die Katherine auf dem Kopf zu einem lockeren Knoten geschlungen hatte, die allmählich schwindende Schwellung im Gesicht und das leuchtend türkisfarbene Nachthemd – und ergriff nun die Gelegenheit zu einem längst fälligen Telefonat. »Reden Sie mit ihr«, sagte er. »Ich bin bald zurück.«

Schuldbewußt ging er den Flur hinunter, schuldbewußt tippte er Jills Nummer ein. »Hey«, begrüßte er sie, als sie sich meldete.

»Selber hey«, gab sie zurück. »Ich hatte mich schon gefragt, wann du dich an mich erinnern würdest.« Die Worte waren vorwurfsvoll, der Ton nicht.

Jacks Schuldgefühl wuchs. »Ich hatte ein paar harte Tage. Die Sache nimmt die Mädchen ziemlich mit. Rachel ist noch nicht aufgewacht.«

»Ich weiß.«

»Du hast im Büro angerufen?«

»Nein. Ich wollte mir vor Tina nicht die Blöße geben, daß du dich bei mir nicht gerührt hast, und so rief ich im Krankenhaus an.«

Jetzt kam er sich regelrecht schofel vor. »Es tut mir leid, Jill. Ich hatte so viel im Kopf.«

»Trotzdem hättest du anrufen können. Konntest du dir

nicht vorstellen, daß ich gerne gewußt hätte, wie es Rachel geht?«

Er hätte es sich denken müssen – schließlich wußte er, was für ein mitfühlender Mensch sie war. »Ich bin nicht dazu gekommen«, entschuldigte er sich lahm.

»Ich bitte dich, Jack – ich spreche ja nicht von einem Dauertelefonat. Eine Minute hättest du sicher irgendwann erübrigen können.«

Sie hatte recht. »Du hättest mich ja anrufen können. Bei Rachel, meine ich«, konterte er.

Einen Moment lang herrschte Stille, und dann kam ein trauriges: »Ich glaube, du hast es vergessen.«

Er fuhr sich mit der Hand durch die Haare. »Ich habe es nicht vergessen.«

»Ich glaube, es war dir gar nicht wichtig, mit mir zu reden.«

»So ist es nicht«, leugnete er. »Es gibt nur nichts zu erzählen. Nicht einmal der Spezialist aus San Francisco weiß sich Rat.«

»Du verstehst nicht, worauf ich hinauswill, Jack. Wenn ich dir etwas bedeutete, würdest du meine Stimme hören wollen. Sie wäre dir ein Trost.«

Wie könnte ihre Stimme ihm ein Trost sein? Sie erinnerte ihn an all die Dinge, die er in San Francisco in der Schwebe zurückgelassen hatte. Er stützte sich mit dem Ellbogen an der Kabine ab und das Kinn auf die Faust. »Ich habe es im Moment wirklich nicht leicht. Gib mir Zeit.«

»Das muß ich doch ständig tun.«

»Du wußtest von Anfang an, in welcher Weise mein Beruf mich fordert.«

»Ja – aber ich hatte nicht damit gerechnet, daß auch deine Exfrau dich eines Tages fordern würde.« Er hörte, wie ihr der Atem stockte. »O Gott! Jack, es tut mir leid. Das war selbstsüchtig von mir. Sie liegt im Koma. Sie stirbt vielleicht sogar.«

»Sie wird nicht sterben. Ich schätze, daß sie Anfang nächster Woche aufwacht.«

»Und bis dahin sehe ich dich nicht?« fragte Jill. »Nicht einmal am Samstagabend?«

Er hatte die Samstagabende seit Monaten mit Jill verbracht – wenn er nicht seine Töchter bei sich hatte oder beruflich unterwegs war – und sich stets darauf gefreut. Jill stimulierte ihn sowohl körperlich als auch geistig, und sie war in keiner Weise anstrengend. Er liebte sie – bis dann dieser Sehnsucht nach einer gemeinsamen Zukunft vermittelnde Blick in ihre Augen trat. Dann fühlte er sich unter Druck gesetzt. So war es auch jetzt.

»Diesen Samstag kann ich nicht«, antwortete er in ärgerlichem Ton. Erwartete sie tatsächlich, daß er die Mädchen sich selbst überließe, um zu ihr in die City zu kommen? Okay – Sam hätte wahrscheinlich etwas vor, aber sie wohnten in der Einöde, und er würde sie in diesem Fall hinfahren und abholen müssen. Und Hope allein zu Hause zu lassen, wäre völlig undenkbar. »Die Mädchen haben am Wochenende allerhand Wünsche an mich, und dazwischen muß ich sie zu ihrer Mutter ins Krankenhaus bringen. Die Ärzte sagen, die Kinder könnten Rachel vielleicht aus dem Koma holen, indem sie mit ihr reden. Du siehst – ich kann hier nicht weg.«

»Ich verstehe.«

Das tat sie sicher – aber er hörte ihrer Stimme an, daß sie verletzt war. »Wie wäre es denn am Montag?« beeilte er sich vorzuschlagen. »Zum Mittagessen?« Er hatte ohnehin vor, nach San Francisco zu fahren, während seine Töchter in der Schule waren.

Sie war so leicht zu versöhnen. »Das wäre schön«, sagte sie, und er hörte, daß sie lächelte.

»Um eins im Stars?«

»Nicht im Stars. Hier bei mir. Ich koche uns was.«

Wenn sie bei ihr äßen, könnte er danach nicht gleich aufspringen und gehen wie im Restaurant, aber er konnte Jill diesen Wunsch nicht abschlagen. Sie war etwas Besonderes. Von all den Frauen, mit denen er seit der Scheidung ausgegangen war, kam sie der für ihn richtigen am nächsten. Sie störte sich nicht an seinen vielen Reisen, sie war bei Geschäftsessen eine echte Bereicherung, sie war eine angenehme Gefährtin und eine erfreuliche Geliebte. Die Mädchen kamen gut mit ihr aus. Wie sollte jemand auch nicht gut mit ihr auskommen? Sie hatte nicht verdient, daß er sie tagelang links liegen ließ.

Und so sagte er: »Das klingt gut. Ich freue mich darauf. Und danke für dein Verständnis – das ist mir im Moment die größte Hilfe.«

Als er auflegte, kam er sich ausgesprochen mies vor.

* * *

BEN WOLFE REDETE LEISE auf Rachel ein, als Jack zurückkam, und schrak tief errötend hoch. »Wir ... wir haben über die Ausstellung gesprochen«, stammelte er verlegen.

Jack konnte nicht widerstehen. »Und was hat Rachel gesagt?«

»Nicht … nicht viel. Ich habe ihr erzählt, daß Sie ihre Bilder durchgesehen haben. Was meinen Sie – kann die Ausstellung steigen?«

Jack hatte ihre Bilder mitnichten durchgesehen. Er war nur wegen des Faxgerätes in ihrem Atelier gewesen. Warum er sich dagegen sperrte, sich mit ihren Arbeiten zu befassen, war ihm ebensowenig klar wie seine mangelnde Motivation, mit Jill zu telefonieren.

»Ich habe die Bilder noch nicht gezählt«, antwortete er ausweichend.

»Vielleicht sollte doch lieber ich mir einen Überblick verschaffen.«

»Nein – es ist wirklich nicht nötig, daß Sie sich den weiten Weg zumuten.« Aus irgendeinem Grund wollte er diesen Mann nicht in Rachels Haus lassen. »Ich werde sie morgen zählen. Versprochen. Sind Sie am Wochenende in der Galerie?«

»Am Sonntag. Von zwölf bis fünf.«

»Dann komme ich vorbei.« Er streckte ihm die Hand hin. »Danke, daß Sie hereingeschaut haben.«

Ben schüttelte ihm die Hand. Sein Blick wanderte zu Rachel zurück, und er schien noch etwas sagen zu wollen, aber dann verließ er wortlos das Zimmer.

* * *

Jack war auf dem Stuhl an Rachels Bett eingedöst, doch plötzlich ließ ein Geräusch ihn hochfahren.

»Es tut mir leid – ich wollte Sie nicht wecken.«

Man konnte die Frau, die ins Zimmer gekommen war, nicht als schön bezeichnen – dazu war ihre Nase zu lang, ihr Kopf zu schmal und ihr silbergraues Haar zu dünn –, aber sie sah in der langen Seidenbluse mit der engen Hose darunter sehr elegant aus, und sie vermittelte eine wohltuende Sanftheit.

Sie kam Jack irgendwie bekannt vor.

Er stand auf. »Ich habe Sie schon mal gesehen, stimmt's?«

Sie lächelte. »Ich bin Faye Lieberman. Katherine hat mich Ihnen vorgestellt, als wir neulich hier waren. Ich gehöre auch dem Lesezirkel an.«

»Faye.« Er überlegte kurz. »Dann sind die wunderschönen blauen Blumen von Ihnen. Sie sind eine der Golfspielerinnen.«

Sie errötete. »Nun ja – ich gebe mir Mühe. Mein Mann und ich sind nach seiner Pensionierung hierhergezogen, weil er ein leidenschaftlicher Golfer ist, und da ich ihn sonst kaum zu Gesicht bekäme, trotte ich eben mit.« Sie stellte die große Reißverschlußtasche, die sie mitgebracht hatte, auf einen Stuhl. »Da ist etwas zu essen drin«, erklärte sie. »Es müßte übers Wochenende reichen. Sie kommen sicher nicht zum Kochen, und da dachte ich, es wäre eine willkommene Abwechslung zwischen den Fertiggerichten. Sie brauchen es nur im Backofen aufzuwärmen.«

Er war gerührt. »Das ist sehr lieb von Ihnen.«

»Wie geht's Rachel?« wechselte sie verlegen das Thema.

»Sie liegt da und hört zu, aber sie sagt kein Wort.«

Faye trat ans Bett und legte die Hand auf Rachels Arm. »Hallo, Rachel. Ich bin's – Faye. Ich habe deiner Familie etwas gekocht, damit die drei zwischendurch auch mal was Ordentliches in den Magen bekommen. Aber keine Hühnersuppe.« Sie wandte sich Jack zu. »Mein Mann sagt, Hühnersuppe sei nur etwas für Kinder und Kranke. Rachel und ich sehen das allerdings anders. Sie liebt mein Rezept für Hühnersuppe und macht sie im Winter jede Woche einmal. Obwohl es hier ja nicht richtig kalt wird. Ich vermisse den Wechsel der Jahreszeiten irgendwie.«

»Woher kommen Sie denn?«

»Aufgewachsen bin ich in New England, und als ich heiratete, ging ich mit meinem Mann nach Washington. Er arbeitete im Außenministerium.« Sie drehte sich wieder zu Rachel um. »Er hat sich in deinem Kurs für Kapitalanlagen eingeschrieben.«

»In Rachels Kurs für Kapitalanlagen?« echote Jack entgeistert.

Faye lächelte entschuldigend. »Das war eine irreführende Formulierung. Rachel hat ihn nur besucht und uns empfohlen. Wir möchten ein bißchen Geld für unsere Enkel anlegen. Sie sind zwar noch längst nicht im College-Alter, aber die Jahre vergehen schnell, und außerdem kann man gar nicht früh genug mit dem Ansparen beginnen. Wie geht es den Mädchen?«

»O Gott!« Jack schaute auf seine Uhr. »Die warten schon vor der Schule!« Mit einem Blick auf die Proviant-tasche setzte er hinzu: »Sie werden begeistert sein. Es war wirklich sehr fürsorglich von Ihnen, an uns zu denken.«

Sie wischte das Lob mit einer Handbewegung weg.

»Das liegt jüdischen Müttern im Blut. Lassen Sie es sich schmecken.«

* * *

UND DAS TATEN SIE – alle fünf. Samantha hatte Lydia und Shelly über Nacht nach Big Sur eingeladen, was sie Jack allerdings erst eröffnete, als die beiden zusätzlichen Fahrgäste sich schließlich mit viel Geächze und Gelächter zu Hope auf den Rücksitz gequetscht hatten.

Katherine hatte gesagt, er solle sich einen größeren Wagen zulegen. Aber was sollte er, wenn Rachel aufwachte und ihrer aller Leben wieder zur Normalität zurückkehrte, mit einer Familienkutsche?

Faye hatte Hühnchen in Tomatensauce, Karotten und Kartoffeln gekocht, und alle aßen mit großem Appetit, wobei Sam und ihre Freundinnen, während sie immer wieder ihre spektakulären, langen Haare nach hinten schleuderten, nahezu ununterbrochen schnatterten. Hope, deren Haare zu einem gänzlich unspektakulären Nackenknoten geschlungen waren, saß mit Guinivere auf dem Schoß dazwischen und lauschte fast ehrfürchtig. Jack erging es nicht viel anders – allerdings faszinierte ihn besonders die Geschwindigkeit der Lippenbewegungen.

Am nächsten Morgen erfuhr Jack den tieferen Sinn der Übernachtungseinladung. »Aber die beiden kommen doch mit zum Einkaufen!« erklärte Sam ihm empört, als er die Dreistigkeit besaß, den Vorschlag zu machen, die Mädchen unterwegs zu Hause abzusetzen. »Wie sollst du mir denn ein Kleid aussuchen helfen? Du bist schließlich keine Frau. Wenn Mom schon nicht mitgehen kann, dann will ich wenigstens meine Freundinnen dabeihaben!«

Die Vorstellung, mit dieser – gelinde gesagt – lebhaften Gesellschaft in ein Geschäft gehen zu müssen, erfüllte ihn zwar mit Grauen, aber er wollte Samantha nicht wieder gegen sich aufbringen und gab nach.

Sie gingen zu Saks. Sie gingen zu Benetton. Nachdem sie auch die drei anderen einschlägigen Läden ergebnislos verlassen hatten, bereute er seine Nachgiebigkeit. Wenn er die Mädchen nicht mitgenommen hätte, wäre Sam nicht bei jedem Kleid, das sie anprobierte, von ihnen verunsichert worden und die Entscheidung bereits im ersten Geschäft gefallen. Er war mit seiner Geduld am Ende, und sogar Hope wurde allmählich unruhig.

»Ich denke, wir gehen zu Saks zurück«, sagte er, als sie an der Straßenecke darüber debattierten, was nun geschehen sollte. »Die hatten die hübschesten Sachen.«

Die drei Freundinnen hielten eine längere Gipfelkonferenz ab. Als sie sich schließlich mit seinem Vorschlag einverstanden erklärten, warf Jack Hope einen triumphierenden Blick zu, doch sein Triumphgefühl starb einen jähen Tod, als Samantha nicht das babyblaue Modell, das ihm am besten gefallen hatte, zur Kasse trug, sondern ein superkurzes, hautenges, schwarzes.

»Äh … Sam … ist das nicht ein bißchen zu …«

»Zu was?« fiel sie ihm ins Wort.

»Erwachsen?«

»Ich bin fünfzehn!«

»In dem Kleid siehst du aber aus wie einundzwanzig.«

»So soll es ja auch sein«, erwiderte sie und lächelte ihn strahlend an.

Das Lächeln traf ihn mitten ins Herz. Es ließ die schöne junge Frau erahnen, zu der sie sich entwickeln würde. Doch dem Stolz, der sich bei dieser Erkenntnis in ihm regte, folgte dichtauf Angst: Von fünfzehn war es nicht weit bis zur Volljährigkeit. Dann würde sie eigene Wege gehen. Die Vorstellung bestürzte ihn, aber er müßte irgendwie damit zurechtkommen wie alle anderen Väter auch.

»Würde es deiner Mutter gefallen?« Angesichts von Rachels Vorliebe für leuchtende Farben und weichfließende Stoffe, hegte er entschiedene Zweifel daran.

»Sie wäre begeistert«, versicherte Sam ihm und bat ihn mit einem neuerlichen Strahlelächeln um seine Kreditkarte.

* * *

Auf dem Weg von Carmel nach Monterey befaßte Jack sich ernsthaft mit dem Gedanken, ein anderes Auto zu kaufen, denn Lydia und Shelly hatten ihn angefleht, sie zu Rachel mitzunehmen und so herrschte erneut drangvolle Enge in seinem Wagen. Er könnte den großen ja dann Rachel überlassen – sie würde ohnehin einen neuen brauchen. Im ersten Moment erschien ihm diese Lösung ideal, doch dann kamen ihm Bedenken. Er hatte schon einmal über Rachels Kopf hinweg ein Auto für sie ausgesucht und dafür keine Lorbeeren geerntet.

Sie waren seit sieben Jahren verheiratet, und ihr alter VW schleppte sich, bis dahin bereits diverse Male knapp dem Tod entrissen, nur noch mühsam voran. Jack verdiente inzwischen gut und beschloß, Rachel ein neues Auto zu schenken. Also fuhr er eines Morgens unter dem Vorwand, etwas an dem Käfer reparieren lassen zu wollen, damit davon und kam am Abend mit einem Volvo nach Hause. Rachel war außer sich. Sie schrie ihn an, bis ihr die Stimme wegblieb.

Er hatte lange nicht mehr an diesen Ehekrach gedacht, aber als er ihm jetzt wieder einfiel, war er ihm eine Warnung. Rachel hatte ihm seinerzeit übelgenommen, daß er eine Entscheidung getroffen hatte, ohne sie zu fragen – als zähle ihre Meinung überhaupt nicht. Schließlich seien sie ein Ehepaar, und Ehepaare träfen ihre Entscheidungen gemeinsam. Das hatte sie offenbar irgendwann vergessen, dachte er bitter, denn ihre Ehe zu beenden, hatte ganz allein sie entschieden. Und seitdem war sie es gewohnt, ihre Entscheidungen selbst zu treffen.

Er fragte sie, was für einen Wagen sie gerne haben würde. Sie antwortete nicht. Also beschloß er zu warten, bis sie sich äußern könnte.

* * *

An diesem Nachmittag ging es in dem Krankenzimmer zu wie in einem Taubenschlag. Lydias Mutter kam und nahm, als sie ging, ihre Tochter und Shelly mit; eine erfreulich friedfertige Katherine schaute zu einem Kurzbesuch vorbei; als nächste erschienen die auch heute wieder abenteuerlich herausgeputzte Charlene und Jan, die Golferin, und zu guter Letzt auch noch Tom und Nellie.

Die Fremden bereiteten Jack Unbehagen. Oh, sie waren freundlich zu ihm und sogar bemüht, ihn in den Teil von Rachels Leben einzubeziehen, den sie ausmachten, aber er merkte ihnen an, daß sie sich genauso unwohl fühlten. Er war ein Außenseiter – und noch dazu der böse Bube, der ihre Freundin unglücklich gemacht hatte. Vertreiben ließ er sich trotzdem nicht. Er half der Wochenendschwester, Rachel zu waschen und gab Hilfestellung bei den Bewegungsübungen, als Rachels Lippen trocken wirkten, holte er Vaseline aus dem Stationszimmer, als ihr Kopf nach vorne fiel, hob er ihn vorsichtig an und stützte ihn mit dem Kissen ab.

»Wann fahren wir, Daddy?« fragte Hope in regelmäßigen Abständen. Guinivere war wieder bei Duncan, und sie konnte es nicht erwarten, sie abzuholen.

Jack verstand das, aber dennoch vertröstete er sie, lenkte sie zunächst damit ab, daß er ihr vorschlug, in der Cafeteria etwas Kaltes zu trinken, dann schickte er sie mit Sam zum Mittagessen hinunter und einige Zeit später zu einem Yoghurteis. Er redete sich ein, daß das Wochenendpersonal Rachel ja nicht kannte und er mit Informationen dienen konnte, aber es steckte mehr dahinter. Er fühlte sich besser, wenn er bei ihr war, er hatte den Eindruck, etwas *Anständiges* zu tun, indem er sich um sie kümmerte. Er war innerlich ruhiger. Hier hörte er kein Summen in seinem Kopf, hier mußte er keine Entscheidungen fällen – nur dasein und mit Rachel reden. Es war erholsam.

Aber Samantha war bei einer Freundin zum Geburtstag mit anschließender Übernachtung eingeladen, und Hope versuchte zwar tapfer, sich auf ihr Buch zu konzentrieren, schaute jedoch alle naslang flehend zu ihm auf, und so riß er sich schließlich los.

* * *

RACHELS ATELIER ERWARTETE IHN.

Nachdem sie Guinivere abgeholt hatten, fuhr Jack zu dem kleinen Lebensmittelladen im Ort und schob anschließend die Reste von Fayes Festmahl in den Backofen. Er belud die Waschmaschine. Er setzte sich draußen unter die Rotholzbäume und atmete genießerisch die würzige Waldluft ein.

Hope gesellte sich zu ihm, und sie saßen eine Weile schweigend nebeneinander. Jack streichelte zart Guiniveres seidiges Fell, das ihren abgemagerten Körper wie ein zu groß geratener Mantel umhüllte. Er hoffte, daß Hope recht damit hatte, daß die Katze nicht litt. Daß Hope litt, wußte er.

Rachels Atelier erwartete ihn.

Jack stellte das Essen auf den Tisch und aß mit großen Pausen, erkundigte sich bei Hope nach der Schule und nach dem Buch, das sie gerade las. Als er ihr sagte, wie stolz er auf sie sei, weil sie sich so rührend um Guinivere kümmere, brach sie in Tränen aus. Er beugte sich zu ihr hinüber und nahm sie in den Arm. Sie duftete noch immer wie ein kleines Mädchen. Nicht mehr lange, und auch sie würde in einem hautengen, schwarzen Minikleid auf einen Ball gehen wollen.

Er schob den Gedanken weg.

Jack hätte ihr gerne etwas Tröstliches gesagt, aber es fiel ihm nichts ein, was ihr wirklich hätte helfen können, und so hielt er sie nur fest. Es schien zu genügen.

Als ihre Tränen versiegten, fragte er: »Hey – hast du Lust mir zu helfen?«

»Wobei?« fragte sie.

»Ich muß mir doch Moms Bilder ansehen, damit ich Ben sagen kann, wie viele für die Ausstellung fertig sind. Ich habe es die ganze Zeit vor mir hergeschoben.«

»Warum?«

»Weil ich mich irgendwie davor fürchte.«

»Moms Bilder machen dir angst?« Hope hatte den Kopf gehoben und starrte ihn mit noch immer tränenfeuchten Augen entgeistert an.

»Aber nein«, beeilte er sich, diesen falschen Eindruck zu korrigieren. »Sie wecken so starke Gefühle in mir.«

»Am Montag hat sie Seeotter gemalt!« erzählte Hope. »Sie sind *sooo* niedlich! Das Bild steht noch auf der Staffelei.« Sie befreite sich aus seiner Umarmung und stand auf. »Komm, gehen wir!« drängte sie.

Hope war so ein süßes Ding, lieb und sensibel. Für gewöhnlich wirkte sie schüchtern, weil ihre ältere Schwester sie dominierte, aber heute abend war Samantha nicht da. Heute abend war Hope wieder das kleine Mädchen, das auf seinen Schoß geklettert war und sein Herz vor Liebe hatte überlaufen lassen.

Er streckte ihr die Hand hin. Sie nahm sie und zog ihn aus der Küche.

* * *

SIE VERBRACHTEN eine ganze Stunde im Atelier. Dann ging Hope in ihr Zimmer, um zu lesen, und Jack breitete den Inhalt der Mappe mit den Bauzeichnungen auf dem Küchentisch aus, um zu arbeiten. Er hatte kaum einen Blick darauf geworfen, als es ihn mit aller Macht ins Atelier zurücktrieb.

An der Merktafel hing eine Liste der Bilder, die Rachel für die Ausstellung vorgesehen hatte. Diejenigen, an denen sie kurz vor dem Unfall gearbeitet hatte, standen in der Nähe der Staffelei, andere in nach Themen geordneten und gewissenhaft beschrifteten Reihen hintereinander. Er war froh gewesen, Hope dabeizuhaben, denn sie verhinderte mit kleinen Geschichten zu jedem einzelnen Bild, daß sie ihm zu nahegingen.

Rachels Thema waren Tiere in der Natur. Außer den lebensechten Meerottern gab es graue Wale, Polarwölfe, Silberreiher, Wachteln und Seetaucher, Wild im Schnee und Wild in hohem Gras, eine Wiese mit Schmetterlingen, eine Klapperschlange, die so gut getarnt war, daß man sie auf den ersten Blick überhaupt nicht sah, und einen Kojoten, der Jack so drohend anstarrte, daß er unwillkürlich einen Schritt zurückwich.

Das war Rachels Stärke. Ob sie in Öl malte oder aquarellierte, ob sie Acrylfarben verwandte oder Pastellkreide – ihre Bilder besaßen Ausstrahlung, vermittelten eine Atmosphäre, eine Stimmung, ein Bedürfnis. Kein Wunder, daß ihre Arbeiten wachsenden Anklang fanden – sie traf in einem Staat und einer Zeit mit steigendem Umweltbewußtsein mit ihrer Darstellung der verletzlichen Tierwelt genau den Nerv.

Es gelang ihr sogar deutlich zu machen, daß die gefürchtete Klapperschlange am liebsten unentdeckt blieb und keinerlei Gefahr darstellte, solang sie sich nicht bedroht fühlte.

Es war eine eindringliche Botschaft, die sie da mit ihrem Pinsel und Spachtel ausdrückte. Er hätte das niemals zustande gebracht. Sie war so viel begabter als er. Trotzdem hatte er tatsächlich kurze Zeit mit dem Gedanken gespielt, die Architektur an den Nagel zu hängen und mit Rachel zusammen zu malen. Gottlob war er wieder davon abgekommen, denn er hätte niemals wirklich Geld mit seinen Bildern verdienen können.

Jack sah die Gemälde noch einmal durch. Elf waren fertig zum Rahmen, bei sieben – einschließlich der Meerotter – fehlte noch der Hintergrund, war nur mit ein paar Bleistiftstrichen angedeutet. An die Rückseiten der Leinwände hatte Rachel mit Tesafilm Skizzen und Fotos geklebt.

Grob geschätzt würde sie anderthalb Wochen brauchen, um diese sieben zu beenden. Und für das Einrahmen? Die Leisten lagen, noch nicht zugeschnitten, an einer Wand auf dem Boden. Sie hatte Naturholz gewählt, das die Motive eher hervorheben als von ihnen ablenken würde. Wenn sie zügig arbeitete, könnten die Rahmen in ein paar Tagen fertig sein.

Das wären alles in allem zwei Wochen, und bis zur Ausstellung waren es noch zwei Wochen. Kein Problem – wenn die Künstlerin nicht im Koma läge.

* * *

Als Jack am Sonntag nachmittag in die Galerie kam, wollte er Ben Wolfe sofort Bericht erstatten, aber der zog ihn mit einem: »Ich will Ihnen erst etwas zeigen«, in einen Nebenraum, wo drei in der gleichen Art, wie Rachel sie für die Ausstellung vorgesehen hatte, gerahmte Bilder in einem Alkoven hingen. Spots verliehen ihnen optimale Leuchtkraft und Lebendigkeit. Ben verstand sein Geschäft wirklich.

»Ursprünglich waren es vier.« Der Galerist wirkte auf seinem eigenen Terrain sehr viel weniger unscheinbar. »Eines ist letzte Woche verkauft worden. Von den verbliebenen steht eines allerdings nicht zum Verkauf. Rachel will sich nicht davon trennen, und ich kann es ihr nicht verübeln – es ist mein Lieblingsstück.« Ben schaute ihn an. »Es unterscheidet sich kaum merklich von den anderen. Erkennen Sie, welches ich meine?«

Und ob er es erkannte.

Das Bild, das Ben so gefiel, das Rachel sich zu verkaufen weigerte, hatten sie und Jack gemeinsam gemalt. Es stellte zwei Rotluchswelpen dar, die auf dem Stamm eines umgefallenen Baumes spielten. Den Hintergrund bildete eine von Bäumen umstandene Wiese. Sie waren Zeugen dieser Szene geworden, als sie an einem Wochenende auf Motivsuche in den Santa Lucias gewandert waren, die Rachel später zu ihrer neuen Heimat erkor. Sie hatte die Welpen gemalt, er den Hintergrund.

Die Welpen schien sie überarbeitet zu haben, aber der Hintergrund war unverändert. Sein Werk.

»Was gefällt Ihnen denn daran so besonders?« fragte Jack. Vielleicht bekäme er ja eine Streicheleinheit.

Er wurde nicht enttäuscht. »Ich finde es so gelungen, weil dieser Hintergrund die Luchse so gut zur Geltung kommen läßt.«

»Haben Sie Rachel das gesagt?«

»O ja.«

»Und was meinte sie dazu?«

»Nur, daß das Bild vor langer Zeit entstanden sei. Also – wie sieht's aus? Mit wie vielen Gemälden kann ich rechnen?«

Es werden elf, dachte Jack, aber er starrte noch immer das Bild an, das Rachel und er gemeinsam gemalt hatten. Sie hatte Ben seine Mitarbeit daran verschwiegen. Das war zwar nicht ehrlich, aber interessant. Und sie wollte es nicht verkaufen. Das war gut.

»Kann ich damit eine Ausstellung auf die Beine stellen?« holte der Galerist ihn aus seinen Betrachtungen.

»Ich ... äh ... doch, ja ... ich denke schon.« Das war nicht das Problem. Aber er wußte nicht, wie Rachel es aufnähme, wenn sie aufwachte und erführe, daß er ohne ihr Einverständnis begonnen hatte, ihre Bilder fertigzumalen.

Neuntes Kapitel

JACK FÜHLTE SICH BESSER, was ihn verwunderte, da Rachels Zustand sich nicht verändert hatte. Wahrscheinlich lag es daran, daß er zusehends ausgeruht war. Er hatte in den letzten Nächten mehr geschlafen als in den letzten Monaten.

Es überraschte ihn. Von Rechts wegen hätte er vor Sorge um Rachel und die Kinder, um die Firma und seine Beziehung zu Jill kein Auge schließen dürfen, doch all diese Dinge beschäftigten ihn nur tagsüber. Er hatte immer gut geschlafen, wenn Rachel bei ihm war, und der Duft ihrer Bettwäsche vermittelte ihm ein Gefühl der Geborgenheit.

Als er mit den Mädchen auf dem Heimweg war, erinnerte er sich daran, wie Rachel im Bett seine Nähe gesucht, sich an ihn gekuschelt hatte, als sei sein Körper ein Magnet, und er ihren warmen Atem spürte, am Rücken, an der Brust, am Arm – je nachdem, wie sie gerade lag.

Also konnte der gute Schlaf ein Grund für seine Erholung sein.

Vielleicht war es aber auch die tägliche Fahrt durch diese Landschaft. Früher, ehe sie nach San Francisco gezogen waren, hatte er Autofahren stets als entspannend empfunden, und so erlebte er es auch jetzt. Hinter Carmel wurde der Verkehr merklich spärlicher, was ihm ermöglichte, mehr von der Umgebung zu sehen – den Strand, die Artischockenfelder, den hellvioletten Schimmer an den Berghängen, wo die ersten Wildblumen blühten. Er spürte, wie er innerlich ruhiger wurde, als er diesen Teil der Strecke erreichte, merkte, daß er tiefer atmete. Nicht einmal die Unfallstelle änderte etwas daran.

Vielleicht hing sein Wohlgefühl aber auch mit der Arbeit zusammen, die er sich vorgenommen hatte. Es würde ihm Spaß machen, wieder zu malen. Es wäre eine Abwechslung, eine Herausforderung. Es wäre aufregend. Bedeutungsvoll, schoß ihm durch den Kopf. Bedeutungsvoll? Er kam nicht mehr dazu, diese Wortwahl zu ergründen, denn in dem Moment flammte eine Auseinandersetzung zwischen Sam und Hope auf.

* * *

ALS SIE DAS HAUS BETRATEN, klingelte das Telefon. Samantha rannte los. Jack folgte ihr in die Küche. War etwas mit Rachel? Würde er kehrtmachen und nach Monterey zurückfahren müssen? Oder dürfen?

Sam hielt ihm mit enttäuschter Miene den Hörer hin. »Es ist David.«

Jack nahm ihn nur zögernd in die Hand. David hatte ihn mit Nachrichten förmlich bombardiert. Er wollte Resultate sehen, aber Jack war nicht bei der Sache. »Wie geht's dir, David?«

»Hallo, alter Junge. Ich kann ja kaum glauben, daß ich dich tatsächlich erreicht habe.«

Jack schaute aus dem Fenster. Die Spätnachmittagsonne tauchte die Landschaft in ein weiches Licht, was David zugute kam, denn es besänftigte Jack, dem eine scharfe Erwiderung auf der Zunge gelegen hatte. So sagte er nur: »Wir sind eben erst nach Hause gekommen.«

»Ist Rachel immer noch bewußtlos?«

»Ja. Was gibt es?«

»Ich habe gerade einen Anruf bekommen. Flynn ist weg.«

»Auf dem Weg nach Buffalo? Das wurde aber auch Zeit.«

»Zu Walker, Jansen und McCree.«

Zur Konkurrenz. Michael Flynn war desertiert. Er war der dritte in sechs Wochen. Aber wenigstens konnte man bei ihm davon ausgehen, daß er keine Klienten mitgenommen hatte. Michael hatte kein Charisma. Er war ein Gefolgsmann, keine Führernatur.

»Okay«, sagte Jack. »Damit können wir leben. Es leuchtet mir sogar ein. WJMs Aufträge sind nicht so weit gestreut. Michael hat kleine Kinder und möchte nicht reisen.«

»Das ist mir auch klar – aber weißt du, was aus seinem Weggang folgt? Daß du statt seiner nach Buffalo fliegen mußt.«

Die Gewohnheit setzte ein, und Jack überprüfte im Geist, ob er irgendwelche Termine verschieben oder absagen könnte, um sich die dafür notwendigen Tage zu verschaffen. Doch dann fiel ihm ein, daß er diese Möglichkeiten bereits alle Rachels wegen ausgeschöpft hatte.

Sie mußte aufwachen. Sie lag jetzt schon fast eine Woche im Koma. Es war an der Zeit.

Doch zunächst galt es, eine Lösung zu finden. Es gab immer eine Lösung. Und nach kurzem Überlegen hatte er sie gefunden. »Brynna Johnson kann das übernehmen.«

David stieß einen mißbilligenden Laut aus. »Brynna ist nur eine Zeichnerin.«

»Aber sie hat mehr Erfahrung als die anderen und außerdem kennt sie die Buffalo-Pläne. Und sie ist wirklich gut.«

»Sie ist schwanger.«

Das hatte Jack nicht gewußt. »Tatsächlich? Das macht nichts – wir können sie trotzdem befördern.«

»Was hat das für einen Sinn, wenn sie nicht bei uns bleibt?«

»Warum sollte sie gehen?«

»Weil die Frauen das heutzutage alle so machen. Sie wird ihren regulären Mutterschaftsurlaub nehmen und uns dann eröffnen, daß sie nicht zurückkommt. Warum sollten wir so jemanden zur Projektmanagerin machen?«

»Weil sie begabt ist«, antwortete Jack in dem Gedanken daran, daß seine Tochter eines Tages in der gleichen Situation sein könnte, »und weil sie sich, wenn wir uns für sie einsetzen, vielleicht auch für uns einsetzen wird. Das Zauberwort heißt Loyalität.«

David schnaubte. »Loyalität. Großer Gott – in welcher Traumwelt lebst du denn, Mann?«

Jack ließ sich nicht beirren. »Wenn sie das Gefühl hat, bei uns Karriere machen zu können, wird sie nach der Entbindung wiederkommen. Glaube mir. Wie weit ist sie denn schon?«

»Weiß ich nicht genau. Im dritten oder vierten Monat.«

Jack rief sich Rachel im vierten Monat ins Gedächtnis. Bei Samantha hatte sie in diesem Stadium noch gar kein Bäuchlein gehabt und bei Hope ein kaum wahrnehmbares. Die morgendliche Übelkeit war überstanden, und sie fühlte sich gut, hatte nicht verhätschelt werden wollen und alle Ratschläge abgelehnt, die darauf hinzielten, daß sie sich »jetzt aber schonen müsse«. Das einzige »Gelüst«, das sie hin und wieder überkam, war Mandeleis mit heißer Schokoladensauce. Der verzückte Gesichtsausdruck, mit dem sie jeden Löffel durch die Lippen zog und auch noch den allerletzten Rest aus dem Schälchen kratzte, war sehenswert.

Rachel war im vierten Monat ihrer Schwangerschaft eine Frau, die mit beiden Beinen im Leben stand, und Brynna Johnson schien Jack aus dem gleichen Holz geschnitzt zu sein.

»Ich bleibe bei meiner Meinung: Brynna soll Buffalo übernehmen«, sagte er. »Es sei denn, sie will nicht. In dem Fall schicken wir Alex Tobin.«

»Dad!« flehte Sam, die schon die ganze Zeit ungeduldig vor ihm von einem Fuß auf den anderen getreten war. »Ich muß telefonieren!«

»Warum kannst du denn nicht fliegen?« fragte David. »Wenn Rachels Zustand stabil ist ...«

»Sie liegt im Koma. Ich kann jetzt nicht weg.«

»Okay. Vergiß die Reise. Aber dann komm wenigstens wieder ins Büro. Vier Stunden jeden Tag. Während die Mädchen in der Schule sind. Wenn Rachel bewußtlos ist, merkt sie es sowieso nicht, wenn du nicht da bist, und wenn sie aufwacht, wird sie dich wahrscheinlich gar nicht da haben wollen. Wir haben zu arbeiten, Jack! Die Zeit läuft uns davon.«

Jack und David blickten auf eine lange gemeinsame Vergangenheit zurück. Sie hatten sich als Zeichner die unterste Sprosse der Karriereleiter geteilt und waren dann gemeinsam die Leiter des Erfolgs emporgestiegen. Jack war der schöpferischere von beiden, David der bessere Geschäftsmann, aber sie träumten den gleichen Traum von Erfolg und Wohlstand, und sie beschlossen schon, als diese Möglichkeit noch in weiter Ferne lag, irgendwann gemeinsam eine Firma zu gründen. Die beiden dafür entscheidenden Begabungen brachten sie mit. Zwei Jahre lang arbeiteten sie sich langsam und beharrlich aufwärts – und dann kam mit einem Schlag der Durchbruch. Als David eines Tages eine große Gesellschaft dazu überreden konnte, sie unabhängig von der Firma, bei der sie angestellt waren, zu engagieren, kündigten sie, und die Firma Sung und McGill wurde aus der Taufe gehoben. In den dreizehn Jahren, die sie inzwischen bestand, waren sie sich immer über die für einen Erfolg unabdingbaren Faktoren einig gewesen, und im Grunde waren sie das auch heute noch. Jack hätte sich nur ein wenig mehr Einfühlungsvermögen von seinem Partner gewünscht.

»Ich brauche deine Hilfe, David. Du mußt mir den Rücken freihalten.«

»Aber wie lange noch? Jack – Rachel ist deine Vergangenheit. Wir sind deine Gegenwart und deine Zukunft.«

»Da-ad!« dehnte Samantha in einem ärgerlichen Singsang.

Er steckte sich den Finger ins Ohr und drehte sich von

ihr weg. »Willst du mit Brynna sprechen? Nein, vergiß die Frage.« David konnte sehr taktlos sein, und das wollte er Brynna nicht zumuten. »Ich werde das übernehmen. Morgen vormittag komme ich sowieso rein. Dann kann ich sie gleich mit ihrer Aufgabe vertraut machen.«

»Hast du mit Boca telefoniert?«

»O ja. Ich muß den alten Plan tatsächlich umschmeißen.« Wie kam er nur auf die Idee, daß das nicht das letzte Mal wäre? Bei dem Gedanken daran zog sich sein Magen wieder krampfartig zusammen. »David, ich muß jetzt Schluß machen ...«

»Was hast du denn Wichtiges vor? Ich rotiere hier eins zu tausend, und ich erwarte Ergebnisse von dir. Du hast doch Zeit zum Arbeiten. Die Mädchen sind den ganzen Tag in der Schule, und für Rachel kannst du nichts tun.«

Jack mußte alle Beherrschung aufbieten, um nicht ausfallend zu werden. »Doch«, antwortete er mit zornbebender Stimme. »Ich kann malen. Hör mal – ich muß aufhören, meine Tochter braucht das Telefon. Bis dann.« Er legte auf.

»Wie hast du das gemeint, daß du malen kannst?« fragte Sam.

»Ich werde Moms Bilder fertigmachen.«

»Das darfst du nicht!« protestierte sie empört. »Mom würde dir das nie erlauben!«

Das Telefon klingelte erneut, und diesmal kam er ihr zuvor. »Ja?«

»Hier ist Victoria. Wie geht es meiner Tochter?«

»Das darfst du nicht!« insistierte Samantha.

»Unverändert«, erklärte er seiner Exschwiegermutter

und steckte wieder den Finger ins Ohr. »Die Ärzte sehen das als positiv an.«

»Ich tue das nicht. Es muß etwas geschehen. Ich habe verschiedene Leute hier gefragt, und sie sind alle meiner Meinung. Man darf nicht einfach nur dasitzen und warten. Du kannst dir nicht vorstellen, was für Horrorgeschichten – Horrorgeschichten – ich über Fälle gehört habe, in denen man untätig geblieben war, wo Handeln am Platz gewesen wäre. Ich möchte nicht in deiner Haut stecken, wenn du dir in einem halben Jahr Vorwürfe machen mußt, weil du dich nicht gegen diese Kurpfuscher durchgesetzt hast. Die Ärztin, mit der ich neulich sprach, klang viel zu jung, um schon etwas zu können. Was hat denn der Spezialist aus San Francisco gesagt, den ich dir genannt hatte?«

»Auch nichts anderes.«

»Dann werde ich einen in New York konsultieren. Mein Sekretariat hatte den Auftrag, Blumen zu schicken. Sind sie angekommen?«

»Ja, danke. Es ist ein schöner Strauß.«

Samantha zupfte ihn am Ärmel. Er konnte sich gerade noch zurückhalten, wie ein trotziges Kind mit dem Fuß aufzustampfen, aber er warf ihr einen so drohenden Blick zu, daß sie einen Schritt zurückwich.

»Was sagt denn deine Mutter zu diesem Unglück?« erkundigte sich Victoria.

»Sie weiß gar nichts davon.«

»Du hast sie nicht angerufen? Ich fasse es nicht. Das mußt du unbedingt sofort nachholen. Ich melde mich morgen wieder.«

»Du kannst das nicht tun«, sagte Samantha, als Jack auflegte, aber er hörte es nicht, denn er war in Gedanken noch bei Victorias Ermahnung. Es graute ihm davor, seine Mutter anzurufen – sie würde bestimmt eine Möglichkeit finden, ihn für den Unfall verantwortlich zu machen.

»Versprich mir, daß du es nicht tun wirst«, forderte Samantha ihn auf.

»Was?«

»An Moms Bildern herumpfuschen.«

»Ich habe nicht vor, daran herumzupfuschen. Ben will die Ausstellung durchziehen, und sieben Bilder haben noch keinen Hintergrund.«

»Aber sie würde nicht wollen, daß du dich da einmischst.«

»Deine Mutter liegt im Koma, und wir können sie nicht fragen. Aber wir wissen alle, wie viel ihr an dieser Ausstellung lag. Oder?«

Samantha stieß einen Laut aus, den er als Zustimmung interpretierte. »Und Ben kann sie nicht verschieben. Was also soll geschehen?«

»Es können doch die Bilder ausgestellt werden, die fertig sind.«

»Kennst du das Bild von den Rotluchswelpen auf der Wiese, das in der Galerie hängt?«

»Natürlich. Es hing jahrelang hier im Wohnzimmer«, eröffnete sie ihm. »Es ist Moms Lieblingsbild.«

»Weißt du, daß ich ihr dabei geholfen habe?« Ihr Blick zeigte ihm nicht nur, daß sie es nicht wußte, sondern auch, daß sie ihm kein Wort glaubte.

»Ach ja?« spottete sie. »Und was hast du gemalt? Einen Baum?«

Wäre er sein Vater gewesen, hätte er Sam ihren verächtlichen Ausdruck mit einer Ohrfeige aus dem Gesicht geschlagen, aber er war nicht sein Vater. »Hast du schon mal einen Baum gemalt?« fragte er stattdessen.

»Jeder hat schon einen Baum gemalt.«

»Tatsächlich?« Er umfaßte ihr Handgelenk, nicht grob, aber fest, und zog sie zur Haustür.

»Wo willst du mit mir hin?« rief sie. »Ich muß telefonieren!«

Er ignorierte ihren Einwand und ging zielstrebig weiter bis zum Waldrand, wo er vor einem dicken Rotholzbaum stehenblieb. Er umfaßte ihre vor Abwehr verkrampften Schultern und fragte über ihren blonden Scheitel hinweg: »Was siehst du?«

»Rinde«, antwortete sie patzig.

»Was noch?«

»Rinde.«

»Okay. Welche Farbe hat sie?«

»Rot«, antwortete sie akzentuiert. »Es ist ein Rotholzbaum.«

»Hellrot? Ziegelrot? Mahagoni? Rotbraun?«

»Weiß ich nicht.«

»Wenn du sie malen solltest – welche Farbe würdest du wählen? Hellrot? Ziegelrot?«

Als sie nicht antwortete, drückte er ihre Schultern.

»Dunkler«, murmelte sie.

»Mahagoni?«

»Vielleicht.«

»Ganz?«

»Was meinst du damit?«

»Würdest du den ganzen Stamm damit malen?«

»Ja«, erwiderte sie wütend.

Er ließ ihre Schultern los, streckte die Hand aus und berührte die Rinde. »Aber was ist mit dieser Stelle? Hier ist sie durch den Lichteinfall ein, zwei Schattierungen dunkler.« Er bewegte seinen Finger weiter. »Diese Stelle ist um noch ein, zwei Schattierungen dunkler.« Und weiter. »Diese Stelle ist fast schwarz. Siehst du das?«

»Ja – ich sehe es.«

»Wenn du den ganzen Stamm in nur einer Farbe malst, geht die Struktur verloren.« Er fuhr mit den Fingerspitzen über die Rinde. »Schau dir dieses nach unten spitzzulaufende Stück an, und dieses wellige und das sichelförmige da. Wenn du für alle nur eine Farbe nähmst, könntest du nichts davon hervorheben.« Er hob den Kopf und zeigte nach oben. »Dort ist die Rinde im Licht der untergehenden Sonne fast orange. Auch das ginge verloren, wenn du ausschließlich Mahagoni benutztest. Und jetzt schau dir die Nadeln an.«

Sie hatte den Blick schon wieder gesenkt und sagte gereizt: »Ich habe begriffen, was du mir sagen willst.«

»Schau sie dir trotzdem an.« Er umfaßte ihren Kopf und zwang sie so, ihn wieder zu heben. »Die Nadeln sehen aus wie Federn. Sie sind sattgrün – nein, in diesem Licht eher blaugrün. Und wenn die Sonne von oben darauf scheint, fast lindgrün.« Er hielt ein paar Atemzüge lang inne und fragte dann: »Riechen die Nadeln so gut, oder ist es die Rinde?«

»Keine Ahnung. Ist es meine Schuld, daß ich als einzige in der Familie nicht malen kann?«

Diese Frage überraschte ihn so, daß er seinen Griff lockerte. Sofort entwand Sam sich ihm.

»Daß du dich mit Farben auskennst, beweist noch lange nicht, daß du einen Teil von Moms Bild gemalt hast«, rief sie ihm aus drei Metern Entfernung zu, als sie sich auf dem Rückweg zum Haus noch einmal umdrehte. »Wenn es so wäre, hätte sie es bestimmt nicht im Wohnzimmer aufgehängt. Sie hat sich von dir scheiden lassen. Sie wollte nichts mehr mit dir zu tun haben.«

Sie stapfte wütend weiter, und Jack stand da wie ein gescholtenes Kind.

* * *

»MEIN VATER IST EIN ARSCH«, sagte Samantha zu Lydia. Sie atmete schwer. »Bildet sich ein, er kann hier den Obermotz markieren. Er hat sich sechs Jahre nicht um uns gekümmert – und vor der Scheidung auch nicht.«

»Ach, Sam – so schlimm ist er doch gar nicht.«

»Du mußt ja nicht unter einem Dach mit ihm leben. Dich beobachtet er nicht ständig. Er sagt, er hätte meiner Mutter beim Malen geholfen, und als ich ihn fragte, warum sie uns das dann nicht erzählt hätte, wußte er keine Antwort. Ich wünschte, er würde wieder abhauen. Ich kann ihm nichts recht machen. Weißt du, was er will? Daß ich so lieb und still und brav bin wie Hope. Aber ich bin nicht wie Hope. Ich möchte es gar nicht sein.«

»Hat er denn gesagt, daß er das will?«

»Das würde er nie – aber ich weiß es auch so. Ich sehe es daran, wie er sie anschaut und wie er mich anschaut.«

»Ich fand ihn ziemlich nett.«

»Das war nur Theater.«

»Er scheint sich wirklich Sorgen um eure Mutter zu machen.«

»Ja – weil er uns am Hals hat, wenn sie nicht wieder aufwacht. Das würde ihm sein ganzes Leben versauen. Warum verteidigst du ihn? Du weißt ja längst nicht alles. Er hat eine Freundin. Jill. Sie ist unheimlich nett.«

»Wird er sie heiraten?«

»Wenn er das tut, dann kann sie einem leid tun. Er ist unzuverlässig. Es würde nicht lange dauern, dann wäre er auf der Suche nach einer besseren Frau.«

»Hat er das bei deiner Mom auch getan?«

»Warum hätte sie sich sonst scheiden lassen?« Das Klopfzeichen meldete, daß jemand anzurufen versuchte.

»Ich kann das nicht glauben«, sagte Lydia.

»Warum ergreifst du seine Partei? Ich denke, du bist meine Freundin. Warte einen Moment.« Sie drückte auf den Knopf. Es war Brendan. Normalerweise redete sie sehr viel lieber mit Lydia als mit ihm, aber sie hatte sich über Lydia geärgert, und so ließ sie sich zu einer Unterhaltung mit ihm herab. »Lydia ist eine blöde Kuh!« machte sie sich Luft.

»Dann weißt du das mit der Party schon?«

»Was?«

»Hat sie es dir noch nicht gesagt?«

»Was?«

»Vielleicht solltest du sie anrufen«, wich er aus.

»Brendan! Sag es mir!«

»Ihre Eltern bleiben zu Hause«, platzte er heraus.

»Was?«

»Du hast richtig gehört. Ihre Eltern bleiben zu Hause!«

»Nein ...«

»Doch. Lydia ist rausgerutscht, daß die Jungs nach dem Ball auch mit zu ihr nach Hause kommen, und daraufhin haben sie ihre Pläne geändert.«

»Es ist Lydia rausgerutscht? Wie ist ihr denn das passiert?«

»Ein paar Eltern haben bei ihren angerufen und haben ihr Fragen gestellt, und da hat sie sich verplappert.«

»Ich hätte es wissen sollen.« Lydia war seit der dritten Klasse ihre beste Freundin, aber seit sie ausgemacht hatten, nach dem Ball noch eine Party bei ihr zu feiern, war sie total panisch. Sie hatte Angst, daß sich jemand übergeben würde und ihre Eltern dahinterkämen, warum, und daß sie dann bestraft würde. Nun – jetzt bekäme niemand Gelegenheit, sich zu übergeben. »Sie ist wirklich eine blöde Kuh. Damit ist alles im Eimer.«

»Warum denn?«

»Wenn ihre Eltern da sind, können wir das Bier vergessen.«

»Ja, schon – aber ich bin irgendwie ganz froh. Meine Mutter ging ja davon aus, daß Lydias Eltern da wären, und jetzt brauche ich keine Angst zu haben, Ärger zu bekommen. Und so schlimm wird es schon nicht werden – sie sitzen ja nicht bei uns im Zimmer.«

»O Scheiße! Du bist genau so ein Feigling wie Lydia.«

Als er sich dazu nicht äußerte, stieß sie einen gutturalen Laut aus. »Dieser Ball wird sterbenslangweilig.«

Es war lange still in der Leitung. Dann fragte Brendan: »Heißt das, du gehst nicht hin?«

»Könnte gut sein.«

Er hätte eigentlich protestieren müssen. Sie *hätte* protestiert. Aber das wäre zu viel von Brendan erwartet gewesen. Statt dessen fragte er nach einer neuerlichen langen Pause: »Und was ist mit mir?«

»Geh mit Jana hin«, meinte sie.

»Ist das dein Ernst?«

»Ja.« Sie hatte keine Verwendung für ein Muttersöhnchen.

»Du willst wirklich nicht hingehen?«

»Nein. Ruf Jana an.«

Darauf fiel ihm nichts anderes ein als ein kleinlautes: »Okay. Dann bis morgen.«

Samantha legte wutschnaubend den Hörer auf. Sie war schon auf Dutzenden Tanzereien gewesen, aber sie hatte immer von ihrem ersten richtigen Ball geträumt, von der Party, die danach stattfinden und die ganze Nacht dauern, und von dem Bier, das in Strömen fließen würde. Wenn sie gewußt hätte, daß sie auch diesmal ein langweilig-braver Abend erwartete, hätte sie das spießige, blaue Kinderkleid gekauft, das ihrem Vater gefallen hatte.

Herzlichen Dank, Lydia! Herzlichen Dank, Brendan! Die beiden hatten keinen Mumm, keinen Sinn für Abenteuer. Sie waren noch Babys. War sie die einzige, die das nicht mehr war?

Nein – es gab noch jemanden. Sam nahm den Hörer

wieder ab und tippte eine Zahlenfolge ein. Sie hatte schon so oft bei ihm angerufen, daß sie sie auswendig konnte. Bisher hatte sie aber immer sofort aufgelegt, wenn er sich meldete.

»*Hallo?*« Die tiefe, coole Stimme des Siebzehnjährigen ließ ihr Herz bis zum Hals klopfen.

»*Hi,* Teague«, bemühte sie sich, ebenfalls cool zu klingen. »Hier ist Samantha. Aus dem Schulbus. Erinnerst du dich?«

»O ja. Ich erinnere mich an Samantha aus dem Schulbus«, antwortete er, und sie hörte, daß er lächelte, »aber sie ist die ganze Woche nicht mitgefahren.«

»Mom ist krank, und darum fährt unser Dad uns zur Zeit.«

»Das beruhigt mich – ich dachte schon, du würdest mir aus dem Weg gehen.«

»Das würde ich nie tun. Ich habe meinem Dad gesagt, daß ich lieber den Bus nehmen würde, aber er wollte nichts davon hören.«

»Hey – war das deine Mom, die den schlimmen Unfall hatte?«

»Ja.« Samantha sah eine Chance, ihn zu beeindrucken und übertrieb gewaltig. »Sie war auf dem Weg nach Carmel, als ihr jemand hinten reinfuhr. Der Wagen durchbrach die Leitplanke und stürzte in den Abgrund. Mom war eine Ewigkeit unter Wasser. Sie haben sie zwar wieder zum Atmen gekriegt, aber sie liegt im Koma, und keiner weiß, ob sie je wieder aufwacht. Wir verbringen jede freie Minute bei ihr.«

»Ist euch nicht unheimlich in dem Krankenzimmer?«

»Ach wo. Am Anfang waren wir schon erschrocken, aber inzwischen haben wir uns an die Geräte und Schläuche gewöhnt. Die Ärzte und die Schwester wollen, daß wir mit unserer Mutter reden, weil sie denken, daß unsere Stimmen sie vielleicht aus dem Koma holen können.«

»Cool.«

»Das Problem ist, daß ich die ganze Zeit so mit meiner Mom beschäftigt war, daß ich an gar nichts anderes mehr dachte – aber dann sagte mein Dad, sie würde bestimmt wollen, daß ich auf den Schulball gehe, und jetzt stehe ich ohne Partner da. Würdest du vielleicht mit mir hingehen?«

»Wann ist er denn?«

»Am Samstag.«

»Und wo?«

Teague war in der Junior High – sein Ball würde in einem Hotel stattfinden, und Samantha genierte sich plötzlich unsäglich, aber jetzt gab es kein Zurück mehr. »In der Turnhalle«, murmelte sie und beeilte sich hinzuzufügen: »Wir müssen ja nicht lange bleiben. Es ist nur ein blödes Kinderfest, aber wenn meine Mutter wollen würde, daß ich hingehe, dann sollte ich das auch tun. Ich habe mir ein tolles schwarzes Kleid dafür gekauft, das mein Dad zu sexy für mein Alter findet, was zeigt, daß er keine Ahnung hat. Also – was ist? Kommst du mit?«

»Klar komme ich mit«, sagte er, und seine Stimme lächelte wieder.

Sie strahlte. »Toll!«

* * *

HOPE SASS in ihrem Zimmer auf dem Fußboden. Ein Buch lag aufgeschlagen neben ihr, aber sie studierte den Kalender, den Rachel ihr in für jeden Monat anderen Wasserfarben gemalt hatte. Guinivere lag zusammengerollt auf ihrem Schoß.

Sie nahm die Katze vorsichtig auf den Arm, stand auf und machte sich auf die Suche nach ihrem Vater. Er war weder im Wohnzimmer noch in der Küche und auch nicht im Schlafzimmer ihrer Mutter. Sie fand ihn im Atelier. Er lehnte mit überkreuzten Beinen und verschränkten Armen an der Wand und war völlig versunken in die Betrachtung der Bilder, die er am anderen Ende des Raumes nebeneinander aufgereiht hatte.

Hope blieb in der Tür stehen und sagte sich, daß sie lieber wieder gehen und später zurückkommen sollte – aber sie blieb. Sie mußte mit ihm reden.

»Hallo, Süße«, sagte er. »Was gibt's denn?«

»Was machst du hier?« antwortete sie mit einer Gegenfrage.

»Ich schaue mir die Arbeiten eurer Mutter an. Sie sind beeindruckend.«

»Wirst du sie wirklich fertigmalen?«

»Ich weiß nicht. Sam meint, Rachel würde es nicht wollen. Glaubst du das auch?«

»Nein.« Sie hatte ihre Mutter nie schlecht über Jack sprechen hören. Sam sagte, sie höre es absichtlich nicht, aber das stimmte nicht. »Daddy?«

»Was denn, Süße?«

»Morgen ist es eine Woche. Denkst du, Mommy wird wieder aufwachen?«

»Da bin ich ganz sicher. Es dauert nur länger, als ich gehofft hatte.«

»Was sagen die Ärzte?«

»Daß wir Geduld haben müssen. Sie sehen es als gutes Zeichen, daß ihr Zustand sich nicht verschlechtert.«

Wenn sich der Zustand ihrer Mutter nicht verschlechterte, dann konnte das Unheil, das sie kommen spürte, nur Guinivere betreffen, dachte Hope. Sie hob die Arme und vergrub das Gesicht im Fell der Katze. Es war seidenweich wie immer – aber irgend etwas war trotzdem anders. »Ich glaube, Guinivere wird bald sterben, Daddy.«

Jack stieß sich von der Wand ab, kam zu ihr herüber und streichelte das Tier zwischen den Ohren. »Hat sie Schmerzen?«

»Nein. Sie würde miauen, wenn es so wäre.« Hope schluckte und fragte mit schwacher Stimme: »Was mache ich, wenn sie tot ist, Daddy?«

»Du wirst um sie trauern.«

Er hatte sie mißverstanden. »Ich meine, was mache ich mit ihr? Ich kann sie doch nicht einfach wegwerfen wie Hühnerknochen.«

»Du solltest dir darüber noch nicht den Kopf zerbrechen, Süße«, antwortete er. »Sie sieht mir nicht so aus, als ob sie im Sterben läge.«

Hope ließ sich nicht beirren. »Aber es ist so, Daddy. Ich spüre es!«

»Du fürchtest dich nur davor.«

»Nein!« widersprach sie heftig. »Es ist soweit – ich weiß es! Was soll ich dann mit ihr machen?«

»Was würdest du denn gerne machen?«

»Sie begraben.«

Er kratzte sich am Kopf und ließ die Hand dann darauf liegen, während er überlegte. Hope starrte ihn erwartungsvoll an.

»Okay«, sagte er schließlich. »Dann begrabe sie. Es gibt hier in der Gegend bestimmt einen Tierfriedhof.«

Er hatte sie schon wieder mißverstanden. Hope wollte Guinivere in ihrer Nähe haben, sie wollte, daß Guinivere spürte, daß sie in ihrer Nähe war.

»Oder wir begraben sie im Wald«, sagte Jack mit einem Blick aus dem Fenster. »Irgendwo in der Nähe. Wäre dir das lieber?«

Hope nickte stumm.

»Abgemacht.«

Es dauerte eine Weile, bis sie den Kloß in ihrem Hals hinuntergeschluckt hatte. Dann flüsterte sie: »Daddy? Du wirst uns doch nicht im Stich lassen, oder?«

»Wie könnte ich das?«

»Du könntest ja auch jemanden einstellen, der sich um uns kümmert, wenn Mommy nicht aufwacht und du in die City zurückmußt.«

»Das werde ich aber nicht tun.«

»Versprochen?«

»Versprochen.«

Sie seufzte erleichtert und sagte leise: »Ich hab' dich lieb.«

Er antwortete nicht, aber sein Kuß auf ihren Scheitel drückte mehr aus als tausend Worte.

* * *

Als Hope am nächsten Morgen aufwachte, lag Guinivere noch genau so da, wie sie sie am Abend zuvor hingelegt hatte. Voller Angst beugte sie sich so tief über sie, daß die Katze ihren Atem spüren konnte. »Guin?« flüsterte sie und streichelte mit der Fingerspitze die Wange des Tieres. Als sie einen leichten Gegendruck fühlte, atmete sie auf.

Sie legte locker den Arm um die Katze, dachte immer wieder ›Ich hab' dich lieb, Guin, ich hab' dich lieb‹, und hörte sie als Antwort schnurren. Irgendwann hörte sie auf. Hope rührte sich nicht, lauschte angestrengt. Nichts. Sie strich Guinivere über den Kopf, um ihr wieder ein Schnurren zu entlocken. Ohne Erfolg. Sie versuchte es noch einmal. Als es wieder nichts nützte, vergrub sie ihr Gesicht in Guiniveres Fell und fing an zu weinen.

»Hope?« rief Jack vor ihrer Zimmertür. »Bist du schon wach?«

Hope bemühte sich, ihr Schluchzen zu unterdrücken, aber dadurch wurde es noch schlimmer. Sie zog Guinivere näher zu sich heran, hoffte, daß sie sich irrte – aber sie wußte es besser. Sie verspürte eine gähnende Leere in sich, fühlte sich unsäglich einsam.

»Süße?« Jack legte ihr die Hand auf die Schulter. »Was ist denn?« Er berührte die Katze, ließ seine Hand eine Weile auf ihr liegen, und als Hope gerade an dem Gedanken zu verzweifeln drohte, daß alle, die sie liebte, sie verließen, setzte er sich zu ihr und umarmte sie und Guinivere.

Er sagte kein Wort, hielt sie nur tröstend im Arm, und als Samantha den Kopf zur Tür hereinstreckte und fragte, wann sie losführen, antwortete er: »Hope geht heute nicht in die Schule – Guinivere ist gerade gestorben.«

Sam kam herein und ging vor dem Bett in die Hocke. »Es tut mir leid, Hope«, sagte sie leise.

Hope antwortete nicht. Sie hatte wieder angefangen zu weinen, weil Jacks Worte sie bis ins Mark getroffen hatten. Guinivere ist gerade gestorben. Jetzt konnte sie sich endgültig nichts mehr vormachen.

* * *

Wenn Jack jemand prophezeit hätte, daß er, während seine Frau im Koma lag und seine Firma nach ihm lechzte, aus Kaminholz einen Katzensarg schreinern würde, hätte er ihn für geisteskrank erklärt. Jetzt erschien es ihm völlig selbstverständlich.

Hope saß neben ihm auf dem Boden und schaute zu. Sie hatte Guinivere in die von ihrer Mutter gehäkelte Wolldecke gehüllt, unter der sie die ersten acht Jahre ihres Lebens geschlafen hatte und die, obwohl nach unzähligen Wäschen unansehnlich, ihr kostbarster Besitz war. Nachdem sie die Katze darin eingewickelt hatte, waren ihre Tränen versiegt. Sie hielt das Bündel so vorsichtig im Arm, als lebe Guinivere noch und sie fürchte, ihr weh zu tun.

Jack schöpfte Befriedigung daraus, Scheite zu spalten und Nägel in das Holz zu schlagen. Als der kleine Sarg fertig war, hob er ein Grab aus, und auch diese Arbeit tat ihm gut. Er genoß es, in Schweiß zu geraten und schwer zu atmen.

Aber er begrüßte die Anstrengung noch aus einem anderen Grund: Die daraus resultierende Erschöpfung verhinderte, daß ihn die Gefühle übermannten, als Hope das kleine Bündel in den Sarg legte, er ihn zunagelte, in das Loch senkte und Erde darauf zu schaufeln begann.

Hope fing wieder an zu schluchzen. Er legte den Arm um ihre Schultern, drückte sie an sich und ließ sie weinen. Als sie keine Tränen mehr hatte, setzten sie sich an das Grab, und wieder fiel Jack auf, wie absolut untypisch er sich verhielt. Er vertrödelte einen Montagmorgen im Wald, obwohl er längst geduscht, bei Rachel vorbeigeschaut und die Fahrt in die City angetreten haben müßte – und auch das erschien ihm selbstverständlich. Hope brauchte ihn jetzt.

Eine ganze Weile saßen sie schweigend nebeneinander, und Jack ließ den Frieden auf sich wirken, den die Umgebung verströmte. Irgendwann sagte Hope mit noch immer tränenzittriger Stimme: »Ich habe mich wegen der Aussicht für diesen Platz entschieden.« Sie streckte die Hand aus. »Schau mal da zwischen den Bäumen durch. Siehst du den Abbruch im Gelände? Da öffnet sich das Tal.«

Er blickte in die Richtung, die ihr Finger ihm wies und, ja, er sah den Abbruch, und dahinter, in Anbetracht der Entfernung leicht verschwommen, eine ganze Palette von Wald-Grün-Tönen. Jack wollte gerade etwas über die Schönheit der Szenerie sagen, als Hope weitersprach. »Wenn du darüber hinausschaust, weit, weit hinaus – was da wie Wolken aussieht, ist in Wirklichkeit das Meer.«

»Woran erkennst du das?«

»Wolken wären weißgrau oder schwarzgrau – aber *das* ist blaugrau. Kannst du es sehen?«

Er konnte.

»Das hat mir Mom beigebracht. Und zu lauschen.« Sie neigte den Kopf zur Seite. »Hörst du das?«

»Was soll ich denn hören? Es ist doch vollkommen still.«

»Nein«, widersprach sie mit einem kleinen Lächeln. »Du mußt richtig hinhören.«

Er gab sich redlich Mühe, doch schließlich bat er sie: »Gib mir einen Tip.«

»Es ist ein Bach. Ich habe ihn zuerst auch nicht gehört, aber Mom hat nicht lockergelassen.«

Das erinnerte ihn daran, daß sie ihn einmal in Tucson gezwungen hatte, mehrere Stunden mit geschlossenen Augen in der Wüste zu sitzen und zu lauschen. Er hatte ein Packratte vorbeihuschen hören, das Schlängeln einer Schlange, Wind, der an dem Stamm eines Kandelaberkaktus entlangflüsterte.

Und plötzlich begriff er, was Rachel aufgegeben hatte, als sie mit ihm nach San Francisco zog. Sie war naturverbunden wie nur wenige Menschen. Kein Wunder, daß sie in der Großstadt das Gefühl hatte, zu ersticken.

Er schluckte, um noch besser hören zu können, und konzentrierte sich – und plötzlich hörte er es: Das ferne, schwache, aber eindeutig erkennbare Geräusch fließenden Wassers.

»Da drüben?« Er deutete nach links.

Hope nickte anerkennend.

»Wie weit ist er weg?«

»Fünf Minuten zu Fuß. Er ist ganz in der Nähe und mündet ins Meer. Ich bin mit Mom an dem Fluß bis zu der

Stelle entlanggegangen, wo er den Ozean erreicht. Wenn wir mal Zeit haben, zeige ich ihn dir«, sagte sie, doch ihre Stimme klang plötzlich unsicher und sie schaute ihn nicht an.

Er wußte, daß sie dachte, er würde verschwinden, sobald Rachel aufwachte. Aber die Vorstellung, mit Hope an einem Bach entlangzuwandern, hatte einen großen Reiz. Vielleicht ließe sie sich noch in die Tat umsetzen, bevor er das Feld räumen müßte. Müßte? Er konnte es doch gar nicht erwarten, nach San Francisco zurückzukehren!

Jack schüttelte verwirrt den Kopf.

Zehntes Kapitel

DER MONTAG VORMITTAG bescherte ihnen freie Straßen, und so brauchten sie für die Fahrt von Big Sur nach Monterey nur fünfundvierzig Minuten, doch nach dieser kurzen Erholungspause erwartete sie im Krankenhaus der zweite Schock: In Rachels Zimmer lag ein anderer Patient. War sie gestorben? Nein – dann wären sie benachrichtigt worden, fand Jack nach einer Schrecksekunde zur Vernunft zurück. Hatte sich ein Anlaß zu einer Notoperation ergeben?

Er nahm Hope an der Hand und eilte mit ihr den Flur hinunter, wollte sich gerade im Stationszimmer nach Rachel erkundigen, als er Cindy Winston, Rachels zugeteilte Schwester, aus einem Zimmer am Ende des Korridors kommen sah. »Wo ist meine Frau?« rief er ihr zu, und sie zeigte auf die Tür, die sie eben hinter sich geschlossen hatte.

Sekunden später öffnete sie sie für Jack und Hope wieder. Was sie vorfanden, war ein normales Krankenzimmer mit einem Fernseher und mehreren Sesseln. In einem davon saß Katherine. Rachel lag ihr zugewandt auf der Seite, und in Jack flackerte die Hoffnung auf, daß sie das Bewußtsein wiedererlangt hatte und deshalb verlegt worden war. Aber Katherines Gesichtsausdruck sprach dagegen.

»Ihre Frau ist jetzt eine Woche hier, und ihr Zustand

war die ganze Zeit stabil. Darum hielten die Ärzte es nicht für erforderlich, sie noch länger auf der Intensivstation zu lassen«, beantwortete die Schwester seinen fragenden Blick.

»Aber was ist, wenn ihr Zustand sich plötzlich verschlechtert?« malte Jack den Teufel an die Wand. »Wie können Sie das unter diesen Umständen rechtzeitig merken?«

»Ihre Vitalfunktionen werden auch hier überwacht«, versuchte Schwester Cindy ihn zu beruhigen und deutete auf die Geräte, die er vorher nicht bemerkt hatte.

»Aber die Apparate sind nicht mit denen im Stationszimmer gekoppelt.«

»Wir sehen in regelmäßigen Abständen nach ihr.«

»Dieses Zimmer ist ein Beobachtungsraum«, erklärte Dr. Klara Bates, die gerade hereingekommen war. »Es ist nur einen Katzensprung von der Intensivstation entfernt, und Ihre Frau wird ebenso gründlich überwacht wie die frischoperierten Patienten.«

»Ich verstehe trotzdem nicht, warum Sie sie bereits nach einer Woche verlegt haben. Wieso ist der Mann, von dem Sie mir erzählt haben, dann nach anderthalb Monaten noch dort?«

»Bei ihm bestehen Herz- und Lungenprobleme. Sein Zustand ist kritisch. Rachel ist in viel besserer Verfassung, glauben Sie mir. Sie muß nicht künstlich am Leben erhalten werden, ihre Vitalfunktionen sind stabil. Es besteht kein Grund zur Sorge.«

Aber Jack sorgte sich. Rachels Gesichtsverletzung heilte zwar zusehends ab, und an ihrer Hand waren schon die Fäden gezogen worden, aber sie kam ihm heute noch blasser vor, fast durchsichtig, und sie schien abgenommen zu haben, was ihn besonders beunruhigte, denn sie war ohnehin sehr schlank.

Hope trat ans Bett, beugte sich über ihre Mutter, nahm ihre Hand und zog sie an ihre Wange. Als seine Tochter zu schniefen begann, wußte Jack, daß sie wieder weinte.

Guinivere, formte er den Namen der Katze mit den Lippen, als er Katherines betroffenen Blick auffing.

Ihre Augen weiteten sich, und dann nickte sie.

Er begann zart Hopes gesenkten Kopf zu streicheln, wie er die Katze gestreichelt hatte. Er hätte ihr gerne etwas Tröstliches gesagt, aber es fiel ihm nichts ein, und so hoffte er, daß Hope Trost daraus schöpfen würde, sein Mitgefühl zu spüren.

Aber Rachels Verlegung ließ ihm keine Ruhe, und er bedeutete Dr. Bates, mit ihm auf den Flur hinauszugehen.

»Sie haben sie aufgegeben!« beschuldigte er die Ärztin. »Sie glauben nicht mehr, daß sie in nächster Zeit aufwachen wird. Darum haben Sie sie nicht auf der Intensivstation gelassen.«

»Das ist nicht wahr. Wir sind lediglich der Ansicht, daß nach einer Woche ohne kritische Momente eine Krise nicht mehr zu erwarten ist. Schwester Cindy wird sie auch weiterhin betreuen und sie alle zwei Stunden drehen. Sie wird genauso oft nach ihr sehen wie bisher. Dasselbe gilt für Doktor Bauer und mich. In einer größeren Klinik wäre sie vielleicht schon früher verlegt worden. Sie hält sich gut.«

»Aber sie ist immer noch bewußtlos«, murmelte Jack. Kara Bates tätschelte seinen Arm. »Bis bald.« Sie ging den Flur hinauf.

Katherine und Schwester Cindy kamen aus dem Zimmer. Da Jack bei der Ärztin auf taube Ohren gestoßen war, wandte er sich nun an die Schwester. »Meine Frau hat abgenommen. Ist das nicht gefährlich?«

Cindy schob ihre heruntergerutschte Brille hoch und schaute durch die offene Tür zum Bett. »Nein«, antwortete sie leise. »Sie wird durch eine Infusion mit allen notwendigen Nährstoffen versorgt.«

»Und wie lange kann sie damit überleben?«

»Gut und gerne noch ein paar Wochen.«

»Und was dann?«

»Dann ernähren wir sie über einen Magenschlauch.«

Man hatte sie in ein normales Zimmer gelegt, und jetzt befaßte man sich bereits mit der Möglichkeit eines Magenschlauches! Das bedeutete, daß sie mit einer Langzeitbehandlung rechneten. Als nächstes würden sie ihm ein Pflegeheim empfehlen!

Jack fuhr sich mit der Hand durch die Haare und versuchte, seine aufsteigende Panik zu unterdrücken. »Ich bin nicht bereit, mir das noch länger mit anzusehen. Man muß doch etwas tun können!«

»Ich habe mit einigen Leuten gesprochen«, eröffnete ihm Katherine. »Es gibt tatsächlich ein paar Dinge, mit denen wir versuchen könnten, sie zu wecken.«

Jack schöpfte neuen Mut. »Zum Beispiel?«

»Wir könnten ihr vorlesen, ihre Lieblingsmusik für sie spielen, ihre Lieblingsgerichte mitbringen. Vielleicht würde der Duft zu ihr durchdringen. Und wir könnten Räucherstäbchen abbrennen.«

»Vielleicht auch noch einen Gesundbeter herholen«, murmelte er.

Der Schatten eines Lächelns huschte über Katherines Gesicht. »Ich dachte an Räucherstäbchen, die wie ihr Wald riechen«, erklärte sie.

Von dieser Idee versprach er sich am meisten. Der Duft der Rotholzbäume hatte etwas Magisches.

»Was meinen Sie dazu?« fragte er die Schwester.

»Schaden kann es nicht«, erwiderte sie wie schon einmal. Dann lächelte sie an ihm vorbei. »Da kommt Doktor Bauer.«

»Ich gehe mit Hope in die Cafeteria«, sagte Katherine, doch in diesem Moment rief jemand ihren Namen. Sie strahlte, und eilte davon. Als Jack ihr nachschaute, sah er, daß sie einen gutaussehenden Mann in einem dunkelroten Kittel begrüßte.

Das Kleinstadtleben hat entschieden etwas für sich, dachte er. Man kannte sich, traf überall auf vertraute Gesichter. Es hatte etwas ungemein Beruhigendes. Man fühlte sich nicht so allein, wenn man Kummer oder Sorgen hatte.

Früher hatte er das ganz anders gesehen – in dem Ort, in dem er aufgewachsen war, wo jeder alles über jeden wußte, hatte er sich nach Anonymität gesehnt. Also ging er nach Manhattan aufs College und hätte dort auch seinen Abschluß gemacht, wenn er aufgenommen worden wäre. Aber das Stipendium hatte ihn nach Tucson verschlagen, und dort lernte er Rachel kennen.

Sie liebte Arizona. Sie liebte die Luft, die Sonne, die Weite. Sie liebte die Wüstenlandschaft, behauptete, den Geist von Geronimo hier durchreiten zu spüren. Sie liebte die trockene Hitze, genoß es sogar, zu schwitzen. Und die Gegend lieferte ihr Motive ohne Ende.

Sie saß oft stundenlang mit einem breitkrempigen Strohhut auf dem Kopf in der Wüste vor ihrer Staffelei und wartete geduldig darauf, daß sich irgendwelches Getier zeigte. Wenn die Wüste blühte, war sie im siebten Himmel, aber sie sah auch in den kargen Zeiten Schönheit, wo andere nur Sand und vertrocknetes Buschwerk sahen.

Jack und Rachel verbrachten drei gemeinsame Jahre in Tucson – das letzte davon als Ehepaar –, und dann wurde ihm ein Job in San Francisco angeboten, der nicht nur eine interessante Arbeit, sondern auch Aufstiegschancen versprach. Rachel war nicht begeistert von dem Gedanken, in eine Großstadt zu ziehen, aber sie beugte sich schließlich seinem Argument, daß er es in der Provinz als Architekt zu nichts bringen, sie aber überall malen könne.

Wie sich zeigte, hatte er sich, was sie betraf, geirrt. Die Großstadt San Francisco lähmte sie, und so war sie nach frustrierenden Jahren nach Big Sur geflohen.

So gesehen war er an ihrem Unfall schuld, dachte Jack. Hätte er damals nicht darauf bestanden, nach San Francisco zu ziehen, wäre sie nie hierhergekommen, nicht zur gleichen Zeit wie die alte Frau die Küstenstraße entlanggefahren und läge jetzt nicht im Koma.

* * *

KATHERINE BOT AN, sich um Hope zu kümmern, bis er aus San Francisco zurückkäme. »Es ist Montag«, sagte sie. »Der Salon ist geschlossen.«

Aber Jack wollte Hope mitnehmen. Der Ausflug in die Stadt würde sie von ihrer Trauer um Guinivere ablenken. Und ihn – hoffentlich – von seinem Zorn auf die Ärzte, die Rachel aufgegeben hatten.

Außerdem wäre Hope ein Schutzschild für ihn, denn wenn er sie dabeihatte, mußte jeder einsehen, daß er nicht lange in der City bleiben konnte.

* * *

JACK RIEF JILL von einer der Telefonkabinen am Ende des Flurs an und berichtete ihr von Guiniveres Tod, dem dadurch verzögerten Eintreffen im Krankenhaus und Michael Flynns Desertion. »Aus dem Mittagessen wird heute nichts«, eröffnete er ihr. »Ich nehme Hope mit, und außerdem ist es schon so spät. Es tut mir leid. Ich wette, du hast etwas Unglaubliches vorbereitet.« Jill war zu allem anderen auch noch eine großartige Köchin.

»Es sollte Risotto primavera geben. Die Zutaten halten sich. Kommst du dann morgen?«

Er schloß die Augen und rieb sich die Lider. »Ich bin erst gegen Ende der Woche wieder in San Francisco. Die Familie braucht mich.«

Eine Pause entstand. Dann fragte Jill: »Weiß Rachel, daß du da bist?«

»Das kann ich dir nicht beantworten – aber ich will soviel wie möglich bei ihr sein.«

Nach einer weiteren Pause hakte sie leise nach: »Warum?«

Das zielte auf ein Grundsatzgespräch ab, und das konnte er jetzt nicht brauchen. Also antwortete er: »Weil die Möglichkeit besteht, daß ich Rachel mit meiner Stimme aus dem Koma holen kann. Sie ist die Mutter meiner Kinder, und ich möchte, daß sie wieder gesund wird.«

»Natürlich.«

»Wie wär's am Donnerstag?« Er hatte sie enttäuscht und wollte es wieder gutmachen. »Hält sich das Gemüse bis dahin?«

»Es geht mir nicht um das Gemüse.«

»Ich weiß. Also – ich komme am Donnerstag. Versprochen.«

* * *

SIE FUHREN ALS ERSTES zu Jacks Haus, wo er eine große Reisetasche packte, während Hope auf seine Bitte hin die Post in einer Einkaufstüte verstaute. Die Luft roch abgestanden, und Jack war froh, als er die Tür von außen zumachen konnte. Doch als er gerade ins Auto steigen wollte, fiel ihm etwas ein und er ging noch einmal ins Schlafzimmer zurück, wo er im Schrank die Pullover auf dem obersten Brett beiseite schob und zwei gerahmte Fotos herunterholte. Auf einem war Rachel mit den Mädchen zu sehen, auf dem anderen Rachel allein. Er steckte sie in eine Stofftasche und nahm sie mit.

Sie machten bei einer Imbißstube halt, um zu Mittag zu essen. Sie war klein, und er war schon oft hier gewesen, aber er wurde wie ein Fremder behandelt. Trotzdem bestellte er Hope noch eine zweite Cola und – gegen ihren Willen – ein Stück Käsekuchen zum Dessert, von dem sie erst ein paar Bissen aß, als er ihr androhte, sie ansonsten zu füttern. Nachdem er drei Tassen Kaffee getrunken hatte, fuhren sie zu der längst überfälligen Stippvisite ins Büro, wo er den Großteil der folgenden drei Stunden damit zubrachte, sich mit Baufirmen herumzustreiten, sich bei Auftraggebern zu entschuldigen und Mitarbeitern Aufgaben zuzuteilen – und dazwischen mußte er sich immer wieder Davids erwehren, der ihn mit Fragen löcherte und definitive Antworten erwartete.

Als nach einer heftigen Auseinandersetzung wieder Stille herrschte, fragte Hope: »Magst du David?« Sie saß mit hochgezogenen Beinen auf dem Sofa in Jacks Büro und zeichnete etwas. David war gerade mit dem neuesten Entwurf für das Montana-Projekt hinausgerauscht, den Jack ihn bei der Dienstagsbesprechung zu präsentieren gebeten hatte.

»Natürlich tue ich das«, antwortete Jack. »Wir kennen uns seit fünfzehn Jahren und haben in der Zeit ein paar ziemlich sensationelle Aufträge miteinander durchgezogen. Er macht, was ich nicht kann, und umgekehrt. Ich hätte es als Architekt nie so weit gebracht, wenn er nicht wäre. Wir haben diese Firma zusammen aufgebaut. Wir sind Partner.«

Hope dachte eine Weile darüber nach und sagte dann: »Das bedeutet nicht, daß du ihn *magst*.«

Mochte er David? Nun – früher hatte er sein Engagement und seine Zielstrebigkeit bewundert. Neuerdings war er ihm ein wenig zu verbissen. Aber wie könnte er sich darüber beschweren, wenn die Firma florierte? »Wir sind ein gutes Team. Er macht mir die Hölle heiß, wenn ich versucht bin, die Arbeit mal etwas lockerer zu sehen.«

»Mom mag ihn nicht«, sagte Hope.

Das überraschte Jack – sie hatte nie ein Wort darüber verloren. »Und warum nicht?«

»Sie sagt, er sei hart.«

Hart – wie unsensibel, despotisch und ehrgeizzerfressen?

»Das sagen manche von mir auch.«

»Mom nicht«, beeilte Hope sich ihm zu versichern.

»Sie schimpft nie über mich?«

»Nein. Sie sagt, daß nie einer allein schuld ist, wenn eine Ehe nicht funktioniert.«

Woher kam dann Samanthas Abwehrhaltung ihm gegenüber? Um dem Gespräch eine andere Wendung zu geben, drehte er den Block zu sich herum, den Hope hatte sinken lassen, und schlug das Deckblatt hoch.

Mit nur wenigen Bleistiftstrichen skizziert, blickte ihm Guinivere entgegen. Er blätterte weiter. Auf jedem Blatt waren Körperhaltung und Ausdruck anders, von eindrucksvoller Lebendigkeit. Er hatte gewußt, daß Hope zeichnen konnte, allerdings nie ein großes Wesen darum gemacht – hauptsächlich, damit Samantha keine Komplexe bekäme. Aber wie sich herausgestellt hatte, war sie sich ihrer mangelnden Begabung auf diesem Gebiet deutlich bewußt.

»Du bist die Tochter deiner Mutter«, sagte er fast ehrfürchtig.

»Wie meinst du das?«

»Du siehst wie sie Details, Gefühle, und du kannst sie zu Papier bringen. Das ist wahres Talent.«

Hope errötete und zuckte verlegen mit den Schultern. »Ich habe Guinivere geliebt. Wenn ich sie zeichne, habe ich das Gefühl, daß sie noch lebt.« Sie senkte den Blick. »Ich muß immer an sie denken.«

»Du warst gut zu ihr. Ich bin stolz auf dich.«

Tränen rollten über ihre Wangen. »Trotzdem ist sie gestorben.«

»Aber du hast dich liebevoll um sie gekümmert.« Wie könnte er erreichen, daß sie zu weinen aufhörte? »Möchtest du vielleicht eine neue Katze. Eine kleine?«

Hope schüttelte den Kopf. »Vorläufig nicht. Es käme mir treulos vor. Guin war etwas ganz Besonderes. Sie hat mit mir gesprochen: Immer wenn ich ihr etwas zuflüsterte, schnurrte sie. Nein – ich könnte eine andere Katze im Moment gar nicht mögen.«

* * *

»BRENDAN HAT GESAGT, du gehst nicht auf den Ball. Warum nicht?« fragte Lydia. Der Unterricht war zu Ende, und sie standen bei ihren Spinden.

Sam schleuderte ihre Haare nach hinten. »Ich gehe schon hin – aber mit Teague Runyan.«

Lydia riß die Augen auf. »Das ist nicht dein Ernst! Teague ist vorbestraft!«

»Das stimmt nicht: Die Anklage wegen Ladendiebstahls wurde fallengelassen: Er war verwechselt worden.«

»Er wurde wegen Spickens von der Schule verwiesen!«

»Für einen Tag!«

»Meine Eltern lassen ihn auf keinen Fall ins Haus.«

»Warum hast du ihnen eigentlich gesagt, daß auch Jungs auf die Party kommen?«

»Weil sie mich gefragt haben. Ich brachte es nicht fertig, ihnen ins Gesicht zu lügen. Weiß dein Vater, daß du mit Teague auf den Ball gehst?«

»Klar. Er hat nichts dagegen.«

Als Lydia dazu nichts einfiel, verspürte Samantha einen Anflug von Genugtuung, der sich jedoch verflüchtigte, als Lydia sich umdrehte und allein davonging.

* * *

Es war später Nachmittag, als Jack und Hope ins Krankenhaus zurückkamen. Katherine hatte Samantha von der Schule abgeholt und einen CD-Player mitgebracht, aus dem dicht neben Rachels Kopf leise Countrymusik erklang.

»Garth«, erklärte Sam ihm, die die Verlegung ihrer Mutter nicht zu beunruhigen schien.

»Sie ist auch Brooks-Fan?« Er wußte, daß die Mädchen ihn vergötterten und hatte angenommen, daß sie ihnen zuliebe zu dem Konzert gegangen war. *Seine* Rachel hatte Leute wie James Taylor, Van Morrison und die Eagles bevorzugt.

»Ein glühender sogar«, sagte Sam, und Hope bestätigte es mit einem Nicken.

Jack zog die Fotos aus der Stofftasche und stellte sie neben den CD-Player auf den Nachttisch. Samantha sah sie sich an und fragte: »Wo hast du die denn her?«

»Vorhin bei mir zu Hause geholt«, erwiderte er. »Ich möchte, daß die Ärzte und Schwestern, die hier hereinkommen, eure Mutter mit offenen Augen sehen. Vielleicht erreiche ich damit, daß sie ihre Einstellung ändern und sie als lebendigen Menschen betrachten.«

»Grandma tut das auf jeden Fall. Sieh mal, was sie geschickt hat.«

Hinter dem Bett standen drei große, mit rosa Seidenpapier ausgeschlagene Schachteln, in denen durchsichtige Spitzengebilde von der Art lagen, wie Rachel sie seinerzeit für ihren Quilt zerschnitten hatte.

»Nachthemden«, erklärte Samantha überflüssigerweise.

Hope ging in die Hocke und betrachtete sie. »Die wird Mom nie anziehen. Warum schickt Grandma ihr denn so was?«

Dinah Monroe aus dem Reisebüro enthob Jack mit ihrem Eintreten einer Antwort. Sie trug ein elegantes Kostüm und die glänzenden, dunklen Haare im Pagenschnitt. Nachdem sie Rachel ein wenig zögernd auf die Wange geküßt hatte, erzählte sie ihr, um Munterkeit bemüht, von dem nervtötenden Kunden, dessen Sonderwünsche bezüglich seiner geplanten Ägäis-Kreuzfahrt sie Stunden gekostet hatten. Dann sprach sie mit Sam, deutlich entspannter, über eine gemeinsame Freundin, und tauschte mit Hope mitfühlend Erinnerungen an Guinivere aus. Sie blieb nur zehn Minuten. Kurz darauf erschien Eliza mit den dunklen Augen und dunklen Locken mit einer Tüte noch warmer Pecannußbrötchen für die Mädchen. Auch sie verschwand nach zehn Minuten wieder.

Als nächster kam Harlan durch die Tür, einer von Katherines Angestellten. Er umarmte die Mädchen, küßte Rachel, unterhielt sich ein paar Minuten mit jeder von ihnen und verabschiedete sich.

Er war kaum weg, als Faye hereinkam – wieder mit der Provianttasche.

»Heute gibt es Rinderbrust mit Nudeln und Gemüse«, verkündete sie Jack. Dann erzählte sie Rachel, wie grottenschlecht sie an diesem Tag gespielt hatte, wie sie sich auf das Buch freue, das als nächstes im Lesezirkel behandelt würde, von der Vorschulaufführung ihrer dreijährigen Enkelin – und schon war sie wieder weg.

Als eine halbe Stunde später Charlene Avalon, diesmal mit Ohrgehängen aus langen, bunten Federn und einer Duftkerze auf der Bildfläche erschien, bedeutete Jack Katherine, ihn auf den Flur hinauszubegleiten. »Sagen Sie – haben Sie diesen Besucherstrom organisiert?« fragte er, als er die Tür hinter ihnen zugezogen hatte.

Sie nickte. »Es wollten sie alle besuchen, und ich dachte, Rachel hätte mehr davon, wenn sie einzeln kämen und sich auf sie konzentrieren könnten. Stört Sie der Ansturm?«

»Natürlich nicht«, log er. »Es überrascht mich nur immer wieder. Rachel war früher eine Einzelgängerin. Ich hatte keine Ahnung, daß sie sich hier einen so großen Freundeskreis aufgebaut hat.«

»Würden denn nicht so viele Menschen an Ihrem Bett erscheinen, wenn Sie im Krankenhaus lägen?«

Die Frage traf Jack bis ins Mark. Wen hatte er schon? Jill würde natürlich kommen. David? Das bezweifelte er stark. »Ich habe gar keine Zeit für Freundschaften«, erklärte er abweisend.

»Fühlen Sie sich ausgeschlossen, wenn Rachel Besuch hat?«

»Wie kommen Sie darauf?«

»Ich schließe es daraus, daß sie sich jedesmal ans Fenster zurückziehen – und aus Ihrem Gesichtsausdruck. Rachel und Sie sind zwar geschieden, aber erkennen zu müssen, daß sie nichts über ihr jetziges Leben wußten, ist offenbar eine bittere Pille für Sie. Hängt das mit Ihrer Herrschsucht zusammen?«

»Wie bitte?« Er war so entgeistert, daß ihm nichts zu seiner Verteidigung einfiel.

»Rachel sagt, Sie seien der absolute Herr im Haus gewesen, nur Ihr Job, Ihre Bedürfnisse hätten gezählt. Das nenne ich herrschsüchtig.«

»Sie hat sich nie beschwert.«

»Es ist ihr auch erst nach der Trennung bewußt geworden. Wie vieles andere auch ...«

»Nämlich?«

»Wichtige Dinge, auf die sie in der Ehe mit Ihnen verzichten mußte. Womit wir wieder bei Ihrer Herrschsucht wären. Wissen Sie eigentlich, daß nur unsichere Menschen herrschsüchtig sind?«

»Wie ich merke, kennen Sie mich besser, als ich mich selbst«, meinte er süffisant.

»Das ist kein Wunder: Ich habe Erfahrung mit Männern wie Ihnen«, brauste sie auf. »Schlechte Erfahrungen.

Das war das erste, was Rachel und ich gemeinsam hatten.«

»Ihren Männerhaß?«

»Wir hassen die Männer doch nicht – man kann mit einer bestimmten Sorte nur nicht leben.«

»Sie hat es immerhin zwölf Jahre getan – und darum bin ich hier. Man kann eine so lange gemeinsame Zeit nicht einfach aus dem Gedächtnis streichen – ebensowenig wie die Gefühle, die man füreinander empfand. Rachel ist schwer krank, sie stirbt vielleicht sogar, und ich habe das Bedürfnis, ihr beizustehen, so gut ich kann. Außerdem muß ich mich um meine Töchter kümmern.«

»Die Mädchen könnten auch zu mir kommen oder zu Eliza oder Faye. Sie kennen uns alle gut, und wir haben genügend Platz.«

»Die beiden bleiben bei mir. Ich halte es für das Beste, und da ich ihr Vater bin, habe ich das Sagen.«

»Wie immer.«

»Durchaus nicht«, gab er in scharfem Ton zurück. »Die Scheidung war nicht meine Idee, sondern Rachels. In dem Fall hatte ich überhaupt nichts zu sagen.« Er fuhr sich mit der Hand durch die Haare. »Warum erzähle ich Ihnen das? Mein Leben geht Sie nichts an. Tun Sie mir den Gefallen, und verschonen Sie mich mit weiteren Analysen meines Charakters und meiner Ehe.« Damit kehrte er zu Rachel zurück.

* * *

JACK WAR NOCH IMMER WÜTEND, als sie sich auf den Heimweg machten, aber die Küstenformation und die wild aufspritzende Brandung verfehlten ihre Wirkung auf ihn auch heute nicht. Als sie Big Sur passiert hatten, war sein Zorn Nachdenklichkeit gewichen.

Er verbrachte eine halbe Stunde an seinem mit Rachels Fax-Leitung gekoppelten Laptop und eine weitere mit Fayes Rinderbraten und den Mädchen. Sie redeten nicht viel. Hopes Augen glänzten tränenfeucht, und Samantha schaute sie immer wieder an.

Nach dem Essen verschwanden die beiden in ihre Zimmer und überließen ihn sich selbst. Er sagte sich, daß er arbeiten sollte. Oder malen. Statt dessen schüttete er die von zu Hause mitgebrachte Post aus der Tüte auf den Küchentisch. Nachdem er sie durchgesehen hatte, ließ er den Blick durch den Raum wandern und begann dann wahllos Schubladen zu öffnen. In einer entdeckte er eine Speisekartensammlung ausländischer Spezialitätenrestaurants in Carmel, wodurch er schon wieder etwas Neues über Rachel erfuhr. In San Francisco hatte sie immer selbst gekocht. Sie sagte, das sei kein Problem, da sie ja zu Hause arbeite. Sie arbeitete immer noch zu Hause. Waren sie seinetwegen nie zum Essen gegangen? Er hatte sich jedesmal auf Hausmannskost gefreut, wenn er von einer Reise kam, und so hatte Rachel gekocht. Wahrscheinlich war auch das eine Form von Herrschsucht gewesen.

Er schaute Rachels Post durch, warf die Werbung in den Papierkorb und legte die Rechnungen neben die, die er bei seiner gefunden hatte. Samantha hatte sich bereits eine Reihe von Katalogen herausgenommen, und die an Rachel adressierten enthielten sportliche Kleidung, Künstlerbedarf und Gartenartikel. Er ging ins Wohnzimmer und nahm sich die CD-Sammlung vor. James Taylor, Van Morrison und die Eagles waren noch da – aber es waren genauso viele Country-Discs dazugekommen. Sein Blick fiel auf eine schmale Vase mit getrockneten Osterglocken – und was ihm dazu einfiel, versetzte ihm einen schmerzhaften Stich.

Er war von einer Geschäftsreise zurückgekommen, und Rachel hatte ihn mit den Mädchen vom Flugplatz abgeholt. Die beiden mußten damals sechs und vier oder sieben und fünf gewesen sein, womit das fragliche Ereignis zwei oder drei Jahre vor der Scheidung stattgefunden hatte. Als Rachel ihn eine Woche zuvor zum Flughafen gebracht hatte, war sie sehr schweigsam gewesen, denn er würde eine Schulaufführung versäumen, in der beide Mädchen eine Rolle hatten. Aber es war eine wichtige Reise gewesen und sie hatte sich als sehr erfolgreich erwiesen.

Die Mädchen kicherten auf dem Rücksitz unentwegt, und er fragte mehrmals, was denn so lustig sei, worauf sie noch mehr kicherten.

Der Grund für ihre Geheimniskrämerei war eine Wiederholung des Theaterstücks im Wohnzimmer, wofür Rachel die Kulissen nach Hause geholt hatte, was für sie als leitende Bühnenbildnerin kein Problem gewesen war, und sie spielte alle Rollen außer die der Mädchen. Jack applaudierte begeistert, und dann las er jeder seiner Töchter eine Gute-Nacht-Geschichte vor.

Als er ins Schlafzimmer kam, empfing ihn ein Meer von gelben Narzissen und brennenden Kerzen. Die Tür nach nebenan stand offen, und dort erwarteten ihn Rachel, ein schaumgekröntes, heißes Bad, frische Himbeeren und Wein. Und auch hier leuchteten gelbe Narzissen im Kerzenlicht. Der Wein und die Himbeeren blieben unberührt.

In dem Bedürfnis, die Verbindung zu Rachel aufrechtzuerhalten, ging er in ihr Atelier hinauf, setzte sich auf den Boden und betrachtete die Bilder, die noch immer an der Wand lehnten. Nach einer Weile stand er auf und nahm ihre Arbeitsutensilien auf dem großen Holztisch in Augenschein. Es waren Öl-, Acryl- und Wasserfarben da, ein Pinselsortiment und mehrere Spachtel. In der Vorratskammer fand er weitere Farbtuben und -tiegel, ihre Reiseausrüstung – eine Kamera nebst Film, eine Staffelei, eine große Segeltuchtasche, einen Falthocker – und Skizzenblöcke, Bleistifte und Kugelschreiber.

In einer Ecke stand ein metallener Aktenschrank, und zwischen ihm und der Wand steckte eine dünne Mappe. Er zog sie heraus, trug sie ins Atelier, legte sie auf den Schreibtisch und öffnete sie. Vor ihm lag ein von einem schmalen, blauen Bändchen zusammengehaltener Stapel Hadernpapier. Er löste das Band. Die erste Seite war leer, ein Titelblatt ohne Titel. Auf der zweiten war ein Embryo zu sehen. Jack blätterte weiter und sah den Embryo sich zu einem Fötus mit zusehends menschlichen Zügen entwickeln. Und dann platzte die Blase, in der sich der Fötus befand, plötzlich. Jack starrte eine Weile, unfähig, sich zu bewegen, zutiefst erschüttert darauf hinunter. Schließlich wich seine Lähmung, und er blätterte um. Von hier an war es, als habe die Explosion nie stattgefunden. Von Seite zu Seite wurde der Fötus, in seiner Blase gefangen, aber in verschiedenen Körperhaltungen, mehr und mehr zu einem Baby.

Es war ein Junge.

Jack war tief berührt.

Das Kind schien zu leben, obwohl es nur mit einem blauen Kugelschreiber gezeichnet war. Mit einem blauen Kugelschreiber auf schweres, elfenbeinfarbenes Hadernpapier.

Es folgten nur noch drei Blätter. Auf dem ersten war das Baby wiederum etwas größer, hatte Wimpern und lutschte am Daumen, und die Ohren waren voll ausgebildet. Auf dem zweiten hatte sich der kleine Junge in Vorbereitung auf die Geburt gedreht und seine Ellbogen und Fersen, sein Kopf und sein Po drückten Ausbuchtungen in seine elastische Hülle. Auf dem letzten waren die Augen des Kindes geöffnet, und es schaute Jack an.

Der Blick war so eindringlich, daß Jack ein kalter Schauer überlief. Der Kleine erschien ihm so real. So vertraut.

Er blätterte die Seiten ein zweites Mal durch und verspürte das Gefühl der Vertrautheit nun schon kurz nach der Explosion. Bei der letzten Zeichnung kam ihm ein bestürzender Gedanke. Er schob ihn beiseite, band die Blätter wieder zusammen, legte sie in die Mappe und brachte sie an ihren Platz zurück.

Aber die letzte Zeichnung verfolgte ihn bis in seine Träume und ließ ihn auch nach dem Aufwachen nicht los. Er rief Brynna in Buffalo und seinen Auftraggeber in Boca an, doch sobald er auflegte, war das Baby wieder da, beherrschte seine Gedanken.

Auf der Fahrt zur Schule fragte er sich, ob die Mädchen wohl etwas von einem Baby wüßten, wagte jedoch nicht, sie danach zu fragen.

Rachel könnte ihm sagen, was es damit auf sich hatte, aber Rachel schwieg beharrlich. Blieb nur Katherine.

Elftes Kapitel

KATHERINE WAR NICHT im Krankenhaus, als er ankam, aber das machte nichts – Jack hatte sich ihre Privat- und Geschäftsnummer aus Rachels Büchlein abgeschrieben. Und so pilgerte er wieder einmal zu den Telefonkabinen am Ende des Flurs.

»Farbe und Schnitt«, meldete sich eine junge Stimme.

»Katherine Evans, bitte.«

»Tut mir leid – sie ist beschäftigt. Möchten Sie einen Termin vereinbaren?«

»Nicht wegen meiner Haare.«

»Oh. Äh ... kann sie Sie zurückrufen?«

»Nein. Ich melde mich später noch mal.«

Er kehrte in Rachels Zimmer zurück, lehnte sich auf das Geländer ihres Bettes und schaute auf sie hinunter. Ihre Lippen sahen trocken aus, und so cremte er sie mit Vaseline ein und verteilte den Rest auf seinem Handrücken.

»Erinnerst du dich an unsere Skiferien?« Sie waren in Aspen und Vail gewesen, in Snowmass und Telluride. Die Reisen waren Geschenke von Victoria gewesen, die einzigen Geschenke, mit denen sie ihnen wirklich Freude bereitet hatte. »Das war richtig schön damals. Was jetzt abläuft, ist aber ganz und gar nicht schön. Rachel? Bist du da? Kannst du mich hören? Du läßt uns jetzt schon eine

Woche zappeln, und ich sage dir, es wird langsam kritisch in der Welt hier draußen. Hope braucht dich dringend, damit du sie über Guiniveres Tod hinwegtröstest. Sie war heute früh plötzlich weg, erschien nicht zum Frühstück, und mich packte die Panik. Ich lief zu Guiniveres Grab – keine Hope. Und dann tauchte sie plötzlich auf, sagte, sie sei bei Duncan gewesen, er helfe ihr mit seinem Glauben. Wir haben nie über Religion gesprochen, du und ich. Vielleicht war das falsch. Vielleicht täte es den Kindern in Krisenzeiten wie diesen gut, sich an einem Glauben festhalten zu können.«

Er richtete sich auf, nahm ihren Arm und begann mit den Gymnastikübungen. »Und Sam ist ein Kapitel für sich. Ich habe keine Ahnung, was in ihrem Kopf vorgeht. Sie ist unberechenbar. In einem Moment ist sie lieb und nett, im nächsten faucht sie mich an. Und wenn ich etwas zu ihr sage, weiß ich nie, ob sie mir zuhört oder ob sie nur nickt und mit ihren Gedanken ganz woanders ist.«

Er legte Rachels Arm auf die Decke zurück. »Ich muß Katherine anrufen. Bis gleich.«

Diesmal erreichte er sie.

»Was ist los?« fragte sie alarmiert.

»Ich muß mit Ihnen reden.«

»Es ist nichts mit Rachel?«

»Nein – ihr Zustand ist unverändert. Tut mir leid – ich wollte sie nicht beunruhigen.«

»Darf ich Sie um einen Gefallen bitten? Wenn Sie wieder mal bei mir anrufen, dann sagen Sie, falls ich gerade zu tun habe, bitte, daß es nicht dringend ist.«

»Aber es *ist* dringend. Ich habe in Rachels Atelier einen

Packen Zeichnungen gefunden. Von einem Baby. Einem männlichen Baby.«

Tiefes Schweigen antwortete ihm.

»Ich muß wissen, was es damit auf sich hat, Katherine. Der Junge hat meine Augen.«

Sie schwieg noch immer. Schließlich sagte sie leise etwas zu jemandem, der offenbar neben ihr stand, und dann zu Jack: »Ich bin in einer Dreiviertelstunde da.«

Als sie eintraf, hatte Jack inzwischen alle Bewegungsübungen mit Rachel gemacht, mit Kara Bates gesprochen und mit Cindy Winston. Er hatte die gerahmten Fotos von Rachel neu arrangiert, um für die Platz zu schaffen, die die Mädchen mitgebracht hatten, auf denen Rachel rennend zu sehen war, lachend, malend, weitere Eindrücke von der vor Lebendigkeit sprühenden Frau in der leblosen Hülle in diesem Bett. Er hatte sich Garth Brooks angehört und sich den Kopf über das Baby zermartert, dessen Existenz Rachels beste Freundin nicht geleugnet hatte.

Katherine küßte Rachel auf die Wange. »Mm! Du duftest ja! Er hat dich also eingecremt. Ist das nicht typisch? Den Kerlen ist doch jeder Grund recht, uns zu betatschen.«

»Rachel hatte nie etwas dagegen, daß ich sie berührte«, fuhr Jack auf. »Unser Sexleben war ausgesprochen harmonisch. Also, was ist – sind diese Zeichnungen nur ihrem Wunschdenken entsprungen, oder war sie tatsächlich schwanger?«

Katherine kämpfte mit sich.

»Kommen Sie schon«, drängte er sie. »Ihre Reaktion ist eigentlich Antwort genug – aber ich möchte es hören.

Wenn ich die eine Zeichnung richtig interpretiert habe, dann hat sie das Baby verloren. Na?«

Katherine gab sich einen Ruck. »Okay – sie war schwanger.«

Als es ausgesprochen im Raum hing, raubte es Jack den Atem. Plötzlich war es real. Er schaute Rachel an, versuchte sie zu verstehen. »Wie konnte sie mich verlassen, wenn sie schwanger war?«

»Sie war nicht schwanger, als sie Sie verließ«, eröffnete sie ihm. »Es war vorher.«

»Vorher?« Das wäre ja noch viel unverständlicher. »Warum habe ich es dann nicht gemerkt?«

»Wie sie mir erzählte, hat sie es selbst erst spät gemerkt. Die Dinge standen nicht gut zwischen Ihnen, sie redeten kaum miteinander. Als ihre Periode nicht kam, dachte sie, es läge an ihrer seelischen Verspannung. Erst als auch der zweite Periodentermin verstrich, begriff sie, was los war. Wie ich schon sagte – die Dinge standen nicht gut zwischen Ihnen, und sie wußte nicht, was sie tun sollte.«

Er schüttelte den Kopf. »Ich kannte ihren Körper genau – es wäre mir aufgefallen.«

Nein, wäre es nicht, korrigierte er sich in Gedanken. In der letzten Zeit ihrer Ehe waren sie einander nicht mehr nahegekommen. Er war entweder unterwegs, oder einer von ihnen war müde.

»Und außerdem hätte sie es mir gesagt.« Daß sie das nicht getan hatte, verstand er am allerwenigsten. Schließlich war das Baby auch ein Teil von *ihm* gewesen.

Katherine seufzte. »Versucht hat sie es. Sie waren auf

Reisen, als die Morgenübelkeit einsetzte. Also rief sie Sie an und bat Sie, nach Hause zu kommen. Sie waren nicht bereit dazu.«

Jack schluckte und dachte, den Blick auf Rachels Gesicht geheftet, zurück. Zwei Wochen vor der Trennung war er in Toronto gewesen. Ja – damals hatte sie ihn angerufen und gebeten, heimzukommen, da es ihr nicht gutgehe. Aber die Reise war wichtig gewesen – es ging um einen großen Auftrag. »Ich habe dich gefragt, was dir fehlt«, sagte er zu seiner bewußtlosen Frau. »Du sagtest, es sei nicht tragisch, du hättest Bauchschmerzen, vielleicht eine Grippe.« Er wandte sich Katherine zu. »Das waren ihre Worte: es sei nicht tragisch. Sie hatte eine Fehlgeburt?«

Katherine nickte.

Er forschte weiter in seinem Gedächtnis. »Sie war leichenblaß, als ich zurückkam, aber sie sagte, sie fühle sich schon wieder besser. Ich war vier Tage zu Hause. Warum hat sie das Baby nicht wenigstens dann erwähnt?« Ein dicker Kloß in seinem Hals machte ihm das Sprechen schwer. »Danach jagte eine Reise die andere.« Und vor der letzten hatte sie ihm das Ultimatum gestellt. Plötzlich fiel ihm ein, wie sie die Arme um sich geschlungen hatte, als habe sie Schmerzen. Sie hatte Schmerzen. Großer Gott. »Als ich von der letzten kam, war Rachel weg«, murmelte er. »Warum hat sie mir nichts gesagt?«

»Sie konnte nicht.«

Jack kam ein Gedanke. »Sie verlor ein Baby, von dem ich nichts wußte, und verließ mich, weil ich nicht von selbst darauf gekommen war?«

Katherine zögerte.

Er bewegte die Finger, als wolle er ihr die Antwort herauskitzeln. »Kommen Sie, Katherine – erzählen Sie mir, was sie gesagt hat.«

»Es war nicht nur wegen der Fehlgeburt. Sie sagte, die sei nur der Tropfen gewesen, der das Faß zum Überlaufen brachte. Sie sah sie als Symbol dafür, daß ihre Ehe am Ende war.«

»Jesus.« Er fuhr sich mit der Hand durch die Haare. »Und warum hat sie es mir später nicht gesagt?«

»Wann hätte sie dazu denn Gelegenheit gehabt? Wenn Sie anriefen, dann doch nur, um das nächste Wochenende mit Ihren Töchtern zu vereinbaren. Sie haben ihr nie eine persönliche Frage gestellt, und sie war überzeugt, daß Sie nun jegliches Interesse an ihr verloren hätten.«

»So war es aber nicht.« Traurigkeit überwältigte ihn. »Rachel«, flüsterte er erstickt und zog ihre Hand an seine Brust. »Wenn du es mir doch nur gesagt hättest!«

»Hätte das etwas geändert?« fragte Katherine.

»Ich weiß es nicht«, murmelte er. »Vielleicht.« Es wäre schön gewesen, einen Sohn zu haben. Oder noch eine Tochter. Sie hatten anfangs von vielen Kindern geträumt, aber als Hope dann das Windelalter hinter sich hatte, waren sie so froh, daß sie keine Lust verspürten, noch einmal von vorne anzufangen.

Wenn er damals gewußt hätte, daß sie schwanger war, wäre es vielleicht zu einem klärenden Gespräch gekommen. Vielleicht wären sie dann noch zusammen. Wenn er gewußt hätte, daß sie schwanger war, hätte er seine Reise abgebrochen. Zumindest von heute aus gesehen. Aber damals? Er war ehrgeizig gewesen, ganz auf seinen Erfolg und seine Arbeit konzentriert.

»Wenn Ihnen das ein Trost ist«, sagte Katherine, »sie hätte das Baby auch verloren, wenn Sie dagewesen wären. Rachel gab Ihnen nicht die Schuld an der Fehlgeburt – es war nur schlimm für sie, sie ohne Sie durchstehen zu müssen.«

Er seufzte. Jetzt wußte er also, was zu dem endgültigen Bruch geführt hatte. Was ihm allerdings nicht half – er fühlte sich nach wie vor im Stich gelassen. Abgelehnt. Allein. Baby oder nicht Baby – sie war gegangen und hatte sich ein neues Leben aufgebaut.

Der Gedanke brachte ihn auf ihre Freundschaft mit Katherine. »Sie sagten, Sie hätten Rachel im Wartezimmer eines Frauenarztes kennengelernt. »War das in Carmel?«

»Ja.«

»Gab es denn irgendwelche Komplikationen, nachdem sie San Francisco verlassen hatte?«

»Nein. Sie war nur zu einer Nachuntersuchung gekommen und um sich mit dem örtlichen Spezialisten bekannt zu machen. Wir kamen ins Gespräch, hatten sofort einen Draht zueinander. Ein Thema führte zum nächsten, wir gingen Kaffee trinken, Mittag essen und wieder Kaffee trinken. Sie war mir eine große Hilfe.«

Er hatte gedacht, es sei umgekehrt gewesen. »Sie war *Ihnen* eine Hilfe?«

Katherine war blaß geworden. Sie senkte die Lider.

»Warum waren Sie an diesem Tag beim Arzt?« fragte Jack.

Er sah, wie es hinter ihrer Stirn arbeitete. Schließlich hob sie den Blick und schaute ihn an. »Ich hatte erfahren, daß ich Brustkrebs hatte.«

Seine Augen weiteten sich. Er konnte sich nur mit Mühe zurückhalten, auf ihre Brust zu sehen. »Schlimm?«

Sie lachte auf. »Gibt es einen *nicht* schlimmen Krebs?«

»Sie wissen schon, wie ich es meine.«

Sie wurde wieder ernst. »Natürlich. Nein – es war nicht ›schlimm‹. Keine Metastasen, die Lymphknoten waren sauber. Was sie fanden, waren mikroskopisch kleine Karzinome in den Milchgängen. Ich bin eine wandelnde Propaganda für die Vorsorgeuntersuchung. Hätte ich keine Mammographie machen lassen, wäre ich inzwischen vielleicht von Krebszellen zerfressen oder bereits tot. Insofern hatte ich Glück. Mein Pech war, daß diese heimtückischen Biester sich in beiden Brüsten gebildet hatten.«

Sie machte eine Geste vor der Brust, die in Höhe ihres Halses eine Enthauptung beschrieben hätte.

Jetzt schaute Jack doch hin, denn er hatte Katherine im Laufe der letzten Woche unter anderem auch in anliegenden Pullovern gesehen.

Sie lachte leise. »Ihr Mund steht offen.«

»Ich ... es ist nur ... wie kann das sein?«

»Was Sie da anstarren, ist eine Mammaplastik.«

»Aha.« Er war verlegen. »Also so gut wie neu.«

»Nur von außen«, antwortete sie.

»Und in welcher Hinsicht war Rachel Ihnen eine Hilfe?«

Katherine schaute eine Weile auf ihre Freundin hinunter, ehe sie sagte: »Sie war für mich da, wann immer ich sie brauchte, und sie half mir bei vielen wichtigen Entscheidungen.«

»Zum Beispiel?«

»Zum Beispiel bei der, ob ich nur die bösartigen Geschwülste entfernen lassen sollte oder sicherheitshalber die Brüste. Bei der Wahl des Chirurgen und des plastischen Chirurgen und der besten Rekonstruktionsmethode. Und sie begleitete mich durch die qualvolle Zeit der Ungewißheit, die verstrich, bis nach der Operation endlich das Ergebnis der Laboruntersuchungen aus der Pathologie kam, daß die Lymphknoten nicht befallen waren. Ich weiß nicht, was ich ohne sie getan hätte.«

»Haben Sie keine Angehörigen in der Nähe?«

Sie verschränkte die Arme auf ihren vollkommen natürlich wirkenden Brüsten. »Heute nicht mehr. Damals war ich verheiratet – aber mein Mann hatte einen schwachen Magen.«

»Er hat sich überhaupt nicht um Sie gekümmert?«

»Er konnte nicht«, antwortete sie mit Bitterkeit in der Stimme. »Roy war Golfprofi. Wir zogen aus Miami hierher, weil ihm ein traumhafter Job angeboten worden war. Er organisierte Turniere in einem Club in Pebble Beach. Da blieb ihm natürlich keine Luft, um seiner Frau in Arztpraxen die Hand zu halten.« Auch in ihren Augen stand Bitterkeit. »Und so saß ich eben allein in einem dünnen Papierkittel in einer kalten Kabine und wartete neunzig Minuten darauf, daß einer aus dem Ärzteteam erschiene, der dann ganze fünf Minuten für mich erübrigte. Und ich fror nicht nur vor Kälte, sondern auch vor Angst, denn ich dachte, dies sei der Anfang vom Ende und ich wollte doch nicht sterben. Ich bin an sich ziemlich gelassen, aber es gab Momente in diesen Kabäuschen, da brach mir der kalte Schweiß aus und ich begann am ganzen Körper zu zittern und dachte, wenn ich nicht in der nächsten Minute hier herauskäme, würde ich einen Tobsuchtsanfall bekommen.«

Katherine hatte bisher tatsächlich immer gelassen auf Jack gewirkt, er hatte angenommen, daß sie sogar das Licht der Welt gelassen erblickt hatte, doch die Erinnerung an damals nahm sie sichtlich mit.

Sie straffte ihre Schultern. »Roy fiel also als Beistand aus. Okay – damit fand ich mich ab, bezog ihn gar nicht ein. Zu einigen Terminen ging Rachel mit, zu anderen andere Freundinnen. Ich war relativ guter Dinge – bis sie mich zu Hause absetzten …«

Jack hakte nach. »Was war denn dann?«

»Roy behandelte mich wie eine Aussätzige.«

Jack schluckte.

»Er sagte, er wolle nicht riskieren, mir weh zu tun, wenn er sich nachts im Schlaf umdrehte. Und so zog er ins Gästezimmer. Er hielt Abstand von mir. Wir hatten ein riesengroßes Bad mit zwei Waschbecken, einem Whirlpool und einer Dusche, in dem man hätte Walzer tanzen können, aber ich hatte es für mich allein. Er sagte, er wolle mich nicht in Verlegenheit bringen. Er wolle mir Zeit geben, mich an mein neues Ich zu gewöhnen.« Ihre Stimme troff von Spott.

»Ich hatte gedacht, ich würde mich schneller von der Operation erholen – die Ärzte schwindeln einem da was vor, weil sie einem Mut machen wollen –, aber irgendwann kam ich wieder zu Kräften, und auch meine seelische Verfassung besserte sich. Ich sagte mir, ich hätte ein zweites Leben geschenkt bekommen und ging wieder zur Arbeit, obwohl ich meine Arme noch nicht wieder richtig bewegen konnte.«

»Was war denn mit ihren Armen?«

»Man hatte mir Lymphknoten aus den Achselhöhlen entfernt, und die daraus resultierenden Beschwerden waren am hartnäckigsten. Aber meine Chefin – ich war damals noch nicht selbständig – hatte Verständnis dafür, daß ich nicht mehr zu Hause herumhocken wollte und sah darüber hinweg, daß ich nicht ganz so flink war und anfangs nur bis mittags durchhielt. Wenn ich heimkam, legte ich mir ein Heizkissen auf den Rücken und Eisbeutel auf die überanstrengten Armmuskeln, doch es zeigte sich, daß mir die Roßkur bekam, die ich mir verordnet hatte, denn ich war schon nach kurzer Zeit wieder voll einsatzfähig.«

Sie hielt inne.

»Und wie ging es weiter?« Jack war gespannt, den Grund für den neuerlichen Spott in ihrem Blick zu erfahren.

»Roy bekam ihn nicht hoch.«

»Wie bitte?«

»Er konnte nicht mehr mit mir schlafen. Er konnte meine Brüste nicht ansehen. Ich kaufte mir Nachthemden, die zwar sexy, aber undurchsichtig waren, doch auch das half nichts.«

»Haben Sie sich von ihm getrennt?« Es erschien ihm logisch.

»Nicht gleich«, antwortete sie zu seiner Überraschung.

»Ich dachte, er bräuchte ein bißchen Zeit, um sich auf die neue Situation einzustellen. Die brauchte ich nämlich auch. Ich war damals, ehrlich gesagt, ebenfalls nicht scharf auf Sex. Brüste sind ein wichtiger Faktor im Sexualleben, und plötzlich hatte ich keine mehr. Wodurch ich mir nicht nur verstümmelt vorkam, sondern auch noch auf ein entscheidendes Lustgefühl verzichten mußte. Ich schlug mich schwer damit herum, und deshalb ließ ich bei Roy eine Weile Milde walten.«

»Bis?«

»Bis ich erfuhr, daß er eine kleine Rothaarige aus Santa Cruz bumste.« Sie streichelte Rachels Schultern. »Das hatten wir also auch gemeinsam.«

»Hey – ich habe Rachel nie betrogen.«

»Nein – aber Sie haben sie im Stich gelassen.«

Jack fühlte sich zu hart kritisiert. »Sie lassen Ihren Zorn auf Roy an mir aus. Das ist nicht fair. Ich bin nicht wie er.«

»Würden Sie sich zu einer Frau hingezogen fühlen, die keine Brüste hat?«

»Ich fühle mich zu einer Frau hingezogen, die im Koma liegt«, hörte er sich zu seiner Verblüffung sagen und sprach hastig weiter. »Vergessen Sie diesen Roy – es gibt genügend andere Männer auf der Welt.«

Sie seufzte übertrieben tief. »Ja, das sagte ich mir auch – und entschied mich ausgerechnet für Byron. Ich lernte ihn anläßlich eines Weiterbildungskurses in New York kennen. Wenn man einen eigenen Salon hat, muß man immer auf dem neuesten Stand der Mode und der Technik sein. Byron war charmant. Er schickte mir Blumen, Karten, kleine Geschenke. Als er mich hier besuchen kam, quartierte ich ihn im Gästezimmer ein. Ich sagte, ich sei noch nicht bereit, mit ihm zu schlafen, und das war keine Ausrede. Aber er sah phantastisch aus, und es knisterte zwischen uns, und er war hartnäckig.

»Hat er nicht ... haben Sie nicht ...«

»Geküßt haben wir uns schon, und ich habe ihn auch berührt.«

»Aber er hat nicht ...« Ihre Brüste berührt? Jack ließ den Satz in der Luft hängen, erinnerte sich daran, wie Rachels sich angefühlt hatten, wie weich und gleichzeitig fest sie gewesen waren, wie sie sich veränderten, wenn er sie mit den Händen oder den Lippen liebkoste.

All das würde Katherine nie mehr erleben. Er begann zu begreifen, wie schwer das für sie sein mußte.

»Wenn man auf die richtigen Knöpfe drückt, denken Männer nur noch an sich«, sagte Katherine. »Aber mir war das ganz recht – ich wollte ihn erst besser kennenlernen, ehe ich ihm reinen Wein einschenkte. Irgendwann rückte ich dann damit raus.«

Jack wartete.

Ihre Stimme blieb gelassen, doch ihre Augen verrieten ihren Schmerz. »Er brach den Kontakt nicht abrupt ab, sondern zog sich schrittweise zurück. Die Abstände zwischen seinen Anrufen wurden größer. Er hielt einen Fortbildungskurs in Paris ab und konnte darum Weihnachten nicht zu mir kommen. Als ich nach New York mußte, war er in Mailand. Nach einer Weile begann ich, ihn von mir aus anzurufen. Als ich damit aufhörte, trat Funkstille ein. Nach drei Monaten rief er an und fragte, wie es mir gehe.

Ich legte wortlos auf.« Sie atmete zittrig ein. »Rachel hat mich auch durch diese Krise begleitet.«

Jack fiel etwas ein. »Wer war denn der junge Mann in dem dunkelroten Kittel, den Sie neulich auf dem Flur begrüßt haben?«

»Mein damaliger Anästhesist. Er hatte eine Schwäche für mich, kam jeden Tag nach mir sehen, solang ich hier lag. Und Darlene, die neulich auf dem Korridor an uns vorbeilief, war die Operationsschwester meines plastischen Chirurgen. Sie arbeitet jetzt wieder als normale Schwester.«

»Kannten Sie Rachels Arzt auch schon vorher?«

»Nein.«

»Irre ich mich, oder bahnt sich da was an?«

Er sah, daß sie zu einem Nicken ansetzte, aber dann hob sie trotzig das Kinn. »Nein.«

»Aber es knistert zwischen Ihnen.«

»Das ist schon richtig – aber es wird zu nichts führen. Ich habe fürs erste genug von Männern.«

»Sie vermissen es nicht?«

»Was?« Sie wollte ihn zwingen, es auszusprechen.

»Okay.« Er konnte sich nicht vorstellen, daß eine Frau in ihrem Alter keine sexuellen Bedürfnisse hatte. Aber was wußte er schon über Frauen? »Dann vermissen Sie es also nicht.«

»Das habe ich nicht gesagt«, erwiderte sie. »Früher war ich ganz wild auf Sex, und ich habe auch heute noch Phasen, in denen ich mich sehr danach sehne – aber im Moment steht er nicht hoch oben auf meiner Liste.«

»Und was steht statt dessen da?«

»Mein Salon. Zeit mit meinen Freunden zu verbringen. Für Menschen dazusein, die in der Vergangenheit für mich da waren.«

Jack war klar, daß sie Rachel damit meinte.

»Haben Sie schon mal an die Möglichkeit gedacht, daß Rachel mit einer Behinderung aufwachen könnte?« wechselte Katherine das Thema. »Was ist, wenn sie nicht mehr sprechen oder nicht mehr laufen kann? Nicht mehr *malen* kann? Was tun Sie dann?«

So weit hatte er nie gedacht, und er war auch jetzt nicht dazu bereit. »Wir wollen uns doch nicht über ungelegte Eier den Kopf zerbrechen.«

Katherine nickte und schaute auf ihre Uhr. »Ich muß in den Salon zurück.«

»Ich danke Ihnen«, sagte Jack.

»Wofür?«

Sein Dank hatte ihn selbst überrascht, und er mußte erst einen Moment überlegen. Dann antwortete er: »Für Ihren Besuch. Und für Ihre Offenheit.«

»Ich habe nicht vielen Menschen davon erzählt, und ich wäre Ihnen dankbar, wenn Sie ...«

»Ich werde es für mich behalten.« Er begleitete sie zur Tür. »Danke, daß Sie für Rachel da sind. Sie hat Glück, eine Freundin wie Sie gefunden zu haben.«

»Das haben Sie aber nett gesagt.«

»Oh, ich habe so meine Anwandlungen.« Einem Impuls folgend nahm er sie in die Arme.

»Wofür war denn das?« wunderte sie sich, als er sie gleich darauf wieder losließ.

»Ich weiß nicht – mir war einfach danach.«

»Ich glaube, Sie wollten nur spüren, wie meine Brüste sich anfühlen.«

»In Gegenwart meiner Frau?« Er schaute sich zu Rachel um – und erstarrte. *»Wow!«* flüsterte er heiser. Mit zwei Schritten war er bei ihr am Bett.

Katherine war ihm gefolgt und trat neben ihn. »Was ist?«

»Rachel?« Er beugte sich mit wild klopfendem Herzen über sie. »Ich habe das genau gesehen, Rachel!«

»Was hat sie denn getan?«

»Ihre Lider haben gezuckt.« Er nahm Rachels Hand. »Rachel? Wenn du mich hören kannst, drück zu.« Nichts geschah. »Versuche die Augen zu öffnen. Komm schon, Engel. Du kannst es!« Er hielt den Atem an. Nichts.

»Rachel?« versuchte Katherine ihr Glück. »Kämpfe, Rachel! Streng dich an! Zeig uns, daß du hier bist! Gib uns ein Zeichen! *Tu* irgendwas!«

Seite an Seite standen sie über Rachel gebeugt und starrten wie gebannt auf sie hinunter.

»Ich muß mich getäuscht haben«, sagte Jack schließlich entmutigt. »Dabei hätte ich schwören können …«

»Rachel! Sprich mit uns! Beweg dich für uns!« flehte Katherine in beschwörendem Ton.

»Ist etwas passiert?« fragte Schwester Cindy hinter ihnen. Als Jack ihr von seiner Beobachtung berichtete, beugte sie sich auf der anderen Seite über Rachel und rieb mit der Faust ihre Wange. »Rachel! Rachel!«

Jack beobachtete Rachel mit Argusaugen, konnte jedoch nicht die kleinste Regung entdecken. Cindy rief erneut ihren Namen. Als auch diesmal keine Reaktion kam, richtete Jack sich seufzend auf. »Ich weiß nicht – vielleicht haben ja meine eigenen Lider gezuckt.«

»Wenn es Rachels waren, dann hätte es sich um unwillkürliche Bewegungen gehandelt«, erklärte die Schwester. Sie sprach schneller als sonst, was ihre Aufregung erkennen ließ. »Die setzen ein, wenn ein Komapatient allmählich aufwacht. Allerdings beginnt es bei den Fingern oder Zehen.«

»Könnte es nicht auch bei den Lidern beginnen?« flehte Jack sie um eine Hoffnung an, aber die Augen hinter den dicken Brillengläsern hatten nicht mehr als ein Vielleicht-vielleicht-auch-nicht für ihn.

»Was machen wir jetzt?« fragte er. »Irgend etwas anderes?«

Die Schwester begann Rachels Arm zu massieren. »Wir sprechen weiter mit ihr. Als Sie dieses Zucken zu sehen glaubten – sagten oder taten Sie etwas, auf das sie hätte reagieren können?«

Jack sah Katherine an und zog die Brauen hoch. »Vielleicht war Rachel eifersüchtig, weil ich ihre Freundin umarmte.«

»Es haben schon weniger heftige Gefühle Menschen aus dem Koma erwachen lassen«, sagte die Schwester.

»Nein«, widerrief Jack seine Idee. »Sie hat sich von mir scheiden lassen. Warum sollte sie eifersüchtig sein?«

Jetzt zog Katherine die Brauen hoch, aber sie sagte nichts, und er fragte nichts. Sie mußte zur Arbeit, und er mußte nachdenken.

Zwölftes Kapitel

ALS KATHERINE UND CINDY das Zimmer verlassen hatten, beugte Jack sich wieder über Rachel. Er fuhr mit den Fingerspitzen über ihre Finger und umfuhr das Heftpflaster auf ihrer frischen Narbe. Er legte ihre Handfläche an seine und dann an die Wange. Er dachte über die Fehlgeburt nach, über den Sohn, den sie hätten haben können und darüber, was hätte sein können. Er dachte über Country-Musik nach und über Eifersucht. Und er dachte über das nach, was Katherine hatte durchmachen müssen.

* * *

UM DIE MITTAGSZEIT erschien Faye Lieberman, diesmal in einem seidenen Hosenanzug und mit einer riesigen Backform und einer Tüte. »Heute habe ich Rugelach mitgebracht«, verkündete sie. Als sie seinen verständnislosen Blick sah, mußte sie lachen. »Das ist ein Rollgebäck – in diesem Fall eines der herzhaften Versionen. Haben Sie schon gegessen?« Als er den Kopf schüttelte, öffnete sie die Tüte und holte zwei in undurchsichtiges Papier gewickelte Päckchen heraus. »Sandwiches aus Elizas Bäkkerei«, erklärte sie. »Eines mit Truthahn, Schweizer Käse, Blattsalat, Tomate und Senf, das andere mit Roastbeef und Boursin. Suchen Sie sich eines aus.«

»Welches möchten Sie denn?«

Sie schüttelte lächelnd den Kopf. »Ich habe noch die alte Schule genossen, und darum hat bei mir der Mann die Wahl.«

Wie ausgesprochen angenehm, dachte Jack, und griff, ebenfalls lächelnd, nach dem mit R/B gekennzeichneten. »Genau mein Geschmack. Tausend Dank.«

Wie sich herausstellte, enthielt die Tüte auch noch zwei Dosen Diätcola, auch davon eine für Jack. Faye wandte sich Rachel zu und meinte: »Für einen Exmann ist er gar nicht so übel.« Dann streichelte sie, unvermittelt ernst geworden, ihre Wange.«

»Sie wird bald aufwachen«, sagte Jack. »Und dann wird es sein, als wäre nie etwas gewesen.«

Faye nickte. »Es war letzten Montag das erste Mal, daß Rachel nicht zu unserem Lesezirkel kam – in fünf Jahren!«

»So wichtig ist er für sie?«

»Nicht nur für sie – für uns alle.«

Er überließ Faye den Rachel am nächsten stehenden Stuhl und zog sich einen anderen hervor. Wenn er möglichst viel über das neue Leben seiner Frau erfahren wollte, hatte es keinen Sinn, sich jedesmal abzusondern, wenn sie Besuch bekam – und außerdem mochte er die warmherzige Lady mit den silbergrauen Haaren.

Er biß in sein Sandwich, kaute nachdenklich und schluckte. »Warum?«

»Unter anderem, weil er ein Ventil ist. Wenn wir über ein Buch sprechen, fällt jeder von uns etwas dazu ein. Wir öffnen uns. Jede von uns führt ihr eigenes Leben, und manchmal sehen wir einander zwischen den Treffen überhaupt nicht, aber wir sind zusammengewachsen. Wobei allerdings anfangs einige Hemmschwellen zu überwinden waren – sowohl bei den ›Bekennenden‹ als auch bei den Zuhörerinnen.« Sie überlegte einen Moment und fuhr dann fort: »Der zweite Grund ist, daß Frauen einfach Frauen als Bezugspersonen brauchen.«

»Sollten das nicht die Ehemänner und die Kinder sein?« fragte Jack in Erinnerung an die Rachel aus San Francisco.

Faye lächelte traurig. »Männer haben keine Ahnung, was in Frauen vorgeht, und Kinder sind Kinder. Früher, in den Zeiten der Großfamilien, bestand auch eine enge Beziehung zwischen den Frauen. Sie redeten miteinander, halfen einander, arbeiteten zusammen und lachten miteinander. Wir haben im Lesezirkel mal über ein Buch gesprochen, das eine Frau geschrieben hatte, die für eine Weile bei den Amish People lebte. Dort ist es heute noch so.«

»Würden Sie so leben wollen wie diese Menschen?«

»Auf keinen Fall!« erwiderte Faye. »Ich liebe meinen Luxus. Aber manchmal, wenn mein Mann auf dem Golfplatz ist und ich mich einsam fühle, wünsche ich mir, ich hätte eine Wäscheleine im Garten und könnte mit den Frauen aus den angrenzenden Gärten ein Schwätzchen halten, während wir unsere Wäsche aufhängen.«

»Aber die von Ihnen da geschilderte Szenerie steht für Klatsch und Tratsch – ein Lesezirkel für intellektuelle Gespräche.«

»Nicht unbedingt ausschließlich. Sicher – manchmal

gibt ein Buch so viel her, daß gar keine Zeit für eine private Unterhaltung bleibt, aber es sind auch welche dabei, in denen wir persönliche Bezugspunkte finden, und dann geht es den ganzen Abend nur um uns. Natürlich wissen wir vorher nie, was von beidem uns erwartet, aber der intellektuelle Aspekt ist für einige von uns nach außen hin von entscheidender Bedeutung. Ich bin darauf programmiert, abends bei meinem Mann zu Hause zu sein, und ich könnte es nicht mit meinem Gewissen vereinbaren, ihn wegen eines bloßen Plauderstündchens mit meinen Freundinnen allein zu lassen. Und Jan ergeht es wegen ihrer kleinen Kinder ebenso, denn die werden nur bis um sechs Uhr abends von einem Kindermädchen betreut, weil dann Jan von der Arbeit kommt. Sie unterrichtet in einem der Golfclubs, und es würde ihrem Mann nicht im Traum einfallen, mit den Kindern allein zu bleiben, wenn sie nicht einen guten Grund für ihr Ausgehen vorbringen könnte.«

»Anspruch oder nicht – es erstaunt mich, daß Rachel sich überhaupt zur Gründung dieses Zirkels entschloß«, sagte Jack. »Sie war immer ein Einzelgänger.«

»Sie wohnt sehr abgelegen, und obwohl sie als Künstlerin keine andauernde Betriebsamkeit um sich herum brauchen kann, hat auch sie das Bedürfnis, sich hin und wieder auszutauschen.«

»Wo finden die Treffen statt?«

»Das geht reihum.« Sie hielt inne, und Jack sah ihr an, was sie dachte.

»Der Unfall hätte auch passieren können, wenn sie aus einem anderen Grund nach Carmel unterwegs gewesen wäre«, sagte er, und als Fayes kummervolle Miene noch immer nicht wich, beschloß er, sie abzulenken, indem er das Thema wechselte. »Erzählen sie mir, welche Bücher sie für die Runde aussuchte.«

Es funktionierte – Faye lächelte wieder. Sie schaute Rachel liebevoll an. »Die Frau ist eine Romantikerin. Einmal mußten wir uns mit ›A Farewell to Arms‹ befassen und einmal mit ›Tess of the D'Urbervilles‹. Beide brachten sie zum Weinen.«

Jack hatte nie erlebt, daß ein Buch Rachel zum Weinen brachte. »Nachdem die Kinder geboren waren, kam sie nicht mehr zum Lesen. Die beiden waren lebhaft und nahmen sie voll in Anspruch, wenn sie zu Hause waren, und wenn sie Zeit hatte, dann malte sie. Sie hatte zwar immer ein Buch auf dem Nachttisch liegen, aber nach ein paar Seiten fielen ihr regelmäßig die Augen zu.«

»San Francisco raubte ihr die Kraft«, sagte Charlie Avalon, die bei seinem letzten Satz hereingekommen war, heute in schwindelerregend hohen Plateauschuhen und geschmückt mit einer langen Silberkreation, die an ihrem linken Ohr klimperte, als sie an Rachels Bett trat. »Ich habe auch dort gelebt, und wir unterhalten uns manchmal darüber.«

»Haben Sie die City auch so gehaßt wie Rachel?« fragte Jack.

»Viel mehr. Sie verlor kaum ein negatives Wort darüber – bis zu ›Now You See Her‹. Das Buch handelt von einer Frau, die vierzig wird und plötzlich zu verschwinden beginnt.«

»Zu verschwinden?«

»Im wahrsten Sinne des Wortes. Rachel sagte, genau so

habe sie sich in San Francisco gefühlt. Der Trubel in der Stadt machte es ihr unmöglich, sich auf ihre Arbeit zu konzentrieren, sie hatte keinen Angelpunkt, sah sich in Auflösung begriffen.«

»Das Buch handelt von einer Frau, die sich nur über andere definiert – über ihren Mann, ihre Tochter, ihre Freundin«, ergänzte Faye.

»Rachel war ein eigenständiger Mensch«, wehrte Jack diesen Vergleich ab. »Sie ist Künstlerin.«

»Aber sie wußte, daß sie in der City niemals ihren Lebensunterhalt hätte bestreiten können«, sagte Charlie, »und die finanzielle Abhängigkeit von Ihnen war auch etwas, das ihr schwer zu schaffen machte. Und da gab es noch einen wichtigen Punkt: Sie haßte die Großmannssucht ihrer Mutter und befürchtete, Sie würden sich in die gleiche Richtung entwickeln.«

»Wann hätte ich je mit Geld um mich geworfen?« fuhr Jack auf.

»Sie haben ihr einen protzigen Klunker gekauft.«

Es dauerte einen Moment, bis er begriff, was sie damit meinte. Dann protestierte er. »Es war kein protziger Klunker – es war ein dreikarätiger Brillantring.«

»Das ist ein protziger Klunker.«

Jacks Magen verkrampfte sich. »Ich hatte den Stein von einem ihrer Freunde, einem hochbegabten Künstler, in Platin und Gold fassen lassen – nicht einfach einen im Laden gekauft – und ich dachte, er gefiele ihr.«

»Sie sagte, Sie hätten damit Ihr Gewissen beruhigen wollen, weil Sie so viel unterwegs waren.«

Jack war tief gekränkt. »Als wir uns verlobten, hatte

ich nicht das Geld, um ihr einen Diamantring zu schenken, und das wollte ich damit nachholen. Er sollte ihr zeigen, wie sehr ich sie liebte.«

Er stand auf, lehnte sich in Höhe von Rachels Kopf auf das Geländer und schaute auf sie hinunter. Sie hatte nicht gesagt, welche Empfindungen der Ring in ihr auslöste – sie hatte ihn nur kaum jemals getragen. Wenn sie mit ihm darüber gesprochen hätte, wäre das Problem aus der Welt zu schaffen gewesen, denn dann hätte er ihr seine wahren Beweggründe erklären können.

Er umfaßte ihr Kinn, strich zart mit der Fingerkuppe darüber, streichelte mit den Fingerrücken ihre Wange. Als er sich aufrichtete, sagte Faye leise: »Sie wünschte sich offenbar etwas anderes als einen Ring.«

»Nämlich?«

»Daß Sie sie wahrgenommen hätten, wie Sie sie jetzt wahrnehmen.«

* * *

Samantha stand vor dem Spiegel, der an der Innenseite der Tür ihres Schulspindes angebracht war, fuhr sich mit dem Kamm durch die Haare, wischte mit den Mittelfingern den verschmierten Eyeliner unter den Augen weg und musterte ihre Stirn. Wenn diese Rötung sich bis zum Ball zu einem Eiterpickel auswüchse, würde sie sterben. Als ihr nichts mehr einfiel, das ein noch längeres Verweilen gerechtfertigt hätte, und Lydia immer noch nicht aufgetaucht war, nahm sie ihre Baseballjacke vom Kleiderhaken und sperrte gerade die Schranktür ab, als Pam Ardley um die Ecke bog. »Hey, Samantha!« rief sie und setzte sich in Trab. »Warte auf mich!« Sie war Co-Captain der Cheerleader-Truppe und das beliebteste Mädchen in der Klasse. Wenn Pam Ardley sagte, Sam solle auf sie warten, dann war es selbstverständlich, daß sie das auch tat.

Als Pam bei ihr angekommen war, lehnte sie sich mit der Schulter an die Spindecke. »Teague hat erzählt, du hast ihn gebeten, mit dir auf den Ball zu gehen. Alle Achtung – er ist ein Spitzentyp. Bei Jacke Drumble steigt eine Party – habt ihr beide Lust zu kommen?«

Samantha konnte ihr Glück nicht fassen. Jake Drumble spielte Football, Basketball und Baseball. Wie Pam das beliebteste Mädchen war, so war Jake der beliebteste Junge. Und er sah auch noch *phantastisch* aus!

»Ja, gerne«, sagte sie äußerlich gelassen. Kindliche Begeisterung wäre hier völlig fehl am Platze gewesen.

»Was kannst du mitbringen?«

Sam warf ihre Haare nach hinten. »Was braucht ihr denn?« Mit Salsa und Chips bräuchte sie auf dieser Party nicht zu erscheinen – bei Jake ging es echt zur Sache. Und sie würde dabeisein! Unglaublich.

»Was immer ihr zu Hause habt – Wodka, Gin, Whiskey.«

»Das wird nicht gehen«, erwiderte Samantha in erwachsen-bedauerndem Ton. »Meine Mutter liegt seit einer Woche im Koma, und mein Vater wohnt momentan bei uns. Es ist ein Alptraum. Er bringt uns zur Schule und holt uns ab, beobachtet uns wie ein Luchs. Wenn der merkt, daß aus dem Flaschenvorrat etwas fehlt ...« In Wahrheit war kein Tropfen Alkohol im Haus.

»Das macht nichts«, sagte Pam mit einer wegwerfenden Handbewegung. »Es wird auch so reichen.« Sie lächelte Samantha an. »Schön, daß du kommst, Sam. Ich habe nie verstanden, warum du immer mit Lydia und den anderen herumhingst. Das sind doch noch Babys.«

»Wem sagst du das.«

Pam begann von einer Fußspitze ihrer strahlendweißen Plateaulaufschuhe auf die andere zu wippen. »Also dann bis Samstag – um sechs vor dem Ball.« Sie joggte davon.

* * *

HOPE WAR UNBEMERKT um die Ecke gebogen und wartete am Ende des Flurs, bis ihre Schwester allein war. »Sam?«

Samantha fuhr, eine Hand auf die Brust gepreßt, herum. »Du hast mich zu Tode erschreckt!«

»Was wollte Pam denn von dir?«

Sam hatte sich wieder gefaßt. »Nichts Besonderes«, wich sie aus. »Wir sind befreundet.« Sie setzte sich in Bewegung.

»Seit wann?« Hope ging neben ihr den Korridor hinunter.

»Was meinst du mit ›seit wann‹? Wir gehen seit Jahren in die gleiche Klasse.«

»Mag Lydia sie?«

»Lydia«, erwiderte Sam akzentuiert, »kommt in dieser Gleichung nicht vor.«

»Warum? Habt ihr euch gestritten?«

»Das brauchen wir gar nicht. Sie und die anderen sind mir einfach zu kindisch.« Sie stieß die Tür auf und lief die

Treppe hinunter. Hope hatte Mühe, mit ihr Schritt zu halten. »Sie sind genau so alt wie du.«

»Nur den Jahren nach. Sie haben keine Ahnung, wie man sich richtig amüsiert.«

»Aber du gehst doch mit ihnen zum Ball, oder?«

»Ich habe mich noch nicht entschieden.« Sam stieß die Eingangstür auf und lief auch diese Treppe hinunter.

Hope folgte ihr. Die Sonne schien, und sie kniff die Augen zusammen. »Mallory Jones hat gesagt, du würdest mit Teague Runyan hingehen. Ich glaube nicht, daß Mom damit einverstanden wäre.«

Samantha blieb stehen und baute sich drohend vor Hope auf. »Mom liegt im Koma, und wenn du Dad ein Wort sagst, kannst du dich dazulegen!« sagte sie gefährlich leise. Sie warf die Haare über die Schultern und ging weiter.

Hope sah ihr nach. Lydia, Brendan und Shelly sahen ihr ebenfalls nach, aber aus größerer Entfernung.

Auf halbem Weg zur Straße drehte Samantha sich um und rief: »Kommst du endlich?«

Hope rannte los, denn Jack war schon da, und sie wollte ihn nicht warten lassen. Auf der Fahrt zum Krankenhaus zermarterte sie sich den Kopf. Was sollte sie tun? Sam würde ihr nie verzeihen, wenn sie sie bei Jack verpetzte – aber irgend jemandem mußte sie es sagen. Da blieb nur Katherine. Aber die war nicht da, als sie in der Klinik ankamen, und als sie schließlich eintrudelte, belegte sofort Jack sie mit Beschlag und zog sie auf den Flur hinaus.

Und so befestigte Hope, während Samantha vor dem

Badezimmerspiegel stand und mit finsterer Miene ihre Stirn betrachtete, eine Zeichnung, die sie von ihrer Mutter gemacht hatte, am schwarzen Brett, setzte sich dann an Rachels Bett und erzählte ihr, daß nun Angela Downings Mutter das Picknick am Freitag übernommen habe, aber Jack Getränke beisteuern werde, las ihr im Flüsterton das Gedicht vor, das sie über Guiniveres Tod geschrieben hatte und holte zu guter Letzt einen Plastiktopf aus der Schultasche, den sie dicht unter Rachels Nase öffnete.

»Was ist das?« fragte Samantha, die ihre Inspektion beendet hatte.

»Klebepaste. Erinnerst du dich noch an all die Schilder, die wir früher gebastelt haben – zu Thanksgiving, zu Weihnachten, zu Schuljahresanfang und -ende?« Sie hatten die Motive auf Millimeterpapier gemalt und dann auf Pappkarton geklebt. »Sie mag den Geruch.«

Samantha stieß einen verächtlichen Laut aus, aber das störte Hope nicht. Sie mußte irgendwie erreichen, daß ihre Mutter aufwachte und sie verhinderte, daß dieser Teague Runyan Sams Leben zerstörte.

* * *

Jack lehnte, die Hände in den Taschen, auf dem Korridor an der Wand und wußte nicht, ob er verlegen, wütend oder gekränkt sein sollte. »Wenn Rachel den Ring so scheußlich fand, hätte sie ihn doch verkaufen und den Erlös der Internationalen Rettet-das-Walroß-Initiative oder einer ähnlichen Organisation spenden können.«

»Tatsache ist, daß er ihr gefällt. Und mir gefällt er auch«, lächelte Katherine.

»Aber was hat sie dann gegen ihn?«

»Erstens liegt ihr nichts an kostbarem Schmuck – das sollten Sie wissen ...«

»Ich wollte ihr damit zeigen, wie sehr ich sie liebte«, fiel er ihr ins Wort.

»... und zweitens wäre es ihr viel lieber gewesen, sie öfter bei sich zu haben, als mit einem Geschenk abgespeist zu werden. Darüber hinaus war sie alarmiert, weil sie es als Beginn einer Entwicklung Ihrerseits in eine von ihr verabscheute Richtung deutete. Sie ist auch jedesmal bestürzt, wenn Sie den Kindern teure Geschenke machen.«

»Zu Weihnachten und zum Geburtstag! Was erwartet sie denn von mir? Soll ich mich etwa taub stellen, wenn die Mädchen sich CD-Player, Patagonia-Jacken oder lederne Schultaschen wünschen? Sie wissen doch, daß ich kein armer Mann bin. Wie stünde ich denn dann in ihren Augen da? Außerdem – was kann ich sonst schon für die beiden tun?«

»Fragen Sie das im Ernst? Sie könnten mehr Zeit für sie erübrigen. Das hat Rachel ja in ihrer Ehe schon so vermißt. Ihr lag nichts daran, reich zu sein. Sie hatte Reichtum zu Hause kennengelernt – und hassen gelernt.«

»Ich bin bettelarm aufgewachsen, und da sieht man Geld mit anderen Augen«, gab er zurück.

»Das mag sein – aber Ihnen geht es doch gar nicht in erster Linie darum. Sie waren so von Ihrer Arbeit besessen, daß Sie – wenn Sie ausnahmsweise mal in der Stadt waren – so ausgepumpt nach Haue kamen, daß Rachel und die Mädchen zusehends weniger von Ihnen hatten. Und so sind Sie auch heute noch. Jeden Morgen kommen Sie mit Ihrem Laptop und einem Haufen Arbeit beladen hier an. Aber macht sie Ihnen wirklich Spaß? Ich glaube nicht. Sie sehen richtiggehend elend aus. Okay – zum Teil liegt das an Ihrer Sorge um Rachel, aber ich erlebe doch, wie Sie über Ihren Unterlagen brüten und alle paar Minuten zum Telefon rennen. Meinen Sie nicht, daß Sie endlich kürzer treten sollten?«

Jack starrte eine Weile an ihr vorbei ins Leere. Dann senkte er den Blick und sagte leise: »Vielleicht.«

Er dachte an Katherines Worte, als er in Rachels Zimmer zurückkehrte, er dachte in Big Sur daran, sie waren präsent, als er mitten in der Nacht aufwachte und entdeckte, daß Hope auf Rachels Bettseite, in den Quilt gewickelt, schlief, und sie waren das erste, was ihm in den Sinn kam, als er am Morgen die Augen aufschlug und sah, daß Hope verschwunden war.

Er setzte sich auf die Bettkante, rieb sich den Nacken – und wußte immer noch nicht, was er wollte. Er öffnete das Fenster. Die frische, kühle Luft tat ihm gut. Er streckte sich ausgiebig. Dann stützte er sich mit den Händen auf den Sims, reckte den Hals vor und ließ sich sein Gesicht von dem weichen Wind streicheln.

Es war schön hier. Anders. Aber er hatte keine Zeit, es entspannt zu genießen. Er zog den Kopf zurück und schloß das Fenster, rief in Boca an und erklärte, daß Sung und McGill nicht mehr an dem Projekt interessiert sei. Das Leben sei zu kurz, als daß man einen Teil davon darauf verschwenden sollte, sich von einer Bande zickiger Politiker tyrannisieren zu lassen. Nein, er wolle kein letztes Gespräch führen – er habe schon viel zu viele Gespräche mit ihnen geführt. Ja, natürlich wisse er, daß er kein Geld bekommen würde, wenn er ausstiege – aber er könnte damit wenigstens verhindern, noch mehr Geld für Bauplanänderungen ausgeben zu müssen. In diesem Sinne adieu.

Als er auflegte, konnte er plötzlich freier atmen. Kein Wunder – sein Magen hatte sich entkrampft. David würde nicht begeistert sein. Aber der Gedanke daran wurde sehr schnell von seiner Vorfreude darauf verdrängt, Rachel zu erzählen, was er getan hatte.

Dreizehntes Kapitel

Farbe und Schnitt öffnete eigentlich erst um neun, aber Katherine glaubte daran, daß Treue aus Entgegenkommen erwuchs, und so war sie oft schon viel früher in ihrem Salon. An diesem Morgen hatte sie bereits um halb acht aufgesperrt – einer jungen Frau zuliebe, die in einer Ferienanlage im Valley einen Zehn-Stunden-Tag an der Rezeption durchstehen mußte. Katherine mochte Tracey LaMarr – und außerdem war sie eine lebende Reklame für ihre Arbeit. Darüber hinaus machte es auch noch Spaß, sie zu frisieren, denn sie ließ Katherine die Freiheit, Neues auszuprobieren. Tracey hatte wunderschöne, dicke Haare und ein hübsches Gesicht, womit jedes Experiment zum Erfolg geriet.

Heute waren sie übereingekommen, Traceys Kastanienbraun mit Schattierungen aufzupeppen, und so hatte Katherine drei Töne zwischen Hellbraun und Aschblond gewählt, mit denen sie nun die einzelnen, mit Alufolie unterlegten Strähnen einstrich, und dann die Folie darüber zusammenfaltete. Sie sprachen nicht viel. Kundinnen, die so früh am Tage kamen, waren nur selten redselig, und Tracey brauchte keine Therapie. Sie war erfrischend zufrieden in ihrer jungen Ehe und ihrem Job, und so hatten beide Frauen Gelegenheit, den Tag ohne Streß anzugehen. Zarte New-Age-Harfenklänge wehten durch den Raum.

Tracey, Teetrinkerin wie Katherine, nippte an einer duftenden Zitronengras-Ceylon-Mischung, während sie am Spiegel vorbei träumerisch aus dem Fenster schaute. Plötzlich richtete sie sich kerzengerade auf. »He – das ist aber eine Augenweide.«

Katherine folgte ihrem Blick. Ihr Salon lag einen Block von Carmels Hauptverkehrsader entfernt, und es waren noch kaum Fahrzeuge und Fußgänger in ihrer Seitenstraße unterwegs. Obwohl sie schon bei Traceys »He« den Kopf gehoben hatte, sah sie nur noch, daß offenbar ein hochgewachsener Mann in Shorts die Bewunderung ihrer Kundin erregt hatte – dann war er weg. Ein Jogger.

»Laufen Sie auch?« erkundigte sie sich bei Tracey, während sie ihre Arbeit fortsetzte. Daß die junge Frau einen Aerobic-Kurs besuchte, wußte sie – sie verglichen oft den Unterricht und die Lehrerinnen.

»Gott bewahre!« erwiderte Tracey mit Nachdruck. »Wenn ich mich schon unbedingt anstrengen muß, dann soll es wenigstens Spaß machen. Jogging ist Folter.«

»Ich habe es vor zwei Jahren mal versucht. Mein Vierzigster stand bevor, und ich hatte mir eine Sechs-Meilen-Strecke vorgenommen und wollte mir diese Leistung zum Geburtstag schenken.« Katherines Hände waren unaufhörlich in Bewegung, während sie erzählte. Strähne abteilen, Folie unterlegen, Pinsel in eine der drei Farbschalen tauchen, die neben ihr auf einem Wägelchen standen, Haare damit einstreichen, Folie schließen. »Nach zwei Meilen machten meine Schienbeine Probleme. Ich ruhte mich aus und versuchte es wieder. Dasselbe. Ich ließ mich untersuchen. Das einzige, was sie feststellten, waren Senkfüße. Ich kaufte mir andere Schuhe. Ich ließ mir Einlagen anpassen. Ich machte spezielle Stretchübungen und längere Warm-ups.« Wieder wurde eine Folie zusammengefaltet. »Es brachte mir eine Meile. Ich schaffte also drei, bevor die Schmerzen einsetzten.«

»Und wie verlief Ihr Geburtstag?«

»Eine Freundin gab eine Party für mich. Ein bißchen Kaviar, ein Schluck Champagner, ein kleiner Kuchen mit Zuckerguß – es war ein gelungener Abend. Und meine Schienbeine taten keinen Mucks.« Sie nahm wieder den Stielkamm zur Hand. »Das ist die Geschichte meiner Jogger-Laufbahn.«

»Da ist er wieder!«

Diesmal sah Katherine, daß seine Shorts dunkelblau waren und eine ästhetische Länge hatten – sie haßte die zu knappen, die auf der Rückseite unerwünschten Einblick gewährten, und die weiten, langen, die jede Figur verunstalteten – und erkannte die braunen, graumelierten Haare.

Sie teilte die nächste Strähne ab. Solche Lichter hatte sie auch in Rachels Haare zaubern wollen, und Rachel war schon fast dazu bereit gewesen, sich darauf einzulassen, als der Unfall passierte.

Katherine vermißte Rachel. Sie waren seelenverwandt. Wenn sie doch nur endlich aufwachen würde!

Enya sang ein seelenvolles, keltisches Lied, und Katherine ließ sich davon in eine andere Zeit, an einen anderen Ort entführen. Dann geschahen zwei Dinge. Als erstes schaltete sie, nachdem die letzte Folie zusammengefaltet war, die dreiflammige, ultraviolette Lampe ein, um den

Färbeprozeß zu beschleunigen, und als zweites schaute sie wieder aus dem Fenster.

»Jetzt läuft er schon zum dritten Mal vorbei«, sagte Tracey. »Kennen Sie ihn?«

Katherine seufzte. »Allerdings.« Sie legte die Hand auf die Schulter ihrer Kundin und beugte sich um die Lampe herum zu ihr hinunter. »Das dauert jetzt fünfzehn Minuten. Soll ich Ihnen etwas bringen – noch einen Tee, Löffelbiskuits?«

»Danke, nein.« Tracey schlug die neue Vogue auf. »Gehen Sie nur.«

Katherine streifte ihre dünnen Handschuhe ab – Chirurgenhandschuhe! –, schob das Utensilienwägelchen in eine Ecke und nahm sich das Terminbuch vor, um Steve Bauer, der auf der anderen Straßenseite stehengeblieben war, zu dokumentieren, daß sie beschäftigt war. Aber er blieb, wie ein verstohlener Blick ihr zeigte, mit in die Seiten gestemmten Armen stehen. Sein durchgeschwitztes T-Shirt war ebenfalls dunkelblau. Obwohl sie es nicht gerne zugab – er sah geradezu atemberaubend maskulin aus.

Sie verließ den Salon und ging zu ihm hinüber. »Was hat Sie denn hierher verschlagen?« fragte sie. »Haben Sie sich verlaufen?«

»Durchaus nicht«, grinste er. »Ich habe im Internet nachgeforscht und zu meiner Freude sowohl Ihre Privatadresse als auch den Namen Ihres Salons gefunden – und so beschloß ich, ihn mir mal anzusehen. Es überrascht mich, daß Sie schon so früh hier sind.«

»Und mich überrascht, daß Sie noch so spät hier sind.

Haben Sie nicht Visite oder eine Operation auf dem Tagesplan?«

Seine leuchtendblauen Augen blitzten. »Gestern war mein Marathontag«, sagte er. »Bei Tagesanbruch Visite, Vorlesung in San Francisco, Operation und dazwischen Privatpatienten.« Ein Schweißtropfen löste sich aus seinem Haaransatz und lief von der Schläfe über die Wange. »Als ich abends um neun glücklich aus dem OP kam, beschloß ich, es heute langsamer anzugehen. Das ist also Ihr Salon.«

»Ja.«

»Mhm. Sieht schick aus.«

»Muß er – sonst hat man in einer Stadt wie dieser keine Überlebenschance.«

»Haben Sie ihn schon lange?«

»Seit fünf Jahren.«

»Stammkundschaft?«

»Hauptsächlich – und die Lücken füllen Touristen.«

»Wie erfahren die denn von Ihnen? Machen Sie Reklame?«

»Ich gewähre den Hotelangestellten, die mich empfehlen, Rabatt.«

»Clever«, lobte er lächelnd. Dann schaute er die Straße hinunter. »Haben Sie schon mal bei dem Italiener um die Ecke gegessen?«

Katherine war dankbar, daß er ihr eine Atempause gönnte – blaue Augen waren ihr schon immer gefährlich geworden. »Habe ich. Er ist Klasse.«

Da waren seine Augen schon wieder. Ich war noch nie dort. Haben Sie Lust, mit mir hinzugehen?«

»Eher nicht.«

»Spricht etwas Spezielles dagegen? Ein Ehemann, ein Verlobter, ein Lebensgefährte?«

Sollte sie ihn anschwindeln? Nein – das war nicht ihre Art. »Nichts davon – ich bin im Moment einfach nicht ... interessiert.«

Die hellblauen Augen verdunkelten sich. »Liegt es an mir?«

O ja, das tat es. Er sah aus, wie sie es mochte, er zog sich an, wie sie es mochte, er war kein Aufreißertyp, er wich keiner Frage aus – und abgesehen von all dem fühlte sie sich unwiderstehlich von ihm angezogen. Aber woran lag das? An der vielzitierten Chemie? Das mußte es wohl sein.

Aber sie war nicht bereit, ein neues Risiko einzugehen. Noch nicht. Sie hatte sich gerade erst von ihrer letzten Enttäuschung erholt und wollte ihren Seelenfrieden erst einmal genießen. Es hatte lange gedauert, bis sie sich mit ihrer körperlichen Veränderung abgefunden hatte und daran zu glauben begann, daß sie nicht in allernächster Zeit sterben würde. Der Salon half ihr dabei, optimistisch in die Zukunft zu blicken. Und die bewundernden Blicke der Männer halfen ihr ebenfalls, denn sie zeigten ihr, daß sie ihre Attraktivität nicht eingebüßt hatte.

Trotzdem konnte sie sich noch nicht vorstellen, sich für einen Mann auszuziehen. Allerdings griff sie mit dieser Überlegung den Ereignissen weit voraus, denn Steve Bauer hatte sie gebeten, mit ihm essen zu gehen und nicht ins Bett.

Aber sie sah es kommen. Sie las es in seinen blauen Augen. Und sie spürte es an dem winzigen Punkt in ihrem Unterleib, der sich seit ihrer Operation absolut still verhalten hatte. Jetzt meldete er sich nachdrücklich zu Wort. Ja, mit diesem Mann könnte sie es tun. Aber sollte sie sich wirklich der Gefahr aussetzen, daß die Sache wegen ihrer Brüste zum Fiasko geriet?

Er sah so traurig aus, daß sie hastig antwortete: »Nein – es liegt an mir.«

»Und worauf basiert Ihre ablehnende Haltung?«

»Auf schlechten Erfahrungen.« Sie verspürte das Bedürfnis, ihn zu trösten. »Vielleicht gehe ich ja doch irgendwann mit Ihnen zum Abendessen«, sagte sie lächelnd.

Sein Blick fiel auf ihren Mund. Sie empfand ihn wie eine Liebkosung. »Ich wäre auch schon mit einem Mittagessen zufrieden«, erwiderte er, als habe er ihre Gedanken gelesen, und sie errötete.

»Ich sage Ihnen was«, überspielte sie ihre Verlegenheit. »Wenn Sie meine Freundin aus dem Koma holen, lasse ich möglicherweise mit mir reden.«

»Ich bin nicht Gott.«

»Ja, dann ...« Sie hob zum Abschied die Hand und ging, äußerlich völlig gelassen, über die Straße zu ihrem Salon zurück.

* * *

ALS JACK KURZ VOR NEUN ins Krankenhaus kam, war Schwester Cindy dabei, Rachel zu waschen. Das einzig Neue seit seinem gestrigen Besuch war ein noch pompöseres Blumenarrangement von Victoria.

»*Hi*, Rachel.« Nichts deutete darauf hin, daß sie es

hörte. »Sie hat sich nicht wieder bewegt?« fragte er die Schwester.

Sie schüttelte den Kopf.

Er holte eine Handvoll CDs aus seinem Aktenkoffer, die die Mädchen aus Rachels Sammlung ausgewählt hatten, und sah sie durch. »Ich habe hier einen weiteren Garth, Clint Black, Collin Rye, Shania Twain und Wynonna. Okay, Engel – wonach steht dir der Sinn?« Als Rachel nicht antwortete, sagte er: »Hope meinte, Collin würde auch mir gefallen. Dann nehmen wir erst mal den.« Er schob die CD in den Player.

Während Cindy noch mit Rachel beschäftigt war, entsorgte er die verwelkten Blumen und fuhr mit dem Lift ins Parterre, um in dem Laden dort frische zu kaufen. Er entschied sich für eine Mischung aus orangefarbenem Hibiskus und einer dunkelrosa Kalanchoë. »Die halten monatelang«, versicherte ihm der Verkäufer, worauf Jack davon Abstand und statt dessen gelbe Rosen und rosa Tulpen nahm. Dieser Strauß würde höchstens eine Woche blühen, und er wünschte sich, daß Rachel bis dahin wieder zu Hause wäre.

Cindy hatte ihr ein Nachthemd in schreiendem Pink mit orangefarbenen und blauen Punkten angezogen – das Geschenk der Eigentümerin eines Ladens für Künstlerbedarf in Big Sur – und versuchte gerade, Rachels Haare auf ihrem Kopf zu dem losen Knoten zu schlingen, den Katherine ihr gemacht hatte.

»Mühen Sie sich nicht ab«, erlöste er die Schwester. »Es sieht doch hübsch aus, wenn die Wellen ihr Gesicht einrahmen.«

Als er kurz darauf mit Rachel allein war, nahm er eine dieser Wellen zwischen die Finger. Sie fühlte sich seidenweich an. *Lebendig.*

Er zog eine der Rosen aus der Vase und hielt sie ihr unter die Nase. »Sie ist sonnengelb«, sagte er und versuchte die Blume mit ihren Augen zu sehen. »Noch eine Knospe, aber die Ränder der Blütenblätter drehen sich bereits nach außen. Sie sehen aus wie Seidenpapier.« Er hielt sich die Rose selbst an die Nase. »Und sie duftet auch nach Sonne. Das erinnert mich an die Rosen am Strand von Nantucket. Weißt du noch, wie schön der Urlaub dort war?« Er tauschte die Rose gegen eine Tulpe aus. »Die hier ist zartrosa. Babyrosa. Glatt wie Wachs, langstielig und graziös. Eine Tänzerin. Eine anmutige Frühlingstänzerin.«

Er kitzelte sie mit der Blüte an der Nase. Dann erzählte er ihr, daß er am Morgen auf dem Weg zum Auto Wild im Wald gesehen hatte – eine Ricke und zwei Kitze. Und er erzählte ihr von seinem Ausstieg aus dem Boca-Projekt.

»Du siehst – es geht mir nicht nur um Geld«, sagte Jack. Er dachte nach und setzte nach einer Weile hinzu: »Vielleicht war es früher so – aber nicht aus Materialismus. Es war ein Symbol für Erfolg, und erfolgreich zu sein, bedeutete mir immer mehr als dir. Du hast schon recht – ich habe mich da hineingesteigert und den Kindern und dir nicht genügend Beachtung geschenkt. Aber es hat doch sogar zum Ende hin auch noch schöne Momente in unserer Ehe gegeben – wie mein Gerangel mit den Mädchen in unserem Garten, das du fotografiert hast.« Während er auf sie hinunterschaute, empfand er die gleiche Verbundenheit mit ihr wie in ihren besten Jahren, und er erinnerte sich daran, wie er nach Rachels beiden Kurzaufenthalten auf der Entbindungsstation im Bett neben ihr gelegen und zugesehen hatte, wie sie nach dem Stillen mit einem Baby an der Brust einschlief. Damals war er ihr so nah gewesen – und so ungeheuer stolz auf seine Familie.

Jack setzte sich an Rachels Bett und öffnete seinen Aktenkoffer ein zweites Mal – jetzt um ihr die Zeichnungen zu erläutern, die ihm die einzelnen Fachbetriebe bezüglich der Heizung, Belüftung, Elektroinstallation und Küchenanschlüsse für das Napa-Projekt mit der Bitte um Durchsicht nach Big Sur gefaxt hatten. Auf halbem Wege durch die Unterlagen fragte er sich, ob er Rachel damit langweilte und stellte fest, daß die technischen Details ihn langweilten. Er war ein schöpferischer Mensch, kein Bürokrat.

Er hatte die Zeichnungen gerade wieder verstaut, als Ben Wolfe mit einem Strauß Teerosen erschien. Er stellte sie in eine der dank Jacks Aktion freigewordenen Vasen auf den Nachttisch. »Ich habe heute Geburtstag«, erklärte er. »Wir wollten ihn miteinander feiern.«

»Herzlichen Glückwunsch«, sagte Jack, und diesmal zog er sich nicht ans Fenster zurück, sondern blieb bei Rachel sitzen, während Ben verlegen eine einseitige Unterhaltung mit ihr führte. Der Mann machte einen ausgesprochen netten, anständigen und umgänglichen Eindruck, und Jack schoß die aberwitzige Idee durch den Kopf, ihn mit Jill bekannt zu machen.

Als Ben die Ausstellung zur Sprache brachte, eröffnete Jack ihm, daß er die Bilder selbst rahmen würde, aber als der Galerist sich verabschiedet hatte, dachte Jack nicht an die Einrahmung der Gemälde, sondern an ihre Fertigstellung. Er hatte sie die ganze Zeit vor sich hergeschoben, weil er dachte, Rachel würde aufwachen und sich seine Eigenmächtigkeit verbitten, doch inzwischen waren es nur noch zehn Tage bis zur Eröffnung, und es mußte etwas geschehen. Sam war der Ansicht, daß Rachel seine Einmischung nicht dulden würde, Hope hingegen sah kein Problem darin. Er brauchte noch eine dritte Meinung. Vielleicht könnte Katherine ihm weiterhelfen. Aber er hatte ihr gesagt, sie solle sich aus seinem Leben raushalten.

Dann würde er sich eben entschuldigen. Ja – das erschien ihm richtig. Vielleicht würden sie zu guter Letzt sogar Freunde.

* * *

UNGLÜCKLICHERWEISE kam Katherine nicht allein. Sie brachte Dinah und Jan mit. Dinah verkörperte in ihrem roten Schneiderkostüm mit der goldenen Brosche den vollkommenen Typ der Karrierefrau. Jan, eine Frau mit muskulösen Waden und sonnentrockener Haut, war praktisch angezogen und trug farblosen Nagellack. Katherines Nägel waren heute burgunderrot.

Die drei traten ans Bett und redeten mit erzwungener Munterkeit auf Rachel ein. Eine hielt ihre Hand, eine bürstete ihre Haare, und die dritte erkundigte sich bei Jack nach den neuesten Aussagen der Ärzte.

In seinem Wunsch, noch mehr über Rachel zu erfahren, schnitt er das Thema Lesezirkel an, was sich jedoch als Fehler erwies. Es war, als habe er sich plötzlich in Luft aufgelöst. Die drei senkten die Stimmen und erinnerten sich gemeinsam an die Vergangenheit, ohne ihn weiter zur Kenntnis zu nehmen.

»Warum ich dem Zirkel beigetreten bin?« wiederholte Dinah Jacks Frage, doch sie schien ihn vergessen zu haben. »Weil ich seit jeher für mein Leben gerne lese.«

»Und am meisten von uns«, sagte Katherine. »Wir haben ja kaum je ein Buch ausgewählt, von dessen Autor du nicht schon ein anderes kanntest.«

»Ich hatte anfangs solche Komplexe euch gegenüber«, gestand Jan, »weil mein Leben aus Golfspielen und Windelwechseln bestand, daß ich vor meinem ersten Besuch nahe dran gewesen war, anzurufen und abzusagen. Als ich mich schließlich durchgerungen hatte, doch zu kommen, zog ich mich dreimal um.

»Das ist nicht wahr!«

»Doch. Aber ich hatte bei aller Unsicherheit das Bedürfnis, über das Buch zu reden. Wißt ihr noch, welches es war?«

»›Beloved‹.«

»Ich war überzeugt, nur die Hälfte verstanden zu haben.«

»Es war ein erschütterndes Buch.«

»Eindrucksvoll.«

»Beängstigend.« Das kam mit leiser Stimme wieder von Jan. »Aber nicht so beängstigend wie ›The fifth Child‹.«

»Du warst damals wieder schwanger.«

»Und wartetest auf das Ergebnis der Fruchtwasseruntersuchung.«

»Ich las das Buch, und dann bildete ich mir plötzlich

ein, daß das Kind behindert zur Welt kommen und meine bereits bestehende Familie in Angst und Verwirrung stürzen würde.«

Dinah lachte leise. »Ich erinnere mich noch gut an deine Panik.«

»Es war mir so peinlich, wie ich mich aufführte, aber ich konnte nicht anders.«

»Ich habe nach der Lektüre von ›A Prayer for Owen Meany‹ auch mit nichts hinter dem Berg gehalten«, sagte Katherine.

»Das war nicht verwunderlich. Schließlich hattest du mit Byrons enttäuschender Reaktion auf deine Operation zu kämpfen und mußtest dir Luft machen«, sagte Dinah.

Katherine strich Rachel über die Haare. »Was war *ihr* Schlüsselroman?«

»›Moon Tiger‹.«

»›Woman at the Edge of Time‹.«

Katherine schüttelte den Kopf. »›Exit of the Rainmaker‹.«

»War das nicht die Geschichte von dem College-Leiter, der eines Tages einfach verschwand?«

Katherine nickte. »Wir haben einander seinerzeit gefragt, was wir tun würden, wenn wir irgendwo ein neues Leben anfangen könnten. Wißt ihr noch, was Rachel sagte?« Jack mußte ganz genau hinhören, als Katherines Stimme noch leiser und fast träumerisch wurde. » Sie beschrieb einen kleinen Ort in Maine an einem See, einen riesigen Tannenwald, in den ungepflasterte Wege zu einfachen Häuschen führten, einen Himmel, der so klar war, daß man die Nordlichter sehen konnte. Sie sagte, sie würde in einem dieser Häuschen wohnen und mit allen im Ort gut Freund sein. Das war der Inbegriff des Glücks für sie.«

»Das wäre nichts für mich«, meinte Dinah. »Wißt ihr noch, was ich sagte? Ich würde nach Gstaad gehen.«

Sie sprach noch weiter, aber Jack hörte es nicht mehr, denn er war zum Fenster gegangen und starrte blicklos über das dunkle Baumdach mehrerer beieinanderstehender Monterey-Zypressen hinweg in die Ferne. Die Erwähnung der Nordlichter hatte ihm klar gemacht, daß die Vögel auf einem der unfertigen Gemälde von Rachel die Seetaucher von Maine waren, denn er hatte diese Lichter und diesen Himmel gesehen, und die Vögel hatten an jedem Abend bei Einbruch der Dämmerung über der glatten Oberfläche des Sees gekreist. Rachel und er hatten dort ihre Flitterwochen verbracht – eines der Häuschen war ihre Hochzeitssuite gewesen.

* * *

Er fing um acht Uhr an zu malen und arbeitete bis drei Uhr früh, und in diesen Stunden zauberte er den See mit der kleinen Insel in der Mitte auf Rachels Seetaucher-Bild, den Wald und einen Frühabendhimmel, die sich in der Wasseroberfläche spiegelten. Als er schließlich Palette und Pinsel weglegte, schüttelte er seine verkrampften Beine aus, trat von der Staffelei zurück und stellte fest, daß es ihm ein zweites Mal gelungen war, das eigentliche Thema eines Bildes durch seinen Hintergrund noch hervorzuheben.

Als er nach nur ein paar Stunden Schlaf aufwachte, öffnete er das Fenster und atmete tief die würzige Luft ein. Er war noch müde, aber nicht so zerschlagen wie nach einer beruflich bedingten Marathonarbeit. Zum ersten Mal seit langer Zeit erfüllte ihn ein Erfolg mit tiefer Befriedigung.

Er duschte, rasierte sich und zog sich an. Als er in die Küche kam, lehnte Samantha kaffeetrinkend an der Küchenzeile. Sie sah mit ihrer welligen Mähne, den blau umrandeten Augen, dem hautengen Top und den knappen Jeans wie ein Model aus einer Illustrierten aus.

»Du wirkst so erwachsen, daß es mir angst macht«, sagte er.

Die trotzige Miene, die sie daraufhin aufsetzte, hielt ihn davon ab, ihr zu befehlen, den blauen Eyeliner zu entfernen. »Ist das dein ganzes Frühstück?« fragte er statt dessen.

»Ich habe morgens keinen Hunger.«

»Seit wann denn das?«

Sie bedachte ihn mit einem gereizten Blick – und im nächsten Augenblick bat sie ihn in lämmchensanftem Ton: »Daddy – können wir über den Ball reden?«

»Ist deine Schwester schon wach?«

»Sie hat sogar schon das Haus verlassen.«

»Ist sie zu Guiniveres Grab gegangen?« Das erschien ihm das Nächstliegende.

Aber Samantha schüttelte den Kopf. »Nein – zu Duncan.«

Vierzehntes Kapitel

Jack ging mit grossen Schritten bergaufwärts. In den wenigen Minuten, die er zu Duncan Blighs Häuschen brauchte, überschlugen sich Greuelphantasien aller Arten von Kindsmißbrauch in seinem Kopf. Mein Gott – warum war er nicht schon früher mißtrauisch geworden? Wenn Hope etwas geschehen wäre, würde Rachel ihm das nie verzeihen.

Und er sich auch nicht.

Das kleine Blockhaus hätte mit Leichtigkeit in einer Ecke des angrenzenden Pferchs Platz gehabt. Der Stall dahinter war größer und noch nicht so alt. Schafe liefen zwischen Stall und Pferch hin und her, blieben stehen, als er näher kam, und starrten ihn voller Neugier an.

Er überquerte die Veranda und schlug mit der Faust gegen die Tür, stemmte die Arme in die Seiten und wartete. Seine Kiefermuskeln spielten. Als Duncan aufmachte, fuhr er ihn an: »Schicken Sie meine Tochter heraus! Augenblicklich!«

Duncan starrte ihn verständnislos an und rührte sich nicht.

»Dann hole ich sie eben selber!« Jack drängte sich an dem Hünen vorbei – und blieb wie angewurzelt stehen: Hope, die mit großen, erschrockenen Augen zu ihm hochschaute, saß im Schneidersitz auf dem Boden – neben einem Rollstuhl, aus dem ihm eine zerbrechlich wirkende Frau entgegenblickte.

Duncan kam herein, ging zu ihr hinüber und winkte Jack zu sich. »Das ist meine Frau Faith«, stellte er sie vor, und ihr erklärte er: »Das ist der Vater der Mädchen.«

Die Frau hatte weiße Haare, ein faltiges Gesicht und eine Brille mit kleinen, runden Gläsern auf der Nase. Sie lächelte Jack herzlich an und sagte mit einer weichen Stimme: »Hallo.«

Jack erwachte aus seiner Erstarrung, trat auf sie zu und streckte ihr die Hand hin. »Jack McGill.« Ihre Hand fühlte sich so zart an, daß er sie nicht zu drücken wagte. »Ich freue mich, Sie kennenzulernen.«

»Sie wußten nichts von meiner Existenz?« interpretierte Mrs. Bligh seine Fassungslosigkeit mit einem erstaunlichen Scharfblick.

»Nein.« Er warf einen Blick zu Duncan hinüber, der seine Frau mit einem so zärtlichen Ausdruck betrachtete, daß Jack sich bis ins Mark schämte. Wie hatte er diesem Mann solche Perversionen unterstellen können?

Er ging vor dem Rollstuhl in die Hocke, damit Faith nicht zu ihm aufschauen mußte. »Ich danke Ihnen sehr.«

»Wofür?«

»Nun – zunächst einmal für die Betreuung von Guinivere. Ich hatte nicht begriffen, warum Hope darauf bestand, die Katze hierherzubringen, obwohl Duncan bis auf die Mittagspause den ganzen Tag draußen zu tun hat. Jetzt ist es mir natürlich klar.«

Duncan war zu der Küchenzeile hinübergegangen, die

sich am anderen Ende des Raumes befand, und hatte begonnen, das Frühstücksgeschirr abzuwaschen.

»Er kommt alle paar Stunden nach mir sehen.« Faith lächelte wieder. »Ich habe einen sehr fürsorglichen Mann. Manche Leute halten es für verrückt, daß wir ausgerechnet hier herauf gezogen sind. Aber ich habe die Berge schon immer geliebt, und ich dachte, wenn ich schon zu Hause sitzen muß, dann wenigstens an einem schönen Ort. Duncan und ich hatten vor dem Unfall oft in dieser Gegend Urlaub gemacht.«

»Wann ist er passiert?«

»Der Unfall? Vor zwölf Jahren. Eine Gondel eines Skilifts stürzte ab, und meine Beine wurden an so vielen Stellen gebrochen, daß das Laufen zu einer lebenslangen Qual geworden wäre. Die wurde mir durch eine Wirbelsäulenverletzung erspart.«

»O Gott!«

»Es hätte schlimmer kommen können. Drei andere fanden an diesem Tag den Tod. Ich kam nicht nur mit dem Leben davon – ich genieße es dazu noch.« Ihre Augen blitzten. »Duncan war früher Fernfahrer, und ich sah ihn so gut wie nie. Jetzt habe ich ihn immer bei mir.«

Jack streckte Hope, die ihn die ganze Zeit stumm fixiert hatte, die Hand hin. »Es wird Zeit – wir müssen los.«

»Gefrühstückt hat sie schon mit uns«, sagte Faith und sah seine Tochter liebevoll an.

»Es tut mir leid, daß sie Ihnen solche Umstände gemacht hat.«

»Umstände? O nein. Wir freuen uns immer, wenn sie kommt. Nach all dem, was Rachel schon getan hat, wünschte ich, ich könnte mehr tun.« Sie griff nach Hopes freier Hand. »Gib deiner Mutter einen Kuß von mir, ja?«

* * *

SIE WAREN ERST ein paar Meter gefahren, als Jack sagte: »Okay – ihr hattet euren Spaß. Jetzt erzählt mir, was eure Mutter mit den Blighs verbindet.«

Hope hatte ihm auf seine Frage hin auf dem Heimweg erklärt, daß sie und Samantha Faith nie erwähnt hätten, weil sie ihn eifersüchtig machen wollten. Wenn sie gewußt hätten, was durch seinen Kopf geisterte, hätten sie schon Farbe bekannt.

»Sie sind gute Freunde«, lautete Samanthas lakonische Antwort. »Können wir jetzt über den Ball reden?«

»Noch nicht. Wie kam es zu dieser Freundschaft?«

»Mom erkundete die Gegend, nachdem wir hierhergezogen waren, und als sie zu dem Häuschen kam, saß Faith auf der Veranda«, erklärte Hope. »Sie bringt den beiden immer was vom Supermarkt mit, wenn sie was brauchen und erledigt alles mögliche für sie. Sie trinkt oft Kaffee mit Faith, und dann unterhalten sie sich stundenlang. Dabei muß man gar nicht mit Faith reden – man fühlt sich schon gut, wenn man nur bei ihr ist.«

Jack verstand, was Hope meinte – die Frau strahlte Wärme, Verständnis und Ruhe aus.

»Daaad!« durchschnitt Sams Stimme wie ein Messer seine Betrachtungen. »Wir müssen über den Ball reden. Die Pläne haben sich geändert.«

Jack hätte zwar lieber noch mehr über Faith erfahren,

aber er konnte seine Tochter nicht noch länger warten lassen. Er war ihr zwar auf diesen Autofahrten ausgeliefert, aber sie ihm auch, und das hatte sein Gutes, denn sie konnte nicht einfach hinausstürmen, wenn ihr etwas nicht paßte, was er sagte.

Er bog in den Highway ein. »In welcher Hinsicht? Was hat sich geändert?«

»Erstens gehe ich nicht mit Brendan auf den Ball, sondern mit Teague.«

Jack spürte etwas an seinem linken Arm, der auf der an der Tür angebrachten Stütze ruhte. Hope lehnte hinter ihm am Fenster. »Teague?« echote er.

»Teague Runyan. Er ist ein Spitzentyp.«

»Und warum dieser plötzliche Sinneswandel?«

»Brendan will lieber mit Jana gehen, und mir ist das sehr recht. Außerdem sind wir auf dem Ball sowieso alle zusammen.«

»Aber ihr trefft euch nach wie vor bei Lydia und fahrt von dort zur Schule?«

»Nein – das ist die zweite Änderung. Teague holt mich hier ab.«

Hope bewegte sich, und er spürte es an seinem Arm. Der Wagen war wirklich zu klein! »Wie alt ist dieser Teague denn?«

»Siebzehn. Er ist ein guter Fahrer, und er hat einen Pickup. Der ist so gut wie unzerstörbar.«

Zu Jacks Zeiten wäre ein Junge eher gestorben, als sein Mädchen mit einem Pickup zum Ball abzuholen, aber die Zeiten hatten sich geändert. Pickups waren in – und das Wort »unzerstörbar« war Musik in Jacks Ohren. Im Gegensatz zu dem Wort »siebzehn«. Siebzehn war ein gefährliches Alter.

»Was gibt es sonst noch?«

»Inwiefern?«

»Sind das alle Planänderungen?«

»Die Party findet nicht bei Lydia, sondern bei Jake Drumble statt.«

»Den Namen habe ich auch noch nie gehört.« Jack beschlich ein unbehagliches Gefühl. Katherine hatte ihn vor allzuviel Vertrauensseligkeit gewarnt. »Wer ist Jake Drumble, wo wohnt er und was ist aus Lydias Party geworden?«

»O Himmel. Ich wußte, daß du Terror machen würdest!« rief Samantha.

»Ich habe doch nur gefragt.«

»Es kam mir eher wie ein Verhör vor«, gab sie patzig zurück. »Die Einzelheiten brauchen dich gar nicht zu interessieren. Was dich angeht, hat sich nur geändert, daß du mich nicht zu fahren brauchst, sondern Teague mich am Samstag abholt und am Sonntag zurückbringt.«

»Ich interessiere mich durchaus für die vielen Stunden, die dazwischen liegen«, entgegnete er ihr. Wieder spürte er Hope an seinem Arm. Konnte das Absicht sein? »Die Party findet also bei Jake statt. Vor dem Ball – und danach?«

»Ich glaube schon – fest steht es noch nicht.«

»Aber du übernachtest bei Lydia, ja?«

»Nein!« fauchte sie ungeduldig. »Ich gehe nicht zu Lydia!«

»Und warum nicht?«

»Weil Lydia mit Brendan und Jana und Adam und

Shelly zusammen auf den Ball gehen wird, und ich mit Teague und Pam und Jake und Heather zusammensein werde.«

Er begann zu begreifen. »Lydias Party findet also doch statt – du gehst nur nicht hin.«

»Na und?«

»Sie ist deine beste Freundin. Oder plötzlich nicht mehr?«

Sam verschränkte die Arme auf der Brust und starrte durch die Windschutzscheibe auf die Straße. Die plötzliche Stille tat Jack so gut, daß er versucht war, nicht weiter zu bohren, doch dann spürte er, wie Hope ihn verstohlen am Ärmel zupfte.

»Sprich mit mir, Sam«, bat er in schmeichelndem Ton.

»Lydia ist einfach nicht ...«

»Erwachsen?«

»Genau. Wenn ich mit ihr zusammen bin, kann ich nicht gleichzeitig mit anderen zusammensein, die keine Babys mehr sind.«

»Weil diese anderen Lydia ablehnen?«

»Du hast es erfaßt.«

Jack dachte nach. Hope zupfte ihn nicht mehr. Das war auch nicht nötig – er wußte selbst, daß hier einiges nicht stimmte. »Was ist mit Treue?« fragte er schließlich. »Lydia war sechs Jahre lang deine beste Freundin. Eine solche Freundschaft sollte nicht von einem Tag zum anderen zu Ende sein.«

»Eure Ehe war das doch auch«, gab sie in scharfem Ton zurück.

»Da irrst du dich – es war ein monatelanger Prozeß«,

antwortete Jack. »Und wir haben uns nicht getrennt, weil irgendwelche Leute nicht akzeptierten, daß wir verheiratet waren. Wir haben uns nicht zwischen zwei Freundesgruppen entschieden.«

»Nur zwischen zwei Lebensstilen«, sagte Samantha.

»Okay«, nickte er. »So könnte man es ausdrücken. Aber das hat nicht das geringste damit zu tun, jahrelang dick mit Lydia befreundet zu sein und sie dann plötzlich in die Ecke zu stellen. Was meinst du überhaupt damit, daß sie nicht ›erwachsen‹ ist? Schminkt sie sich nicht? Sind ihre T-Shirts nicht eng genug? Letztes Wochenende warst du noch ein Herz und eine Seele mit ihr. War das nur gespielt?«

»Nein.« Sie schnaubte. »Du verstehst das nicht.«

»Ich bemühe mich ja – aber es erscheint mir nicht anständig.«

»Es geht nur um den Ball«, erklärte sie ihm, jedes Wort akzentuierend. »Um einen Abend!«

»In meinen Ohren klingt es eher wie die Entscheidung für einen anderen Lebensstil«, griff er ihre Formulierung auf. »Du hast dich zwar vielleicht nur für einen Abend für eine andere Freundesgruppe entschieden, aber es läßt tief blicken. Lydia ist also nicht so erwachsen wie …«

»Pam und Heather. Und es betrifft nicht nur Lydia, sondern auch alle anderen, die nicht so cool sind.«

»Aber es sind nette Kinder. Aus netten Familien. Pam habe ich noch nicht am Bett deiner Mutter gesehen, und Teague und die anderen, die du erwähnt hast, ebensowenig.«

»Weil sie neue Freunde sind. Sie kennen Mom noch gar

nicht. Wie kommst du darauf, daß sie nicht nett sind? Daß sie anders sind, heißt noch lange nicht, daß sie nichts taugen.« Sie schaute Jack an, und als sie weitersprach, hatte ihre Stimme einen flehenden Unterton. »Ich finde es toll, daß ich mit *denen* auf den Ball gehen werde!« schwärmte sie, und da Jack ihr nicht die Freude verderben wollte, ließ er die Sache auf sich beruhen.

Aber er hatte einen schlechten Geschmack im Mund. Nachdem er Lydias Mutter kennengelernt hatte, war er sicher gewesen, daß er sich wegen des Balles keine Sorgen zu machen brauchte.

Doch jetzt waren seine Bedenken wieder da. Er hatte keine Ahnung, wer diese Pam und Heather Sowieso waren – und auch über diesen Teague Runyan wußte er nichts. Außer, daß er siebzehn Jahre alt war. Das allein genügte, um ihn zu beunruhigen.

Sie näherten sich dem von Bäumen gesäumten Abschnitt der Küstenstraße südlich von Carmel, als er sagte: »Ich bin dein Vater und für dich verantwortlich. Du wirst mir also schon gestatten müssen, dich noch etwas zu fragen. Führen Jakes Eltern die Aufsicht über diese Party?«

»Soviel ich weiß.« Sie funkelte ihn an. »Wage es ja nicht, dort anzurufen! Du würdest mich total lächerlich machen.«

Das wollte er natürlich nicht. »Um noch einmal auf Lydia zurückzukommen«, wechselte er das Thema, denn dieses Problem lag ihm schwer im Magen. »Dein Verhalten ihr gegenüber ist absolut unloyal.«

»Das sagt der Richtige!« fuhr sie auf. »Du bist jetzt

schon zwei Jahre mit Jill zusammen und hast sie noch immer nicht geheiratet. Das nenne ich unloyal.«

»Meine Beziehung zu Jill geht dich nun wirklich nichts an«, wies er sie schroff in ihre Schranken, denn sie hatte einen wunden Punkt bei ihm getroffen.

»Doch, tut sie schon! Ich will wissen, warum ich loyal sein soll, wenn du es nicht bist!«

»Ich bin sehr wohl loyal. Warum, glaubst du, bin ich hier? Warum sitze ich seit anderthalb Wochen jeden Tag stundenlang am Bett eurer Mutter?«

»Ja, warum tust du das?« hakte Samantha ein. »Ist dir noch nicht der Gedanke gekommen, daß sie es vielleicht gar nicht will?«

»Doch – aber das ändert nichts an meinen Gefühlen. Ich finde es richtig, bei eurer Mutter zu sitzen – und ich finde es nicht richtig, daß du deinen alten Freundeskreis zugunsten eines neuen einfach in den Regen stellst.«

»Es ist hoffnungslos«, grollte sie. »Du verstehst das eben nicht.« Sie drehte sich weg und schaute aus dem Seitenfenster.

»Du hast recht«, seufzte er. »Es ist mir wirklich zu hoch.«

* * *

JILL WOHNTE IN EINEM bescheidenen Haus im nordwestlichen Teil von San Francisco in Seacliff, mit Blick auf den Pazifik. Als Jack um eins bei ihr klingelte, war ihm nicht wohl in seiner Haut. Jills Erscheinung war wie immer makellos, ihre Frisur untadelig, ihr Make-up angenehm dezent, Rock und Bluse geschmackvoll, ihr Parfüm sommerfrisch. Und aus der Küche wehte ein betörender Duft herüber. Wie sich zeigte, hatte sie sich gegen das Risotto entschieden, das sie ihm am Montag hatte servieren wollen. Statt dessen gab es einen warmen, asiatischen Salat mit Thunfisch, Wan-tan-Croûtons, einem leichten Dressing mit Kräutern, von denen Jack noch nie etwas gehört hatte, und dazu selbstgebackenes, noch ofenwarmes Olivenbrot.

Die Küchenbar mit der Granitplatte war mit Bastsets, Leinenservietten und frischen Blumen gedeckt. Alles vermittelte den Eindruck einer besonders liebevollen Vorbereitung. Jills Begrüßungskuß schmeckte nach Erleichterung, was sein Unbehagen noch steigerte. Sie saßen nebeneinander auf hohen Hockern, ihre Ellbogen berührten sich bei jeder Bewegung. Jill fragte als erstes nach Rachel und hörte anteilnehmend zu, als er zu beschreiben versuchte, welchen Schock er jeden Morgen erlitt, wenn er das Krankenzimmer betrat und sie wie leblos im Bett liegen sah. Er schilderte ihr, wie er der Schwester geholfen hatte, Rachel zu waschen, erklärte ihr, welche Hilfestellung er bei den Bewegungsübungen geleistet hatte, berichtete ihr, wie er Rachel in der Hoffnung auf eine Reaktion von den Mädchen und der Vergangenheit erzählt hatte.

Dann erkundigte Jill sich nach seiner Arbeit, und da er gerade zwei Stunden im Büro verbracht hatte, konnte er sie über den neuesten Stand informieren. David hatte sich über den Ausstieg aus dem Boca-Projekt aufgeregt, aber Jack hatte ihm seine Entscheidung plausibel machen können. Was ihn betroffen machte, war der lauwarme Kommentar zu seinem neuesten Montana-Entwurf – sein Partner hatte sich nicht mehr als ein Ganz-Hübsch abringen können. Dann berichtete Jack, daß er Brynna nach Buffalo geschickt, Alex zum Projektmanager für Napa und San Jose befördert und den anderen mitgeteilt habe, daß er Unterstützung für Austin brauche. Und zu guter Letzt erzählte er ihr, daß er heute von einem neuen Projekt erfahren habe, das ganz interessant sein könnte.

Er fragte Jill nach dem Endergebnis der letztwöchigen Wohltätigkeitsveranstaltung und hörte aufmerksam zu, als sie ihm ihre Pläne für die nächstjährige erläuterte, deren Organisation man ihr ein paar Tage zuvor angetragen hatte. Er fragte sie, welche Fortschritte sie im Tennisunterricht mache und wie es ihrer zuckerkranken Mutter gehe.

Als ihnen der Gesprächsstoff ausging, schlang Jill den Arm um seine Mitte und legte den Kopf an seine Schulter. Als sie ihn hob und ihr Gesicht dem seinen zuwandte, küßte er sie. Sie glitt von ihrem Hocker zwischen seine Beine, schlang die Arme um seinen Hals und preßte sich an ihn. Jack kam ihrer stummen Aufforderung nach und küßte sie wieder, aber so sehr er sich auch bemühte, etwas zu empfinden, obwohl er sich sagte, daß Jill eine großartige Frau sei und er ein Narr wäre, wenn er ihr den Laufpaß gäbe, rührte sich nichts bei ihm. Also versuchte er es mit erotischen Phantasien, aber das einzige Gesicht, das vor seinem geistigen Auge erschien, war das von Rachel, und sein Körper ließ sich nicht überlisten – er kannte den Unterschied zwischen den beiden Frauen. Jack hatte in letzter Zeit einige Male bis aufs Äußerste erregt in Rachels Bett gelegen, und es wäre in höchstem Maße unredlich gewesen, Jill weiterhin etwas vorzumachen.

Ihre Lippen liebkosten gerade seine Kehle, als er ihre Arme umfaßte und sich mit sanftem Nachdruck von ihr löste. Er lehnte seine Stirn an ihre und sagte leise: »Es funktioniert nicht. Ich … ich kann nicht.«

Sie rückte von ihm ab und schaute bestürzt zu ihm hoch. »Ist Rachel der Grund?«

»Alles zusammen.«

»Weich mir nicht aus. Ist sie es?«

Er war nicht sicher. Katherine hatte ihn gefragt, warum er immer an ihrem Bett säße, und Samantha hatte ihm heute früh die gleiche Frage gestellt.

»Liebst du sie?« Jills Stimme klang zittrig vor Angst.

»Ich weiß es nicht. Ich weiß es nicht. Momentan steht mein ganzes Leben kopf.«

»Du brauchst Zeit? Okay – ich gebe sie dir. Ich werde warten.«

Ihre Langmut hätte ihm guttun müssen, aber sie brachte ihn auf. Jill forderte ihn ja geradezu heraus, ihre Gutmütigkeit auszunutzen!

Er umfaßte ihre Hände, drückte sie in seinen aneinander und sagte: »Ich kann so nicht weitermachen, Jill. Es wäre dir gegenüber nicht fair.«

»Beklage ich mich etwa?« Ihre Stimme war unnatürlich hoch geworden.

»Nein. Das ist ja das Problem. Du beklagst dich nicht. Du forderst nichts. Du stellst mir kein Ultimatum.«

»Das ist eben nicht meine Art. Du weißt auch so, was ich mir wünsche.«

»Ja, das tue ich, und du hast geduldig darauf gewartet, daß es dazu käme – aber es wird nicht dazu kommen.«

»Wie kannst du das wissen? Du hast selbst gesagt, daß dein Leben momentan kopfsteht. Warum willst du nicht warten, bis es sich wieder normalisiert hat? Warum willst du unsere Beziehung jetzt beenden?«

»Weil«, antwortete er mit mehr Nachdruck, »nichts daraus werden wird. Glaube mir, Jill.«

»Aber ...«

»Pst.« Er legte ihr den Zeigefinger auf die Lippen und strich ihr über die Haare, die Rachels so ähnlich waren und doch wieder nicht. »Hör mir zu«, bat er sie eindringlich. »Bitte. Ich liebe dich, Jill, das tue ich wirklich – aber als Menschen, als Freund. Ich werde dich nie zu der Ehefrau machen, die du gerne sein möchtest, und das ist gut so, denn du hast einen besseren Mann verdient.«

Sie sah ihn mit großen, tränenfeuchten Augen an. »Warum willst du mich nicht heiraten? Was ... was fehlt?«

»Darum geht es nicht. Du bist nicht schuld – es liegt an mir. Ich bin ... ich bin ...«

»Noch immer in Rachel verliebt?«

Er zuckte mit den Schultern. »Vielleicht. Ich weiß es nicht. Aber ich weiß, daß ich mit meiner Ehe noch nicht fertig bin.«

»Rachel ist es. Sie hat dich verlassen und eure Ehe beendet. Das hast du mir immer wieder gesagt.«

»Weil es mich ungeheuer verletzt hatte. Doch inzwischen habe ich einige Gründe für ihren Entschluß erfahren, und ich muß unbedingt mit ihr reden, Jill. Erst dann wird sich entscheiden, wie mein Leben weitergeht.«

»War es denn so schön mit ihr?« Tränen lösten sich aus Jills Wimpern und rollten über ihre Wangen.

Unbeschreiblich schön, hätte er gesagt, wenn ihm nicht soviel an ihr gelegen hätte. Es war unnötig, ihr auch noch damit weh zu tun. »Anders«, erwiderte er ausweichend. »Und außerdem haben Rachel und ich eine gemeinsame Vergangenheit, die viele Jahre zurückreicht.«

»Was ist, wenn sie nicht mehr aufwacht?«

»Dann habe ich immer noch die Mädchen. Mach es uns nicht unnötig schwer, Jill. Ich könnte dich natürlich hinhalten, aber das wäre nicht anständig, und ich möchte mich dir gegenüber anständig zeigen. Also laß mich gehen. Bitte.«

* * *

»Ich habe mich von Jill getrennt«, berichtete er Rachel ein paar Stunden später, als die Mädchen zum Eisessen in die Cafeteria hinuntergefahren waren. Jill hatte am Ende bitterlich geweint. Sie hatten ausgemacht, hin und wieder miteinander zu telefonieren. Der Schlußstrich hatte auch ihn mitgenommen, aber er wußte, daß er das Richtige getan hatte. »Sie ist eine bildhübsche, großartige Frau – aber ich komme einfach nicht von dir los. Du hast mich auf den ersten Blick in deinen Bann gezogen. Ich war mit einem Mädchen zusammen, als ich dich kennenlernte – weißt du noch? Ich machte sofort Schluß mit ihr.«

Mein Gott, war er damals in Rachel verliebt gewesen! Er erinnerte sich noch deutlich an das Kribbeln, das sie tief in seinem Inneren auslöste, wenn sie mit ihm sprach, ihn berührte, ihn nur anschaute. Er erinnerte sich, wie ungeduldig er jedes Treffen herbeigesehnt und welches Glücksgefühl ihn durchströmt hatte, wenn er sie dann endlich sah. Auch nach der Geburt der Kinder und sogar, als sie sich auseinanderzuleben begannen, gab es Momente, in denen ein Wort, ein Blick oder eine Berührung von ihr dieses Kribbeln hervorrief.

»Du hättest mich zwingen müssen, dir zuzuhören«, sagte er, während er ihre Finger hob. Ihre Gesichtsverletzung heilte von Tag zu Tag mehr ab, und sie bekam allmählich wieder Farbe. Er nahm es als gutes Zeichen. »Dann wären wir vielleicht heute noch zusammen. Ich muß immer an das Baby denken. Wenn du mir davon erzählt und nicht versucht hättest, allein mit deinem Kummer fertig zu werden, wäre ich bestimmt zur Besinnung gekommen. Mein Gott – was hätten wir seitdem alles miteinander erleben können.« Es würgte ihm im Hals. »Sprich mit mir, Rachel«, flüsterte er erstickt. »Bitte!«

Katherine kam herein. Er schluckte, richtete sich auf und straffte seine Schultern. »Wie geht's?«

»Ganz gut. Und hier?«

»Unverändert.« Er folgte ihrem Blick zu dem mit Papier übersäten Tisch.

»Kriegen Sie denn was geregelt?« fragte sie.

»Nicht viel. Ich breite alles aus und habe die besten Vorsätze, aber ich kann mich einfach nicht konzentrieren – nicht zuletzt, weil mich diese Aufträge nicht interessieren. Ich war heute früh im Büro und bekam einen Anruf von einem potentiellen Auftraggeber. Wenn ich nicht dagewesen wäre, hätte ich nie davon erfahren, denn mein Partner hätte den Auftrag sofort abgelehnt.«

»Warum?«

»Es ging dabei um ein Privathaus. Na ja – das Grundstück umfaßt vier Morgen Land, und der Kunde stellt sich eher ein Herrenhaus vor als ein Einfamilienhäuschen, aber verglichen mit unseren letzten Projekten wäre es in Davids Augen ein Rückschritt.«

»Und wie stehen Sie dazu?«

»Mir würde es Spaß machen, es zu entwerfen. Der Anrufer sagte, er kenne meine früheren Arbeiten und schätze die Phantasie, die sie verrieten, was bedeutet, daß ich mich endlich wieder mal am Reißbrett austoben könnte.«

Katherine lächelte. »Sie sind ja Feuer und Flamme.«

Er nickte. »Jetzt muß ich David nur noch dazu kriegen, zuzustimmen.« Er setzte sich auf den Stuhl an Rachels Bett, lehnte sich zurück und fragte grinsend: »Na – was gibt es Neues von Ihrem Doktor?«

Katherine errötete. »Er hat mir gestern Blumen geschickt.«

»Das ist beachtlich.«

Sie zuckte mit den Schultern. »Byron schickte mir anfangs auch Blumen. Der gute Doktor weiß ebensowenig von Sie-wissen-schon-was wie Byron damals.«

»Sie glauben, daß Bauer sich davon abschrecken läßt? Als Arzt?«

»Es wäre nicht in meinem Sinne, wenn er mich im Schlafzimmer mit den Augen eines Arztes betrachten würde – und als Mann würde ihn der Anblick mit Sicherheit schocken.«

»Sehen Sie denn so schlimm aus?« Das konnte Jack sich gar nicht vorstellen, denn unter der Kleidung wirkten ihre Brüste vollkommen natürlich.

»Na ja – schlimm eigentlich nicht. Aber gewöhnungsbedürftig. Denken Sie an die Narben.«

»Kaum ein Mensch erreicht die Vierzig ohne ein paar davon.«

»Okay. Aber allein die Vorstellung, daß da was Künstliches unter der Haut ist ...«

»Ich glaube einfach nicht, daß sich der gute Steve daran stören würde.«

»Warum liegt Ihnen eigentlich so viel daran, daß ich mich mit Doktor Bauer zusammentue? Warum sollte ich einen Mann brauchen?«

Jack verschränkte die Hände hinter dem Kopf. »Ich sagte Ihnen am Anfang einmal, daß Rachel mich niemals wirklich gebraucht habe, und Sie widersprachen mir. Wenn Sie mir verraten, inwiefern sie mich brauchte, dann könnten Sie sich die Antwort vielleicht selbst geben, denn ich habe den Eindruck, daß Sie beide einander sehr ähnlich sind. Zwei starke, eigenständige Frauen.« Als sie nicht gleich antwortete, sagte er: »Ich nehme doch an, daß Rachel mit Ihnen darüber gesprochen hat.« Jack ließ die Hände sinken.

»Starke, eigenständige Frauen wie wir benutzen das Wort ›brauchen‹ nicht. Wir bevorzugen das Wort ›wünschen‹«, erwiderte Katherine mit einer Portion Selbstironie. Sie schaute nachdenklich auf Rachel hinunter. »Manchmal spricht sie schon von Dingen, die sie vermißt.«

»Zum Beispiel?«

»Zum Beispiel Hilfe bei der Erziehung der Mädchen. Sie sind jetzt in einem schwierigen Alter, und Rachel vermißt es, mit Ihnen über die Probleme sprechen zu können, die sich zwangsläufig ergeben.«

»Sie kam damit immer bestens klar.«

»Da waren die Kinder noch klein. Je größer sie werden, um so größer werden auch die Probleme. Außerdem mußte sie damals ja allein klarkommen – Sie waren schließlich nie da.«

»Das stimmt nicht!« protestierte er, gab dann jedoch zu: »Okay – zu selten.« Sonst hätte sie ihm ihre Schwangerschaft und die Fehlgeburt nicht verschweigen können.

Sie hätte es ihm erzählen sollen. Er hätte bei ihr sein sollen.

Katherine fuhr von unten her mit gespreizten Fingern in ihre Haare und lockerte ihre Locken auf. »Ich vermisse es, den Feierabend mit jemandem verbringen zu können. Ein Glas Wein miteinander trinken zu können. Miteinander schweigen zu können – und genau das fehlt auch Rachel. Miteinander im Bett zu liegen – nein, ich rede nicht von Sex! – und mitten in der Nacht oder am frühen Morgen zu reden oder zu schweigen, einfach Nähe zu spüren.«

Jack erinnerte sich an solche Nächte und Morgen mit Rachel, aber im Laufe der Jahre waren sie immer seltener geworden. »Wenn man arbeitet und Kinder hat, ist man abends erschöpft«, argumentierte er, aber Katherines hochschnellende Brauen zeigten ihm, daß sie diese Erklärung für mangelnde Kommunikation nicht akzeptierte.

Wenn man etwas wirklich will, dann schafft man sich die Zeit dafür, hatte Rachel einmal gesagt. Und sie hatte es getan. Er erinnerte sich, wie sie ihn nach einer seiner längeren Reisen vom Flugplatz abholte und mit ihm zu Postrio fuhr, wo sie schon Wochen zuvor einen Tisch für zwei bestellt hatte, worauf er ihr erklärte, daß er im letzten Monat sechsmal dort gegessen habe und den Fraß nicht mehr sehen könne. Damals hatte er sich nichts dabei gedacht. Jetzt schämte er sich in Grund und Boden. Um es zu überspielen, sagte er: »Ich vermisse es, mit Rachel Urlaub zu machen.«

»Sie vermißt es, ab und zu verwöhnt zu werden«, belohnte Katherine seinen Beitrag.

»Starke, eigenständige Frauen wollen verwöhnt werden?«

»Auch wir sind Menschen.«

»Jeder Mann kann eine Frau verwöhnen.«

»Aber eine Frau will sich nicht von einem x-beliebigen verwöhnen lassen. Ein Mann kann mit fünfzig Frauen in einem Zimmer sein und wird sich nur zu einer hingezogen fühlen. Eine Frau kann mit fünfzig Männer in einem Zimmer sein und wird sich nur zu einem hingezogen fühlen. Warum? Ich weiß es nicht. Wissen Sie es?«

Er wußte es auch nicht – aber ihre Frage brachte ihn auf einen Gedanken. »Ist ... ist Ben Wolfe für Rachel dieser eine Mann?«

Katherine lachte. »O Gott! Nein.«

»Wirklich nicht?«

»Ich dachte, Sie kennen ihren Geschmack.«

»Gibt es jemand anderen?«

Katherine schüttelte den Kopf. »Sie hängt immer noch an Ihnen.«

* * *

UND JACK HING noch an Rachel. Das spürte er, wenn er sie eincremte oder mit ihr trainierte, wenn er ihren Mund betrachtete oder ihre Sommersprossen. Wenn er den Krankenhausflur hinunter zu ihrem Zimmer ging, wenn er an ihrem Bett saß.

Es mochte ja sein, daß er aus Schuldgefühlen hier war oder wegen der Mädchen oder um der alten Zeiten willen – aber es gab noch einen anderen Grund. Zu Jill hatte er gesagt, er sei mit seiner Ehe noch nicht fertig, aber er fragte sich, ob nicht mehr dahintersteckte. Eine der Eigenschaften, die er an Rachel besonders geliebt hatte, war ihre Fähigkeit, ihn zu Höchstleistungen zu beflügeln. Er hätte zu gerne gewußt, ob sie das immer noch konnte.

* * *

DIE ANTWORT DARAUF bekam er, als er Rachel nach seiner Unterhaltung mit Katherine von dem Montana-Projekt erzählte und ihm plötzlich etwas dazu einfiel. Es hatte nichts mit seiner ursprünglichen Idee zu tun und auch nichts mit seinen anschließenden Änderungen, aber es war machbar.

Eiligst brachte er seinen Einfall zu Papier und gab ihn in seinen Laptop ein, sicherte die Daten, studierte die Zeichnung noch einmal kritisch. Und dann wußte er plötzlich, daß er die ideale Lösung gefunden hatte. Der Klient würde zufrieden sein, die Ferienanlage diesem Entwurf entsprechend gebaut werden.

* * *

Von seiner Leistung beflügelt, nahm er sich an diesem Abend Rachels nächstes Bild vor. Erschöpft, aber höchst zufrieden mit sich, fiel er um vier Uhr früh ins Bett. Am Morgen frühstückte er mit den Mädchen, fuhr sie zur Bushaltestelle, rief im Krankenhaus an, um sich nach Rachel zu erkundigen, faxte seinen neuen Montana-Entwurf ins Büro, ging, ohne auf die E-Mail von David zu reagieren, zurück ins Bett und schlief bis um zehn. Und selbst dann nahm er sich noch die Zeit, in aller Ruhe eine Tasse Kaffee zu trinken und sich anschließend in Rachels Wald auf den Stamm des umgestürzten Baums zu setzen und ein halbes Dutzend wilder Truthähne bei der Futtersuche zu beobachten.

Danach kaufte er im Supermarkt ein Dutzend Zwei-Liter-Flaschen verschiedener Limonaden, lieferte sie, neuerlich mit sich zufrieden, rechtzeitig vor Hopes Klassen-Picknick in der Schule ab, und fuhr nach Monterey.

Er hatte damit gerechnet, daß Rachel noch immer im Koma läge. Womit er nicht gerechnet hatte, waren die Besucherinnen, die er in ihrem Zimmer vorfand.

Fünfzehntes Kapitel

JACK HATTE VICTORIA KEATS vor sechs Jahren das letzte Mal gesehen, aber sie sah keinen Tag älter aus als damals. Ihr Schönheitschirurg mußte ein wahrer Zauberkünstler sein, denn es waren nicht die geringsten Hinweise auf ein Lifting zu entdecken; ihre jugendlichen Züge wirkten völlig natürlich. Wie stets geschmackvoll und nach der neuesten Mode gestylt, trug sie ein in Schwarz-, Braun- und Beigetönen gemustertes Wickelkleid, schimmernde, braune Seidenstrümpfe und elegante, braune Pumps. Die platinblonden Haare waren im Nacken zu einem Knoten geschlungen, und ihre Lippen leuchteten in dem ansonsten dezent geschminkten Gesicht korallenrot.

Victorias auffällige Erscheinung ließ die am Fußende des Bettes stehende, ohnehin farblose Frau zu einer Schattengestalt verblassen.

»Mom!« rief Jack. Er hatte seine Mutter seit einer halben Ewigkeit nicht besucht oder angerufen, weil sie immer einen Grund fand, ihm Vorwürfe zu machen. Trotzdem hatte er ein schlechtes Gewissen. »Dich hätte ich hier nicht im Traum erwartet!«

»Natürlich nicht – du hast sie schließlich auch nicht über Rachels Unfall informiert«, schalt ihn Victoria. »Als ich ihr davon erzählte, bestand sie darauf, herzukommen, und wir verabredeten uns für heute.«

Jack wollte seine weltfremde Mutter, die das verschlafene Kaff in Oregon kaum jemals verließ, gerade fragen, wie sie es geschafft hatte, allein auf sich gestellt, nach Monterey zu gelangen, als Victoria sagte: »Rachel sieht nicht so schlimm aus, wie ich dachte. Die häßliche Gesichtsverletzung ist schon erstaunlich gut abgeheilt, und der Orthopäde sagte mir, daß ihr Bein wieder ganz in Ordnung kommt. Man könnte meinen, sie schliefe nur.« Sie tätschelte Rachels Arm. »Schlaf du nur, Darling – das ist das Beste für dich. Um so schneller wirst du gesund.« Sie musterte Jack stirnrunzelnd von oben bis unten. »Du siehst aus wie ein Strauchdieb. Ist dieser Aufzug heutzutage bei den Architekten an der Westküste Mode?« Sie rümpfte die Nase. »In New York hättest du damit keine Chance, einen Auftrag zu bekommen. Dort sind sie wie aus dem Ei gepellt, müssen es sein, denn die Kunden schließen von dem Erscheinungsbild auf die Seriosität und den Geschmack der Leute, die sie mit ihren Projekten betrauen. Aber der Anspruch ist ja an der Ostküste generell höher. Wann hast du dich das letzte Mal rasiert?«

»Gestern morgen.« Er hatte heute keine Lust dazu gehabt, und Rachel hatte es früher nicht gestört, wenn er am Wochenende oder im Urlaub mal stoppelbärtig herumlief.

»Dein Vater hat sich jeden Tag rasiert«, erinnerte Eunice ihn an ihren vor einigen Jahren verstorbenen Mann.

»Na ja – ich will mal nicht so streng sein«, meinte Victoria überraschend milde. »Immerhin hast du viel um die Ohren.« Sie wandte sich wieder ihrer Tochter zu. »Man hat mir gesagt, daß er jeden Tag stundenlang hier ist, Darling. Das finde ich doch recht beachtlich. Und abgesehen von seinem Eintagesbart sieht er ganz passabel aus. Bis auf die Jeans – die haben ihre besten Zeiten längst gesehen. Und die Schuhe ebenso. Was für Treter! Oh, wie schön!« wechselte sie abrupt das Thema, als ihr Blick auf Rachels Hand fiel. »Du hast dir ja endlich die Fingernägel gefeilt, wie ich es dir immer schon empfohlen habe. So sehen sie länger und eleganter aus. Ich weiß nicht, wie viele Jahre ich dir gepredigt habe, sie wachsen zu lassen.«

»Sie ist Malerin.« Jack hatte, im Vorbeigehen seiner Mutter die Schulter drückend, was in seiner Familie eine überschwengliche Zuneigungsbezeugung darstellte, auf der anderen Seite des Bettes Standort bezogen und legte die Hand an Rachels Wange. »Lange Fingernägel würden sie bei ihrer Arbeit behindern.«

»Ich wüßte nicht, wie das gehen sollte – schließlich malt sie mit Pinseln. Da ihre Hände jetzt so elegant aussehen, müßte sie natürlich etwas anderes tragen als dieses scheußlich-grüne Flanellhemd. Wo ist denn die Nachtwäsche, die ich geschickt habe?«

»In Big Sur.«

»Ich habe sie doch hierhergeschickt.«

»Das schon – aber …«

»Ah, ich verstehe!« Sie schlug sich mit der flachen Hand an die faltenlose Stirn. »Seide irritiert elektronische Geräte. Das hatte ich doch irgendwo gelesen. Daß ich daran nicht gedacht habe! Ich hätte ja genausogut etwas in Baumwolle schicken können. Wenn ich gewußt hätte, daß sie etwas braucht, hätten wir es in S. F. noch gekauft«, sagte sie zu Eunice, und dann zu Jack: »Ich habe am Flughafen einen Wagen gemietet und Eunice am Bahnhof abgeholt. Es wäre also kein Problem gewesen. Aber ich dachte, Rachel hätte alles Nötige.«

»Das hat sie auch.«

»Die Fahrt hierher war ein Alptraum. Die Leute sind dermaßen unhöflich! Ich bin noch nie in meinem Leben so viel angehupt worden. Weißt du«, wandte sie sich mit einem nachdenklichen Blick wieder an Eunice, »wir hätten wirklich in die Stadt gehen sollen. Im Huntington gibt es ein hervorragendes Restaurant. Aber wahrscheinlich wären wir dafür gar nicht richtig angezogen gewesen«, verwarf sie ihre Überlegung.

Victoria wäre perfekt dafür angezogen gewesen, dachte Jack. Eunice nicht. Sie trug eine schlichte weiße Bluse, einen kniebedeckenden schwarzen Rock und derbe Schnürschuhe. Mit ihren eindeutig in Heimarbeit geschnittenen grauen Haaren und den verhärmten Zügen sah sie keinen Tag jünger aus, als sie war: über siebzig. Ihr Anblick griff Jack ans Herz. Sie wäre im Huntington ebenso fehl am Platze gewesen wie ein Esel in Ascot.

»Vielleicht ein andermal«, sagte Victoria. »Wie ich hörte, ißt Diane mit Vorliebe dort.«

»Diane?« echote Jack.

»Eure Senatorin.«

»Überhaupt ist es ganz gut, daß wir gleich losgefahren sind – San Francisco erstickte sowieso wie üblich in Nebel. Bei meinem nächsten Besuch ist das Wetter dort hoffentlich besser. Ich muß sagen, Jack – ich hatte eigentlich erwartet, daß du Rachel in eine Klinik in San Francisco verlegen lassen würdest. Als ich hier anrief, gewann ich nicht den Eindruck, daß sie gut untergebracht war. Aber als ich Kara Bates vorhin kennenlernte, mußte ich meine Meinung revidieren. Sie ist ja eine entzückende Person. Und diese Perlenohrringe! Wie sich herausstellte, kenne ich ihre Eltern – eine Seitenlinie der Philadelphia-Bates, die ein Sommerhaus in Newport haben. Reizende Leute. Wann sehe ich meine Enkeltöchter?« Victorias Gedankensprünge hatten Jack schon immer irritiert. »So leid es mir tut – ich kann nicht lange bleiben, denn der Aufsichtsrat kommt am Montag in New York zu seiner Quartalssitzung zusammen. Ich muß morgen ganz früh fliegen. Du hattest ja gemeint, ich solle überhaupt nicht kommen, aber ich wollte es mir doch nicht nehmen lassen. Wo sind die Mädchen?«

»In der Schule.«

»Natürlich. Wie dumm von mir. Wie kommen sie denn von dort hierher?« Jack wollte antworten, doch Victorias Redefluß war nicht zu stoppen. »Sie kommen doch hierher? Es ist bestimmt das Beste für Rachel, wenn sie ihre Töchter um sich hat. Wenn sie auch einen grauenvollen Musikgeschmack haben.« Sie schüttelte angewidert das Gesicht. »Ich habe den CD-Player sofort ausgeschaltet.« Jack nahm an, daß Schwester Cindy ihn eingeschaltet hatte. »Dieses Gejaule kann Rachel unmöglich gefallen. Sie liebt Symphonien. Wußtest du, daß sie eigentlich Pianistin werden wollte?«

Wenn sie das wirklich gewollt hätte, wäre sie es geworden, dachte Jack. Nein – es war Victorias Wunsch gewesen. Sie hatte ihr einen Flügel zur Hochzeit geschenkt, den sie von Tucson nach San Francisco mitgenommen hatten, weil Rachel befürchtete, daß ihre Mutter, falls sie sie einmal besuchen käme, ansonsten danach fragen würde. Er wurde mitten in den Raum gestellt und diente als dekorativer Tisch für gerahmte Fotos, die Schulprojekte der Mädchen und, wenn Gäste kamen, für Weinflaschen und Horsd'œuvre-Platten. Was wohl aus ihm geworden war? In Big Sur stand er jedenfalls nicht.

Pianistin! Was für ein Unsinn. Soweit er sich erinnerte, hatte sie kein einziges Mal auch nur eine Taste angeschlagen. Nein – das stimmte nicht. Einmal, gegen Ende ihrer Ehe, hatte sie tatsächlich gespielt. Es war spät am Abend. Jack hatte sich Arbeit aus dem Büro mitgebracht und schrak daraus hoch, als plötzlich zarte Klänge an sein Ohr drangen. Er war hinuntergegangen und hatte Rachel am Flügel vorgefunden. Die Grünpflanzen, die die Sitzbank normalerweise beherbergte, standen auf dem Boden, und Rachel saß auf ihr, den Kopf in den Nacken gelegt, mit geschlossenen Augen da, und spielte irgendeinen Klassiker.

Er hatte sich, bezaubert von ihrer Entrückung, an den Türrahmen gelehnt und sich gewünscht, er hätte sie so malen können. Als sie seine Gegenwart nach einer Weile spürte, wandte sie sich ihm zu und fragte lächelnd: »Fertig mit der Arbeit?«

»Nein – die Musik hat mich hergelockt. Du spielst sehr gut.«

»Ach nein – es ist stümperhaft. Ich hatte drei Jahre Unterricht, aber meine Begabung reichte einfach nicht. Zumindest war ich nicht mit meiner Leistung zufrieden.«

»Was hat dich heute an den Flügel getrieben?«

Sie schaute nachdenklich auf die Tastatur hinunter. »Ich weiß nicht. Mir war einfach danach.«

»Nun – mir ist zwar nicht danach, aber ich muß noch mindestens zwei Stunden ackern.« Er wandte sich zum Gehen und rief über die Schulter zurück: »Ich habe morgen früh eine wichtige Besprechung. Hast du meinen Nadelstreifenanzug aus der Reinigung geholt?«

Erst jetzt begriff er, daß er auf sie hätte eingehen sollen, nachforschen, warum sie eine so schwermütige Melodie spielte. Aber er hatte nur an sich gedacht – wie ihre Mutter.

»... wäre doch wenigstens etwas aus ihr geworden«, drang Victorias Stimme in seine Erinnerungen. »Hast du Hunger, Eunice? Ich habe heute nur gefrühstückt, und das war vor einer Ewigkeit in Los Angeles.«

»In Los Angeles?« wunderte sich Jack.

»Das war die einzige Maschine, in der ich so kurzfristig einen Platz bekam, und so übernachtete ich im Beverly Hills Hilton. Da wohne ich immer, wenn ich in der Stadt bin. Und wer saß beim Frühstück nur zwei Tische von mir entfernt? Paul Newman. Was für ein Mann! Einmal wurde er in einem Interview gefragt, ob es ihm angesichts all seiner Bewunderinnen nicht schwerfalle, seiner Frau treu zu bleiben, und er antwortete: ›Warum soll ich einen Hamburger essen, wenn ich zu Hause ein Steak haben kann?‹ Ist das nicht hinreißend? Und es bringt mich wieder auf meinen knurrenden Magen. Krankenhauskantinen sind gräßlich. Gibt es in diesem Ort ein Lokal, wo Eunice und ich einigermaßen ordentlich essen können?«

Jack nannte ihr ein Restaurant und beschrieb ihr den Weg dorthin, und die beiden zogen ab.

Die Stille war himmlisch. Jack lehnte sich auf das Geländer des Bettes, schaute auf Rachel hinunter und ließ seine Gedanken wandern. So unterschiedlich die beiden Mütter äußerlich waren – eines hatten sie gemeinsam: Victoria konnte nichts mit Rachel anfangen und Eunice nichts mit ihm. Okay – seine Mutter nahm ihm übel, daß er fortgegangen war und strafte ihn seitdem, indem sie, wenn er sie anrief, niemals Interesse an seinem Leben bekundete. Er hatte sich nicht zuletzt in Rachel verliebt, weil sie es tat. Von ihr fühlte er sich geliebt, bei ihr fühlte er sich aufgehoben. Das Schlimme war, daß er das irgendwann für selbstverständlich gehalten hatte.

* * *

Die Mütter kamen zurück, und es wurde Zeit, die Mädchen von der Schule abzuholen. Gott sei Dank erschien im letzten Moment Katherine – es wäre ihm nicht wohl dabei gewesen, Rachel ihrer Mutter schutzlos auszuliefern. »Stehen Sie ihr bei!« flüsterte er ihr im Hinausgehen zu, damit sie nicht etwa gleich wieder ginge. Sie nickte ernst.

* * *

Als die Mädchen vor der Schule ins Auto stiegen, brach schon wieder ein Redeschwall über Jack herein, aber was seine Töchter ihm zu erzählen hatten, interessierte ihn wenigstens. Hope berichtete, daß die Getränke, die er zu dem Picknick beigesteuert hatte, sie alle davor bewahrt hätten, daß ihnen nach den pappsüßen Erdnußbutter-Keksen, die eine der Mütter gebacken hatte, der Magen zuklebte. Samantha berichtete, daß sie eine Bioarbeit verhauen, dafür aber eine Eins minus auf eine Englisch-Schulaufgabe bekommen habe und schwärmte ihm von Pam und Heather vor, mit denen sie zu Mittag gegessen hatte. Als er schließlich Gelegenheit bekam, ihnen zu eröffnen, daß ihre Großmütter sie im Krankenzimmer erwarteten, bog er bereits in den Parkplatz ein. Die Freude über seine Nachricht hielt sich in Grenzen.

* * *

GROSSMUTTER VICTORIA bot den Mädchen die Wange vorsichtig zum Kuß, damit ihr Make-up nicht beschädigt würde, und Eunice, weil ihr Zärtlichkeiten peinlich waren, und sie atmeten sichtlich auf, als die beiden Frauen kurz darauf nach einer ebenso distanzierten Verabschiedung verschwanden.

»Ich bin stolz auf euch«, erklärte Jack seinen Töchtern.

»Warum?«

»Ihr habt euch tadellos benommen.«

»Ich hoffe, ich sehe auch noch so jung aus, wenn ich so alt bin wie Grandma Victoria«, sagte Sam.

»Warum redet die soviel?« fragte Hope.

»Das ist eben ihre Art.«

»Gott sei Dank hat Mom das nicht von ihr geerbt«, meinte Sam. »Das würde mich auf die Dauer wahnsinnig machen.«

Hope hatte das Kopfteil des Bettes ein Stück hochfahren lassen und bauschte vorsichtig die Kissen um Rachels Gesicht. »Wenn sie so wäre, hätte ich es längst aufgegeben, ihr was erzählen zu wollen – Grandma Victoria läßt einen ja höchstens mal einen Satz sagen.«

»Aber nur einen kurzen«, merkte Sam sarkastisch an und verzog das Gesicht.

»Was hast du denn da?« fragte Jack, als er sah, daß Hope eine Faust voll irgend etwas aus ihrer Jackentasche holte.

»Ungeschälte Erdnüsse.« Sie legte ein paar in Rachels Hand und schloß behutsam ihre Finger darum. »Die habe ich vom Picknick mitgenommen – da gab es einen ganzen Berg davon. Mom liebt Erdnüsse.« Sie öffnete eine für sich.

»He – du krümelst ja alles voll!« herrschte Samantha sie an, und dann sagte sie zu Jack: »Was Grandma Victoria zuviel redet, redet Grandma Eunice zuwenig.«

»Bei uns zu Hause wurde allgemein nicht viel geredet.«

»Und warum nicht?«

»Meine Eltern hatten sich nichts zu sagen, und was wir Kinder ihnen zu sagen gehabt hätten, interessierte sie nicht.«

»Dann hatten Mom und du ja viel nachzuholen«, meinte Sam trocken.

»Das haben wir auch getan – aber erst, als wir uns kennenlernten. Bis dahin waren wir beide sehr verschlossen gewesen.«

* * *

ALS SIE AN DIESEM ABEND die Küstenstraße hinunterfuhren, dachte Jack an den Tag im Waschsalon, wo Rachel und er vor fast achtzehn Jahren zum ersten Mal miteinander gesprochen hatten. Sie war so aufrichtig interessiert an ihm gewesen, daß er sich ihr spontan öffnete, und er hatte auf sie die gleiche Wirkung gehabt. Sie erzählten einander Dinge, die sie noch nie jemandem erzählt hatten, und weil ihnen das so guttat, hatten sie gar nicht mehr aufhören können. Sie hatten einander ihre geheimsten Gefühle und Ängste anvertraut. Jack versuchte sich zu erinnern, wann sie begonnen hatten, sich innerlich voneinander zu entfernen, aber dann kam das River Inn in Sicht, wohin er die Mädchen zum Essen auszuführen versprochen hatte. Zu Hause angelangt, konnte er es gar nicht erwarten, ins Atelier zu kommen, und dann ging er gänzlich in seiner Arbeit auf.

* * *

DIESMAL WOLLTE er sich das kalifornische Schopfwachtelpärchen vornehmen, das Rachel zum Schlafen auf einen der unteren Äste einer Platane gesetzt hatte. Und wieder war ihr eine so lebensechte Darstellung gelungen, daß Jack unwillkürlich mit leisen Schritten auf das Bild zuging, um das Männchen – es war an der größeren, bogenförmigen Schwanzfeder und dem blaugrauen Gefieder zu erkennen – und das unscheinbarere Weibchen mit dem schildförmigen Federkleid auf der Brust nicht zu wecken. Jack wußte schon, bevor er sich das auf der Rückseite der Leinwand befestigte Foto ansah, daß er den Hintergrund in diesem Fall mit winterlich gedeckten Brauntönen gestalten müßte.

Und so experimentierte er mit Umbra, Ocker, Sienna und verschiedenen Grau-Abstufungen, bis schließlich auch dieses Bild einen Hintergrund hatte, der nicht von den Wachteln ablenkte, sondern sie hervorhob.

Als er gegen Morgen ins Bett ging, dauerte es noch eine ganze Weile, bis sich sein Adrenalinspiegel soweit gesenkt hatte, daß er spürte, wie erschöpft er war.

* * *

Hope war am Samstag morgen als erste munter. Sie ging leise zu Samantha hinüber und überzeugte sich, daß sie noch schlief, vergewisserte sich desgleichen bei Jack, zog eine Fleece-Jacke über ihr Nachthemd, fuhr mit nackten Füßen in ihre Glücksstiefel, verließ das Haus, pflückte unterwegs ein paar Lupinen und lief in den Wald zu Guiniveres Grab. Sie strich die Erde darauf glatt und arrangierte die Blumen liebevoll und, wie sie hoffte, nach Guiniveres Geschmack. Dann setzte sie sich auf ihre Fersen, schlang die Arme um sich und wippte langsam vor und zurück, vor und zurück, bis die enttäuschende Begegnung mit ihren Großmüttern und ihre Sorge um Samantha der Erinnerung an das Gefühl der Geborgenheit Platz machten, das sie empfunden hatte, als sie noch klein und die Familie noch zusammengewesen war.

Diese Geborgenheit wünschte sie sich sehnlichst zurück.

* * *

Samantha hatte eigentlich, wie am Samstag üblich, lange schlafen wollen, aber sie wachte auf, als Hope ihr Zimmer verließ, und dann brach ein solcher Gefühlswirrwarr in ihr los, daß an Schlaf nicht mehr zu denken war. Sie war wie elektrisiert wegen des Schulballs, gleichzeitig wütend auf ihren Vater, der es geschafft hatte, daß sie sich Lydia gegenüber schofel vorkam, und noch wütender auf ihre Großmütter, die sie kaum zur Kenntnis genommen hatten, was sie Rachel noch schmerzlicher vermissen ließ.

Okay – sie hatten zu vielen Dingen verschiedene Meinungen, aber zumindest lag ihrer Mutter etwas an ihr. Wie es sich bei ihrem Vater verhielt, konnte sie nicht beurteilen, aber daß ihre Großmütter sich nicht um sie scherten, war eindeutig. Katherine tat es – aber Katherine gehörte nicht zur Familie.

Samantha wünschte, sie wäre schon einundzwanzig. Dann müßte sie sich nicht den Kopf darüber zerbrechen, ob sie zu dem Schulball einen Büstenhalter anziehen sollte oder nicht, ob sie Nylonstrumpfhosen anziehen sollte oder nicht, ob sie die Acht-Zentimeter-Pumps anziehen sollte oder nicht, die Heather ihr geliehen hatte. Wenn sie schon einundzwanzig wäre, hätte sie keinen Pickel auf der Stirn, könnte trinken, was sie wollte und müßte sich nicht mit der Frage herumschlagen, wie sie reagieren sollte, wenn Teague Anstalten machen würde, sie zu küssen.

Rachel hätte es ihr gesagt. Aber Rachel war nicht ansprechbar. Nur Jack – und sich damit an ihn zu wenden, war unvorstellbar für sie.

* * *

JACK FUHR SCHON FRÜH mit Hope los. Samantha blieb unter dem Vorwand, schlecht geschlafen zu haben und

»gar nicht ganz da« zu sein, zu Hause. Ein Teil von Jack hätte das auch gerne getan – der Teil, der die Fahrerei nach Monterey satt hatte, die Klinikflure, den Geruch nach Krankheit und die Monotonie, Rachel jeden Tag unverändert vorzufinden.

Aber sie nicht zu besuchen, wäre noch schlimmer für ihn gewesen, und außerdem würden sie sich heute nicht lange bei ihr aufhalten, da er Samantha versprochen hatte, um zwölf mit einem Mittagessen zurück zu sein.

Sie holten bei Eliza heißen Kaffee, und Jack hielt ihn Rachel in der Hoffnung unter die Nase, daß der Duft zu ihr durchdringen würde. Sie hängten das T-Shirt, auf dem in großen, handgemalten Lettern ihr Name stand, das Eliza ihnen mitgegeben hatte, vom Bett aus sichtbar auf einem Bügel an den Kleiderschrank. Während Hope mit einer Nagelschere eine Girlande winziger Schneeflocken aus dem weißen Papier zauberte, das sie mitgebracht hatte, unterhielten sie sich über das Wetter, über die Großmütter und über Samanthas Schulball.

Als Hopes Kunstwerk fertig war, hängte sie es über den Infusionsständer und flüsterte: »Erzähl ihr von den Wachteln, Daddy!«

Jack zögerte. Er hatte Rachel bisher noch nicht gestanden, daß er begonnen hatte, ihre Bilder zu vervollständigen. Hope war begeistert von seinen Arbeiten, Samantha weigerte sich, auch nur einen Blick darauf zu werfen. Was wäre, wenn Rachel Sams Empörung teilte?

Plötzlich kam ihm der Gedanke, daß das sogar gut sein könnte. Wenn er ihren Zorn erregte, würde sie vielleicht aufwachen. Wenn sie wegen seines Übergriffs außer sich geriete, würde sie aufwachen und ihm sagen, er solle die Finger von ihren Gemälden lassen.

Und so schilderte er ihr den Hintergrund für die Seetaucher, den er in der Nacht zum Donnerstag gemalt hatte, den für das Wild, der in der Nacht darauf entstanden war, und den für die Wachteln, der ihn fast die ganze letzte Nacht beschäftigt hatte. Und während er sich zusehends in Begeisterung redete, starrte er unverwandt auf Rachels Gesicht hinunter, konnte jedoch nicht die leiseste Reaktion feststellen.

Auf dem Heimweg hielten sie wiederum bei Eliza an, diesmal, um eine große Tüte Sandwiches zu kaufen. Sie mußten anstehen, und Jack trat ungeduldig von einem Fuß auf den anderen. Doch als er gerade drauf und dran war, seinem Unmut nachzugeben und zu gehen, fing er Hopes ängstlichen Blick auf. Also atmete er tief durch, lächelte sie an und war, als sie den Tresen endlich erreichten, nicht so genervt, wie er gedacht hatte. Er hatte schon bezahlt, als ihm etwas einfiel. »Sollen wir Faith und Duncan auch etwas mitnehmen?«

Hope nickte eifrig. »Pecannußbrötchen.« Er kaufte ein Dutzend.

* * *

Er hatte eigentlich wieder ein Bild fertigmalen wollen, aber als das Telefon klingelte und gleich darauf David eine dringende Bitte um Rückruf auf dem Anrufbeantworter hinterließ und dann auch noch ein Fax hinterherschickte, flüchtete Jack aus dem Atelier, denn er hatte keine Lust auf diese Sorte Arbeit.

Samantha war nach dem Mittagessen wieder in ihrem Zimmer verschwunden. Hope saß mit hochgezogenen Beinen auf dem Wohnzimmersofa und las. Er ließ sich neben ihr nieder, legte den Kopf an die Lehne und schlief ein. Als er aufwachte – eine Stunde später, wie ihm ein Blick auf seine Uhr zeigte –, verspürte er den Drang, sich Bewegung zu verschaffen.

»Ist Samantha immer noch in ihrem Zimmer?« fragte er.

»Ja. Sie macht sich schön.«

Der letzte Satz troff von Spott, und Jack sagte: »Du wirst das auch bald tun. Mir ist nach einem Spaziergang. Kommst du mit?«

Sie nickte und klappte ihr Buch zu.

Jack klopfte an Samanthas geschlossene Zimmertür. »Sam? Willst du mit uns spazierengehen?«

»Ich habe mir gerade die Haare gewaschen«, schallte es heraus. »Aber ich hätte sowieso keine Zeit.«

So schwierig sie auch manchmal war – er hätte sie wirklich gerne dabeigehabt. Er wollte seine Töchter über das enttäuschende Zusammentreffen mit ihren Großmüttern hinwegtrösten – und das Gefühl genießen, wieder eine Familie zu haben, wenn auch nur für eine gewisse Zeit.

Der Schulball heute abend war ein Meilenstein in Samanthas Leben, und er konnte sich vorstellen, wie sehr sie Rachel in dieser Situation vermißte. Er wünschte, er könnte irgend etwas für sie tun. Aber was?

* * *

Jack hatte am letzten Donnerstag seine Wanderschuhe aus der City mitgebracht. Sie hatten seit der Scheidung im Schrank gestanden, paßten jedoch auch nach all den Jahren noch wie angegossen. Er packte Wasserflaschen und etwas zu essen in einen Rucksack, streifte sich die Träger über und verließ mit Hope das Haus voller Erwartung.

Sie hatte ihre Glücksstiefel gegen Wanderschuhe getauscht, und Jack begriff sehr schnell, warum. Der Pfad, der sich zwischen Rotholzbäumen, Espen und Kiefern aufwärts wand, führte über Stock und Stein. Kaum ein Sonnenstrahl drang zu ihnen durch, und je näher sie dem Bach kamen, um so kühler wurde es. Das Rauschen schwoll zu einem immer lauter werdenden Crescendo an, und als Jack nach einer Wegbiegung plötzlich davorstand, stellte sich heraus, daß der Bach hier hoch aufspritzend von einer Felsstufe zur nächsten stürzte. Sie knieten sich nebeneinander ans Ufer, beobachteten schweigend das Spiel des Wassers und lauschten eine Weile andächtig seinem Fluß.

Als sie aufstanden, sagte Hope: »Um diese Zeit ist er am lautesten. Im Herbst hört man kaum noch etwas – da ist er nur ein Rinnsal.« Sie führte ihn über eine primitive Holzbrücke und durch einen duftenden Eukalyptuswald, und dann lagen plötzlich grasbewachsene Hänge vor ihnen, und die Temperatur stieg sprunghaft an. »Schau!« Hope streckte den Arm aus. »Da drüben sind Duncans Schafe!«

Sie weideten in kleinen Gruppen im Sonnenschein. Die Landschaft mit den immergrünen kalifornischen Eichen mit ihrem dunklen Laub in der Ferne, den frühlingsgrünen Hochwiesen davor, in denen Wildblumen, gelber Mohn und gelbe Narzissen leuchteten, und den Schafen mit ihrem grauweißen Fell und ihren braunen Gesichtern wirkte wie ein Gemälde, dachte Jack. Nur widerwillig riß er sich von dem Anblick los. Sie gingen oberhalb der Schafe über die Bergwiese und zwischen Steineichen und Erdbeerbäumen weiter. Hier war für Jack kein Pfad zu erkennen, aber Hope kannte sich offenbar bestens aus, denn sie ging schnell und zielstrebig. Als die Vegetation in immergrünes, niedriges Hartlaubgehölz überging, wurde ein Weg sichtbar. Hier war es noch wärmer, und schließlich zog Jack im Laufen sein Sweatshirt aus und band es sich um die Mitte. Der Pfad führte in ein Kieferngehölz – und dahinter konnte man plötzlich bis zum Horizont sehen.

»*Wow!*« staunte Jack.

»Ist das nicht schön?« fragte Hope strahlend. Sie genoß es sichtlich, daß ihr die Überraschung gelungen war.

»Das kann man wohl sagen.« Sie waren höher gestiegen, als er gedacht hatte, konnten über die Baumwipfel bis auf den Grund des Tales schauen. Ebenso spektakulär waren die parallel mit der Küste laufenden kettenartig aneinandergereihten Berge, deren meernahe Gipfel Nebel wie weiße Halskrausen umgab.

Jack war mit seinen Töchtern einige Male in den Muir Woods, einem alten Rotholz-Urwald, gewesen, und dort war es wirklich schön. Aber das hier war atemberaubend.

Sie setzten sich ins Gras, tranken Wasser aus Flaschen und knabberten Knusperriegel. »Kommst du oft mit Mom hierher?«

Hopes Zähne zermahlten eine Nuß. »Mmm. Wenn man da hinausschaut, merkt man, wie die Erde sich dreht.«

Jack schaute hinaus, und die Erde – drehte sich. Der Ozean erweckte diesen Eindruck.

Das gab es in den Muir Woods nicht. Und auch nicht die langen, hier und dort mit Kiefern, Zedern oder Zypressen bestandenen Granitfinger, die sich meilenweit die Küste entlang ausstreckten.

Außerdem war die City zu nah. Hier fiel Jack das Atmen leichter. Im Sinne des Wortes.

Er wollte Hope das sagen, aber als er zu ihr hinüberschaute, sah er, daß sie zwar in die Ferne blickte, aber mit zusammengezogenen Brauen.

Sie spürte, daß er sie ansah und wandte sich ihm zu. Aber nur für einen Moment. Dann starrte sie wieder geradeaus. »Glaubst du, daß Mom das hier je wieder sehen wird?« fragte sie nach einer Weile leise.

Ihre Stimme schnitt ihm ins Herz. »Ich *möchte* es glauben.«

»Und was ist, wenn sie stirbt?«

»Das wird sie nicht.«

»Und wenn sie jahrelang im Koma liegt?«

Vor zehn Tagen hätte er diese Möglichkeit strikt von sich gewiesen. Auch vor fünf Tagen noch. Doch die Ärzte hatten Rachel von der Intensivstation in ein normales Zimmer verlegt und waren zur Tagesordnung übergegangen. Aber er konnte sich einfach nicht vorstellen, daß sie jahrelang im Koma liegen könnte.

Hope zupfte die Rosinen aus ihrem Knusperriegel und steckte sie nacheinander in den Mund, trank einen Schluck und schaute mit erneut zusammengezogenen Brauen in Richtung Meer.

»Daddy?«

»Mmm?«

»Du hast doch neulich morgens mit Sam über Loyalität geredet.«

»Mmm.«

»Lydia tut mir leid – aber das kann ich Sam nicht sagen.«

»Warum denn nicht?«

»Weil sie meine Schwester ist und ich ihr Loyalität schulde. Ich muß doch hinter ihr stehen. Oder gilt das in diesem Fall nicht?«

»Nicht, wenn sie in deinen Augen etwas Unrechtes tut.«

Hope wandte sich ihm, ihren Po als Drehpunkt benutzend, mit großen, erwartungsvollen Augen zu. »Das tut sie.«

»Dann solltest du es ihr sagen.«

»Sie wird mich umbringen. Lernst du heute abend den Jungen kennen, mit dem sie verabredet ist?«

»Ich denke schon.«

»Und wenn er dir nicht gefällt? Wirst du sie dann nicht gehen lassen?« Ihr Ton klang drängend. »Gefällt er dir nicht?«

»Wirst du sie zwingen, zu Hause zu bleiben?«

»Ich glaube, das ginge zu weit. Ich kann sie doch nicht um ihren ersten Ball bringen.«

Hope schossen Tränen in die Augen. »Ich spüre irgendwas Schlimmes kommen. Wie vor Guiniveres Tod.«

Jack löste eine Haarsträhne von ihrer schweißfeuchten Wange. »Oh, Süße.«

»Du nicht?«

Tatsache war, daß Jack die Angelegenheit zu den Akten gelegt hatte, nachdem er, was Lydia betraf, bei Sam auf taube Ohren gestoßen war. Er konnte ihr nicht vorschreiben, mit Kids auf den Ball zu gehen, mit denen sie nicht zusammensein wollte. Er war auch einmal in ihrem Alter gewesen und wußte, daß Eltern mit Vorschriften nur Trotzreaktionen auslösten.

Jack nahm Hopes noch so kindliche Hand in die seine. »Irgendwann müssen Eltern darauf vertrauen, daß ihre Kinder sich auch, wenn sie nicht dabei sind, richtig verhalten. Eure Mutter hat euch gut erzogen, und so hoffe ich, daß Samantha, auch wenn sie es ihr heute abend vor dem Ball nicht noch einmal ausdrücklich sagen kann, weiß, was ihre Mutter von ihr erwartet.«

»Natürlich weiß sie das.« Hope machte ein unglückliches Gesicht. »Aber das heißt nicht, daß sie sich daran halten wird.«

»Weißt du etwas, das ich nicht weiß?«

»Nein!«

»Was hat sie vor?«

Hope zuckte mit den Schultern. »Ich weiß es nicht.«

»Bestimmt?«

Sie nickte heftig.

Er glaubte ihr nicht, aber es hatte keinen Sinn, weiter in sie zu dringen. Sie hatte seinen Vortrag über Loyalität offenbar sehr ernst genommen. Gut gemacht, Jack! Wenn er wissen wollte, was Samantha vorhatte, würde er versuchen müssen, es von Samantha zu erfahren.

Sechzehntes Kapitel

WIE SICH ZEIGTE, war es sehr klug von Samantha gewesen, so früh mit ihrer Vorbereitung für den Ball anzufangen. Sie mußte ihre Haare zweimal waschen, weil sie nach dem ersten Fönen nicht so lagen, wie sie es sich vorstellte; ihr Deodorant trocknete ewig nicht; sie verschmierte den Eyeliner und mußte noch einmal von vorne anfangen; sie hatte zwar zu der Entscheidung gefunden, daß schwarze Strumpfhosen erwachsener wirkten als nackte Beine, aber die Büstenhalterfrage war noch immer nicht geklärt, als es eigentlich schon Zeit zum Anziehen gewesen wäre.

Sie besaß zwei schwarze Büstenhalter. Beide hatten Träger. Wenn sie die Arme heben würde – und das müßte sie, wenn sie mit Teague tanzte, denn er war mindestens einen Meter fünfundachtzig groß –, sähe man die Träger.

Sie durchwühlte Rachels Schubladen nach einem trägerlosen BH, wobei sie auf die Boxershorts ihres Vaters und ein paar gerahmte Fotos stieß. Warum ihre Mutter die wohl aufhob? Sie mußte Jack doch hassen. Warum hätte sie sich sonst von ihm scheiden lassen? Wahrscheinlich hatte er sie nach Strich und Faden betrogen! Und so jemand redete von Loyalität!

Nachdem auch die letzte Schublade sie enttäuscht hatte, schob sie sie zu und wandte sich zum Gehen.

»Alles okay?« fragte Jack, der in diesem Moment in der

Tür erschien. Er war verschwitzt, sah aber zufrieden aus. Offenbar hatte er den Spaziergang mit seiner Lieblingstochter genossen.

Gar nichts ist okay! hätte sie am liebsten geschrien. Meine Mutter liegt im Koma, mein Vater ist ein Arsch und ich habe keinen trägerlosen BH! »Ja, ja«, antwortete sie mit zusammengebissenen Zähnen und drängte sich an ihm vorbei.

»Klingt aber nicht so«, meinte er und folgte ihr den Flur hinunter.

Sie fuhr herum. »Ich bin nervös! Klar? Laß mich einfach in Ruhe!«

Er hob beschwichtigend die Hand und ging mit dem Rücken voran – und sogar das brachte sie in Rage. Ein Krach wäre ihr jetzt gerade recht gekommen – dann hätte sie schreien und toben und den Dampf ablassen können, unter dem sie stand. Andererseits war ihr auch zum Heulen, aber sie würde eher sterben, als ihm dieses Schauspiel zu bieten. Hope heulte. Samantha nicht.

Außerdem hätte sie nicht die Zeit, ihre Augen ein drittes Mal zu schminken.

* * *

UM SECHS STAND JACK frisch geduscht in der Küche und löffelte Chip-Dip in ein Schälchen. Nachdem er sich auf dem Rückweg gefragt hatte, was für einen Leckerbissen Rachel ihrer großen Tochter und dem Jungen, der sie abholte, wohl vorgesetzt hätte, bevor die beiden zu dem Ball aufbrächen, hatte er nach ihrem Lieblingsrezept einen Dip zubereitet, während Hope Cracker um die Schale drapierte, und das Arrangement gerade ins Wohnzimmer gestellt, als es klingelte.

»*O Gooott!*« jammerte Sam aus ihrem Zimmer herüber. »Unterhaltet ihn! Ich bin noch nicht soweit!«

Jack öffnete die Tür und sah sich einem jungen Mann gegenüber, der zwar seine Größe hatte, aber dunkle Haare, dunkle Augen und einen dunklen Bartschatten. Seine Smoking-Version war interessant. Statt eines Plisseehemdes trug er ein weißes T-Shirt, sein Kummerbund war ein breiter Ledergürtel, und unten aus den Hosenbeinen schauten Cowboystiefel hervor.

Okay, dachte Jack. Die Zeiten haben sich geändert. Er streckte die Hand aus. »Ich bin Samanthas Vater.«

Der Junge hatte einen festen Händedruck. »Teague Runyan«, stellte er sich vor. Es klang fast trotzig.

Jack zog ihn mit einem Nachdruck ins Haus, der keinen Widerspruch zuließ. »Samantha sagt, Sie wohnen in Big Sur.«

»In der Hauptstraße«, lautete die vage Antwort. »Wie geht's Samanthas Mom?«

»Unverändert. Kennt sie Ihre Eltern?«

»Könnte sein. Sie betreiben die Tankstelle vor dem Einkaufszentrum.«

Jack nickte verstehend. Er kannte die Tankstelle.

Hope brachte, Teague mit ernster Miene fixierend, den Dip mit den Crackern.

»Hey, Hope«, sagte Teague. »Hast du das gemacht?« Er löffelte einen großen Klecks Dip auf einen Cracker und schob ihn in einem Stück in den Mund. »Mm! *Guuut!*«

Jack wartete, bis er heruntergeschluckt hatte und fragte dann. »Also – wie sieht das Programm aus?«

»Welches Programm?« Teague rieb die Hände aneinander, um das Crackersalz abzustreifen.

»Für heute abend.«

»Keine Ahnung. Es ist Samanthas Ball. Sie hat alles arrangiert.«

»Wann kann ich sie zurückerwarten?«

Teague sah ihn ratlos an.

»Wann erwarten Ihre Eltern Sie zurück?«

»Irgendwann morgen.«

»Heißt das in den frühen Morgenstunden?«

»Nein.«

»Am Vormittag?«

»Sie haben mich auf keine bestimmte Zeit festgenagelt. Es kann auch Nachmittag werden. Kommt darauf an, wie lange wir schlafen.«

»Und wo wird geschlafen?« erkundigte sich Jack.

Teague zuckte mit den Schultern. »Es ist Samanthas Ball.«

»*Hi,* Teague«, sagte Samantha. Sie stand in der Tür zum Wohnzimmer und sah so atemberaubend aus, daß Panik in Jack aufstieg.

»Hey«, begrüßte Teague sie lässig. »Kann's losgehen?«

Kein »Du siehst ja toll aus«, kein »Hier ist eine Orchidee für dein Kleid«, kein »Du mußt unbedingt diesen Dip probieren, er schmeckt toll; danke Hope«. Jack mißfielen die bestickten Stiefel und der breite Ledergürtel – und das T-Shirt, das schon so oft gewaschen worden war, daß man den ehemaligen Aufdruck kaum noch erahnen konnte.

Er ging zu Samantha hinüber, nahm sie bei den Schultern und dirigierte sie den Flur hinunter und in ihr Zimmer zurück.

»Was ist denn?« fauchte sie. »Wir müssen fahren!«

»Du siehst wundervoll aus«, sagte er und sah Freude in ihren Augen aufblitzen, ehe der Ausdruck mißtrauisch wurde.

»Ehrlich?«

»Ich wünschte, deine Mutter könnte dich so sehen.« Jack kam ein Gedanke. »Ich hole schnell einen Fotoapparat ...«

»Nicht, Daddy! Bitte! Teague wartet doch!«

Er hätte früher an die Kamera denken sollen. »Du siehst wirklich sensationell aus.« Und wieder packte ihn die Panik. »Ich möchte wissen, wann du nach Hause kommst.«

»Heute jedenfalls nicht, das weißt du doch.«

»Dann schreibe mir die Telefonnummer von den Leuten auf, bei denen du übernachtest.« Er suchte in dem Chaos auf ihrem Schreibtisch nach einem Zettel und einem Kugelschreiber.

»Du darfst dort nicht anrufen! Wenn du mir hinterhertelefonierst, lachen sich alle tot über mich!«

»Und was ist, wenn deine Mutter aufwacht?«

Er sah, wie sie mit sich rang.

»Okay – dann sag mir wenigstens, wie sie heißen.« Dann könnte er die Nummern über die Auskunft erfahren. »Die Party vor dem Ball ist bei Jake. Wie heißt er – Drummer?«

»Drumble.«

»Und die Party danach?«

»Wahrscheinlich bei Pam – aber genau kann ich dir das nicht beantworten. Es hängt davon ab, wer den Ball wann verläßt, ob wir was essen wollen und wonach uns anschließend ist.«

»Wäre deine Mutter mit dieser Auskunft zufrieden?«

»Ja. Sie vertraut mir.«

»Ich vertraue dir ebenfalls – aber den anderen Kids nicht.«

Samantha verdrehte die Augen.

»Wie heißt Pam mit Nachnamen?«

Sie nannte den Namen widerstrebend. Er war gerade dabei, ihn zu notieren, als Sam das Zimmer verlassen wollte. »Warte«, hielt er sie zurück.

Sie drehte sich zu ihm um. »Was ist denn noch?«

»Ruf mich an, wenn sich ein Problem ergibt.«

»Was sollte sich denn für ein Problem ergeben?«

»Man kann nie wissen. Und ansonsten ruf bitte morgen um zehn an.«

»Um zehn? Dad!«

»Es ist doch wohl nicht zuviel verlangt, wenn ich morgen vormittag von dir hören möchte. Du bist immerhin erst fünfzehn.«

»Okay.« Sie verschwand in den Flur.

Jack kam gerade noch rechtzeitig ins Wohnzimmer zurück, um zu sehen, wie sie Teague zur Haustür zog.

»Tschüs«, flötete sie und hob zum Abschied die Hand, und ehe Jack sagen konnte, daß sie doch nicht mit leerem Magen gehen sollten, und ehe er Teague ankündigen konnte, daß er ihm die Hölle heiß machen würde, wenn Samantha irgend etwas zustieße, waren sie fort.

* * *

BEI JAKE WAR DER TEUFEL LOS. Das kleine Haus platzte aus allen Nähten. Sam sah zu Anfang kein einziges bekanntes Gesicht, nur stiernackige, breitschultrige Riesen und hochnäsige, stark geschminkte Mädchen, die in kleinen Gruppen beieinanderstanden.

»Kennst du diese Leute?« Teague schnappte sich zwei Bierdosen von der Bar und drückte ihr eine in die Hand.

»Das müssen Footballfreunde von Jake sein«, antwortete sie, und einen Sekundenbruchteil hätte sie alles dafür gegeben, irgendwo Lydia oder Shelly zu entdecken.

»Das sind ja die reinsten Fleischberge«, murmelte er.

Sam rang sich ein Lachen ab. »Hey – da ist Pam. Pam!« Sie zog Teague durch das Gedränge, mußte jedoch alle paar Schritte stehenbleiben, weil er nicht nachkam. Wenn sie sich umdrehte, sah sie ihn jedesmal mit irgendeinem Mädchen reden. Sie konnte es ihnen nicht verübeln, daß sie ihn ansprachen. Er war der coolste Typ auf dieser Party. Als sie sich endlich zu Pam durchgekämpft hatten, hängte Sam sich bei Teague ein, damit jeder begriffe, daß er für heute abend ihr gehörte.

Sie redeten und lachten mit Pam und Jake, zogen weiter und redeten und lachten mit Heather und Drew. Sie knabberten Nachos und tranken Bier, aßen Popcorn und tranken Bier. Teague war der perfekte Begleiter, wußte immer, wann sie Nachschub brauchte und wo er zu finden war.

»Wie geht's?« fragte er grinsend, als er sie in eine Ecke drängte.

Sie fühlte sich herrlich beschwingt und frei. »Phantastisch. Das ist eine tolle Party.«

Er legte rechts und links von ihr die Hände an die Wand und drückte sich an sie. Sein Mund war nur Zentimeter von ihrem entfernt. »Mir ist zuviel los hier. Du bist süß.« Er küßte sie so zärtlich, daß all ihre Befürchtungen ihr absurd erschienen. Seine Lippen spielten mit den ihren. Und plötzlich zog er sich zurück – viel früher, als sie wollte.

»Gut?« fragte er.

Sie lächelte verträumt. »Mmmm.«

»Mehr?«

»Mhm.«

Diesmal waren seine Lippen hart und fordernd. Samantha hatte schon einiges über Küsse gelesen, doch die dort beschriebene Atemlosigkeit und das tief drinnen auflodernde Feuer bis zu diesem Moment nie erlebt.

Rachel würde es nicht gutheißen. Sie predigte Zurückhaltung und daß man sich als Mädchen für jemand Besonderen aufsparen sollte. Aber wer sagte denn, daß Teague das nicht war? Sie hatte sich auf den ersten Blick in ihn verliebt. Sprach das nicht für sich? Außerdem war ihre Mutter selbst schuld, daß sie, Sam, heute über die Stränge schlug. Wenn sie sich bequemt hätte, aus ihrem verdammten Koma aufzuwachen, hätte sie sich den Verlauf des Abends bis ins kleinste notiert, Eltern angerufen und Sam einen ganzen Packen von Anordnungen und Warnungen mit auf den Weg gegeben. Wenn ihre Mutter gesund wäre, wäre sie jetzt nicht hier.

Um diesen Gedanken zu verscheuchen, konzentrierte sie sich auf den Kuß, was ihr nicht schwerfiel, denn in diesem Moment nahm Teague ihre Hände, zog sie hinter seinen Rücken und preßte sich an sie. Was sie das spürte, ließ sie unwillkürlich nach Luft schnappen, und im nächsten Augenblick drang Teagues Zunge in ihren Mund. Sie erschrak und wäre zurückgewichen, aber hinter ihr war die Wand. Teague umfaßte ihr Gesicht und sagte dicht an ihrem Mund: »Wehr dich nicht. Es ist cool. Spiel mit meiner Zunge.« Und er hatte recht ¬ es war cool, unglaublich erwachsen und erregend, seine Zunge an ihrer entlanggleiten zu spüren, und seinen Körper, dessen Druck sie daran hinderte, in die Knie zu sinken, als sie zu zittern begann. »Verkrampf dich nicht«, flüsterte er. »Laß dich gehen.« Sie versuchte es. Ihr Mund öffnete sich ein wenig mehr und noch mehr, und auf einmal fielen alle Hemmungen von ihr ab.

Teague stieß einen gutturalen Laut aus und lehnte seine Stirn an ihre. »*Wowowow!* Es wird Zeit, daß wir hier verschwinden.«

Samantha nahm wie durch einen Nebel wahr, daß der Raum sich zu leeren begann. »Ja – der Ball fängt an«, brachte sie mühsam heraus.

»Der Ball kann mir gestohlen bleiben. Ich will mit dir allein sein.«

Der Nebel lichtete sich. »Nein – wir gehen auf den Ball«, entschied sie. Es war ihr erster, und sie wollte ihn um nichts in der Welt versäumen. Außerdem sollten alle sie mit Teague sehen. Sie waren ein schönes Paar. Lydia würde der Mund offenbleiben, wenn sie sähe, wie cool sie aussahen.

Auf der Fahrt von Jake zur Schule teilten sie sich noch ein Bier, tranken es in einer dunklen Ecke des Parkplatzes, weit weg von den anderen, aus, und als Teagues Zunge diesmal in ihren Mund drang, wußte sie sie gebührend zu empfangen. Sie fühlte sich reif und erfahren. Sie wollte sich amüsieren – das Leben war zu kurz, um noch jahrelang auf Alkohol und Sex zu verzichten. Ihre Mutter war immer brav gewesen. Und was hatte es ihr gebracht? Sie lag im Koma, weil jemand ihren Wagen gerammt hatte.

Teague beugte sich über sie, hielt ihr Gesicht umfaßt, während er sie küßte, und ließ dann eine Hand zu ihrer Brust hinuntergleiten. Da sie sich schließlich dazu entschlossen hatte, keinen BH zu tragen, spürte sie seine Finger wie auf nackter Haut. Sie zuckte erschrocken zurück, doch er beruhigte sie mit Worten, die sie kaum hörte, und dann begann sie seine Liebkosungen zu genießen.

»Lassen wir den Ball doch sausen«, flüsterte er.

»Auf keinen Fall!« Sie machte sich los. Das ging ihr alles zu schnell. »Ich will jetzt auf den Ball.« Sie zog ihn an der Hand aus dem Führerhaus. Sekunden später drückte er sie gegen die Ladefläche.

»Du veralberst mich doch, Samantha.«

»Nein. Ich will auf den Ball!«

»Können wir dann danach weitermachen, wo wir jetzt aufhören?« fragte er, drückte ihre Brüste hoch und küßte die sanften Hügel, die er auf diese Weise über ihrem Ausschnitt geschaffen hatte.

Er war jetzt grober als zuvor, und das mißfiel ihr. Sie tauchte unter ihm weg und sagte energisch: »Es ist mein erster Ball, und ich werde auf keinen Fall auf ihn verzichten.« Zu ihrer Erleichterung fügte er sich ihrer Entscheidung. Sie würde auf ihren Ball gehen. In Begleitung des coolsten Typen auf der Welt. Und sie törnte ihn an. Besser konnte es nicht werden.

Doch es wurde. Die Turnhalle war wunderschön dekoriert und dezent beleuchtet, und *alle*, die sie kannte, sahen sie mit Teague tanzen. Und wie er tanzte! Er bewegte sich nicht viel, zuckte eigentlich nur rhythmisch, und er ließ sie keinen Moment aus den Augen. Als ein Blues gespielt wurde, legte sie den Kopf an seine Schulter und wäre eingedöst, wenn die Musik nicht in diesem Augenblick geendet hätte. Als Teague sagte, er brauche frische Luft, protestierte sie nicht. Engumschlungen gingen sie über den Parkplatz zu seinem Pickup. Teague öffnete zwei Bierdosen, trank seine in einem Zug leer, half ihr bei ihrer und öffnete eine dritte. Er küßte sie. Er liebkoste sie. Sie zog ihn in die Schule zurück.

* * *

Hope hatte Jack ins Atelier begleitet, wo er die Rahmen in Angriff nehmen wollte.

»Weißt du wirklich, wie das geht?« fragte sie.

»Klar«, versicherte er ihr. »Ich mache das nicht zum ersten Mal.« Das letzte Mal lag allerdings schon viele Jahre zurück – aber so etwas verlernte man schließlich nicht, oder? »Man braucht dazu nur eine Gehrungssäge – die liegt da drüben, siehst du? –, Holzleim, einen Hammer und Nägel, und schon ist das Ding fertig. Ein Klacks.

Dann wird es in die Gehrungszwinge gespannt, und morgen, wenn der Leim trocken ist, kommt das Bild rein und wird hinten mit kleinen Stiften befestigt.«

Hope grinste. »Ein Klacks.«

Er nickte. »Aber ich fände es trotzdem schön, wenn du mir helfen würdest. Hast du Lust?«

Sie strahlte. »Und wie!«

»Welches Bild rahmen wir als erstes?«

Ohne auch nur einen Moment zu zögern, deutete Hope auf die Seetaucher. »Das gefällt mir am besten.«

Es war auch Jacks Lieblingsmotiv. Er fühlte sich Rachel nah, wenn er sich damit beschäftigte, und heute abend hatte er ein besonderes Bedürfnis danach. Die Annahme, daß er es erholsam finden würde, den Nachmittag einmal nicht an ihrem Bett zu verbringen, hatte sich als irrig erwiesen. Er vermißte sie, hatte schon zweimal im Krankenhaus angerufen. Ihr Zustand war unverändert. Trotzdem hatte er ein ungutes Gefühl.

Teilweise hing das mit Samantha zusammen. Er war zu nachgiebig gewesen, hätte auf exakteren Angaben bestehen, ihr ins Gewissen reden sollen. Was ihn besonders beunruhigte, war dieser Teague. Der Bursche war der geborene Weiberheld. Würde Sam ihn sich vom Leibe halten können? Würde sie es wollen? Zum ersten Mal seit Tagen verkrampfte sich sein Magen. Er atmete tief durch, um die Verspannung zu lösen und bückte sich nach den Profilleisten. »Na dann«, sagte er zu Hope. »Gehen wir's an.«

* * *

Samantha und Teague verließen den Ball kurz nach zehn und fuhren im Konvoi mit Pam und Jake zu Ian McWain. Dort gab es zwar keine Live-Musik, aber Pizza und Bier und einen phantastischen, zuckersüßen Punsch. Es waren viele Jungen und Mädchen da, die Sam kannte, und so fühlte sie sich nicht einsam, wenn Teague sie allein ließ, was zwar öfter geschah, aber nie für lange, und wenn er zurückkam, leuchteten seine Augen auf, wenn er sie sah, und er nahm sie in die Arme.

Sie war glücklich. Er mochte sie offenbar, denn er kümmerte sich rührend um sie, achtete darauf, daß sie immer etwas zu trinken hatte, und tanzte sogar zu Rap- und Techno-Rhythmen engumschlungen mit ihr.

Die Stimmung wurde immer ausgelassener. Als der Tisch im Eßzimmer nach der Entfernung von Pizzaschachteln, Flaschen und Büchsen zur Tanzfläche umfunktioniert wurde, brandete hysterisches Gelächter auf, das in frenetischem Applaus mündete, als ein Pärchen hinaufkletterte und leidenschaftlich zu knutschen begann. Als ein Mädchen sich bis zur Taille entblätterte, während ihr Körper im Rhythmus der Musik zuckte, ertönten heisere Anfeuerungsrufe. Teague hatte Sam von hinten umfaßt, und sie spürte, wie auch er sich rhythmisch bewegte, während er ihre Brüste liebkoste und an ihrem Ohr knabberte.

»Schau sie dir an«, flüsterte er, und sein heißer Atem streifte ihren Hals. Ein wohliger Schauer überlief sie. Das Mädchen auf dem Tisch hatte die Arme gehoben und ihre Brüste tanzten wild auf und ab. Wäre sie nüchtern gewesen, hätte der Anblick Sam verlegen gemacht, doch in ihrem jetzigen Zustand fand sie nichts dabei, und sie dachte sich auch nichts, als Teague sie, unterwegs mit einer Hand zwei Bierflaschen greifend, nach draußen zog. Sie tanzten im Dunkeln, so eng, daß Sam Teagues Herz hämmern spürte. Ihre Erregung und das Bier und der Punsch machten sie waghalsig, und so wehrte sie sich nicht, als Teague sie an die Hand nahm und zu seinem Pickup zog.

Er legte den Arm um sie, und seine Bierflasche hing zwischen ihren Brüsten, als er losfuhr.

»Wohin fahren wir?« fragte sie und versuchte vergeblich, den Nebel vor ihren Augen zu durchdringen.

»Irgendwohin, wo wir allein sind.«

Sie legte den Kopf an seine Schulter und schloß die Augen. Kurz darauf bog er von der Straße ab und schaltete die Zündung aus, leerte die Flasche, legte sie auf den Boden, umfaßte Samanthas Gesicht und küßte sie. Seine Zunge schmeckte nach Bier, aber das störte Sam nicht. Ihr ganzer Körper kribbelte, sehnte etwas herbei, doch sie wußte nicht, was.

Teague ließ ihr Gesicht los, seine Hände glitten zu ihren Brüsten, und er knetete ihre Brustwarzen, bis sie sie ihm entgegenstreckte. Aber als er den Ausschnitt ihres Stretchkleides herunterzog und an ihrer Brustwarze zu saugen begann, protestierte sie. »Hör auf, Teague, ich will das nicht ...«

»Natürlich willst du es«, widersprach er heiser und schob eine Hand zwischen ihre Beine. Sie wollte die Schenkel schließen, aber er streichelte sie, und es tat ihr so gut, daß sie ihn für einen Moment nicht nur gewähren ließ, sondern es auch genoß. Doch als seine Hand sich in ihre Strumpfhose zwängte, versuchte sie, ihn zu stoppen.

»Nicht!« flüsterte sie erstickt.

Er hörte nicht auf sie, zog den Zwickel ihres Slips beiseite und stieß seinen Mittelfinger in sie hinein. Es tat weh.

Sie versuchte, ihm zu entkommen. »Laß mich!«

»Ich bring dich auf Touren ...«

»Mir ist übel!« rief sie, und das entsprach der Wahrheit. Sie griff in seine Haare und riß daran.

Wenn ein Mann dich vergewaltigen will, dann zieh das Knie hoch, hatte ihre Mutter ihr eingeschärft, und genau das tat sie jetzt. Ihr Angriff kam zwar aus einem ungünstigen Winkel, verblüffte Teague aber dermaßen, daß er sie losließ und sie die Beifahrertür öffnen und sich hinausfallen lassen konnte.

»Spinnst du?« schrie Teague ihr nach. Sie antwortete nicht.

Sam hatte genug getanzt, sie hatte genug Bier und Punsch getrunken – und sie hatte genug von Teague Runyan. Sie zerrte ihr Kleid zurecht und floh in die Dunkelheit, stolperte, als die hohen Absätze von Heathers Pumps sich im Gras verfingen, zog sie im Laufen aus und rannte, bis ihre Lungen schmerzten. Als sie in einem Wäldchen stehenblieb, um zu verschnaufen, wurde ihr urplötzlich schlecht. Sie stützte sich an einem Baum ab und übergab sich. Dann lehnte sie sich an den Stamm, schlang die Arme um sich und lauschte angestrengt, aber es war nichts zu hören. Offenbar machte Teague sich nicht die Mühe, sie zu suchen. Sie lief weiter, bis sie zu einem Wohnviertel kam. Auf der Wiese hinter dem ersten Haus sank sie auf die Knie und übergab sich ein zweites Mal. Ihre Kehle brannte, ihr Magen tat höllisch weh, in ihren Ohren summte es, und in ihrem Kopf begann es zu hämmern. Als die Beine zu zittern aufhörten, rappelte sie sich auf und ging, die Schuhe an die Brust gepreßt, die Straße entlang. Ein Wagen kam. Sie duckte sich hinter einen Busch. Es war zwar ein Pickup, aber nicht Teagues. Als sie wieder ein Motorengeräusch hörte, versteckte sie sich nicht mehr, sondern ging Zielstrebigkeit vermittelnd weiter, obwohl sie nicht die leiseste Ahnung hatte, wo sie sich befand. Der Wagen wurde langsamer, und als er auf gleicher Höhe mit ihr war, sagte eine Stimme, die älter klang als Teagues: »Na, Baby – wie wär's?«

Sam bog in die nächste Auffahrt ein und tat, als suche sie in ihrem Umhängetäschchen nach dem Hausschlüssel. Als der Pickup beschleunigte, wartete sie, bis er außer Sicht war und lief weiter. Inzwischen tat ihr jeder Knochen weh, von ihrem Magen und ihren Füßen ganz zu schweigen, und sie wurde immer müder. Als sie wieder ein Auto kommen hörte und sich umdrehte, trat sie plötzlich ins Leere, weil der Bürgersteig an einer Querstraße endete, fiel hin und prellte sich das Handgelenk.

Mühsam kam sie wieder hoch und schleppte sich leise weinend weiter – und dann sah sie plötzlich einen Straßennamen, den sie kannte. Gott sei Dank, Gott sei Dank, Gott sei Dank murmelte sie und fing wieder an zu rennen. Ein paar Minuten später nahm sie in einer Telefonzelle den Hörer ab.

Siebzehntes Kapitel

JACK WAR BEIM MALEN, als das Telefon klingelte, und er hätte vor Schreck fast den Pinsel fallengelassen. Es war weit nach Mitternacht, und ein Anruf um diese Zeit verhieß nichts Gutes.

»Hallo?« meldete er sich voller Angst.

»Daddy?« sagte eine schwache Stimme. »Komm mich abholen.«

Im ersten Augenblick war er erleichtert, daß niemand aus dem Krankenhaus am Apparat war, doch gleich darauf erfaßte ihn Furcht. »Wo bist du? Was ist passiert?«

»Es geht mir nicht gut.«

»Hast du zuviel getrunken?« Das wäre das kleinste der Übel, die ihm durch den Kopf schossen.

»Ich fühle mich entsetzlich. Kommst du?«

Er wischte sich bereits die Hände ab. »Sofort. Sag mir die Adresse der Leute.«

»Ich bin in einer Telefonzelle!« rief sie.

In einer Telefonzelle? Wo zum Teufel war dieser Runyan? Und was hatte er getan? »Dann sag mir, wie ich dich finden kann.«

Sie beschrieb es ihm. Das wäre in einer halben Stunde zu schaffen.

»Beeil dich, Daddy!« flehte Samantha.

»Brauchst du einen Krankenwagen, oder soll ich dir die Polizei schicken?«

»Nein! Ich will nur schnell nach Hause!«

»Okay, Schatz, okay – ich bin schon unterwegs. Bleib in der Zelle. Wenn ein Auto anhält, ruf die Cops. Okay?«

»Okay«, kam die zittrige Antwort.

Jack hatte eine Idee. »Ruf mich in fünf Minuten im Auto an – dann reden wir miteinander.« Das wäre besser, als sie die ganze Zeit mutterseelenallein dort warten zu lassen, und außerdem könnte er dann, wenn sie ohnmächtig oder belästigt würde, vom Wagen aus eine Ambulanz oder die Polizei zu ihr beordern.

»Ich weiß doch die Nummer nicht«, jammerte sie.

Er sagte sie ihr und ließ sie sie wiederholen. »Also, bis gleich.«

»Okay.«

Er legte auf. Als er sich umdrehte, sah er eine hellwache Hope in der Tür stehen. »Darf ich mit?«

Er hatte sie um Mitternacht ins Bett geschickt, aber sie war noch immer angezogen.

»Klar.« Er nahm sie an die Hand, schnappte sich auf dem Weg durch die Küche seine Brieftasche vom Tisch und rannte mit Hope zum Auto.

* * *

Fünf Minuten vergingen, zehn, und das Telefon blieb stumm. Jack hielt das Steuer umklammert und verwünschte den Nebel, der ihm nicht erlaubte, schnell zu fahren.

»Okay, Süße – sag mir, was du weißt«, forderte er Hope auf.

»Gar nichts. Ich fand es nicht gut, daß sie mit Teague zu dem Ball ging, und darum hat sie mir nicht erzählt, was sie vorhatte. Warum hast du sie denn nicht gefragt?«

»Das habe ich ja – aber es hat nicht viel gebracht.« Er hatte versagt.

* * *

Es war schon nach zwei, als sie Carmel erreichten. Die Straßen waren menschenleer. Jack fand die Kreuzung, die Sam ihm genannt hatte, und die Telefonzelle. Sam war nicht da. Er stieg aus. Panik erfaßte ihn. Wo konnte sie sein? Und dann kam ihm ein entsetzlicher Gedanke. Mit zwei Schritten war er bei der Zelle, riß die Tür auf – und atmete erleichtert auf. Die ach so erwachsene Samantha hockte wie ein Häufchen Elend auf dem Boden und schaute mit tränennassem, grünlichem Gesicht zu ihm hoch. »Ich habe die Zahlen durcheinandergebracht«, schluchzte sie. »Ich konnte dich nicht erreichen.«

Er zog sie hoch und trug sie zum Wagen. Hope schnallte sie auf dem Beifahrersitz an und zwängte sich dann auf der Fahrerseite zum Rücksitz durch. Jack zog seine Jacke aus und deckte Sam damit zu, denn sie zitterte erbärmlich.

»Müssen wir ins Krankenhaus fahren?« fragte er leise. Soweit er sehen konnte, war sie unverletzt – aber die Körperregion, der seine größte Sorge galt, war seinem Blick entzogen.

Sie schüttelte den Kopf. »Ich habe nur zuviel getrunken.«

»Wo ist dein Begleiter?«

Ihr Schluchzen wurde wieder heftiger. »Er ... er ... wollte ... ich bin weggelaufen ...«

»Braves Mädchen.« Er beugte sich zu ihr hinüber, küßte sie auf den Scheitel und machte sich mit seinen Töchtern auf den Heimweg.

* * *

JACK HATTE DAMIT GERECHNET, daß Samantha ihn unterwegs mindestens einmal bitten würde, anzuhalten, doch sie schlief schon ein paar Minuten nach der Abfahrt ein. Er ... er wollte ... hatte Sam gesagt, und es fiel Jack nicht schwer, den Satz zu vervollständigen. Aber er hatte es nicht über sich gebracht, nach Details zu fragen, denn er erinnerte sich noch gut daran, wie er unter den Verhören seines Vaters gelitten hatte – und seine Schwester noch mehr. Das wollte er Samantha nicht antun.

Andererseits mußte er wissen, was geschehen war – sonst könnte er ihr nicht helfen. Er würde es eben behutsam angehen.

* * *

JACK TRUG SAM in ihr Zimmer. Sie sagte, sie wolle duschen, und er fragte sich, als er im Wohnzimmer in die neblige Nacht hinausstarrte, ob mit dem Wasser wohl auch Beweise im Abfluß verschwänden.

Als das Rauschen verstummte, wartete er noch ein paar

Minuten, um ihr Gelegenheit zu geben, ins Bett zu gehen, und dann ging er nach ihr sehen. Er machte kein Licht, begnügte sich mit dem Schimmer, der vom Flur hereinfiel. Das Fenster war eine Handbreit hochgeschoben, der würzige Duft von feuchter Erde und feuchtem Wald wehte herein.

Samantha hatte den Quilt bis zum Kinn hochgezogen. Wenn sie geschlafen hätte, wäre er wieder gegangen, aber er sah ihre Augen in dem Dämmerschein feucht glänzen. Also ging er neben ihrem Kopf in die Hocke.

»Bitte sag mir, was passiert ist.« Er wollte sie eigentlich fragen, ob der Kerl sie entjungfert habe, aber erstens wußte er nicht, wie er es hätte formulieren sollen, und zweitens wußte er nicht, ob das nicht schon irgend jemand vor heute abend getan hatte. »Hat er dich vergewaltigt?«

»Nein.«

Er wartete darauf, daß sie noch etwas sagen würde. Als nichts mehr kam, bat er sie: »Rede mit mir, Sam. Ich mache mir Sorgen um dich. Du hast offensichtlich etwas Schlimmes erlebt, und ich möchte dir helfen.« Sam schwieg, und so fuhr er fort: »Ich will dich nicht verhören oder dir Vorwürfe machen – ich will mich nur vergewissern, daß du keinen Arzt brauchst und ich keinen Anwalt einschalten muß.«

»Er hat mich wirklich nicht vergewaltigt«, flüsterte sie.

»Aber ich mußte dich mitten in der Nacht aus einer Telefonzelle in Carmel abholen. Meinst du nicht, ich habe das Recht, den Grund dafür zu erfahren? Immerhin hast du mich einen Satz Nerven gekostet«, schlug er einen scherzhaften Ton an.

Sam ging nicht darauf ein. Sie schloß die Augen, und eine Träne lief aus ihrem Augenwinkel. Und dann noch eine.

Jack zerriß es fast das Herz. Als sie die Hände vors Gesicht schlug und wie ein Kind zu weinen begann, ergriff ein Gefühl vernichtender Unzulänglichkeit von ihm Besitz – und Angst.

Wenn doch nur Rachel da wäre! Dieses Gespräch war Frauensache.

Aber Rachel war nicht da und würde es vielleicht auch noch eine ganze Weile nicht sein. Die Vorstellung gefiel ihm zwar nicht, aber er mußte diese Möglichkeit endlich akzeptieren. Außerdem hatte Samantha ihn nicht gebeten, zu gehen. Das war doch ein Zeichen dafür, daß er seine Sache gar nicht so schlecht machte.

Er strich ihr übers Haar, bis ihr Schluchzen verebbte. Dann atmete er tief und laut aus. »Ich möchte nicht für allen Tee in China noch mal in deinem Alter sein.«

Sie schniefte. »Warum nicht?«

»Weil man da in der Luft hängt.« Wie gut er sich daran erinnerte. »Man ist kein Kind mehr, das die Eltern mit einem treuherzigen Blick versöhnen kann, wenn es etwas angestellt hat. Der Körper tut seltsame Dinge. Man fühlt sich erwachsen, doch man darf kein Auto fahren, kein Geld verdienen, um sich etwas zu kaufen, das man sich sehnlichst wünscht, aber andererseits wird erwartet, daß man lauter Erwachsenenkram macht, weil man ja ›schon alt genug dazu ist, Pflichten zu übernehmen‹, und so kennt man sich überhaupt nicht aus. Nein – fünfzehn möchte ich auf keinen Fall noch einmal sein.«

Samantha schniefte wieder. »Ich wünschte, Mom wäre hier.«

»Ich auch. Aber sie ist es nicht, und darum müssen wir versuchen, ohne sie klarzukommen. Willst du mir von heute abend erzählen oder willst du lieber schlafen?«

Er selbst hätte eigentlich müde sein müssen, aber er war zu angespannt.

»Ich habe doch im Auto geschlafen – jetzt bin ich wach.«

Er überlegte, ob er Licht machen sollte, entschied sich dann aber dagegen – das Halbdunkel war schonender für Sams angeschlagene Psyche. »Dann erzähl mal.«

»Du willst ja bloß hören, was für ein ... Loser ich bin.«

»Du bist kein Loser«, widersprach er heftig. »Wenn es so wäre, lägst du jetzt nicht in deinem Bett, sondern wärst noch auf einer Party, wo Kids sich zum Narren machen, trinken, grundlos lachen, auf Tischen tanzen und sich ausziehen ...«

Sie riß die Augen auf. »Woher weißt du davon?«

»Ich war auch auf solchen Partys, Schatz. Die Musik ist heute anders als zu meiner Zeit, und man kann zwischen mehr Biersorten wählen, aber das Grundverhalten ändert sich nicht wesentlich.«

»Teague hat dir nicht gefallen, oder?«

»Absolut nicht. Er hat dir kein Kompliment gemacht, und dabei sahst du so hübsch aus. Du warst bestimmt eines der hübschesten Mädchen auf dem Ball. Also – wie bist du zu der Telefonzelle gekommen?«

»Zu Fuß. Ich bin irgendwo ganz weit draußen aus seinem Auto geflüchtet, und er ist mir nicht gefolgt. Wahrscheinlich ist er auf die Party zurückgegangen.«

»Ein reizender Bursche«, murmelte Jack, aber er konnte das Thema nicht einfach so zu den Akten legen. »Du fandest ihn doch so cool. Wenn er das wäre, hätte er dich wieder ins Auto geholt und nach Hause gefahren. Und wenn er wirklich cool wäre, hätte er dir gar keinen Anlaß gegeben, wegzulaufen. Du bist minderjährig. Was hat er sich denn dabei gedacht?«

»Er war nicht allein schuld«, gab Samantha zu. »Ich habe schon mitgemacht. Ein bißchen.«

Das hatte Jack sich gedacht. Er nahm Samanthas Hand und drückte einen Kuß darauf. Sie roch nach Seife, anständig und sauber. »Ein bißchen ist okay – wenn du weißt, daß du dem Jungen vertrauen kannst, und kein Alkohol im Spiel ist. Ich nehme an, es gab auch noch etwas anderes als Bier.«

»Punsch.«

»Mit Wodka versetzt.« Als sie es nicht leugnete, sagte er: »Davon muß einem ja schlecht werden. Merk dir eine Faustregel: Wenn Wodka, dann vor dem Bier. Womit ich dich nicht etwa zum Trinken animieren will. Alkohol verleitet dazu, Dummheiten zu machen. Manchmal sogar schlimme. Teague hatte keine Fahne, als er hier ankam. Wann hat er angefangen zu trinken? Hat er am Steuer getrunken? War er am Ende betrunken?«

O Gott! Er hörte sich an wie sein Vater! »Vergiß die Fragen«, sagte er. »Lassen wir's gut sein. Aber eines muß ich dir noch vor Augen führen: Der Nachteil des Erwachsenseins ist, daß man seine Handlungen selbst verantworten muß. Stell dir vor, Teague hätte einen Unfall gebaut – du hättest zu Tode kommen können. Du hättest an Alkoholvergiftung sterben können oder an einer Überdosis irgendeines Rauschmittels, das jemand in den Punsch schmuggelte. Jemand anderer hätte sterben können – und so etwas schleppt man bis ans Lebensende mit sich herum. Ein wichtiger Teil des Erwachsenwerdens ist, zu lernen, wann man vorsichtig sein muß, und zu begreifen, daß alles, was man tut, Konsequenzen hat.«

Sie hatte die Augen geschlossen und schwieg so lange, daß er schon glaubte, sie sei eingeschlafen, als sie plötzlich fragte: »Dann nimmst du die Schuld für die Scheidung auf dich?«

»Nein. Es ist nie einer allein schuld, wenn eine Ehe zerbricht.« Das hatte laut Hope Rachel gesagt, und er betrachtete es als einen beachtlichen Sinneswandel seinerseits, daß er sich ihrer Sichtweise angeschlossen hatte. Noch zwei Wochen zuvor hätte er ausschließlich Rachel die Schuld am Scheitern ihrer Ehe gegeben, denn *sie* war gegangen.

Aber inzwischen hatte er eingesehen, daß ihr Auszug keine Aktion, sondern eine Reaktion gewesen war. Sie hatte sich offenbar tatsächlich im Stich gelassen gefühlt. Vielleicht hatte er ja wirklich seine Arbeit über die Familie gestellt.

»Und warum ist sie zerbrochen? Weil du in der Stadt bleiben wolltest und sie aufs Land wollte?«

»Ganz so einfach war es nicht. Wir hatten uns auseinandergelebt, maßen völlig unterschiedlichen Dingen Bedeutung bei.«

»Hast du sie noch geliebt, als sie dich verließ?«

»Ja.«

»Tust du es noch immer?«

Er dachte an das Gefühl der Verbundenheit und Nähe, das er empfand, wenn er sie im Krankenhaus besuchte. »Ich denke schon.«

»Warum hast du dann nicht versucht, sie zurückzubekommen? Weil du mich nicht wiederhaben wolltest?« fragte sie herausfordernd.

»Bist du verrückt?«

»So was würdest du zu Hope nie sagen! Ich wußte doch, daß du mich nicht magst!«

»Ich rede mit Hope anders, als mit dir, weil ihr zwei verschiedene Menschen seid – nicht weil sie besser ist und du schlechter bist.«

»Sie ist liebenswert, und ich bin es nicht.«

»Aber ich liebe dich sehr.«

»Ich bin nicht liebenswert. Ich kann meine Klappe nicht halten.«

»Das ist eine der Eigenschaften, die dich liebenswert machen. Ich weiß bei dir immer, woran ich bin, und das ist ein echtes Plus in einer Beziehung. Daß wir unsere Probleme miteinander haben, ist ganz einfach zu erklären: Du bist ein Teenager, und ich bin ... ich bin ...«

»Alt.«

Er seufzte. »Ja, so ist es wohl. Aber siehst du – wir können sogar darüber reden.«

Sie starrte an die Decke. »Mit Teague konnte ich nicht reden. Nicht so, wie ich gewollt hätte. Ich hatte Angst, er würde mich dann für ein Baby halten.«

»Vergiß Teague«, sagte Jack. »Du findest einen besseren.«

»Ich fand ihn so toll. Da kann man mal sehen, was für ein Trottel ich bin.«

»Du bist kein Trottel! Es war sehr gescheit von dir, wegzulaufen, als er dich bedrängte. Sehr erwachsen. Was wird denn jetzt mit Brendan und Lydia?«

Samantha brach in Tränen aus. Als sie sich von ihm wegdrehen wollte, hinderte er sie daran. »Komm – sprich dich aus, Schatz.«

»Ich ... ich habe sie ... in die Ecke gestellt«, schluchzte sie, »und jetzt wollen sie bestimmt nichts mehr mit mir zu tun haben – und Pam und Heather auch nicht, weil Teague ihnen mit Sicherheit erzählt hat, was passiert ist, und sie mich zickig finden werden. Ich kann mich nie mehr in der Schule sehen lassen. Nie mehr! Ich mache alles falsch.«

»Das tust du nicht!«

»Doch! Ich habe heute abend Mist gebaut und am Tag von Moms Unfall auch. Wenn ich nicht wäre, läge sie jetzt nicht im Koma.«

»Wie kommst du denn darauf?«

»Wir haben uns an dem Nachmittag davor gestritten.«

»Was soll denn das mit dem Unfall zu tun haben?«

»Sie war deswegen kopflos und wußte nicht mehr, wo sie ihr Buch hingelegt hatte, und weil sie es suchen mußte, kam sie nicht rechtzeitig weg.«

Jack konnte ihren Gedankengang nachvollziehen. »Du machst das gleiche wie ich.«

»Wie meinst du das?«

»Ich habe mir auch überlegt, daß letztendlich ich schuld an dem Unfall bin. Wenn ich mich in San Francisco mehr um sie gekümmert hätte, wäre sie nicht nach Big Sur gezogen und nicht zu dem Lesezirkel unterwegs gewesen, denn den hätte es dann gar nicht gegeben. Aber ich bin genausowenig verantwortlich dafür, daß deine Mutter im Koma liegt, wie du es bist. Die Frau am Steuer des anderen Wagens ist es.«

»Was ist der eigentlich passiert?« fragte Sam.

Wenn sie alt genug war, Bier und Wodka-Punsch zu trinken und mit einem Jungen herumzuknutschen, dann war sie auch alt genug, um die Wahrheit zu erfahren. »Sie ist tot, Sam, und darum können wir sie nicht mehr zur Verantwortung ziehen. Aber deine Mutter lebt, und wir müssen alles tun, um sie aus dem Koma zu holen. Und bis sie aufwacht, müssen wir das Leben ohne sie meistern. Ich finde, du solltest Lydia morgen anrufen.«

»Das kann ich nicht! Ich habe sie wie den letzten Dreck behandelt! Sie wird den Hörer auflegen, wenn sie meine Stimme hört.«

»Du könntest dich entschuldigen.«

»Das würde nichts nützen.«

»Warum nicht?«

»Weil sie mir nicht verzeihen wird.«

»Du solltest es auf jeden Fall versuchen. Ich sehe nicht so schwarz wie du. Als Lydia hier war, hatte ich den Eindruck, daß sie dich sehr mag.«

Samantha fing wieder an zu weinen.

»Was ist denn jetzt los?« fragte er verständnislos.

»Ich vermisse Mom.«

Er strich ihr über die Haare. »Ich auch«, sagte er und erkannte in diesem Moment, wie sehr.

* * *

Er streichelte sie, bis sie sich beruhigte – und dann hörte er plötzlich ein Geräusch und ging zum Fenster. Es klang wie Regen. Aber es regnete nicht.

Plötzlich stand Samantha in ihren Quilt gewickelt neben ihm.

»Das sind die Nebelfinger – die zupfen an der Nacht«, erklärte sie ihm auf seinen fragenden Blick hin. Diese Definition konnte nur von Rachel stammen.

»Kommst du mit raus – oder geht es dir zu schlecht?« fragte sie mit sanfter Stimme.

»Ich komme mit.«

Und so gingen sie hinaus, Jack in seinem mit Farben bekleckstén Sweat-Anzug, und Sam in den Quilt gewickelt, und dann standen sie regungslos und schweigend nebeneinander und lauschten der Nachtharfe, spürten die erfrischende Feuchtigkeit auf dem Gesicht, und Jack versuchte sich zu erinnern, wann er das letzte Mal dieses Gefühl der Zufriedenheit empfunden hatte. Richtig – das war auch in diesem Wald. Damals war er mit Hope zusammengewesen. Und jetzt erlebte er es mit Samantha.

»So habe ich sonst immer mit Mom hier gestanden«, sagte Sam so leise, daß er es kaum verstehen konnte, und plötzlich hatte er das Gefühl, daß Rachel bei ihnen war; er spürte sie fast körperlich.

Liebte er sie noch? Er hatte Sam nur eine vage Antwort

auf diese Frage gegeben, doch plötzlich wurde ihm klar, wie sie ihm all die Jahre gefehlt hatte.

* * *

ALS ER AM SONNTAG aufwachte, glaubte er ihre Hand auf seiner Brust zu spüren. Ihre Finger spielten mit den Löckchen, die sich dort ringelten und glitten dann abwärts, und sie sagte ihm leise und mit vor Erregung bebender Stimme, wie sie es liebte, wenn er so hart war, daß er zitterte. Er hatte ihren Geruch in der Nase und ihren Geschmack auf der Zunge und kam zu einem so heftigen Höhepunkt, daß er noch lange danach, den Arm über die Augen gelegt, schweratmend fluchte und fluchte.

Sein Herzschlag hatte sich gerade erst zu normalisieren begonnen, als das Klingeln des Telefons ihn hochschrekken ließ.

»Jack? Hier ist Kara Bates. Rachel hat eine Embolie.«

Achtzehntes Kapitel

»WAS IST EINE EMBOLIE?« fragte Samantha auf der Fahrt nach Monterey, denn ihr hastiger Aufbruch hatte keine Zeit für Erklärungen gelassen. Ihr Gesicht war immer noch leicht grünlich, aber der Schreck über den Anruf aus dem Krankenhaus hatte sie ihren Alkohol- und Seelenkater vergessen lassen.

Hope beugte sich zwischen den Lehnen der Sitze vor und wartete gespannt auf Jacks Antwort.

Er gab die Quintessenz von Karas Erläuterung wieder. »Wenn Menschen längere Zeit still im Bett liegen müssen, so wie jetzt eure Mom, kann es passieren, daß sich bei ihnen ein Gerinnsel innerhalb der Blutgefäße bildet und dieser Blutpfropf sich von der Adernwand löst und vom Blutstrom fortgerissen durch den Körper wandert, bis er in einem Gefäß im Kopf oder im Herzen oder in der Lunge steckenbleibt. Das ist bei eurer Mom passiert.«

»Und woher wissen die Ärzte das?«

»Sie haben eine Computertomographie gemacht.«

»Aber woher wußten sie überhaupt, daß etwas nicht stimmte?«

»Mom ist doch an Monitore angeschlossen, und dort zeigte sich eine Veränderung des Sauerstoffgehalts in ihrem Blut. Die Störung wurde sofort nach ihrem Auftreten entdeckt.« Das war seine erste Frage an Dr. Bates gewesen. Wenn sie wegen Rachels Verlegung aus der Intensivstation erst mit Verspätung festgestellt worden wäre, hätte er einen Tobsuchtsanfall bekommen.

»Kann sie an dieser Embolie sterben?« Samanthas Stimme zitterte.

»Theoretisch schon – wenn der Pfropf den Blutfluß unterbindet.« Es bestand auch die Gefahr einer lebensbedrohenden Lungenentzündung, doch diese Hiobsbotschaft behielt er vorläufig für sich. »Aber Doktor Bauer und Doktor Bates waren ja gleich zur Stelle und haben die notwendigen Maßnahmen ergriffen, um das zu verhindern.«

»Operieren sie das Ding raus?«

Die Methode wäre laut Kara Bates angesichts von Rachels Verfassung zu riskant gewesen. »Nein – sie führen ihr ein Medikament zu, das den Pfropf auflösen wird.«

»Geht das schnell?«

Genau diese Frage hatte auch er gestellt – und mit der gleichen Furcht. »Sie hoffen es.«

»Und wenn nicht?«

»Mal nicht den Teufel an die Wand, Sam.«

»Aber …«

Er nahm ihre Hand. »Wir müssen *positiv* denken. Es hilft Rachel nicht, wenn wir sie Angst spüren lassen. Okay?«

»Okay.«

Er behielt ihre Hand noch eine Weile in seiner. Es tröstete ihn, wie es auch der Druck von Hopes Wange an seiner Schulter tat.

* * *

Drei Kleinigkeiten hatte Dr. Kara Bates Jack gegenüber zu erwähnen vergessen.

Zum ersten, daß Rachel wieder auf der Intensivstation lag, was sie erst in Erfahrung brachten, nachdem sie ihr Zimmer leer vorgefunden hatten und in Panik den Flur hinaufrannten.

Zum zweiten, daß ihre Lippen blau waren. Das allein wäre schon erschreckend genug gewesen. Zu sehen und zu hören, wie angestrengt, wie geräuschvoll sie atmete – und das war der dritte Punkt – war ebenso herzzerreißend wie beängstigend.

»Das sauerstoffhaltige Blut kann wegen des Embolus nicht in ihre Lungen gelangen und das kohlendioxydhaltige Blut nicht heraus«, erklärte die Ärztin Jack, während die Kinder Rachel voller Entsetzen beobachteten. »Daraus folgen Atemnot und verstärkte Atemtätigkeit. Aber es klingt viel schlimmer, als es ist.«

Jack hoffte inständig, daß es wirklich so war, denn in seinen Ohren klang es, als läge Rachel im Sterben. »Wann wird die Wirkung des Medikaments einsetzen?«

»Wir hoffen, in ein paar Stunden Resultate zu sehen.«

* * *

Die erste Stunde schleppte sich quälend langsam dahin. Jack stand mit den Mädchen im Arm am Bett und schaute auf Rachel hinunter. Aber diesmal sprach er nicht mit ihr – es war ihm viel wichtiger, ihr Ringen nach Luft zu beobachten, um selbst die kleinste Veränderung sofort zu registrieren.

»Sie klingt entsetzlich!« flüsterte Sam irgendwann und faltete die Hände.

Er nickte, nahm die Arme von den Schultern seiner Töchter und strich Rachel behutsam übers Haar. Die Gesichtsverletzung war so gut wie verheilt, das Farbenspiel verblaßt. Dafür war eine andere Region jetzt blau. Was für eine Ironie.

Jacks Magen fühlte sich an wie ein Stein, und sein Blut lief wie Eiswasser durch seine Adern. Gebete aus seiner Kinderzeit tauchten aus den Tiefen seiner Erinnerung auf, die sich aufgrund erzwungenen, täglichen Herunterleierns in sein Gedächtnis eingegraben hatten, doch sie waren auf diese Situation nicht anwendbar, und so improvisierte er. Lieber Gott, hilf ihr ... gib ihr Kraft ... laß sie wieder gesund werden ...

* * *

DIE ZWEITE STUNDE BRACH AN, und Rachel rang noch immer unvermindert angestrengt nach Luft.

»Halte durch«, murmelte Jack. »Du schaffst das. Atme tief und langsam, tief und langsam.« Er stieß einen erstickten Laut aus.

»Was ist?« fragte Samantha.

»Ich habe schon einmal Atemübungen mit eurer Mom gemacht – als sie in den Wehen lag. Ich feuerte sie an: ›Halt durch, Rachel. Du schaffst das. Atme tief und langsam, tief und langsam.‹ Und nach einer Weile wurdet ihr geboren.«

»Habe ich gleich geschrien?« wollte Sam wissen.

Er lächelte. »O ja. Du hast dich von Anfang an bemerkbar gemacht, sofort lautstark mitgeteilt, wenn dir etwas nicht paßte oder du Hunger hattest.«

»Und ich?« erkundigte sich Hope.

»Du warst stiller.« Jetzt galt sein Lächeln ihr. Die Erinnerungen weckten Wehmut in ihm, aber sie taten ihm auch wohl. »Das war in mancher Hinsicht schwierig für uns, denn da du so zurückhaltend warst, mußten wir raten, was du wann brauchtest. Ihr wart schon damals so verschieden wie heute. Eure Mom sagte, das sei sogar schon so gewesen, bevor ihr auf die Welt kamt.«

»Woran hat sie das gemerkt?« fragte Hope.

»An euren Bewegungen. Sam war schon in Moms Bauch lebhafter.«

»Aber ich bin leichter rausgerutscht.«

»Das ist bei dem zweiten Kind häufig so. Ja – bei Sam war es mühsamer.« Rachel rang noch immer nach Luft. Sein Lächeln schwand. »Halte durch, Engel. Atme tief und langsam, tief und langsam. Du schaffst das – ich weiß, daß du es schaffst.«

* * *

ALS KATHERINE HEREINKAM, erkannte er sie kaum wieder. Sie war ungeschminkt, hatte ihre in einem Dutzend verschiedener Beigeschattierungen gefärbten Locken zu einem Pferdeschwanz zusammengebunden und trug einen leichten Warm-up-Suit und Laufschuhe.

Ihre Anwesenheit richtete Jack ein wenig auf. Obwohl sie sehr blaß und besorgt war, vermittelte sie wie immer den Eindruck von Kompetenz. Wenn er etwas für Rachel tun könnte, worauf er selbst nicht gekommen war, würde sie es ihm sagen. Sie war jetzt auch seine Freundin. Sie kämpften Seite an Seite in demselben Krieg.

Er bat die Mädchen, in der Cafeteria etwas zu trinken zu holen.

»Danke für Ihren Anruf«, sagte Katherine, als die beiden gegangen waren. »Ich war beim Aerobic-Kurs, als er kam, und als ich die Maschine danach abhörte, habe ich nur noch schnell geduscht. Darum dieser abenteuerliche Aufzug.«

»Sie sehen großartig aus«, widersprach er, und auf ihren skeptischen Blick hin, ergänzte er: »Die Natürlichkeit steht Ihnen. So sind Sie Rachel auch äußerlich ähnlich.« Sein Blick kehrte zu der nach wie vor quälend mühsam atmenden Rachel zurück. »Damit hatte keiner gerechnet. Die Mädchen haben schreckliche Angst. Und die habe ich auch.«

»Das Medikament wird wirken«, sagte Katherine im Brustton der Überzeugung.

»Ich habe vorhin gebetet – zum ersten Mal seit meiner Kinderzeit. Ich will sie nicht verlieren, Katherine. Glauben Sie, daß sie das hören möchte?«

Sie musterte ihn prüfend. »Sie könnten einen Haarschnitt und eine Rasur brauchen, aber ansonsten gibt es an Ihrem Äußeren nichts auszusetzen. Und unsere Gespräche haben mir gezeigt, daß Sie lernwillig sind. Ja – ich denke, sie möchte es hören.«

»Sie haben mich offenbar mißverstanden«, sagte Jack, aber da kamen die Mädchen zurück. Als Katherine dankend ihren Tee entgegennahm und vorschlug, Jack solle doch mit den beiden frühstücken gehen, tat er das ohne Bedenken: Rachel war in ihrer Obhut ebensogut aufgehoben wie in seiner. Wenn nicht besser.

* * *

»*Hi.*«

Katherine stand über das Geländer zu Rachel hinuntergebeugt am Bett und erklärte ihr gerade, daß sie darauf zählte, daß Rachel diese Krise meistern würde, als Steve Bauer hereinkam. Sie hatte damit rechnen müssen, ihm hier zu begegnen, aber trotzdem keine Zeit daran verschwenden wollen, sich in gewohnter Weise zu stylen. Es konnte nicht schaden, wenn er auch ihre weniger glamouröse Version kennenlernte.

»Was geschieht hier?« fragte sie.

»Wir führen ihr ein Antikoagulans zu, das den Pfropf auflösen soll. Und wir warten.«

»Aha.«

Er war ans Bett getreten, musterte zuerst Rachel prüfend und dann die Monitoranzeige und stellte schließlich die Zufuhr der Infusionslösung neu ein, wonach er, um Rachels Atemzüge zu übertönen, mit lauter Stimme sagte: »Rachel? Hören Sie mich? Die Infusion fließt jetzt schneller. Sie werden den Unterschied nicht merken, aber es sollte helfen.«

Katherine spürte seine Besorgnis. »Hätte schon eine Besserung eintreten müssen?«

Er schaute auf die Uhr. »Nein – aber wir können ihr ruhig mehr geben.«

»Wie wirkt sich eine solche Sache auf das Koma aus? Ist es möglich, daß sie dadurch aufwacht?«

»Möglich, ja – aber nicht wahrscheinlich.« Er richtete seine himmelblauen Scheinwerfer auf sie und fragte mit einem kleinen Lächeln: »Wie geht's Ihnen?«

»Ich bin nervös.«

»Wie schmeichelhaft für mich.«

»Ich bin Rachels wegen nervös.« Sie schaute wieder auf ihre Freundin hinunter. Jetzt konnte man sich nicht mehr vormachen, daß sie nur schliefe – dazu atmete sie zu laut.

»Wie lange kennen Sie beide sich schon?«

»Sechs Jahre. Aber es kommt mir vor, als ob ich sie schon mein Leben lang kenne. Wir sind uns sehr ähnlich.«

»Heute sehen Sie ihr auch ähnlich.«

»Ich habe aschfahle Haut und blaue Lippen?«

»Ich spreche davon, daß Sie nicht geschminkt sind. Das steht Ihnen gut.«

Jack hatte das auch gefunden, aber es von Steve zu hören, hatte einen anderen Stellenwert für sie. Sie drückte Rachels Hand. »Er baggert mich schon wieder an.«

»O nein. Ich habe Zeit.« Ehe sie diese Aussage analysieren konnte, fuhr er fort: »Sie und Rachel sind einander also ähnlich. In welcher Hinsicht?«

»Sie ist ein Einzelkind, und ich bin das auch. Sie wuchs in der Großstadt auf, ich auch. Sie fand es gräßlich, ich auch.«

»Warum?«

»Rachel, weil sie in ein Schema gepreßt wurde, das ihr nicht gefiel, und ich, weil ich mir verloren vorkam. Ich mag es, überall Bekannte zu treffen.

»Wie Rick Meltzer?«

Rick war der Anästhesist, der auf dem Korridor ihren Namen gerufen hatte. Sie hätte sich denken können, daß Steve Bauer sich das gemerkt hatte. »Genau«, nickte sie. »Aber ab und zu bin ich auch gerne allein, und ich finde es schön, daß man eine halbe Autostunde von hier entfernt mitten im Nirgendwo ist und keine Menschenseele einen stört. Für Rachel als Künstlerin ist das ebenfalls wichtig.«

»Wenn ich mir vergegenwärtige, wie Sie sonst frisiert sind, dann müssen auch Sie eine künstlerische Ader haben.«

»Wenn es nicht so wäre, hätte ich meinen Salon schon lange zumachen müssen. Rachel und ich arbeiten sogar nach dem gleichen Prinzip.«

»Inwiefern?«

»Wir versuchen, optimal zur Geltung zu bringen, was die Natur zu bieten hat.« Sie schaute nachdenklich auf Rachel hinunter. »Diese blauen Lippen würden ihr nicht gefallen«, meinte sie dann.

»Sie sind ja kein Dauerzustand. Sobald der Embolus aufgelöst ist, vergeht das wieder.«

»Und wann wird das Medikament greifen?«

»Schwer zu sagen. Vielleicht in ein, zwei Stunden, vielleicht auch später.«

»Ist dieses schnaufende Atmen nicht schädlich für sie?«

»Nein. Sie braucht doch Sauerstoff.« Er legte die Hand auf Rachels Schulter. »Ich war bei P. Emmet's und habe mir Bilder von ihr angesehen.«

Katherine war überrascht. »Ich dachte, Ärzten würde

auf der Universität gepredigt, Distanz zu den Patienten zu wahren.«

»So ist es auch – und mit gutem Grund. Je mehr man über einen Patienten weiß, um so mehr nimmt es einen mit, wenn er stirbt oder man ihm nur eine von zwei lausigen Behandlungsmethoden empfehlen kann. Aber andererseits bereitet es einem eine größere Befriedigung, wenn ein Patient, zu dem man eine Beziehung hergestellt hat, wieder gesund wird. Die Medizin ist zu einem Dienstleistungsgewerbe geworden, aber die Kranken und auch die Angehörigen wünschen sich, daß der zuständige Arzt sich persönlich engagiert. Jack McGill hat die Fotos doch auch nur hier aufgestellt, um uns Rachel als *Menschen* näherzubringen. Und darum stelle ich Ihnen all diese Fragen.«

»Und ich dachte, es ginge Ihnen darum, etwas über mich zu erfahren.«

Seine blauen Augen blitzten. »Ich bin in diesem Fall in der glücklichen Lage, zwei Fliegen mit einer Klappe schlagen zu können«, grinste er. »Reist Rachel gerne?«

Katherine seufzte. Doch seine Hartnäckigkeit war ihr nicht nur unangenehm. Wenn er sie wirklich unbedingt haben wollte ... »Ja. Allerdings vorwiegend beruflich. Sie würde gerne öfter nur so zum Spaß verreisen, aber das Geld ist knapp. Ein Dreipersonenhaushalt ist allein nicht leicht zu finanzieren.«

»Geht sie gerne ins Kino?«

Katherine zog eine Braue hoch. »Es läuft im Moment kein einziger Film, der mich interessiert – Sie können sich den Vorschlag also sparen.«

»Ich wollte ihn gar nicht machen, denn ich kann mir

vorstellen, daß Sie selbst den besten Film nicht genießen könnten, während ihre Freundin hier ums Überleben kämpft. Aber essen müssen Sie. Was halten Sie davon, wenn wir uns auf dem alten Pier einen Happen Lachs genehmigen?«

Katherine verzog das Gesicht. »Mit den Touristen?«

»Dann brauchen Sie wenigstens nicht zu befürchten, daß ich über Sie herfalle.« Seine blauen Augen lachten. »Ich sage Ihnen was: Ich kann vorläufig noch nicht weg, aber wenn Sie um zwei Uhr Hunger haben, dann kommen Sie auf den Parkplatz. Ich fahre einen dunkelgrünen CJ-7.« Er überprüfte den Fluß der Infusion und beobachtete eine Minute lang die Monitoranzeige, bedachte Katherine mit einem rührend-flehenden Blick und verließ das Zimmer.

* * *

Als Jack mit den Mädchen zurückkam, mußte er zu seiner Bestürzung feststellen, daß Rachels Lippen immer noch blau waren und sie immer noch nach Luft rang.

»Bauer war gerade hier«, berichtete Katherine. »Er schien nicht ernsthaft besorgt.«

Aber Jack war es. Er nahm Rachels Hand. Ihre Finger waren dünner geworden. Sie wurde allgemein immer dünner, schwand vor seinen Augen dahin. Es war qualvoll, das mitanzusehen. Jack kam der Gedanke, daß das seine Strafe war. Er hatte zugelassen, daß sie ihn verließ. Samantha hatte ihn gefragt, warum er nicht um ihre Mutter gekämpft habe. Die Antwort war einfach: Sein Stolz hatte ihn daran gehindert.

»Gott verdammt«, verfluchte er seine männliche Eitelkeit und Rachels geräuschvolles Atmen, und plötzlich schossen ihm Tränen in die Augen. Er drängte sie zurück, schluckte und preßte Rachels Hand an seine Stirn.

»He, Mädels«, sagte Katherine zu Samantha und Hope, »wir machen einen Spaziergang. Eure Eltern brauchen ein bißchen Zeit miteinander.«

Jack hörte sie auf leisen Sohlen hinausgehen. Als er mit Rachel allein war, verspürte er wieder die Verbundenheit mit ihr, die früher den Rest der Welt zu einer Randerscheinung reduziert hatte. War es Erinnerung oder Realität? Er war nicht sicher. Aber das Gefühl war stark und vielleicht ein gutes Zeichen, wenn sie immer noch Schwingungen aussandte.

Er senkte seine Hand mit der ihren darin und atmete tief durch. »Ich weiß nicht, ob du mich hören kannst, aber es gibt einige Dinge, die ich nicht länger unausgesprochen lassen kann. Ist das nicht eine Ironie? Du mußtest erst ins Koma fallen, um meine Aufmerksamkeit zu erregen. Ich habe seitdem viel über dich erfahren, viel gelernt.«

Er strich mit dem Daumen zart über ihre Lider. Sie waren papierdünn und überraschend warm. »Ich möchte mit dir über unsere Trennung sprechen. Das haben wir nie getan. Wir lebten uns auseinander und gingen getrennte Wege.« Der Abend verfolgte ihn, an dem er sie am Flügel vorgefunden und anstatt sie zu fragen, warum sie eine so melancholische Melodie spielte, nur seinen Nadelstreifenanzug für die Besprechung am nächsten Tag im Kopf gehabt hatte. »Auf einmal gab es wieder dich und mich und nicht mehr uns. Und dabei waren wir zusammen etwas

Besonderes, etwas Besseres, als wir es allein gewesen waren. Wann ist das verlorengegangen?«

Er erwartete eine Antwort, erwartete, ihre Stimme zu hören, nachdenklich und voller Wärme, aber alles, was sie ihm anbot, waren ein mühsames Einziehen und Ausstoßen des Atems.

Plötzlich wurde er zornig. »Es ist unfair von dir, mich so hängen zu lassen, Rachel Keats! Keats – o Gott, wie ich das hasse! Bei allem Respekt für die Frauenrechtsbewegung – du solltest Rachel McGill heißen. Na schön – ich wäre auch bereit, deinen Namen anzunehmen, wenn es denn sein müßte. Wie auch immer – wir sollten denselben tragen.« Er atmete zittrig ein und sagte dann heftig: »Ich will dich wiederhaben, Rachel! Stirb mir jetzt nicht weg.«

Er beobachtete ihr Gesicht, hoffte auf eine Reaktion. »Hast du gehört, was ich gesagt habe?« Er schrie beinahe. »Ich will dich wiederhaben!«

Sie rührte sich nicht, sie blinzelte nicht, sie rang nur Atemzug für Atemzug mühsam nach Luft.

Entmutigt zog er sich einen Stuhl heran, setzte sich und lehnte sich zurück.

Neunzehntes Kapitel

Als die Mädchen zurückkamen, saß Jack noch immer auf dem Stuhl, Rachels Lippen waren noch immer blau, und sie rang noch immer nach Luft.

Hope stellte sich zu ihrer Mutter ans Bett, während Samantha einen Stuhl heranzog und sich dicht neben Jack setzte. »Ich muß immer an Lydia denken«, sagte sie leise. »Ich sollte ihr das von Mom erzählen.«

»Dann ruf sie doch an.«

»Und was ist, wenn sie nicht mit mir spricht?« Sam klang hilflos.

»Sie wird mit dir sprechen.« Wenn sie es nicht täte, würde er ihr das nie verzeihen. Samantha war auf dem richtigen Weg, und er wollte um nichts in der Welt, daß sie verprellt würde. »Bestimmt fehlst du ihr genauso, wie sie dir fehlt.«

»Vielleicht sollte ich noch warten.«

Jack dachte an die Dinge, die er Rachel sagen wollte, die er ihr früher hätte sagen sollen, die ihr zu sagen er vielleicht nie mehr die Chance bekäme. »Nein – tue es gleich, Sam. Ich habe in den letzten zwei Wochen etwas gelernt, und das gebe ich jetzt an dich weiter: Wenn du einen wertvollen Menschen gefunden hast, dann sieh zu, daß du ihn behältst.«

* * *

Samantha ging zwar zu den Telefonzellen am Ende des Korridors, doch die Angst, daß Lydia den Hörer auflegen würde, wenn sie ihre Stimme hörte, ließ sie zögernd davor stehenbleiben. Aber sie wollte ihr unbedingt von der Embolie erzählen. Lydia verehrte Rachel. Alle Freunde von Samantha verehrten Rachel. Sie fanden, daß sie die netteste, interessanteste und coolste von allen Moms war. Natürlich mußten sie nicht mit ihr zusammenleben.

Wie konnte sie nur so etwas denken?! Schuldbewußt tippte sie Lydias Nummer ein. Als Lydias Mutter sich meldete, bildete sich ein Kloß in Samanthas Hals. In diesem Augenblick hätte sie alles dafür gegeben, die Stimme ihrer eigenen Mutter zu hören.

Sie räusperte sich. »*Hi,* Mrs. Russell. Ist Lydia schon auf?«

»Samantha! Wir haben dich gestern abend vermißt. Ich dachte, du würdest zumindest noch kurz bei uns hereinschauen. Hattest du einen schönen Abend?«

Sams Augen füllten sich mit Tränen. Sie erwog einen Moment, zu lügen, kam jedoch davon ab, denn das hätte ihr nur weitere Gewissensnöte verursacht. »Nein. Er verlief nicht so, wie ich es erwartet hatte. Sind noch alle da?«

»Shelly ist gerade abgeholt worden. Ich glaube, Lydia ist im Bad. Bleib dran – ich sehe nach.«

Samantha lehnte sich an die Kabinenwand und wartete.

»Sie steht unter der Dusche«, berichtete Mrs. Russell ein wenig zu fröhlich. »Soll ich ihr etwas ausrichten?«

Kein »Warte einen Moment, sie kommt gleich«, oder

»Sie ruft dich sofort zurück«, wie es noch vor einer Woche geheißen hätte. »Ich ... äh ... ich wollte es ihr eigentlich lieber selbst sagen: Meiner Mom geht es schlechter.«

»O Gott! Wie schrecklich!« Von Pam, Heather oder Teague hätte sie kein solches Mitgefühl erwarten können, geschweige denn von ihren Müttern. »Bleib dran, Samantha.« Mrs. Russell war jetzt eine Verbündete. »Ich hole sie.«

Samanthas Herz klopfte bis zum Hals. Es erschien ihr wie eine Ewigkeit, bis Lydia an den Apparat kam. »Was ist mit deiner Mom?« Ihre Stimme klang besorgt, aber distanziert.

Samantha hatte sich, während sie wartete, überlegt, daß es das klügste wäre, so zu tun, als sei zwischen ihnen alles in bester Ordnung, und so erzählte sie Lydia scheinbar völlig unbefangen von der Embolie und endete mit: »Sie bekommt kaum Luft. Es hört sich zum Fürchten an.«

Eine Weile herrschte Stille am anderen Ende der Leitung. Dann kam ein zögerndes: »Willst du, daß ich komme?«

»Nicht, wenn du nicht willst.«

»Ich will, wenn du mich da haben willst. Willst du?«

»Ja.«

»Okay.«

Lydia legte so schnell auf, daß Samantha keine Gelegenheit hatte, noch etwas zu sagen. Ihre Freundin hatte sie tief beschämt, denn indem sie trotz allem bereit gewesen war, ans Telefon und nun auch noch ins Krankenhaus zu kommen, hatte sie bewiesen, daß sie die erwachsenere von ihnen beiden war.

Auf dem Rückweg zum Krankenzimmer kam ihr ihr Vater entgegen. »Mein Partner hat auf der Station angerufen«, beantwortete er ihren fragenden Blick. »Ich soll mich sofort bei ihm melden.«

* * *

David Sung kochte vor Wut. »Ich rede mir auf dem Anrufbeantworter den Mund fusselig, und du hältst es nicht für nötig, darauf zu reagieren! Hast du vergessen, daß wir Partner sind? Du mußt schon auch einen Teil der Verantwortung tragen. Ich weiß, daß du momentan viel um die Ohren hast, aber mir geht es nicht anders. Die Leute in Montana werden allmählich unruhig. Sie haben einen Architekten angeheuert und erwarten, daß sich etwas *tut.*«

Jack nutzte Davids Atempause, um zu sagen: »Rachel hat ein Blutgerinnsel in der Lunge – sie bekommt kaum Luft.«

Nach einer Schrecksekunde stieß David einen deftigen Fluch aus. »Was wird dagegen getan?«

»Sie bekommt ein Medikament, das den Pfropf auflösen soll.«

»Und wie lange wird das dauern?«

»Keine Ahnung.«

»Jesus.« David seufzte tief. »Wann kann ich wieder mit dir rechnen?«

»Ich weiß es nicht.«

»Wir haben eine Firma, Jack – du kannst dich da nicht einfach ausklinken.«

»Im Moment kann ich unmöglich weg. Ich melde mich.« Er legte den Hörer auf.

* * *

KATHERINE ZÖGERTE, mit Steve Mittagessen zu gehen. Rachel kämpfte um ihr Leben, und sie wollte ihr beistehen. Andererseits taten das Jack und die Mädchen auch – und sie hatte heute noch nichts im Magen, außer dem Tee aus der Cafeteria.

Aber wie sah sie aus? Der Warm-up-Suit war okay, doch ihr Gesicht war nackt, und ihren Pferdeschwanz als Frisur zu bezeichnen, wäre dreist gewesen.

Aber sie hatte Hunger! Also versprach sie, in einer Stunde zurück zu sein und Essen für die drei mitzubringen, letzteres, um ihre Gewissensbisse wenigstens ein bißchen zu mindern.

Katherine hatte angenommen, ein CJ-7 sei ein schicker Sportflitzer, aber der dunkelgrüne Wagen, in dem Steve sie vor dem Haupteingang erwartete – er war offenbar überzeugt gewesen, daß sie kommen würde! –, war ein altmodischer Jeep mit einem Überrollbügel, ohne Dach und Fenster und mit Türen, die aussahen, als wären sie aus Weißblech.

»*Wow!*« sagte Katherine, als sie einstieg. »Das ist ja ein toller Wagen.« Sie schnallte sich an und beglückwünschte sich dazu, daß sie die Haare heute nicht offen trug.

Steve grinste. »Danke.« Er ließ den Motor an, legte den ersten Gang ein, gab Gas, und fuhr los. »Es ist ein Achtundsechziger. Ich mußte zwei Jahre suchen, bis ich ihn schließlich in La Jolla fand. CJ bedeutete ›civilian jeep‹. Wissen Sie etwas über die Geschichte des Jeeps?«

»Nein – die stand bei meiner Ausbildung nicht auf dem Lehrplan.«

Er lachte. »Bei meiner auch nicht. Der Jeep wurde im Zweiten Weltkrieg entwickelt – neunzehnhunderteinundvierzig –, als die Armee ein geländegängiges Erkundungsfahrzeug brauchte. Die ersten Zivil-Jeeps kamen dann neunzehnhundertsechsundvierzig raus. So – das war Ihre Fortbildungslektion für heute.«

Sie mußte zugeben, daß das Gefährt einen nostalgischen Reiz besaß. Das Armaturenbrett war aus Metall – entsprechend der Außenlackierung ebenfalls dunkelgrün – und die Armaturen waren mit Chrom eingefaßt. Steve berührte während der Fahrt den einen oder anderen Chromring. Es war offensichtlich, daß er seinen Wagen sehr liebte.

Steve schien die warme Maisonne und die Seeluft nach der sterilen Krankenhausatmosphäre ebenso zu genießen wie sie, denn er fuhr langsam. Dann parkte er ein ganzes Stück entfernt von Fisherman's Wharf, Montereys Touristenattraktion. Katherine nahm den ihr damit aufgezwungenen Spaziergang nach zwei Wochen, in denen sie sich zwischen ihrem Salon und der Klinik aufgerieben hatte, als verdiente Erholung und paßte sich Steves Schlendertempo gerne an. Er hatte sich diese Atempause mit Sicherheit ebenfalls verdient.

Am Anfang des alten Piers umstand eine Touristengruppe ein winziges Äffchen, das sich die Münzen, die die Kinder ihm gaben, in die Taschen seines mit Gold betreßten Jäckchens stopfte. »Der kleine Kerl tut mir leid«, sagte Katherine im Vorbeigehen. »Ich mag gar nicht hinsehen.«

Wäre sie allein gewesen, hätte sie in dem ersten der Fischlokale, die sich auf dem Pier aneinanderreihten, schnell einen Happen gegessen und wäre wieder gegangen, aber so trödelte sie genüßlich neben Steve her. Als sie ans Ende des Piers kamen, wurde dort gerade eine der ringsum angeordneten Bänke frei.

»Setzen Sie sich schon mal – ich bin gleich wieder da«, sagte Steve und kam ein paar Minuten später mit zwei Bechern Muscheleintopf, Sandwiches mit gegrilltem Lachs und Eistee zurück.

Es gefiel Katherine, bedient zu werden – und es gefiel ihr, in Steves Gesellschaft zu essen. Nachdem sie fertig waren – sie hatten beide keinen Krümel übriggelassen –, räumten sie die Bank für ein paar andere Hungrige und beobachteten eine Weile einen Seehund, der sich im Meer vergnügte. Als sie weiter draußen in der Bucht einige Kajakfahrer entdeckten, erzählte Steve Katherine, daß er ein Kanute sei. Sie gestand, daß sie nicht schwimmen konnte. Er meinte, sie solle es unbedingt lernen, denn es sei ein herrliches Gefühl.

Auf dem Rückweg zum Wagen kaufte sie Sandwiches und Muscheleintopf für die McGills. Bei seinem Jeep angekommen, half Steve ihr zwar beim Einsteigen und setzte sich hinters Steuer, aber er fuhr nicht los, sondern wandte sich ihr zu und lehnte sich zurück. »Danke. Das habe ich gebraucht.«

»Ich auch«, lächelte sie. »Und ich danke Ihnen.«

Er schaute nachdenklich durch die Windschutzscheibe.

Dann kehrte sein Blick zu ihr zurück. »Na sehen Sie – es hat doch gar nicht weh getan«, grinste er.

Sie lachte. »Nein, Herr Doktor.«

Steve wurde wieder ernst. »Ich weiß, daß es Ihnen nicht leicht gefallen ist, hier auf dem Pier mit mir die Touristin zu spielen, während Ihre Freundin auf der Intensivstation liegt, und ich kann Ihnen das gut nachfühlen, denn ein Teil von mir wäre auch lieber an Rachels Bett geblieben. Dieser Teil wäre täglich vierundzwanzig Stunden im Krankenhaus, denn ich habe immer Patienten auf der Intensivstation. Und so muß ich mich hin und wieder einfach gewaltsam losreißen, weil ich mich sonst physisch und psychisch aufarbeite. Den Pier entlangzuschlendern, hilft mir, mich zu regenerieren. Kanufahren hilft mir. Und Gärtnern.«

»Gärtnern? O je. Ich habe kein Händchen für Pflanzen.«

»Das habe ich früher auch von mir gesagt – aber die Natur ist ungemein widerstandsfähig. Vielleicht gedeihen meine Pflanzen ja auch, um mir zu zeigen, daß sie meine Bemühungen honorieren. Ich wünschte, Rachel würde nach dem gleichen Prinzip verfahren und aufwachen.« Er schaute Katherine eine Weile schweigend an und sagte dann: »Ich bin ein anständiger Kerl. Sie können mir vertrauen.«

Diese Äußerung betraf nicht mehr Rachel, und die Luft begann plötzlich zu knistern. Katherine riß sich von seinen blauen Augen los und richtete ihren Blick zunächst auf ihren Schoß und dann auf ein an den Parkplatz angrenzendes Ziegelgebäude.

»Ich bin seit zehn Jahren geschieden«, sagte er, »und ich habe das Herumexperimentieren satt.«

Sie kaute auf ihrer Unterlippe herum.

»Wenn ich also in Ihren Augen zu forsch rangehe, liegt das daran, daß ich keinen Sinn darin sehe, um den heißen Brei herumzureden, wenn mir jemand gefällt. Es ist nicht oft vorgekommen. Auf Sie trifft es zu.«

Sie stützte den Ellbogen auf die Tür und die Stirn auf die Faust.

»Sie brauchen nur ein Wort zu sagen, und ich ziehe mich zurück.«

Sie wollte das Wort sagen, sie wollte irgendein Wort sagen, aber sie konnte nicht.

»Entweder Sie sagen mir, daß ich mich zurückziehen soll, oder Sie geben mir einen Kuß.«

»Das ist unfair!«

»Das ganze Leben ist unfair – sehen Sie sich Rachel McGill an. Hören Sie – ich weiß, daß der Zeitpunkt denkbar ungünstig ist, aber ich bin dreiundfünfzig. Zu alt, um Spielchen zu spielen. Wollen Sie, daß ich mich zurückziehe?«

Sie dachte darüber nach. Er hatte etwas ungeheuer Anziehendes für sie, und das hatte nichts mit seinen blauen Augen und seinem durchtrainierten Körper zu tun. »Nein.«

»Dann küssen Sie mich.«

Sie wandte ihm ihr Gesicht zu, ohne ihre Stirn von ihrer Faust zu heben. »Warum?«

»Ich will wissen, ob es funkt.«

»Sie wollen mich testen?« Im ersten Moment war sie

empört, doch dann wurde ihr klar, daß sie auf diese Weise Gelegenheit bekäme, ihn ihrerseits zu testen. Wenn der Kuß sie kalt ließe, bräuchte sie sich nicht mehr den Kopf über ein etwaiges Bett-Fiasko zu zerbrechen. Dann könnten sie einfach Freunde sein.

»Okay«, sagte sie. »Aber nur kurz – wir müssen fahren.« Sie beugte sich vor, drückte ihre Lippen auf seine und wartete auf eine Reaktion. Als keine kam, löste sie sich von ihm und fragte: »Soll ich etwa eine Solovorstellung geben?«

Er schüttelte lächelnd den Kopf, umfaßte mit einer Hand zart ihren Nacken und zog sie zu sich heran. Dann nahm er ihr Gesicht in die Hände. Seine Augen berührten ihren Mund. Er kam langsam näher, und als seine Lippen nur noch einen Zentimeter von ihren entfernt waren, ließ er sie los, atmete tief durch, setzte sich gerade hin, räusperte sich und ließ den Motor an.

Katherine starrte ihn an; Verwirrung stand in ihren Augen. »Was soll das?«

»Wir müssen fahren.«

Das wußte sie, aber in ihrem Innern herrschte Aufruhr. Sie hätte mit Freuden noch etwas Zeit zugegeben. »Ich dachte, Sie spielen keine Spielchen.«

Er rutschte unruhig auf seinem Sitz herum. »Das tue ich auch nicht. Der Test ist abgeschlossen. Mit positivem Ergebnis.«

»Das ist für Sie ein Kuß gewesen?« Sie tippte sich an die Lippen. »Ich habe nichts gespürt.«

Er warf ihr einen Blick zu, und als sie ihn weiter fixierte, noch einen. Sekunden später fuhr er an den Straßenrand, schaltete die Zündung aus, nahm Katherine in die Arme und küßte sie, daß ihr Hören und Sehen verging.

* * *

Sam stand an Rachels Bett und starrte auf die Tür. Jack lehnte ihr gegenüber auf dem Geländer und starrte auf Rachel hinunter. Hope war gerade wortlos hinausgegangen. Alle paar Minuten schaute Kara oder eine der Schwestern vorbei. Samantha wünschte, Cindy wäre da, aber die hatte erst ab Montag früh wieder Dienst.

Die Tür ging auf und Hope erschien mit einem Arm voller Fotos, Postkarten und Zeichnungen. »Ich bringe Moms Sachen aus dem anderen Zimmer«, erklärte sie. »Sie muß sich hier ja total fremd fühlen.«

»Das ist keine gute Idee«, meinte Sam. »Sie soll doch möglichst schnell wieder hier raus.«

Jack hatte sich aufgerichtet und rieb, den gesenkten Kopf hin- und herdrehend, seinen Nacken. »Vielleicht geht es ja schneller, wenn wir alles hierherholen«, sagte er und folgte Hope, die ihre Schätze erst einmal auf dem Tisch abgelegt hatte und schon wieder auf dem Weg nach draußen war.

Es war schon eine halbe Stunde her, daß Samantha mit Lydia telefoniert hatte. Sie ging zur Tür, schaute den Flur hinunter und sah Jack in Rachels Zimmer verschwinden. In der anderen Richtung steckten ein paar Schwestern die Köpfe zusammen. Wo blieb Lydia nur?

Sam ging zum Bett zurück und schloß ihre Finger um das Geländer. Ihre Gedanken wanderten zu ihrer chaotischen Ballnacht zurück. Ihr Vater hatte sich toll benommen, sie abgeholt, ihr keine Standpauke gehalten, mit ihr geredet, und dann hatten sie auch noch draußen im Wald der Nachtharfe zugehört. Das war richtig schön gewesen. Auf einmal wurde ihr bewußt, daß es ihr leid tun würde, wenn er wieder nach San Francisco zurückginge.

Die blaue Verfärbung um Rachels Lippen weckte eine andere Erinnerung in ihr. »Weißt du noch, wie du Hope und mich immer mit Obstfarben und Mehl geschminkt hast, wenn wir uns zu Halloween verkleideten, Mom? Da hatten wir auch oft blaue Lippen.«

Die Tür ging auf und Lydia kam herein. Sie schlich auf Zehenspitzen ans Bett und starrte mit dem gleichen Entsetzen auf Rachel hinunter wie Sam und Hope es getan hatten, als sie sie das erste Mal in diesem Zustand sahen.

»Können sie denn da gar nichts machen?« fragte sie schließlich.

Samantha zeigte auf den Infusionsbeutel. »Da ist was drin, was ihr helfen soll. Wir müssen warten, bis es wirkt.«

»Oh.« Lydia schlang die Arme um ihre Mitte. »Hast du ihr von letzter Nacht erzählt?«

»Du meinst, daß sie deswegen so krank geworden ist? Nein – das kam von ganz allein. Ich habe ihr nichts erzählt.«

»Dann ist es ja gut. Sie würde sich schrecklich aufregen, wenn sie wüßte, was passiert ist.«

»Was weißt du denn über die letzte Nacht?« fragte sie äußerlich gelassen.

»Du willst, daß ich das sage? Vor deiner Mom?«

»Ja, das will ich.« Irgendwann würde ihre Mutter es sowieso erfahren müssen – und der Moment war günstig, weil sie nicht sprechen konnte.

Lydias Blick kehrte zu Rachel zurück und sie berichtete: »Du warst auf der Party bei Ian, aber dann bist du mit Teague abgezogen und hast dich so vollaufen lassen, daß du einschliefst, und darum hat er dich nach Hause gebracht. Das hat Teague jedenfalls erzählt, als er auf die Party zurückkam. Er hat sich dann Marissa Fowler geschnappt, die eigentlich mit Mark Cahill da war. Mark ist Amandas Cousin. Er hat sie heute früh bei uns abgeholt.«

»Und allen diese Story erzählt?« Ein Alptraum!

»Amanda, Shelly und mir. Stimmt es?«

»Nein, es stimmt nicht. Ich habe mich nicht vollaufen lassen, ich bin nicht eingeschlafen und Teague hat mich auch nicht nach Hause gefahren. Er wollte mir an die Wäsche, aber ich hab' ihm das Knie zwischen die Beine gerammt und bin abgehauen. Und dann habe ich meinen Vater angerufen und er hat mich abgeholt. Eigentlich wollte ich dir nachts noch alles erzählen, aber ich dachte, es würde dich nicht interessieren.«

Tränen glänzten in Lydias Augen. »Du bist ganz schön blöd, weißt du das?« rief sie.

Samantha wollte es gerade bestätigen, als Hope mit der nächsten Ladung aus Rachels Zimmer hereinkam. Jack folgte mit Vasen voller Blumen, die er auf das Fensterbrett stellte.

»Wir wollen es Mom hier gemütlicher machen«, erklärte Sam Lydia. »Weil es ihr dann vielleicht schneller besser geht. Hast du Lust, uns zu helfen?«

* * *

JACK WAR FROH, als die liebe, erfrischend normale, loyale Lydia blieb. Wenn Samantha mit Freundinnen wie ihr durchs Leben gehen könnte, würde es ein reiches Leben sein. Ihre Mutter machte es ihr vor. Rachel hatte Faye und Charlie, Dinah, Jan und Eliza. Sie hatte Bridge-Freunde und Freundinnen in der Schule der Mädchen. Sie hatte Faith und Duncan. Sie hatte Ben. Und sie hatte Katherine – die mit einem herrlichen Essen zurückkam.

Steve Bauer erschien kurz nach ihr. Er überprüfte Rachels Krankenblatt, die Monitoraufzeichnung und den Infusionsfluß. Er zog ihre Lider hoch und sah sich die Pupillen an. Er rief ihren Namen, beugte sich noch tiefer über sie und rief ihn noch einmal. Danach verließ er das Zimmer, um eine zweite Computertomographie anzuordnen. Minuten später entwickelte sich fieberhafte Geschäftigkeit. Jack schickte die drei Mädchen in die Sonne hinaus, er und Katherine warteten auf dem Korridor.

Er steckte die Hände in die Taschen und schüttelte frustriert den Kopf.

»Sie schafft es«, versicherte Katherine ihm.

»Es geht ja nicht nur darum, daß sie am Leben bleibt. Sie soll aufwachen. *Gesund* aufwachen. Sie haben mich einmal gefragt, was ich machen würde, wenn sie behindert bliebe. Ich weiß nicht, wie ich das verkraften könnte.«

»Würden Sie gehen?«

»Nein. Nein – das könnte ich nicht.« Als Katherine nichts dazu sagte, hob er den Blick und begegnete dem ihren. Er las Verwunderung darin. »Was ist?« fragte er.

»Sie haben sich wirklich erstaunlich entwickelt«, sagte sie und schaute wieder, wie alle paar Sekunden, zu der Glastür hinüber, hinter der Steve Bauer, der zuständige Internist und die Techniker mit Rachel beschäftigt waren. »O Mann«, sagte sie und verschränkte die Arme auf der Brust.

»Bedrückt Sie irgendwas?«

Sie senkte den Kopf und stieß einen Laut aus, der wie ein unterdrücktes Lachen klang. »Fragen Sie nicht. Der Zeitpunkt ist so unpassend.«

»Sie scheinen sich über etwas zu amüsieren, und ich könnte eine Aufheiterung weiß Gott gebrauchen«, erwiderte Jack.

Sie hob den Kopf. »Dieser Doktor Bauer küßt wie ein Weltmeister. Was soll ich tun?«

Zunächst hörte er nur den ersten Satz – und lächelte. Er mochte den Arzt. Doch dann begriff er, worauf sich die Frage bezog und wurde ernst. »Die leidige Brustgeschichte ist also wieder aktuell.«

Sie lehnte sich an die Wand und senkte den Blick. »Er hat noch nicht versucht, sie zu berühren, aber es ist nur eine Frage der Zeit. Es gehört für Männer einfach dazu.«

»Würde er es denn erkennen, wenn es dunkel wäre?«

»Wenn er sie anfaßt, meinen Sie? Auf jeden Fall. Reines Silikon fühlt sich natürlich an, aber das darf ja nicht mehr implantiert werden. Bei mir ist die Silikonumhüllung mit Salzlösung gefüllt, da merkt man den Unterschied.«

»Dann sagen Sie es ihm vorher – sonst sind Sie zu nervös, um das Zusammensein genießen zu können.«

Sie stieß erneut diesen erstickten Laut aus. »Das wäre ein Jammer«, sagte sie. »Schon der Kuß war eine Sensation.«

»Dann stimmt die Chemie.«

»Die stimmte auch mit Byron. Und was ist daraus geworden?«

»Sie haben Angst, daß auch diese Beziehung an Ihrer … Beeinträchtigung scheitern könnte.«

Sie nickte.

Jack versuchte, sich an die Frauen in seinem Leben zu erinnern. Die vor Rachel waren nichts Besonderes gewesen, und bei denen nach Rachel war Jill die erste, die er – im Sinne des Wortes – als Freundin betrachtete. Aber Rachel hatte sie nicht das Wasser reichen können. Und sie konnte auch Katherine nicht das Wasser reichen.

Katherine war ihm inzwischen regelrecht ans Herz gewachsen, und auch ihre Einstellung zu ihm hatte sich gewandelt. Sie vertraute ihm Dinge an, die sie normalerweise sicherlich nur einer Frau erzählen würde, gab ihm das Gefühl, daß seine Meinung ihr wichtig war, was er bei einer so emanzipierten Person als großes Kompliment betrachtete.

»Sehen Sie es mal so«, sagte er. »Wenn der gute Doktor Bauer reagiert, wie Sie befürchten, dann haben Sie nichts an ihm verloren.«

»Das ist leicht gesagt – ich falle dann wieder in ein tiefes Loch.«

Das verstand er. Es war schwer für Katherine, noch einmal das Risiko einer Zurückweisung einzugehen, wie sie sie schon zweimal erlebt hatte. »Aber Brüste sind kein entscheidender Teil einer Frau – außer für die Kinder, die sie stillt«, sagte er. »Und irgendwann werden sie alle unansehnlich. Warmherzigkeit, Humor, Intelligenz, Loyalität – das sind Dinge, die bleiben. Und Sie haben all das zu bieten und sind dazu noch wunderschön. Mann, ich würde Ihnen selbst nachsteigen, wenn ich nicht noch immer in meine Frau verliebt wäre.«

* * *

Jacks Frau reagierte nicht auf das Antikoagulans, der Pfropf blockierte die Lungenarterie nach wie vor, und die Menschen, die sie liebten, mußten sich weiter ihre schweren, geräuschvollen Atemzüge anhören. Der Arzt sagte, sie müßten Geduld haben. Wie lange, sagte er nicht.

Als Jack an diesem Nachmittag an Rachels Bett saß, dachte er über die Liebe nach, aber er konnte das Gefühl nicht abstrahieren, sondern nur in Verbindung mit ihr analysieren. Vor achtzehn Jahren hatte Liebe für ihn bedeutet, jede freie Minute mit Rachel zu verbringen. Vor siebzehn Jahren bedeutete sie monatliche Raten für einen Verlobungsring. Vor sechzehn Jahren bedeutete sie, Rachel zu heiraten und vor fünfzehn Jahren, ein Kind von ihr zu bekommen.

Männer wollen immer etwas *tun,* hatte Katherine bei

einem ihrer ersten Gespräche gesagt, und er hatte das seinerzeit so nicht gelten lassen, aber im Grunde hatte sie recht. Sonst würde er Rachel nicht eincremen, keine Gymnastik mit ihr machen, ihre Bilder nicht fertigmalen und rahmen – und kein Auto kaufen.

Zwanzigstes Kapitel

JACK ENTSCHIED SICH – aus Gründen der Sicherheit und zur Begeisterung der Mädchen – für einen schweren Geländewagen der Luxusklasse. Als sie damit nach Hause kamen, ging er ins Atelier, um die nächsten Rahmen in Angriff zu nehmen. Er hatte die Tür kaum hinter sich geschlossen, als sie auch schon wieder geöffnet wurde. Daß Hope erschien, um ihm zu helfen, erstaunte ihn nicht, aber daß Samantha sich ihr angeschlossen hatte, war eine Überraschung für ihn – und der Eifer, mit dem sie sich in die Arbeit stürzte, eine Freude. Er sägte die Leisten zurecht und schlug die Nägel in die von Samantha vorgebohrten Löcher, nachdem Hope den Holzleim aufgetragen hatte, und in Null Komma nichts war der erste Rahmen zum Einspannen bereit. Irgendwann sah er, daß Hope kaum noch die Augen offenhalten konnte, und schickte sie ins Bett. Samantha hielt länger durch. Eigentlich hätte sie noch von der letzten Nacht erledigt sein müssen, doch er vermutete, daß sie ähnlich empfand wie er: So wichtig die Besuche bei Rachel auch waren, hatten sie doch etwas Entmutigendes. Hier zu arbeiten, bedeutete Fortschritt.

Über die von ihm vervollständigten Bilder verlor Samantha kein Wort, aber daß sie bereit war, dir Rahmen dafür mit anzufertigen, zeigte, daß sie ihre anfängliche

Protesthaltung aufgegeben hatte. Als auch sie schließlich ins Bett verschwand, waren sechs Gemälde nur noch einen Schritt davon entfernt, ins Auto geladen und zur Galerie gebracht werden zu können.

Jack suchte sich als nächste Herausforderung an sein künstlerisches Feingefühl das Bild mit dem Polarwolf aus. Die auf der Rückseite der Leinwand befestigten Fotos, die Rachel im letzten Sommer in Alaska gemacht hatte, wohin sie die Mädchen ausnahmsweise mitnahm, was sie ihm natürlich ganz aufgeregt erzählt hatten, zeigten sich spielerisch balgende Wölfe, kämpfende Wölfe, einzelne Wölfe und Wölfe in Rudeln, in einer Gegend, die, wenn auch auf ganz andere Art, ebenso ruhig und friedlich wirkte wie Big Sur.

Rachel hatte bei diesem Bild, das einen dem Betrachter zugewandten und mit dem Kopf auf den Vorderpfoten in khakigrünem Gras liegenden Wolf darstellte, verschiedene Malmittel verwendet – Ausziehtusche für Akzente an Augen und Schnauze, Acryl für das graubraune Fell und Wasserfarben für im Hintergrund stellenweise angedeutetes Gras. Wie jedesmal hatte er auch hier zunächst Hemmungen, sich an einem ihrer Kunstwerke zu vergreifen, doch dann erschien sie vor seinem geistigen Auge, nach Luft ringend und mit blauen Lippen, und der Wunsch, ihr wenigstens auf diese Weise zu helfen, siegte.

Zum »Warmwerden« machte er sich mit einem breiten Pinsel und Wasserfarben in Grau-, Ocker-, Umbra- und Grüntönen an das Gras im Hintergrund und fügte dann Schattierungen in Anthrazit, Dunkelgrün und Schwarzblau hinzu. Danach wechselte er zu Acryl, ließ es an den

Rändern in die Wasserfarben hineinspielen und arbeitete sich langsam immer weiter nach vorne, wobei er das Gras zusehends detaillierte. Auf den Fotos waren kleine, weiße Wildblumen zu sehen, die wie Baumwollblüten aussahen. Wäre es in Rachels Sinn, sie zu übernehmen?

Nach einigem Überlegen entschloß er sich dazu, denn ihre Bilder waren stets naturgetreu. Er blieb zunächst bei Acryl, nahm jedoch, als sie damit nicht zart genug wurden, einen weißen Stift mit stumpfer Spitze zu Hilfe und verwischte die Konturen erst mit dem Finger, dann mit einem Papiertuch und schließlich mit einem Baumwollappen, dessen einen Zipfel er zu guter Letzt mit einem Papierfetzen umwickelte, womit er die Blüten polierte. Endlich zufrieden, trat er ein paar Schritte zurück.

* * *

Es war schon kurz vor fünf, als er sich die Hände abwischte. Er schlief zwei Stunden und fühlte sich danach wie gerädert. Samantha sagte, sie sei zu müde, um in die Schule zu gehen, und Hope wollte zu Rachel. Inständig auf eine gute Nachricht hoffend, rief er im Krankenhaus an. Rachels Zustand war unverändert.

Jack fuhr sich mit der Hand durch die Haare. »Eurer Mutter wäre es nicht recht, wenn ihr schon wieder einen Tag versäumen würdet«, argumentierte er. »Und ich möchte mir keine Vorhaltungen von ihr machen lassen, wenn sie aufwacht.«

Samantha maulte, aber er blieb hart. Als er vor der Schule anhielt, machte Sam keine Anstalten auszusteigen, aber ihre Miene drückte nicht Trotz aus, sondern nackte Angst. »Ich kann da nicht reingehen!« Ihre Stimme zitterte. »Pam und Heather werden mich schneiden. Und sich mit den anderen das Maul über mich zerreißen.«

Sie tat ihm leid. »Ich weiß, wie scheußlich das für dich ist, aber da mußt du durch. Lydia wird dir helfen.«

Er legte die Arme auf das Lenkrad und beobachtete eine Teenagerschar, die gerade aus einem Bus quoll. Dann schaute er wieder zu Samantha hinüber. Heute waren ihre Augen nicht blau umrandet. »Ich hatte vorgestern abend unrecht.«

»Du hattest unrecht?«

»Als ich dir vor dem Ball sagte, du sähest sensationell aus. Ungeschminkt bist du noch viel hübscher.«

Sie klappte die Sonnenblende herunter, musterte sich im Spiegel und schnitt eine Grimasse. »Ich sehe stinkfade aus.«

»Nein – bildhübsch. Jeder, der etwas anderes behauptet, ist nur neidisch.«

Sie warf ihre Haare zurück und klappte die Blende wieder hoch. »Na dann«, sagte sie und öffnete die Tür. Sie war kaum ausgestiegen, als Lydia auf sie zugelaufen kam. Die Tür fiel mit sattem Klang ins Schloß.

Nummer eins hätten wir, dachte er und drehte sich zu Hope um, die noch immer angeschnallt auf ihrem Platz saß. Auf seinen Blick hin, löste sie den Sicherheitsgurt und wand sich zum Beifahrersitz durch.

»Was ist los, Süße?«

»Ich habe ein komisches Gefühl«, sagte sie leise.

»Ein komisches Gefühl?«

»Wie vor Guiniveres Tod. Ich will zu Mom.«

In Jacks Hals bildete sich ein Kloß. Er zog Hope über der Mittelkonsole in seine Arme und räusperte sich. »Eure Mutter wird nicht sterben«, flüsterte er in ihre Haare. »Wir werden es nicht zulassen.«

»Das habe ich bei Guinivere auch gesagt.«

»Guinivere hatte einen Tumor.«

»Ist denn ein Tumor etwas anderes als ein Blutpfropf?«

»Aber ja!« Jack war bestürzt. Dieses Mißverständnis mußte sie entsetzlich gequält haben. »Ein Blutpfropf ist an sich harmlos – er wird nur gefährlich, wenn er irgendwo steckenbleibt und eine Ader verstopft. Sobald er sich aufgelöst hat, ist alles wieder in Ordnung. Ein Tumor ist bösartig. Er breitet sich aus und macht alles krank, was er berührt.« Das war eine sehr vereinfachte Erklärung und vielleicht auch nicht ganz richtig, aber er tat sein Bestes. »Sie geben ihr einfach eine Megadosis der Medizin, dann löst sich der Pfropf schnell auf, und danach werden wir uns noch mehr anstrengen, sie wachzukriegen.«

»Und wie machen wir das?« fragte sie mit kleiner Stimme.

»Das weiß ich noch nicht – aber es wird uns schon was einfallen.«

* * *

Sie konnten Rachel keine Megadosis der Medizin geben – sie hatten über Nacht sogar die bisherige Dosis weggelassen. »Wir müssen den Nutzen gegenüber dem Schaden abwägen«, erklärte der Internist, als Jack ihn darauf ansprach, nachdem er festgestellt hatte, daß die Infusion nicht lief. »Das Antikoagulans verdünnt das Blut, und wenn wir es zu stark verdünnen, entsteht die Gefahr einer Störung des Gerinnungssystems, was eine Blutung zur Folge haben kann.«

Das mußte Jack einsehen. »Aber warum reagiert sie nicht auf das Mittel?«

Der Arzt schüttelte ratlos den Kopf. »Wir werden die Infusion wieder legen – und weiter warten.«

* * *

JACK GING ZU RACHEL und sagte ihr, daß es nur eine Frage der Zeit sei, bis sie wieder richtig atmen könnte und die bläuliche Verfärbung um ihre Lippen verschwände. Er ging soweit, zu sagen, daß sie, wenn das geschehen sei, aufwachen würde.

»Klingt wie ein Crashkurs für positives Denken«, sagte David Sung von der Tür her. Er war kein großer Mann. Trotzdem stand ihm der hellgraue, karierte Anzug. Seine Haare, seine Augen und seine Schuhe waren schwarz und glänzten um die Wette. »Ich wollte mal sehen, was hier eigentlich vor …« Er brach ab, denn er hatte das Bett erreicht. »Grundgütiger!« sagte er entsetzt, als er Rachel atmen sah und hörte. »So schlimm hatte ich es mir nicht vorgestellt!«

»Hast du gedacht, ich hätte es mir nur ausgedacht, um mich ein paar Wochen auf die faule Haut zu legen?« fuhr Jack ihn an.

David hob die Hände. »Sachte, alter Junge – ich bin nicht schuld an diesem Unglück.«

Wirklich nicht? Wenn David nicht so ehrgeizig gewesen wäre, hätten sie nicht so schnell Karriere gemacht, Jack wäre nicht von der Firma aufgefressen worden, Rachel hätte ihn nicht verlassen und wäre nicht nach Big Sur gezogen und auf der kurvigen Küstenstraße von einem anderen Wagen gerammt worden.

Nein – er konnte die Schuld nicht auf seinen Partner abwälzen. Er hätte die Tretmühle jederzeit verlassen können.

David steckte die Hände in die Hosentaschen, was bei ihm eine Geste gewaltsamer Beherrschung bedeutete. »Fangen wir noch mal von vorne an. Gibt es Anzeichen für eine Besserung?«

Jack schüttelte den Kopf. »Nein. Noch nicht.«

»Wie kommen die Mädchen hiermit klar?«

»Mühsam.«

In der Stille, die darauf folgte, sah Jack David nicht an. Er wollte nicht über die Arbeit reden, aber die Arbeit war ihr einziges gemeinsames Thema. Eine private Beziehung hatte sich zwischen ihnen nie entwickelt.

David räusperte sich. »Hör zu, Jack – ich will ja nicht rücksichtslos erscheinen«, er riß seine Augen von Rachel los, »aber wir müssen übers Geschäft reden. Können wir das auf dem Korridor tun? Ich finde es unpassend, hier ein berufliches Gespräch zu führen.«

»Das ist schon okay – es ist gut für Rachel, Stimmen zu hören. Was hast du auf dem Herzen?«

»Also schön«, gab David nach, aber er fühlte sich sichtlich unbehaglich dabei. »Nachdem ich jetzt gesehen habe, was hier los ist, fällt es mir sehr schwer, dich damit zu behelligen, aber es bleibt mir nichts anderes übrig. Du hast Boca sausen lassen und willst statt dessen den Auftrag annehmen, ein Wohnhaus zu entwerfen. Das wäre ein Rückschritt und den bin ich nicht zu tun bereit. Wir brauchen kein Hillsborough – wir brauchen Projekte wie Montana, und wenn du deinen neuen Entwurf dort persönlich erläuterst, dann haben wir es in der Tasche. Und wir brauchen Atlantic City.« Ein schwärmerischer Ausdruck trat in seine Augen.

»Worum geht es in Atlantic City?«

»Um ein Hotel. Ein Nobelhotel. Das gibt Presserummel und die große Kohle.«

Jack teilte seine Begeisterung nicht – er war nicht einmal daran interessiert, Näheres zu erfahren. Sein Magen hatte sich wieder verkrampft, und in seinem Kopf summte es.

»Die Bauherrn wollen etwas Außergewöhnliches – und darum habe ich ihnen einige deiner Arbeiten gezeigt. Sie waren sehr angetan. Wir sollen hinkommen, Jack – beide. Wenn wir das Ding an Land ziehen, haben wir's geschafft.«

Mit einem Hotel? Jack betrachtete das Zöpfchen, das Samantha ihrer Mutter auf einer Seite aus einer ihrer üppigen Wellen geflochten hatte. Dann wanderte sein Blick zu Hopes Zeichnung von Guinivere, die sie mit Klebeband an der Wand befestigt hatte. *Das* waren Dinge, die sein Herz erwärmten. Die Idee, für ein Spielerparadies ein Hotel zu entwerfen, löste darin keinerlei Empfindung aus.

»Na?« David hatte die Hände aus den Taschen genommen und sie, eine Reaktion fordernd, gehoben. »Komm schon – habe ich das nicht gut gemacht?« Er rieb sich die Hände. »Ich bin stolz auf mich. Dieses Projekt katapultiert uns über Montana hinaus. Natürlich müssen wir einen Haufen neue Leute einstellen, aber die kriegen wir schon. Es werden in diesen Tagen viele Zeichner mit ihrer Ausbildung fertig, und die suchen natürlich Jobs. Das Timing könnte nicht besser sein. Okay, wir werden nur selten zu Hause sein, aber ...«

Jacks warnender Blick ließ ihn innehalten.

David ließ die Hände sinken und starrte ihn ein paar Minuten lang über das Bett hinweg schweigend an. Als Jacks Ausdruck unerbittlich blieb, seufzte David.

»Also reden wir Tacheles«, sagte er. »Ich will Atlantic City haben, und ich will wissen, ob du dabei bist oder nicht. Jetzt.«

Das war ein Ultimatum.

Davids Blick wich und wankte nicht. »Wir kennen uns jetzt fünfzehn Jahre. Seit dreizehn sind wir Partner, haben immer an einem Strang gezogen, mit dem gleichen Ziel vor Augen. Und nun können wir endlich den großen Coup landen, von dem wir immer geträumt, auf den wir so hart hingearbeitet haben. Laß mich nicht hängen, Jack. Verlier nicht den Blick für das Wesentliche. Wir sind zu dicht dran.«

Jack riß seine Augen los und richtete sie wieder auf Rachel, zählte ihre schweren Atemzüge. Nein – er konnte David nicht die Schuld an ihrem Zustand geben – aber der Mann verkörperte alles, was zum Scheitern seiner Ehe geführt hatte.

»Bist du dabei?« fragte David drängend.

War er dabei? Wollte er den großen Coup landen? Wollte er dieses Hotel entwerfen und unter Dampf bleiben, bis der nächste große Coup in Sicht käme? Würde es ihm Befriedigung bereiten? Würde er es als Herausforderung sehen? Würde es ihm Spaß machen? Wollte er noch das gleiche wie David?

Er hatte sich schon als Junge ausgemalt, einmal eine eigene Firma zu haben, und als es dann soweit war, hatte er sich ihr mit Leib und Seele verschrieben – aber sein Partner hatte gerade einen ungeheuer wichtigen Satz gesagt: Verlier nicht den Blick für das Wesentliche! Er hatte ihn verloren, aber das würde ihm nicht noch einmal passieren.

Jack schaute auf und schüttelte langsam den Kopf. Er war es müde, Davids Nachrichten auf dem Anrufbeantworter unbeantwortet zu lassen, Faxe zu zerknüllen, E-Mails zu löschen und ein schlechtes Gewissen dabei zu haben. Er war es müde, sich für Projekte aufzuarbeiten, die ihn langweilten. Er war es müde, ständig in der Weltgeschichte herumzureisen. Er war die Anspannung müde, die seinen Magen in einen harten Klumpen verwandelte. »Ich mag nicht mehr.«

»Du willst aussteigen? Aus der Firma?« fragte David entsetzt.

»Du wolltest doch eine Antwort haben.«

»Ja, schon – aber mit dieser hatte ich nicht gerechnet. Es ist ebenso deine Firma wie meine.«

Jack seufzte. »Das ist nicht wahr. Schon eine ganze Weile nicht mehr. Darum gab es ja auch zunehmend Reibereien zwischen uns.«

David wirkte plötzlich hilflos. Das hatte Jack noch nie erlebt. Er kannte ihn nur unerschütterlich selbstbewußt, und es tat ihm leid, daß er ihm einen solchen Schlag versetzen mußte – aber David Sung war ein Kämpfer. Er würde überleben.

»Auch wenn Rachel wieder ganz gesund und ich hier nicht mehr gebraucht werden sollte – ich will keine solchen Mammutprojekte mehr machen. Ich will Hillsborough, und du willst Atlantic City – es ist Zeit, daß wir uns trennen.«

»Einfach so?«

Jack rieb sich die Stirn. »Wie du das sagst, klingt es rücksichtslos. Aber ich kann nicht anders.«

»Bist du dir klar darüber, was du da aufgibst?« David konnte es immer noch nicht fassen.

»Du verstehst das nicht – mein altes Leben zählt nicht mehr für mich.«

David machte ohne ein weiteres Wort auf dem Absatz kehrt und stolzierte hinaus. Als die Tür sich hinter ihm geschlossen hatte, straffte Jack seine Schultern, die wieder um ein weiteres Gewicht entlastet waren. Er atmete plötzlich wesentlich leichter.

Und dann fiel ihm auf, daß er nicht der einzige war. Er schaute auf Rachel hinunter, und sein Herz schlug bis zum Hals. Dann klingelte er nach der Schwester.

* * *

SOLANGE SAM MIT LYDIA zusammen war, ging es ihr gut. Ihre Freundin hatte es auch irgendwie zuwege gebracht, daß Shelly und Brendan ihr begegneten, als sei nie etwas gewesen, was deutlich machte, wie sehr Sam sie unterschätzt hatte. Aber in der zweiten Stunde war sie auf sich allein gestellt, denn sie mußte zum Geschichtsunterricht. Mit Pam. Sie setzte sich auf ihren Platz und starrte stur geradeaus, und die ganze Zeit hatte sie das Gefühl, daß die Augen der gelangweilten Mitschüler sie mit spöttischen Blicken durchbohrten. Nach einer qualvollen Ewigkeit verkündete die schrille Glocke das Ende der Stunde und Sam verließ äußerlich völlig gelassen das Klassenzimmer. Als sie den Flur hinunterging, holte Pam sie ein und sagte: »Mir ist egal, was die anderen meinen – ich finde dich immer noch okay. Teague war eben eine Nummer zu groß für dich.«

»Eine Nummer zu groß?«

»Na ja – du paßt besser zu Brendan.«

Sam blieb vor einem Klassenzimmer stehen. »Ich hab jetzt Spanisch.« Sie musterte das beliebteste Mädchen ihrer Klasse kritisch. »Ist deine Wimperntusche verschmiert? Nein, das ist ein Mitesser. Ich bin bloß froh, daß ich keine solchen Probleme habe.« Damit öffnete sie die Tür, ließ Pam stehen und beglückwünschte sich dazu, daß die Rötung, die sie vor dem Ball auf ihrer Stirn festgestellt hatte, sich nicht zu einem Eiterpickel ausgewachsen hatte.

* * *

Hope versuchte sich zu konzentrieren, aber sie hatte noch immer dieses komische Gefühl. Allerdings war sie inzwischen nicht mehr sicher, daß es etwas Schlimmes verhieß – nur, daß irgend etwas im Gange war. In ihrem Kopf jagte eine Frage die andere. Würde ihre Mutter aufwachen? Würden ihre Eltern dann wieder zusammenleben? Falls ja – wie würde das werden? Und wie würde es werden, wenn es nicht so käme? Würde ihre Mutter sterben, bevor ihr Vater und sie sich versöhnen könnten?

Die Unterrichtsstunde endete, und sie ging mit den anderen hinaus, wandte sich jedoch nicht wie sie nach rechts, sondern nach links, schlüpfte in die Toilette, schloß sich in einer Kabine ein und wartete, bis die Tür hinter der letzten Mitschülerin zugefallen war. Dann ging sie hinaus und mit so entschlossenen Schritten den Flur hinunter auf den Ausgang zu, als läge im Direktorat eine von ihrem Vater unterschriebene Entschuldigung, die besagte, daß sie einen dringenden Zahnarzttermin habe. Den Trick hatte ihre Mutter ihr beigebracht: Wenn du selbstbewußt auftrittst, merkt niemand dir deine Unsicherheit an, hatte sie anläßlich einer Geburtstagsparty zu ihr gesagt, auf die Hope eingeladen worden war und vor der sie sich fürchtete, weil sie nur die Gastgeberin kannte. »Wenn du so tust, als seist du der Stargast, dann werden dich die anderen auch dafür halten.«

Hope preßte die Hand an ihre Wange, als sie die Treppe zum Schulhaus hinunterging und schaute mit zusammengezogenen Brauen irritiert auf die Stelle, wo ihr Vater für gewöhnlich auf sie und Sam wartete. Sie warf einen Blick auf ihre Uhr, schüttelte den Kopf und tat so, als fasse sie den Entschluß, ihm ein Stück entgegenzugehen. Das verstieß nicht gegen die Regeln – sie war ja nicht mehr in der Grundschule.

Sie schlenderte bis zur nächsten Querstraße, bog um die Ecke und rannte los, bis sie zu einer Bushaltestelle kam. Daß dort niemand wartete, konnte entweder bedeuten, daß der Bus gerade weggefahren war oder daß der Winterfahrplan für diese Linie noch galt – sie wußte nicht, ob er im April oder Mai endete – und gar kein Bus kommen würde.

Hope schaute auf ihre Glücksstiefel hinunter und dachte, daß es allmählich Zeit würde, daß sie etwas *täten*. Sie trat von einem Fuß auf den anderen. Sie setzte sich an den Straßenrand. Sie stand wieder auf und lief auf der Stelle wie ein Jogger, der darauf wartete, daß eine Ampel auf »Gehen« umschaltete. Irgend etwas war im Gange. Sie wußte es.

Schließlich nahm sie ihren Rucksack ab und kramte gerade darin nach ihrem Portemonnaie, um nachzusehen, ob ihr Geld für ein Taxi reichen würde, als die Stiefel einen Bus kommen ließen.

* * *

ALLE, DIE MIT RACHELS Behandlung zu tun hatten, waren an ihrem Bett versammelt – und alle strahlten. Der Monitor zeigte eine verbesserte Sauerstoffaufnahme an. Rachel atmete weniger mühsam, und wenn die Lippen auch noch nicht ihr übliches Zartrosa zurückgewonnen hatten, waren sie doch eindeutig besser durchblutet.

Rachel lag zwar immer noch im Koma, aber es herrschte Hochstimmung – in der Medizin war eben alles relativ.

Als Jack wieder mit Rachel allein war, seufzte er noch immer alle paar Minuten vor Erleichterung, während er ihre Hand an seine Wange drückte. Nach einer Weile ließ er das Geländer des Bettes auf einer Seite herunter, setzte sich auf die Kante, und strich mit den Händen zart über Rachels Haare, ihre Wangen und ihre Schultern bis zu ihren Fingerspitzen; er war so in ihren Anblick versunken, daß er hochschrak, als am Fußende plötzlich jemand »Hallo!« sagte.

Er drehte sich um. Katherine lächelte ihn an. »Steve hat mich angerufen«, erklärte sie ihr Hiersein. »Er ist fast so aufgeregt ob der guten Neuigkeit wie ich.«

»Ich habe noch eine aufregende Neuigkeit für Sie«, grinste er. »Mein Partner war hier, und ich habe ihm mitgeteilt, daß ich aus der Firma aussteige.«

»*Wow!*« staunte sie. »Was für in weiser Entschluß.«

»Ich möchte mich als Architekt in Big Sur niederlassen. Meinen Sie, Rachel hätte etwas dagegen?«

»Warum sollte sie? Sie sind doch nicht verfeindet.«

»Meinen Sie, ich habe noch eine Chance bei ihr?«

Sie hob die Hände. »Dazu kann ich mich nicht äußern.«

»Kommen Sie – seien Sie ein Freund.«

»Was schwebt Ihnen denn vor?« fragte sie.

»Ich möchte sie wieder heiraten.« Katherine wirkte nicht geschockt, aber ihr zweifelnder Ausdruck verhieß nichts Gutes. Doch wie sich zeigte, kamen ihre Bedenken aus einer gänzlich anderen Ecke, als erwartet.

»Sie wollen das, weil Sie sich ausmalen, daß alles wieder so wird, wie es in ihren besten, gemeinsamen Jahren war. Aber was ist, wenn sie aufwacht und nicht mehr laufen oder nicht mehr sprechen kann? Wenn ihr Gehirn einen bleibenden Schaden davongetragen hat? Wenn sie nicht mehr weiß, wie man malt oder kocht oder Auto fährt – oder sich wäscht?«

»Das Thema hatten wir doch schon.«

»Und Sie haben mir seinerzeit keine Antwort gegeben.« Sie schaute ihn scharf an.

»Weil ich nicht einsah, warum ich mich mit ungelegten Eiern befassen sollte.«

»Aber Sie sollten es tun, denn Ihre Entscheidung würde zeigen, ob Sie Rachel wirklich lieben oder nur die Erinnerung an sie.«

»Warum sind Sie so pessimistisch?«

»Das bin ich nicht!« rief sie, faßte sich jedoch gleich wieder und fuhr in normaler Lautstärke fort: »Obwohl es durchaus verständlich wäre, wenn ich annähme, daß bei meiner Operation etwas übersehen wurde und nächsten Monat oder nächstes Jahr irgendwo anders Krebs bei mir festgestellt wird. Diese Angst befiel mich zwei Jahre lang bei jedem Zipperlein, doch dann entschied ich, daß Hoffnung die bessere Lebenseinstellung wäre, und seitdem gehe ich davon aus, steinalt zu werden. Aber eine Garantie gibt es nicht – und wenn das mit Steve und mir ernst werden sollte, werde ich ihn mit dem Problem konfrontieren, bevor ich mich endgültig auf ihn einlasse.«

Jack hätte ihr entgegenhalten können, daß der Vergleich hinkte, denn selbst wenn sie wieder krank würde, könnte Steve trotzdem auch noch schöne Tage mit ihr verbringen. Wenn Rachel – um das Schlimmste anzunehmen – geistig behindert aufwachte, hätte er gar nichts mehr von ihr.

Nein. Das stimmte nicht. Es wäre nur anders. Duncan fiel ihm ein. Dieser Mann hätte seine Frau nach dem Gondel-Unglück auch in diesem Fall nicht verlassen, dessen war er sicher. Immerhin hatte er Faith zuliebe sein ganzes Leben umgekrempelt. Und Jack wurde klar, daß auch er das, wenn nötig, tun würde, weil er der Überzeugung war, daß niemand Rachel so gut versorgen könnte, wie er.

»Beantworten Sie mir zuerst meine Frage«, sagte er leise. »Wäre sie bereit, es noch einmal mit mir zu versuchen?«

Die Tür ging auf, und sie fuhren beide herum.

Völlig außer Atem und verschwitzt schaute Hope zu Rachel hinüber.

Jack ging auf sie zu, aber sie lief an ihm vorbei zum Bett. »Ich wußte es!« rief sie aufgeregt. »Ich wußte, daß irgendwas passieren würde – ich wußte nur nicht, ob es was Gutes oder was Schlechtes wäre.« Sie fiel ihrem Vater, der neben sie getreten war, um den Hals und küßte ihre Mutter zart auf die Wange. Als sie sich aufrichtete, strahlte sie Jack und Katherine triumphierend an.

Jack war bewußt, daß er sie eigentlich hätte schelten müssen, weil sie aus der Schule weggelaufen war, aber er brachte es nicht über sich. Katherine zeigte ihm einen Ausweg, als sie mit Tränen der Rührung in den Augen lächelte: »Sie sollten im Direktorat Bescheid geben, Jack – sonst schalten die noch die Polizei ein.«

* * *

Katherine musste in ihren Salon und Jack seinen Anwalt anrufen. Als er wiederkam, hatte Hope Rachel noch ein paar Zöpfchen mehr geflochten und eröffnete ihm, sie habe Hunger, worauf Jack plötzlich merkte, daß in seinem Magen ebenfalls gähnende Leere herrschte. Sie aßen in einem Restaurant in Monterey, und danach hatten sie alle Hände voll zu tun, um die Geschenke auszupacken, die inzwischen von Victoria gekommen waren – Baumwollnachthemden, Parfüm, Gesichtspuder und ein volles Dutzend CDs. Ausnahmslos Symphonien.

Rachel war wieder in ihr reguläres Zimmer verlegt worden. Nachdem alle Präsente verstaut waren, zog Jack sich einen Stuhl ans Bett, ließ das Geländer herunter, legte den Kopf neben ihrer Hand auf die Decke und schlief ein. Hope weckte ihn erst, als es Zeit war, Samantha abzuholen. Während die Mädchen dann mit ihrer Mutter beschäftigt waren, sprach er ein zweites Mal mit seinem Anwalt und berichtete Rachel anschließend den neuesten Stand der Dinge. Als er mit seinen Töchtern heimkam, machte er Abendessen und ging dann ins Atelier.

Samantha half eine Weile, erklärte aber irgendwann, sie müsse unbedingt mit Lydia telefonieren. Jack war so erleichtert, daß sie zu ihrer Normalform zurückgefunden hatte, daß er sie gehen ließ. Hope blieb, bis er sie ins Bett schickte, und zu diesem Zeitpunkt waren sechs weitere Rahmen fertig. Bevor sie weitermachen könnte, müßte Jack erst wieder malen.

Er wählte die Leinwand, auf der ein großer Silberreiher die Schwingen zum Abheben ausbreitete. Jacks Aufgabe bestand darin, die dunstschleierige Abenddämmerung der

Everglades in Florida in seinem Hintergrund erstehen zu lassen. Er hatte gerade erst zu Pinsel und Palette gegriffen, als Hope zurückkam. Sie trug ein knielanges T-Shirt und war barfuß.

»Alles okay?« fragte er.

Sie nickte und trat mit den Händen auf dem Rücken neben ihn, als wolle sie einfach noch ein wenig bei ihm sein, und so erklärte er ihr, während er malte, warum er bestimmte Farben miteinander mischte und an bestimmten Stellen unterschiedliche Pinsel benutzte.

Ihre »Ahas« und »Mms« klangen geistesabwesend, und nach ein paar Minuten begann sie im Atelier herumzuschlendern, wobei sie, wie ihm auffiel, jedesmal eine Pause machte, wenn sie zu dem in der Ecke vor dem Fenster stehenden Schreibtisch kam.

»Ist was?« fragte er beim dritten Mal.

Sie lächelte ihn unschuldig an und wanderte weiter, aber kurz darauf blieb sie wieder dort stehen.

Er legte Pinsel und Palette weg und ging zu ihr hinüber. Sein Laptop stand geschlossen auf einigen zusammengefalteten Bauplänen, aber die konnten sie unmöglich interessieren. Sie interessierten ja nicht einmal ihn. Er hatte sich nur nachher noch damit befassen wollen, weil sein Anwalt ihm empfohlen hatte, bis zur Unterzeichnung seines Ausstiegs aus der Firma die ihm obliegende Arbeit noch soweit wie möglich zu erledigen.

»Was geht in deinem hübschen Köpfchen vor?«

»Ich soll eigentlich nichts davon wissen, aber hier sind noch andere Sachen«, flüsterte Hope, als fürchte sie, ihre Mutter könnte sie hören.

»Was für Sachen?«

»Skizzen.«

»Wo?«

Sie zeigte mit einer vagen Geste auf den Schreibtisch. »Dahinter.«

Von seinem Platz aus konnte Jack nichts sehen. Erst als er sich zur Wand hinüberlehnte, sah er, daß dort etwas zwischen Tisch und Wand klemmte. Er rückte den Schreibtisch ab, zog eine schmale Mappe aus der so entstandenen Lücke und legte sie mit einem flauen Gefühl im Magen neben den Laptop. Als er das letzte Mal eine solche Überraschungsmappe geöffnet hatte, war er mit einem Sohn konfrontiert worden, den er verloren hatte.

Zögernd klappte er sie auf – und plötzlich war er wieder mit Rachel in dem Aktzeichenkurs. Was jetzt vor ihm lag, war eine Kohlezeichnung auf dickem Hadernpapier, die Rückenansicht eines männlichen Aktes. Er erkannte auf den ersten Blick, daß das sein Körper war, sein Haar, seine Narbe am Ellbogen, und es sprach soviel Gefühl aus dieser Arbeit, daß der Kummer über alles, was er verloren hatte, ihm die Kehle zuschnürte.

Plötzlich stutzte er. Die Narbe stammte von einer Verletzung, die er sich auf einer Baustelle an einem herausstehenden Nagel zugezogen hatte. Das war sechs Monate her. Rachel hatte sie bemerkt und nach der Ursache gefragt, als er die Mädchen abholte.

Er blätterte weiter, fand noch ein paar Kohlestudien und andere Skizzen in Wasserfarbe. Auf manchen war sein Profil zu erkennen, andere waren gesichtslos, so wie die erste.

Er hatte Katherine gefragt, ob Rachel bereit wäre, es noch einmal mit ihm zu versuchen. Hope mußte das gespürt haben, als sie ins Zimmer gekommen war, und darum hatte sie ihn auf diese Mappe aufmerksam gemacht. Der Inhalt beantwortete zwar seine Frage nicht, aber er machte deutlich, wieviel Rachel noch für ihn empfand.

Als Jack den Kopf hob, um sich bei seiner Tochter für dieses Geschenk zu bedanken, war sie nicht mehr da.

Einundzwanzigstes Kapitel

Es war noch nicht ganz hell, als am Dienstagmorgen das Telefon neben Jacks Ohr klingelte.

Er riß den Hörer von der Gabel. »Ja?«

»Mister McGill?« sagte eine forsche Stimme.

»Ja?«

»Mein Name ist Janice Pierce. Ich bin eine der Nachtschwestern ...«

»Was ist passiert?« fiel er ihr ins Wort und setzte sich auf.

»Ihre Frau hat angefangen, sich zu bewegen.«

Einen Moment lang war er wie erstarrt, wagte kaum zu atmen. Dann flüsterte er: »Sie wacht auf?«

»Das kann man nicht genau sagen. Sie bewegt die Finger und Zehen.«

»Und wie sieht das aus?«

»Sie wackelt damit, wenn auch nur spontan. Aufforderungen befolgt sie noch nicht, aber ihre Aktivität erhöht ihre Punktezahl auf der Koma-Skala.«

»Was bedeutet das letztendlich?«

»Daß sie vielleicht allmählich aufwacht.«

»Vielleicht«, wiederholte Jack. Er hätte sich gerne Hoffnungen gemacht, aber Rachel hatte sich schon einmal bewegt – als ihre Lider zuckten.

»Es führt nicht immer zu einem vollständigen Erwachen«, setzte Schwester Pierce ihre Erklärung fort. »Es könnte sein, daß es dabei bleibt, aber es ist immerhin ein Fortschritt, und wir dachten, Sie würden es erfahren wollen.«

* * *

Die Mädchen hatten das Telefon klingeln gehört und waren gleich zu ihm herübergekommen. Er erzählte ihnen, was die Schwester gesagt hatte. Fünf Minuten später saßen sie im Auto.

Die Luft war so feucht, daß Jack den Scheibenwischer auf Intervall schaltete. Blaßgraue Nebelschwaden hingen zwischen den Bäumen im Tal und über der Straße.

Je näher sie dem Krankenhaus kamen, um so schwerer fiel es Jack, vernünftig zu bleiben. Es war durchaus möglich, daß Rachels Bewegungen nur die letzten kleinen Krämpfe von Gliedmaßen waren, die sich danach nie wieder bewegen würden – oder daß sie alles waren, was Rachel in Zukunft zustande brächte.

Trotzdem stahlen sich Hoffnungen in sein Bewußtsein wie die ersten Sonnenstrahlen durch den Nebel.

* * *

Als sie ankamen, lag Rachel, durch Kissen gestützt, auf der linken Seite – so regungslos wie immer.

Voller Angst strich Jack ihr eine Haarsträhne aus dem täglich schmaler werdenden Gesicht. »*Hi,* Rachel. *Hi,* Engel. Man hat uns benachrichtigt, daß du dich bewegst. Zeigst du es uns?«

Hope drängelte sich heran. »*Hi,* Mommy. Wir haben nicht mal gefrühstückt, weil wir schnell herwollten.«

»Beweg dich, Mom!« befahl Samantha.

»Wenn du sie so anschnauzt, tut sie es bestimmt nicht.«

»Komm schon, Rachel«, schmeichelte Jack. »Die Sonne geht auf. Es wird ein schöner Tag. Und du kannst ihn noch schöner machen.«

»Da!« rief Samantha und deutete auf die Bettdecke. »Ihr Fuß!«

Jack schlug die Decke zurück. Als sich nichts rührte, kitzelte er Rachel an der Fußsohle. Keine Reaktion.

»Das bringt sie sonst immer zum Lachen«, sagte Hope traurig.

»Wie kann es sein, daß sie das nicht spürt?« fragte Sam.

»Sie liegt noch immer im Koma«, erklärte Kara Bates, die eben hereingekommen war. »Die Bewegung ist nicht bewußt gesteuert. Für gewöhnlich vollzieht sich die Bewegung in Phasen, wechseln Zeiten der Aktivität mit Zeiten der Ruhe ab.«

»Ah!« rief Jack triumphierend. »Sie hat mit dem Fuß gezuckt.«

»Ich hab's gesehen!«

»Ich auch!«

Ermutigt richtete Jack sich auf. »Was machen wir jetzt?« fragte er unternehmungslustig. »Wie können wir ihr mehr entlocken?«

»Machen Sie weiter, so wie bisher. Es arbeitet in ihr.«

* * *

KATHERINE STAND UNTER der Dusche, als das Telefon klingelte. Der Spiegel war dampfblind, doch sie wickelte sich in ein Handtuch, ehe sie daran vorbeiging.

»Sie fängt an, sich zu bewegen!« berichtete Jack ohne Einleitung und beschrieb, was er gesehen hatte. »Es könnte natürlich das sprichwörtliche letzte Aufbäumen sein, aber ich will nichts unversucht lassen, um sie zu stimulieren. Ich dachte, ich rufe alle ihre Freunde an und bitte sie herzukommen. Vielleicht hilft Trubel. Würden Sie mir die Nummern geben?«

Katherine wollte schon sagen, daß es doch einfacher wäre, wenn sie die Leute gleich selbst anriefe, doch dann begriff sie und ging ihr Büchlein holen.

Fünf Minuten später kehrte sie ins Bad zurück. Der Spiegel klarte von unten her auf. Wenn sie ihr Gesicht nicht sähe, müßte es doch ganz einfach sein – als betrachte sie einen fremden Körper. Rachel machte Fortschritte, und sie sollte das auch tun.

Nein ... noch nicht. Katherine öffnete die Türen des Spiegelschranks, damit sie sich nicht darin sehen könnte, ließ das Handtuch fallen, cremte sich hastig ein und schlüpfte in BH und Bluse. So bedeckt konnte sie sich wieder entspannen. Sie griff nach ihrem Miederhöschen und schob alle negativen Gedanken beiseite. Rachel bewegte sich!

* * *

JACK RIEF BEI DEN LEUTEN AN, deren Nummern ihm Katherine gegeben hatte. Andere fand er im Telefonbuch. Er rief Faith Bligh an. Er wollte Victoria Bescheid sagen, doch dann fiel ihm ein, daß sie ihm eine Nachricht auf den Anrufbeantworter gesprochen hatte: Sie war entweder in Chicago oder in Detroit – er hatte es sich nicht gemerkt. Also rief er in New York an und hinterließ seinerseits eine Nachricht.

Als Cindy kam, um Rachel zu waschen, brachte Jack die Mädchen zur Schule und fuhr nach Big Sur. Da er – wie seinerzeit Katherine – für einen Besucherstrom bei Rachel gesorgt hatte, würde sie genügend stimuliert, bis er zurückkäme, und er hatte in der Zwischenzeit etwas Dringendes zu erledigen.

Die Sonne machte kurzen Prozeß mit dem Nebel und entschleierte eine farbenfrohe Landschaft. Die Felder zur Linken der Straße südlich von Carmel leuchteten kopfsalat- und artischockengrün, die Bergwiesen senfgelb, der nackte Granit auf der Uferseite zur Rechten war heute fast schiefergrau und der Pazifik unter ihm tanggrün. Weiter draußen intensivierte sich ein Aquamarin allmählich zu einem dunklen Tintenblau. Und über allem spannte sich hoch und endlos ein wolkenloser Himmel.

Als Jack vom Highway in Rachels Zufahrtsstraße abbog, erwachte ein herrliches Gefühl der Vertrautheit in ihm. Steineichen, Platanen, Rotholzbäume, sogar die immergrünen niedrigen Hartlaubgehölze – alles strotzte vor Kraft und Lebensfreude.

Er stieg aus dem Auto, streckte sich lächelnd und atmete tief die Luft ein, die so würzig war, daß sein Körper kribbelte. Plötzlich klingelte im Haus das Telefon. Zwischen Bangen und Hoffen lief er hinein.

»Mister McGill?«

»Ja?« Die Stimme war ihm unbekannt, aber es waren Dutzende von Ärzten in dem Krankenhaus beschäftigt.

»Mein Name ist Myron Elliott. Ich habe eine Baufirma und möchte mit Ihnen ins Geschäft kommen.«

Jack war enttäuscht. »Inwiefern?«

»Ich habe gehört, daß Sie sich von David Sung getrennt haben und möchte an Sie herantreten, ehe andere es tun. Meine Gesellschaft ist auf Ferienanlagen spezialisiert. Wir haben Ihre Entwürfe für Montana gesehen. Wie das möglich ist? Dank eines Spions. Aber ich werde mich jetzt nicht weiter darüber auslassen, denn ich weiß, daß Ihre Zeit knapp bemessen ist. Wir haben vor einem Monat mit David gesprochen, aber seine Preisvorstellung war ... lächerlich. Ich dachte, mit Ihnen ließe sich vielleicht reden.«

Abgesehen davon, daß Jack im Moment überhaupt keinen Sinn für ein berufliches Gespräch hatte, war er etwas aus der Fassung. »Wie kommen Sie darauf?«

»Es ist doch so: Ob sie in eine andere Firma eintreten oder im Alleingang arbeiten – Sie müssen sich möglichst schnell einen Namen machen. Wir sind nicht so groß wie die Gruppe, die Montana baut, aber wir sind auf dem besten Weg dazu. Wir zahlen keine astronomischen Summen, aber wir zahlen gut. Wir würden Ihnen außerdem auch Folgeprojekte anbieten. Das müßte doch eine große Erleichterung für Sie sein.«

Ganz sicher – wenn ein geregeltes Einkommen seine größte Sorge wäre. »Hören Sie – ich kann im Moment wirklich nicht darüber nachdenken. Wenn Sie wissen, daß meine Zeit knapp bemessen ist, dann kennen Sie auch den Grund dafür. Geben Sie mir Ihre Nummer – ich melde mich bei Ihnen.« Er schrieb sie auf die Klappe eines Briefumschlags, der auf der Küchenzeile lag.

»Wir würden das gerne möglichst bald klären«, sagte der Mann. »Wann kann ich mit ihrem Rückruf rechnen?«

Jack drückte Daumen und Zeigefinger auf die Brauen. »Heute ist Dienstag. Geben Sie mir eine Woche?«

»Geht es nicht früher? Ich muß wissen, ob wir mit Ihnen rechnen können. Wenn wir es können, werden wir keine anderen Angebote einholen, bis wir etwas von Ihnen sehen.«

Der Mann hatte recht. Jack brauchte Arbeit. Eine Gruppe, die ihm gleich mehrere Projekte anbot, würde ihm auf lange Zeit finanzielle Sicherheit gewährleisten. Aber eine Ferienanlage? Schon wieder? »Freitag. Ich melde mich Freitag.«

»Sehr gut. Großartig. Bis dann.«

Alles in Jack sträubte sich, jetzt über dieses Thema nachzudenken, aber er würde letztendlich nicht darum herumkommen. Laut seinem Anwalt beanspruchte David alle potentiellen Klienten, mit denen sie verhandelt, die aber noch nicht unterschrieben hatten. Jack könnte vor Gericht gehen, denn diese Klienten waren Sung-und-McGill-Kunden. Sie sollten halbe-halbe aufgeteilt werden.

Hatte Jack die Nerven für einen Prozeß? Nein. Wollte er diese Kunden haben? Nein. Sollte David mit ihnen selig werden.

Er riß die Telefonnummer vom Briefumschlag ab, steckte den Papierfetzen in die Tasche und machte sich an die Arbeit. Kurze Zeit später war er mit zwölf gerahmten Gemälden zu P. Emmet's nach Carmel unterwegs.

Ben erwartete ihn schon sehnlichst. Sie trugen die Bilder gemeinsam hinein und reihten sie nicht weit von den drei bereits vorhandenen an der Wand auf. Und dann nahm Ben jedes einzelne genau in Augenschein. Jack fieberte seinem Urteil entgegen. Als er die Spannung nicht mehr ertrug, fragte er: »Na – was sagen Sie?«

»Ich sage, sie ist brillant. Diese sind atmosphärisch genausogut gelungen wie das Bild mit den Rotluchswelpen. Ich hatte ihr gesagt, sie solle sich daran orientieren und sie hat offenbar auf mich gehört.« Er warf Jack einen Blick zu. »Ordentliche Arbeit, die Rahmen.«

Jack fühlte sich, als schwebe er auf Wolken. »Danke«, grinste er.

* * *

ALS EINE VORMITTAGSKUNDIN absagte, bat Katherine ihre Empfangsdame, die beiden daran anschließenden Termine auf den Nachmittag zu verlegen und machte sich auf den Weg ins Krankenhaus.

Schwester Cindy war bei Rachel, redete leise mit ihr, während sie Fingerübungen mit ihr machte. Katherine schaute schweigend zu und hoffte darauf, eine Bewegung zu sehen. Nichts. Aber Cindy lächelte, als sie ihren enttäuschten Blick sah. »Schauen Sie.« Sie zog einen Kugelschreiber aus der Tasche und drückte ihn fest auf Rachels Daumennagel. Rachel zog den Daumen zurück.

Katherines Herz klopfte bis zum Hals. »Noch einmal!« bat sie atemlos.

Wieder zog Rachel den Daumen weg.

Katherine klatschte in die Hände, schlug sie vor den Mund und strahlte. Natürlich war die Reaktion auf Schmerz die unterste Stufe, aber sie war bedeutend besser als die unkontrollierten Bewegungen von heute früh und unendlich viel besser als das, was sie in den letzten zwei Wochen zu sehen bekommen hatten.

* * *

JACK WAR UM ZWÖLF in der Klinik und postierte sich am Bett. Um zwei bereute er es, so viele Leute angerufen zu haben, denn der Besucherstrom riß nicht ab, und er wäre viel lieber mit Rachel allein gewesen. Er wollte das erste sein, was sie sähe, wenn sie die Augen aufschlüge. Er wollte das einzige, der einzige sein.

Es war kindisch, aber er wurde allmählich nervös. Ihre Skizzen von ihm erweckten den Eindruck, daß sie ihn noch liebte, ebenso wie die Tatsache, daß sie die gerahmten Fotos aufgehoben hatte – aber immerhin hatte sie ihn verlassen. Er verstand inzwischen, warum – und er mußte sie davon überzeugen, daß er sich geändert hatte, daß er seine Werteskala umgestellt hatte.

Und so stand er an ihrem Bett und unterhielt sich mit den Freunden, die zu ihr hereinsahen, und hielt mit ihnen und in den Pausen dazwischen gespannt Ausschau nach etwaigen Bewegungen, die darauf hindeuteten, daß sie sich der Welt wieder näherte. Aber abgesehen von einem gelegentlichen Zucken der Finger oder Zehen, eines Fußknöchels, Ellbogens oder Knies tat sich bis zum Abend nichts. Als er der Nachtschwester half, Rachel zu drehen, stöhnte sie plötzlich. Als sie die Aktion wiederholten, stöhnte sie erneut. Dann war sie wieder still.

Es waren nur kleine Laute, aber es waren Laute, und Jack frohlockte. Er rief die Mädchen an, die nach einem Abendessen mit Katherine zu Hause in Big Sur waren. Er rief Katherine an, die nach Carmel zurückgefahren war. Er küßte Rachels blasse Wange und sagte ihr, daß sie wundervoll sei, daß sie stark sei und daß sie es schaffen könne, und er warte auf eine Reaktion.

Seine Ungeduld war so groß und sein Adrenalinspiegel so hoch, daß er nicht glaubte, müde zu werden, doch die vielen nächtlichen Stunden in Rachels Atelier und die wenigen Stunden Schlaf forderten ihren Tribut, und so war er auf dem Stuhl am Bett fest eingeschlafen, als die Nachtschwester kam, um Rachel neuerlich zu drehen. Erschreckt fuhr er hoch.

Diesmal stöhnte sie nicht, und sie bewegte sich auch nicht. Er wäre entmutigt gewesen, wenn es der Schwester nicht gelungen wäre, die Daumennagel-Reaktion hervorzurufen. Rachel zog den Finger auch diesmal weg.

»Fahren Sie heim«, drängte die Schwester ihn. »Wir rufen Sie an, falls es zu einer Veränderung kommt. Wenn sie aufwacht, wird sie Sie noch mehr brauchen. Und dann sollten Sie ausgeruht sein.«

Jack war sich nicht so sicher, daß Rachel ihn dann noch mehr brauchen würde, aber es war Musik in seinen Ohren, und die Mädchen waren allein. Er fuhr nach Hause.

* * *

JACK FIEL UM ELF INS BETT und schlief, bis Hope ihn an der Schulter rüttelte, und dann gelang es ihm nur mit Mühe, eines seiner bleischweren Lider zu heben.

»Wir nehmen den Bus«, flüsterte sie.

Das brachte ihn abrupt zu sich ... Er war zutiefst erschrocken, als er sah, daß es hell war und schon spät. »Nein, ich mache mich schnell fertig«, antwortete er und stemmte sich hoch, aber sein Kopf fiel nach vorne.

»Schlaf dich aus«, sagte Samantha von der Tür her. »Ich habe im Krankenhaus angerufen. Mom macht noch immer dasselbe. Sie haben versprochen, dir sofort Bescheid zu geben, wenn sich was ändert.«

Jack wollte eigentlich aufstehen, aber er machte den Fehler, sich »noch für eine Minute« zurücksinken zu lassen, nachdem die Mädchen gegangen waren.

Als er drei Stunden später aufwachte, rief er im Krankenhaus an. Rachel hatte keine Fortschritte gemacht, aber auch keinen Rückschritt. Sie waren damit zufrieden.

Jack versuchte, das auch zu sein, aber er mußte immer daran denken, daß sie vielleicht für den Rest ihres Lebens in diesem Stadium verharren würde. Sein Entschluß stand fest – er würde in diesem Fall bei ihr bleiben, sich um sie kümmern wie Duncan sich um Faith kümmerte. Aber er wollte nicht, daß es dazu käme. Er wollte mit Rachel zusammensein – in jeder Hinsicht.

Mit einem dampfenden Kaffeebecher in der Hand, trat er in seinen Boxershorts an das Panoramafenster, das auf den Wald hinausging. Auch heute war wieder ein schöner Tag, der Nebel verschwunden und der Boden unter den Rotholzbäumen mahagonirot mit dunkelgrünen Sauerkleeflecken. Die Nadeln der Mammuts waren heller, eibengrün. Es war hübsch. Friedvoll.

Er drehte sich um. Auch das Haus war so. Die Fußböden waren aus naturbelassenem Holz, das Sofa hatte einen rot-kastanienbraun-karierten Bezug, die Kirchenbank war grün lackiert und darauf lagen dicke Kissen mit fliederfarbenem Blumenmuster. Die Kübel, die die Bank flankierten, waren purpurrot mit orangefarbenen Flecken und quollen über von wild wuchernden Pflanzen.

Hübsch? Friedvoll? Ja – aber das Haus war außerdem auch noch lustig und voller Leben, genauso wie die unkonventionelle Rachel, die er vor so vielen Jahren kennengelernt hatte. Wenn der übliche Pinsel für einen bestimmten Zweck ein flacher Fünfer war, dann nahm sie grundsätzlich erst einmal einen runden Fünfer. Manchmal kam sie schließlich doch auf den üblichen zurück, aber ein andermal gelang ihr etwas absolut Einmaliges. Das war die Rachel, die er in diesem Haus spürte. Das war die Rachel, die er geheiratet hatte.

Dieser Gedanke trieb ihn ins Schlafzimmer zurück. Er suchte im Nachttisch, im Schrank und im Bad. Er suchte in der Küche in den Schränken, für deren Öffnung bislang keine Notwendigkeit bestanden hatte. Er suchte in der Vorratskammer. Schließlich kehrte er in den Wohnraum zurück und fragte sich, die Arme in die Seiten gestemmt und sich langsam um die eigene Achse drehend, wo sie ihn hingelegt haben könnte.

Wenn sie ihn behalten hatte.

Was durchaus nicht sicher war.

Er ging ins Atelier und blieb, wieder die Arme in die

Seiten stemmend, in der Tür stehen. Er hatte hier gearbeitet, wußte, was sich wo befand. Aber sie hatte auch die Zeichnungen von dem Baby versteckt, das gestorben war – und die Studien seines Körpers.

Einer Eingebung folgend, ging er in Hopes Zimmer.

Auf der Kommode tummelten sich eine kleine, dicke, postmoderne Putte mit Flügeln, die über eine Kristallschale mit Eicheln wachte, eine winzige Keramikkatze, die entfernt an Guinivere erinnerte, Kamm und Bürste und eine Sammlung Zopfgummis.

Wenn Rachel etwas gut behütet wissen wollte, dann wäre es nirgendwo besser aufgehoben als bei Hope.

Jack nahm den Engel, drehte ihn um, entriegelte die Rückenplatte, entfernte sie und schüttete den Inhalt des Schatzkästchens in seine Hand. Da lagen die Perlenohrringe, die ihr Vater, der zwei Monate später gestorben war, ihr am Abend vor der Hochzeit geschenkt und die sie dann getragen hatte, ein Abzeichen der National Honor Society, eine Armbanduhr mit Minnie-Mouse-Zifferblatt – und da lag der Ring.

Nicht der »protzige Klunker« – er nahm an, daß der, zusammen mit den kostbaren Schmuckstücken, die Victoria ihr im Laufe der Jahre geschenkt hatte, in einem Bankschließfach vor sich hindämmerte –, sondern ein schlichter Goldreif. Der einzige Ring, der zählte.

* * *

Jack war auf dem Weg zum Auto, um Rachel den Ring so schnell wie möglich anstecken zu können, als Duncan

Bligh auf ihn zulief. »Ich sah Ihren Wagen von der unteren Weide aus«, rief er schon von weitem, »und da dachte ich, ich frage Sie gleich mal.« Er kam zum Stehen. »Meine Frau möchte Rachel besuchen, und ich wollte sie nach der Arbeit hinfahren. Wäre Ihnen das recht?«

»Natürlich.« Jack war gerührt. »Rachel ist zwar noch nicht wach, aber vielleicht kann dieser Besuch etwas bewirken.«

Duncan nickte und wollte sich zum Gehen wenden.

»Warten Sie«, hielt Jack ihn, einem Impuls folgend, auf. »Ich will jetzt zu ihr fahren. Der Rollstuhl hat in meinem Wagen Platz. Wenn Sie mir zeigen, was zu tun ist, kann ich Ihre Frau doch mitnehmen.«

Duncans Ausdruck war nicht zu deuten. »Sie wird nicht ohne mich fahren wollen.«

»Aber sie könnte dann länger bei Rachel sein.«

Duncan überlegte. »Da ist was dran«, nickte er schließlich.

* * *

JACKS IDEE WAR NICHT so selbstlos, wie er den Anschein erweckt hatte. Es gab noch Wissenslücken, was Rachels erste Jahre in Big Sur betraf, und er hoffe, daß Faith sie auf der dreiviertelstündigen Fahrt würde schließen können.

* * *

FAITH WAR ZWAR GESPRÄCHIG, als sie in ihrem langen Blumenkleid, das ihre bleistiftdünnen, nutzlosen Beine verbarg, neben ihm saß, aber sie sprach nicht über Rachel, sondern über Big Sur. Sie erzählte von den ersten Bauern, die Milchwirtschaft betrieben, und den Jägern, die mit Meerotterfellen handelten. Sie erzählte von den Kalkmühlen und vom Schmuggel, von strapaziösen, endlosen Fahrten mit der Postkutsche aus Monterey. Sie gab ihm einen Abriß der Entstehung des Highways und wußte über jede Brücke, die sie passierten, etwas zu sagen, stets begleitet von einem lebhaften Mienenspiel.

»Seit der Jahrhundertwende ist der Tourismus die Haupteinnahmequelle in dieser Gegend«, sagte sie, »aber nur wenige Touristen begreifen, was es bedeutet, hier zu wohnen. Es ist ein Leben in Abgeschiedenheit, und uns gefällt es so. Wir teeren unsere Zufahrtswege nicht und haben nur geringe Ansprüche. Es gibt kaum privaten Grundbesitz und noch weniger Chancen für Bauvorhaben. In manchen der Kerbtäler gibt es erst seit kurzem elektrischen Strom, und bei Unwettern fällt er regelmäßig aus. Wir haben keine Fast-food-Ketten, keine Banken und keine Einkaufszentren.« Ihre Brillengläser blitzten im Sonnenlicht. »Es ist ein beschauliches Leben. Von Zeit zu Zeit treffen wir uns untereinander, aber Menschen, die hierherziehen, sind für gewöhnlich selbstgenügsam. Künstler. Schriftsteller. Rancher wie wir. Rentner. Leute, die in den Ferienanlagen arbeiten. Freigeister. Sind Sie schon am Strand spazierengegangen?« fragte sie und erzählte ihm von Sonnwendfeiern, Sichtungen von Walen, verschieden gerichteten Strömungen und gegeneinanderlaufenden Wellen.

Jack hörte ihr wie gebannt zu – nicht nur, weil ihn faszinierte, was sie erzählte, sondern auch, wie lebendig sie es tat. Erst als sie das Krankenhaus erreichten, begriff er, daß er gewarnt worden war.

* * *

Jack und Rachel waren geschieden. Das Klinikpersonal wußte es, Rachels Freunde wußten es, und Faith Bligh wußte es.

Darum war es Jack ein wenig peinlich, ihr den Ring anzustecken. Aber er wollte, daß sie ihn trüge. Er wollte glauben, daß er helfen würde. Und er wollte, daß sie ihn an ihrem Finger sähe, wenn sie aufwachte.

Er dachte, sein Plan sei brillant. Nachdem er Faith ans Bett geschoben hatte, ging er auf die andere Seite hinüber, nahm Rachels Hand, während er sie auf die Wange küßte, und richtete sich auf, wonach er, ihre Hand an die Brust hebend, die bekannten Fingerübungen mit ihr machte. Ihr den Ring anzustecken, der jetzt merklich zu weit war, fügte sich wunderbar in die Bewegungen ein.

Aber Faith, die ihn aufmerksam beobachtete, entging sein Trick nicht.

»Ich will eben nichts unversucht lassen«, beantwortete er ihren fragenden Blick. »Vielleicht ist sie so empört über meine Aktion, daß sie aufwacht, um mir den Kopf zurechtzusetzen.«

»Sie hat ihn ab und zu getragen«, erzählte Faith und schaute Rachel an, als erbitte sie die Erlaubnis von ihr, darüber zu sprechen.

»Bei welchen Gelegenheiten?«

»Immer am vierten Juli.«

An ihrem Hochzeitstag! »Und warum?«

»Sie sagte, es knüpften sich schöne Erinnerungen daran, aber sie atmete jedesmal erleichtert auf, wenn der Tag vorüber war. Ich habe ihr immer wieder gesagt, sie solle die Vergangenheit ruhen lassen. Wenn ich ständig daran dächte, was ich früher alles tun konnte, als meine Beine noch intakt waren, wäre ich längst eine verbitterte Frau. Rachel ist das Gott sei Dank auch nicht geworden. Sie hat gelernt, mit den Erinnerungen zu leben.«

»Wissen Sie von dem Baby?«

Faith zog ihr Umschlagtuch enger um ihre Schultern. »Ja – sie hat mir davon erzählt.«

»Sie hätte es mir erzählen sollen.«

Die alte Frau mit dem sanften Faltengesicht dachte darüber nach, und als sie schließlich sprach, schwang keine Anklage in ihrer Stimme mit, sondern Resignation. »Sie sagte, sie sei auch vor Ihrer Hochzeit schwanger gewesen, und sie habe nicht gewollt, daß Sie noch einmal nur deshalb bei ihr blieben.«

Er starrte Faith entgeistert an. »Ich habe sie doch nicht geheiratet, weil sie schwanger war!« Er fuhr sich mit beiden Händen durch die Haare und lachte. »Victoria hatte unsere pompöse Hochzeit bereits lange bis ins kleinste geplant, als Rachel schwanger wurde – woraus Sie schließen können, daß wir schon davor beschlossen hatten, zu heiraten. Warum hat Rachel Ihnen nur einen solchen Unsinn erzählt?«

Faith zog die Brauen zusammen. »Hatten Sie noch nie eine Auseinandersetzung mit jemandem und haben sich danach so hineingesteigert, daß Sie dem betreffenden

Menschen alles mögliche andichteten?« Sie lächelte ihn herzlich an. »Starke Emotionen – ob positive oder negative – lassen uns Dinge manchmal in einem Licht sehen, das nichts mit der Realität zu tun hat. Rachel litt unter dem Verlust ihres Kindes und war, obwohl sie Ihnen nichts von der Fehlgeburt gesagt hatte, tief verletzt, weil Sie nicht bereit gewesen waren, Ihre Geschäftsreise abzubrechen. In ihren Augen war das die Bestätigung für ihre Befürchtung: daß Ihnen nichts an ihr lag.«

Er konnte sie verstehen – daß sie anrief und ihn bat, nach Hause zu kommen, weil es ihr nicht gutgehe, hätte ihm Grund genug sein müssen. Vor lauter Arbeit hatte er irgendwann aufgehört, ihr zu zeigen, wieviel sie ihm bedeutete. Seine Weigerung, auf ihren Hilferuf zu reagieren, zeigte, in welchem Maße er seine Frau vernachlässigt hatte. Seine Strafe dafür waren sechs Jahre ohne sie gewesen. Sechs verlorene Jahre.

Er strich mit der Daumenkuppe über die fast abgeheilte Schürfwunde an ihrer Wange.

Wo bist du Rachel?

Als wolle sie ihm auf diese Weise antworten, bewegte sie die Augen unter den geschlossenen Lidern.

Zweiundzwanzigstes Kapitel

JACK BEUGTE SICH TIEFER ÜBER SIE. »Rachel?« Ihre Augäpfel bewegten sich, doch ihre Lider blieben geschlossen. »Rachel?« Vielleicht träumte sie ja. »Rachel! Wach auf, Engel! Ich weiß, daß du mich hörst! Mach die Augen auf! Mach deine Augen auf!«

Die Bewegungen dauerten noch etwa eine Minute lang an, dann hörten sie auf. Er wartete. Nichts.

Er hätte sie am liebsten geschüttelt, aber als er ihre Schultern umfaßte, fühlten sie sich so zerbrechlich an, daß er kaum wagte, sie festzuhalten. »Tauch nicht wieder ab, Rachel! Bitte nicht! Es ist Zeit, aufzuwachen!« Aber sie hörte nicht auf ihn, wählte rein aus Trotz wieder einmal den runden Fünfer anstatt des verlangten flachen Pinsels. »Okay.« Er ließ sie los und richtete sich auf. »Wenn du weiterschlafen willst, dann tu das. Ich an deiner Stelle würde die Menschen, die mich lieben, nicht so lange quälen – und ich würde um nichts in der Welt versäumen wollen, mich bei der Ausstellung meiner Bilder zu zeigen, auf die ich so lange und hart hingearbeitet habe.«

Er verschränkte die Arme und trat vom Bett zurück, und seine Frustration schlug in Zorn um. »Sie tut das mit Absicht«, erklärte er Faith. »Es ist eine Revanche. Sie will mich für die Jahre bestrafen, in denen sie sich von mir beherrscht fühlte. Aber warum hat sie nie ein Wort darüber verloren? Statt dessen sagte sie, sie möge San Francisco nicht, sie habe es nie gemocht. Und dann verließ sie mich. War das nicht Strafe genug?«

Faith lächelte nur ihr liebes, trauriges Lächeln.

* * *

RACHEL BEWEGTE zwar ihre Augäpfel nicht mehr, aber als Jack mit den Mädchen kam, zuckten ihre Lider ab und zu, als ob sie die Augen öffnen wollte. Und plötzlich stieg in Jack die Angst hoch, daß sie sie öffnen und für den Rest ihres Lebens ins Leere starren könnte. Es gelang den Ärzten zwar nicht, eine Pupillenreaktion zu provozieren, doch sie betrachteten die Entwicklung als Fortschritt. Jack betrachtete sie als Folter. Er konnte seine Ungeduld kaum noch zügeln.

Als Hope, die sich tief über ihre Mutter gebeugt hatte, um die Lider ganz genau zu betrachten, sich wieder aufrichtete, entdeckte sie den Ehering. Ihr Blick flog zu Jack, und er befürchtete schon, daß sie ihm Vorwürfe machen würde, weil er ihr Schmuckkästchen geöffnet hatte, als sie fragte: »Wo hast du den her? Hat sie ihn dir geschickt?«

»Sie hat ihn aufgehoben«, antwortete er ausweichend und schaute unsicher von einer Tochter zur anderen. »Ich dachte, er würde vielleicht helfen. Hat eine von euch ein Problem damit?«

Sie schüttelten die Köpfe.

* * *

In den Stunden danach kam Ben vorbei und dann Jan. Steve Bauer und Kara Bates machten wieder ihre Tests. Charlene schaute herein, und Nellie. Cindy drehte Rachel, die diesmal wieder dabei stöhnte. Duncan holte Faith ab. Steve erschien ein weiteres Mal. Katherine brachte Fast food zum Abendessen, und sie wedelten Rachel mit Pommes frites unter der Nase herum.

Um neun kehrte Ruhe ein. Hope war blaß und gähnte immer wieder, Samantha war schlechter Laune und Jack völlig erledigt.

Trotzdem konnten sie sich nicht entschließen zu gehen, sprachen abwechselnd zu Rachel, sagten die stets gleichen Dinge, bedrängten sie unaufhörlich in der Hoffnung, sie dermaßen zu nerven, daß sie aufwachen würde, damit sie endlich damit aufhörten.

Um zehn gaben sie auf und fuhren schweigend nach Hause. Auf halbem Weg begann es zu regnen. Als Jack bei den Briefkästen vom Highway abbog und in Rachels Tal fuhr, erwachte plötzlich der unwiderstehliche Drang nach körperlicher Bewegung in ihm.

»Ich mache einen Spaziergang«, erklärte er, als sie vor dem Haus aus dem Wagen stiegen. Bei Regen durch die Nacht zu wandern wäre auch nach Rachels Geschmack. »Kommt jemand mit?«

»Ich!«

»Ich!«

Das einzige, wofür sie sich vor ihrem Aufbruch noch Zeit nahmen, war das Abhören des Anrufbeantworters. Er hatte Nachrichten für Samantha von Lydia, Shelly und Brendan, für Jack von seinem Anwalt und dem potentiellen Hillsborough-Klienten, und eine von Victoria, die sich vor Freude über Rachels Fortschritt gar nicht beruhigen konnte und wieder anzurufen versprach.

Sie zogen Regenmäntel an, setzten die Kapuzen auf, nahmen die großen Stablampen mit, die Rachel für nächtliche Exkursionen immer griffbereit liegen hatte, und verließen das Haus. In offenem Gelände hätte der Regen ihnen ganz schön zu schaffen gemacht, aber die Bäume boten Schutz. Die Luft war kühl und roch nach feuchter Erde und feuchtem Holz.

Hope wollte Guinivere besuchen, und so wählte Jack diese Richtung, doch nachdem sie ein paar Minuten an dem kleinen Grab verweilt hatten, übernahm Samantha die weitere Gestaltung des Ausflugs: »Ich führe euch zu meinem Lieblingsplatz, aber ihr müßt die Augen zumachen, damit ihr nicht wieder hinfindet, denn er gehört nur mir.«

»Was für eine verrückte Idee«, sagte Jack. »Es ist stockfinstere Nacht – ich würde den Weg, den wir gehen, bei Tag niemals wiedererkennen.«

»Hope schon.«

»Auf keinen Fall«, versicherte Hope ihr.

Samanthas Unwillen war spürbar, aber sie drehte sich trotzdem um und ging voraus. Etwa fünf Minuten später kamen sie auf einer Route, die Sam Jacks Meinung nach mit Bedacht schwierig gestaltet hatte, zu einem Waldstück, in dem die Rotholzbäume besonders dicke und borkige Stämme hatten, unter deren zerklüftete Rinde man wie in ein Zelt kriechen konnte. Sam suchte in einem dieser Stämme Schutz, Hope in einem benachbarten Baum, und Jack fand ihnen gegenüber einen Hohlraum, der mehreren Personen Platz geboten hätte. Nachdem er den Strahl seiner Taschenlampe nacheinander auf die Verstecke seiner Töchter gerichtet und sowohl das Rot wie das Gelb eines Gummimantels hatte aufleuchten sehen, schaltete er sie aus.

Die Nacht war schwarz, die Regentropfen spielten Xylophon, und Jack hörte Rachel leise lachen und spürte, wie sie sich an ihn kuschelte.

Verloren in seine Träumerei erschrak er zu Tode, als plötzlich etwas gegen seinen Arm stieß.

Er zuckte zurück.

»Keine Angst!« flüsterte Hope. »Ich bin's bloß. Sei leise, ich will nicht, daß Sam merkt, daß ich hier bin, sonst sagt sie wieder, daß ich ein Feigling bin.«

Jack lachte. »Großer Gott – du hast mich gerade zehn Jahre altern lassen.« Aber er legte den Arm um sie und zog sie zu sich heran. Als plötzlich etwas hereinkroch, schrien sie beide auf.

»Was ist los mit euch?« rief Samantha und tastete sich zu Jacks freiem Arm. »Wen habt ihr denn hier draußen in der Wildnis erwartet? Jason?«

Jack lachte wieder – und er stellte sich vor, wie sie, in dem Hohlraum zusammengedrängt, aussahen. Das Bild, das er sich davon machte, erinnerte ihn an das gerahmte Foto von der Rangelei mit seinen Töchtern, das er mit dem Gesicht nach unten in Rachels Kommode gefunden hatte. Und plötzlich durchströmte ihn ein Glücksgefühl. Er hatte, mit seinen Mädchen in ein dunkles Loch gepfercht, in dem es nach nassem Holz und Gummimänteln roch, etwas wiedergefunden, das er für immer verloren geglaubt hatte.

Wenn doch Rachel sie so sehen könnte! Nein – das durfte er sich nicht wünschen, denn dazu müßte sie tot sein, und diesen Gedanken weiterzuspinnen, weigerte er sich strikt. Trotzdem hatte er wieder das Gefühl, daß sie da war.

* * *

UND DIESES GEFÜHL HIELT SICH. Rachel begleitete sie auf dem Heimweg, sie stand mit Jack unter der Dusche, sie zog danach einen Bademantel an, der zu seinem paßte, half ihm, heiße Schokolade für die Mädchen zu machen, drückte ihnen einen Gutenachtkuß auf die jeweils andere Wange und folgte ihm ins Schlafzimmer.

Als er sich ins Bett legte, wollte er die Phantasie verscheuchen, aber es klappte nicht. Er setzte sich auf und starrte in die Dunkelheit. Eigentlich war er todmüde. Er schaute auf seine Uhr: halb eins.

Am liebsten wäre er ins Krankenhaus gefahren, aber er beschränkte sich auf einen Anruf und erfuhr, daß Rachel keine weiteren Reaktionen gezeigt hatte.

Er legte sich wieder hin und schlief zwei Stunden, rief wieder im Krankenhaus an, legte sich wieder hin und schlief diesmal drei Stunden. Er rief im Krankenhaus an, legte sich wieder hin, stand nach ein paar Minuten wieder auf und öffnete das Fenster. Es regnete noch immer, und die Luft wirkte belebend. Und er spürte es, spürte Rachel.

Als er sich umdrehte, entdeckte er Hope. Sie stand in der Tür und schaute ihn schweigend an.

»Spürst du etwas?« fragte er.

Sie nickte.

»Mir geht es genauso. Ich denke, wir sollten fahren.«

* * *

Eine halbe Stunde nach Tagesanbruch hatte der Regen sich zu einem Nieseln gemindert. Auf dem Highway herrschte kaum Verkehr. Hope saß schweigend hinten. Sam, den Ellbogen auf die Armlehne an der Tür, das Kinn auf die Faust aufgestützt, mit geschlossenen Augen auf dem Beifahrersitz.

Jack wollte auf dem Parkplatz gerade in die gewohnte Lücke einbiegen, als er es sich anders überlegte. Dieser Parkplatz hatte kein Glück gebracht. Vielleicht wäre ein anderer kooperativer.

Als sie das Krankenhaus betraten, versuchte er sich zu beherrschen, aber er brachte einfach nicht die Geduld auf, den Lift abzuwarten. Immer zwei Stufen auf einmal nehmend, hetzte er, die Mädchen dicht auf seinen Fersen, die Treppe hinauf und lief mit großen Schritten den Flur hinunter zu Rachels Zimmer und erwartete wider alle Vernunft, die er sich selbst gepredigt hatte, Rachel mit offenen, wachen Augen und einem Lächeln auf dem Gesicht im Bett sitzen zu sehen.

Sie drängten sich alle gleichzeitig durch die Tür – und blieben wie angewurzelt stehen. Rachel lag genauso reglos da, wie sie sie gestern verlassen hatten.

»Mom!« rief Hope, und Samantha stieß einen Jammerlaut aus.

Jack hatte das Gefühl, als wiche alle Energie aus seinem Körper. Abgrundtiefe Enttäuschung schnürte ihm die Kehle zu. Mit zitternden Knien ging er zum Bett, ließ das Geländer herunter, setzte sich in Höhe von Rachels Hüfte auf die Kante, stützte sich rechts und links von ihr ab und hauchte ihr einen Kuß auf die Lippen.

»Was ist los, Daddy?« fragte Hope.

»Ich glaube, wir haben uns so sehnlichst gewünscht, daß Mom aufwachen würde, daß wir uns eingebildet haben, es würde passieren.«

»Langsam wird es öde«, beschwerte sich Samantha.

»Du spielst mit uns, Rachel«, warf Jack ihr vor. »Das ist nicht fair. Es ist nicht nett.« Er stand auf und ging ans Fenster, aber schon Sekunden später saß er wieder über sie gebeugt auf dem Bett.

Diesmal versuchte er, sie mit der Kraft seines Blicks zu zwingen, die Augen zu öffnen, starrte sie unverwandt an. Und plötzlich tat sich etwas. Ihre Augäpfel schossen hin und her, und eine senkrechte Falte bildete sich zwischen ihren Brauen, genau an der gleichen Stelle, wo seine verlief. Die schmale Furche glättete sich wieder. Als sie gleich darauf neuerlich erschien, gab Jack alles, beschimpfte Rachel, weil sie ihnen dieses unerträgliche Wartespiel zumutete, bettelte und flehte, alles, um endlich zu erreichen, daß sie aufwachte. Er hörte eines der Mädchen etwas rufen, achtete jedoch nicht darauf – seine ganze Kraft war auf Rachel konzentriert.

Da war die senkrechte Falte wieder. Die Bewegungen der Augäpfel wurden langsamer. Auch diesmal ignorierte er die Stimme im Hintergrund.

Komm schon, Rachel, komm schon, komm schon!

Ihre Lider flatterten, schlossen sich fest und hoben sich dann langsam.

Jack wagte kaum zu atmen. Nach ein paar erstickten Lauten hinter ihm war nichts mehr zu hören. Rachels Augen waren auf ihn gerichtet, so unverwandt und ohne zu blinzeln, daß er schon fürchtete, sie nähme ihn gar nicht wahr. Und dann lösten sie sich plötzlich von ihm und wanderten an ihm vorbei.

»Mommy!« rief Hope.

Rachels Blick glitt zu Samantha, die tonlos »O Gott!« flüsterte.

Als Rachels Augen zu ihm zurückkehrten, stand Verwirrung darin. Langsam schlossen sich ihre Finger locker um ihren Daumen, während sie von Hope zu Samantha schaute und wieder bei Jack landete. In Jack erwachte die Befürchtung, daß sie an Gedächtnisschwund litt, doch da kehrte ihr Blick zu den Mädchen zurück, und ein Lächeln erhellte ihre Züge. Mit schwacher, aber unverkennbarer Stimme fragte sie: »Was ist los?«

Jack stieß einen Freudenschrei aus, und dann stürzten die Mädchen zu ihrer Mutter, umarmten und drückten sie und weinten und lachten in einem. Jack konnte es zwar kaum erwarten, Rachel ebenfalls zu umarmen und zu drücken, doch er ließ ihnen Zeit, denn die drei waren die Hauptpersonen in diesem Stück – Rachel und ihre Töchter. Sie war aufgewacht. Sie war wieder da. Nach einem weiteren Juchzer verließ er das Zimmer, um den Ärzten die Freudenbotschaft zu überbringen.

Katherine schlief noch, als das Telefon klingelte. Verschlafen nahm sie den Hörer ab und meldete sich, doch in der nächsten Sekunde saß sie kerzengerade im Bett.

»Richtig wach?«

»Richtig wach.«

»Hat sie schon was gesagt? Kann sie sich erinnern?«

»Es ist alles noch ein wenig verwirrend für sie, aber sie ist bei klarem Verstand.«

»O Jack! Das ist die beste Neuigkeit! War Steve schon bei ihr?«

»Er ist auf dem Weg.«

»Das bin ich auch gleich.« Als sie unter der Dusche stand, fiel ihr ein, was Rachels Erwachen vielleicht für Jack bedeuten würde. Sie nahm sich vor, viele gute Worte für ihn bei ihrer Freundin einzulegen.

Sie trat aus der Duschkabine, trocknete sich dampfumwabert mit dem Rücken zum Spiegel ab, cremte sich ein und ordnete ihre Locken nach Gefühl mit den Fingern. Dann wickelte sie sich in ein trockenes Handtuch und ging wieder ins Schlafzimmer. Was sie sich gestern zum Anziehen herausgelegt hatte, war für den heutigen Festtag ungeeignet. Vielleicht würden sie gemeinsam zum Mittagessen gehen. Sehen würde sie ihn auf jeden Fall. Sie entschied sich für weichfließende Hosen und ein Lagentop und ging zurück ins Bad, wo sie den Kleiderbügel an die Tür hängte und nach ihrem Büstenhalter griff. Doch sie überlegte es sich anders und zog statt dessen zuerst die Strumpfhose und dann das Miederhöschen an, wonach sie mit der Hand hineinfuhr, um etwaige Falten herauszustreichen. Dann griff sie erneut nach dem Büstenhalter.

Er war schwarz und eines der schicksten Modelle von

Victoria's Secret. Sie sah wundervoll darin aus. Sie sah sexy darin aus. Sie würde Steve damit gefallen.

Und ohne?

Der plastische Chirurg hatte gesagt, ihre Brüste sähen gut aus. Auch Rachel hatte das gesagt. Und was würde Steve sagen? Sie glaubte nicht, daß er die Flucht ergriffe.

Es war an der Zeit, daß sie den gleichen Mut bewiese wie er.

Der Spiegel war inzwischen wieder klar. Sie straffte ihre Schultern, atmete tief durch und riskierte zum ersten Mal seit vielen Monaten einen ausgiebigen Blick.

* * *

Die gute Neuigkeit verbreitete sich wie ein Lauffeuer. Ärzte kamen und machten ihre Tests. Schwestern kamen und halfen. Familien anderer Komapatienten versammelten sich mit wehmütigen Gesichtern vor der offenen Tür, um einen Blick auf die Frau zu werfen, die geschafft hatte, worauf sie bei ihren Angehörigen noch warteten.

Jack hatte sich hinter Rachels Kopf zurückgezogen. Er war da, und auch wieder nicht. Eine Mischung aus Erleichterung und Sorge, Glück und Angst erfüllte ihn. Er war der Exmann, hatte nichts mehr zu sagen.

Dreiundzwanzigstes Kapitel

RACHEL WACHTE mit dem Gedanken an Jack auf, wie sie es jeden Morgen tat, doch dann sah sie ihn in Fleisch und Blut vor sich, nur ein paar Zentimeter entfernt und mit einem alarmierten Gesichtsausdruck. War einem der Mädchen etwas passiert? Nein – die standen, offenbar wohlbehalten, im Hintergrund. Wenn sie alle zusammen hier waren, dann mußte ihr Leben in Big Sur und ihre Trennung von Jack ein Traum gewesen sein. Aber als sie ihre Töchter genauer anschaute, sah sie, daß sie dafür zu groß waren, und auch Jack sah älter aus als zu der damaligen Zeit, hatte jetzt eher beige als pecannußbraune Haare und mehr Falten auf der Stirn. Die sechs Jahre waren also doch vergangen. Mit Jack? In San Francisco? Nein – dazu war ihr Big Sur zu gegenwärtig, der Wald, ihr Haus, die Küste. Und ihr Einsamkeitsgefühl. Sie war wirklich geschieden. Aber sie trug ihren Ehering. Merkwürdig. Und er war plötzlich so weit. Das war genau so unverständlich wie ihr Zustand. Sie fühlte sich schwach, wie benebelt, und ihr Körper schien eine Tonne zu wiegen.

Sie spürte steife Bettwäsche unter ihrer Hand, und es roch so seltsam ... Sie lag im Krankenhaus! Jack hatte die Mädchen also zu Besuch hergebracht. Dann würde er sicher nicht lange bleiben. Er blieb nie lange. Ihr Blick kehrte zu den Mädchen zurück, die ebenso besorgt und angespannt wirkten wie ihr Vater. Um sie aufzumuntern, lächelte sie sie an.

Und dann war es, als liefe eine angehaltene Videokassette an. Die beiden stürzten auf sie zu, Jack stand auf, und sie umarmten sie und lachten und weinten gleichzeitig und erzählten ihr von einem Unfall, an den sie sich nicht erinnerte, von einem Koma, an das sie sich nicht erinnerte, von einem gebrochenen Bein, einem Blutgerinnsel, zuckenden Lidern und Stöhnlauten.

Sie hatte sechzehn Tage hier gelegen! Jetzt begriff sie, warum sie sich so schwach fühlte und warum ihre Finger so dünn waren. Wenn man so lange nicht richtig aß, mußte man ja abnehmen. Abgesehen von den Einstichstellen der Infusionsnadeln tat ihr nichts weh. Die schlimmen Schmerzen hatte sie verschlafen.

Die Mädchen erzählten, daß Jack bei ihnen in Big Sur wohnte, daß Jack sie zur Schule führe und abholte, daß Jack jeden Tag bei ihr im Krankenhaus gewesen sei. Jack sagte gar nichts. Er war irgendwo außerhalb ihres Gesichtsfeldes verschwunden. Sie schloß die Augen. Zu vieles war zu schnell auf sie eingestürmt. Jack hatte sich also auf seine Vaterpflichten besonnen. Dafür war sie dankbar.

Sie ruhte sich ein wenig aus und versuchte sich darüber klar zu werden, was sie in den sechzehn Tagen alles versäumt hatte. Langsam, ganz langsam fiel ihr eines nach dem anderen ein.

Als sie die Augen wieder öffnete, saßen Samantha und Hope links und rechts von ihr auf der Bettkante und betrachteten sie mit großen, ängstlichen Augen. Das war nach ihrem sechzehntägigen Koma verständlich. »Ich bin hier«, sagte sie und lächelte, als die Züge ihrer Töchter sich jäh entspannten. Aber sie war noch immer etwas verwirrt. Sie fragte nach dem Wochentag und nach der Uhrzeit, und dann fragte sie die Mädchen, warum sie nicht in der Schule seien.

»Wir haben so lange darauf gewartet, daß du aufwachst«, sagte Samantha. »Dad hat uns erlaubt, heute zu schwänzen.«

Was hatte er ihnen wohl sonst noch alles erlaubt? Sonntagsväter verwöhnten ihre Kinder. Jack tat das für gewöhnlich in Form von Geschenken, aber wenn er die ganze Zeit mit den beiden zusammen gewesen war, hatte er andere Möglichkeiten gehabt. Es klang, als habe er eine Menge Pluspunkte gesammelt. Ihre Töchter schwärmten ja in den höchsten Tönen von ihm, was besonders bei Samantha erstaunlich war.

Eine nette Krankenschwester – Cindy, wie die Mädchen ihr sagten; sie hat Dad geholfen, dich zu pflegen; sie ist unheimlich lieb – ließ das Kopfteil ihres Bettes ein Stück hochfahren. Rachel wurde schwindlig, aber es ging vorbei, und der Redestrom der Mädchen floß erneut. Samantha zählte alle Leute auf, die zu Besuch gekommen waren. Hope erzählte ihr von den Blumen und den Grußkarten, von der Nachtwäsche und dem Parfüm. Samantha erzählte ihr von Fayes Rinderbraten und von Elizas Pecannußbrötchen. Hope erzählte ihr, daß Katherine in Dr. Bauer verliebt sei.

Als Samantha ihr von der Ballnacht erzählte, war Rachel bestürzt. Als Hope ihr erzählte, daß Guinivere gestorben sei, weinte Rachel.

Jack verschwand irgendwohin, und das war ihr sehr recht – ihre Familie bestand jetzt nur noch aus ihren Töchtern –, aber sobald er gegangen war, fingen die Mädchen wieder an, von ihm zu reden.

»Er ist nach dem Unfall mitten in der Nacht hergekommen.«

»Er liebt den Wald, und wenn er spazierengehen will, fragt er uns immer, ob wir mitkommen.«

»Er hat das Rezept herausgesucht und vor dem Ball deinen Lieblingsdip für meinen Reinfall Teague und mich gemacht.«

»Er hat sogar einen Sarg für Guinivere gemacht. Er hat sogar das Grab ausgehoben.«

»Er hat dir einen neuen Wagen gekauft, Mom. Der wird dir gefallen!«

»Er hat deine Bilder gerahmt, damit die Ausstellung stattfinden kann.«

»Er hat in den zwei Wochen fast gar nicht gearbeitet. Ich glaube, er hat sich geändert.«

Rachel lächelte und nickte, und dann schlief sie ein, was eine wunderbare Methode war, nicht zu hören, was sie nicht hören wollte. Als sie aufwachte, starrten die Mädchen sie wieder angstvoll an.

Diesmal mußte sie lachen. »He, ihr zwei – ihr könnt doch nicht jedesmal in Panik geraten, wenn ich einschlafe.«

»Du hast ja keine Ahnung, wie schrecklich es war!« rief Samantha, und dann erzählten sie es ihr noch einmal haarklein, bis sie ihnen nachfühlen konnte, was sie empfunden hatten.

»Ihr sagt, euer Vater hat die Bilder gerahmt?« wechselte sie schließlich das Thema.

»Gerahmt und abgeliefert«, sagte Hope.

»Ben bereitet alles für die Ausstellung vor«, ergänzte Samantha. »Wir haben ihn in letzter Zeit nicht oft gesehen. Dad hat dich nur allein gelassen, wenn er uns von der Schule abholen mußte.«

Rachel wollte gerade fragen, warum sie sich so für ihren Vater ins Zeug legten, als Katherine hereinkam, die liebe Katherine, die sich um die Mädchen gekümmert hätte, wenn Jack nicht gekommen wäre, die kluge, tüchtige, emanzipierte Katherine, die tatsächlich errötete, als der Arzt, der sich Rachel zuvor als Steve Bauer vorgestellt hatte, noch einmal vorbeischaute. Hope schien recht damit zu haben, daß sie in ihn verliebt war. Katherine hatte wieder Mut gefaßt! Rachel war überwältigt. Aber das war nicht das Thema, das sie anschnitt, als sie schließlich ein paar Minuten mit ihr allein war.

Sie wackelte mit ihrem Ringfinger. »Was hat es damit auf sich?«

»Hast du ihn denn nicht darauf angesprochen?«

»Nein. Hast *du* ihn nach dem Unfall angerufen?«

»Ja«, erwiderte Katherine mit trotzig erhobenem Kinn. »Ich dachte mir, du würdest ihn gerne bei dir haben?«

»Bei mir haben?« echote Rachel. »Er hat mich im Stich gelassen. Du weißt doch, daß mir das immer noch weh tut.«

»Du liebst ihn noch – darum tut es weh. Und genau darum habe ich ihn angerufen.«

»Es tut weh, ihn zu sehen.«

»Er liebt dich auch immer noch – oder warum, glaubst du, war er die letzten sechzehn Tage hier?«

»Wegen der Mädchen.«

»Und deinetwegen.«

»Er fühlt sich verpflichtet.«

»Es liegt ihm etwas an dir.«

»Das ist nicht dasselbe wie Liebe. Wenn er mich liebte, wie hätte er mich dann so im Stich lassen können?« Rachel war erschöpft. »Wir haben das doch schon mehrfach durchgekaut, Katherine. Du kennst meine Einstellung.«

»Dann nimm den Ring ab«, sagte ihre Freundin.

Aber dazu war Rachel im Moment zu müde, und als sie aufwachte, war sie von Krankenhauspersonal umringt, und da wäre es ihr peinlich gewesen. Außerdem, dachte sie, war der Ring vielleicht ein Glücksbringer. Schließlich hatte sie ihn getragen, als sie aus dem Koma erwachte. Sie könnte ihn ja noch am Finger behalten, bis sie nach Hause käme.

* * *

ALS KATHERINE RACHELS Zimmer verließ, sah sie Steve in einiger Entfernung mit einer Krankenschwester reden und blieb stehen. Sie genoß es, seine Mimik und seine Gesten zu beobachten und ihn lächeln zu sehen, als ein Kollege sich dazustellte.

Warum hatte sie sich ausgerechnet für ihn entschieden? Weil er ein guter Arzt und ein kluger, liebenswürdiger und sensibler Mann war? Weil er das richtige Alter hatte? Weil er von der Größe her zu ihr paßte und eine phantastische Figur hatte?

Als er in ihre Richtung schaute und sie entdeckte, grinste er, sagte etwas zu seinem Kollegen und der Schwester und kam dann in seinem lässigen Gang auf sie zu. Als er bei ihr angelangt war, strahlte er. »Der Tag schreit nach einer Feier«, sagte er.

Sie nickte, ebenfalls strahlend.

Er musterte sie kurz von oben bis unten, und sein Blick war wie ein Streicheln. »Du siehst großartig aus.« Er schaute auf seine Uhr und fragte dann in schmeichelndem Ton: »Hast du Zeit? Ich kann heute nachmittag ein paar Stunden freinehmen.«

»Ich weiß nicht recht«, zögerte Katherine. »Am Donnerstag ist im Salon immer der Teufel los.«

»Wie wär's dann mit einer Stunde?«

Sie schüttelte den Kopf. »Ich bin heute sowieso schon spät dran. Wie wär's am Montag?«

Sein Mienenspiel drückte in rascher Folge Enttäuschung, Zweifel und Mißtrauen aus. Auch das gefiel ihr: Sie konnte sehen, was in ihm vorging. »Hat das Restaurant montags nicht geschlossen?«

»Nur im Winter.«

»Dann steht die Verabredung?«

»Mmm«, erwiderte sie, dankbar für die Galgenfrist. »Am Montag ist der Salon zu – da kann ich frei disponieren.«

»Dann bestelle ich einen Tisch. Ist dir ein Uhr recht?«

Sie nickte.

Sein Blick suchte ihren Mund, und seine Lippen formten einen winzigen Kuß, den nur sie sehen konnte, dann hob er lächelnd die Hand und schlenderte den Korridor wieder hinauf. Katherine ging mit zitternden Knien, heißem Kopf und eiskalten Händen zum Lift.

* * *

Bis zum Donnerstag nachmittag hatte es sich herumgesprochen, daß Rachel aufgewacht war, und nun kamen die Besucher unaufgefordert. Wenn die Mädchen oder Katherine mit Rachel sprachen, fühlte Jack sich wie das fünfte Rad am Wagen. Von ihren Freunden beweihräuchert zu werden, war ihm unsäglich peinlich. Rachel warf ihm lediglich hin und wieder einen Blick zu, ohne jedoch erkennen zu lassen, was sie empfand.

Nach einer Weile stahl er sich hinaus und rief seinen Anwalt zu Hause an und Tina Cianni. Auf dem Rückweg zu Rachels Zimmer fing er einen Mann ab, der einen riesigen Luftballonstrauß von Victoria brachte – unglaublich! ein angemessenes Geschenk! – und befestigte ihn mit Hilfe einer fröhlichen Hope an dem Infusionsgalgen. Neuerlich nutzlos verließ er wieder das Zimmer und lehnte sich draußen neben der Tür an die Wand. Als Steve Bauer zu seiner für heute letzten Visite erschien, hielt er ihn auf.

»Wie geht es jetzt weiter?« fragte er. »Liegt das Koma endgültig hinter ihr?« Er wurde jedesmal von der gleichen Angst gepackt wie die Mädchen, wenn Rachel die Augen schloß. »Ich habe mal in der Zeitung von einem Mann gelesen, der aus dem Koma erwachte und sich genauso munter unterhielt wie Rachel jetzt. Am nächsten Tag fiel er ins Koma zurück und starb später, ohne wieder zu sich gekommen zu sein.«

»Soweit ich mich erinnere, hatte der Mann jahrelang im Koma gelegen. Rachels Erwachen war ein ganz logischer Vorgang: Sie lag sechzehn Tage im Koma, weil es so lange dauerte, bis die Hirnschwellung so weit zurückgegangen war, daß sie das Bewußtsein wiedererlangen konnte. Wir machen morgen Kontrollaufnahmen, aber ich erwarte nicht, daß wir noch etwas finden. Sie muß eine Zeitlang Medikamente nehmen, um die Gefahr zu minimieren, daß wieder eine Schwellung entsteht, und vielleicht ein halbes Jahr lang ein leichtes Antikoagulans, um sicherzustellen, daß sich nicht wieder ein Blutgerinnsel bildet, aber das ist auch schon alles.«

»Wann darf sie nach Hause?«

»Die Infusion kommt noch heute weg«, erklärte Steve. »Wir werden mit einer Flüssigdiät anfangen und zu festerer Nahrung übergehen, sobald sie sie verträgt. Wir werden noch einen Tag die Sauerstoffaufnahme überwachen und sie morgen früh aus dem Bett holen. Sie soll essen und laufen. Wenn ihre Blase wieder richtig funktioniert, gehört Rachel Ihnen.«

Jack wünschte, es wäre so einfach. »Was schätzen Sie – wie viele Tage muß sie noch hierbleiben?«

»Drei. Am Sonntag müßte sie zu Hause sein.«

* * *

Die Mädchen schliefen in dieser Nacht tief und fest – das wußte Jack, weil er alle paar Stunden nach ihnen sah. Sie freuten sich so darüber, daß ihre Mutter aufgewacht war, daß sie sich keine Gedanken über seine zukünftige

Rolle in ihrem Leben machten. Dafür beschäftigte ihn diese Frage um so mehr. Er schlief nur etappenweise, wachte vor Nervosität und Angst immer wieder auf. Und dann rief er jedesmal im Krankenhaus an. Rachel blieb bei Bewußtsein, und wenn sie nicht schlief, trank sie Saft oder aß Pudding.

Am Freitag fuhr er allein in die Klinik. Der Infusionsständer war verschwunden, Rachels Haare glänzten frisch gewaschen, und ihre Wangen hatten wieder Farbe. Auf dem Bettisch standen ein Teller mit Eiresten und Toastkrümeln und eine leere Kaffeetasse. Rachel lag in einem viel zu großen magentaroten T-Shirt, das sie noch zerbrechlicher wirken ließ, im Bett und las Zeitung. Der Ehering steckte zwar noch an ihrem Finger, doch sie schien erschrocken, Jack zu sehen.

»Wie geht's dir?« Er blieb an der Tür stehen. Wenn sie wollte, daß er näher käme, müßte sie es sagen.

»Besser«, antwortete sie.

»Wie ich sehe, durftest du schon duschen.«

Sie nickte lächelnd. »Mmm. Sie haben den Gips mit Plastikfolie umwickelt. Dieses Monster brauchte ganz schön viel Platz in der Kabine. Ich kriege später einen wasserdichten.«

»Das ist gut.« Er steckte die Hände in die Taschen seiner Jeans und schaute sich im Zimmer um. »Brauchst du irgendwas? Süßigkeiten? Zeitschriften?«

»Nein, danke. Wann fährst du in die City zurück?«

»Vorläufig nicht. Du wirst Hilfe brauchen.«

»Die Mädchen können mir helfen – in ein paar Wochen beginnen die Ferien.«

»Aber bis dahin springe ich gerne ein – es sei denn, du hättest lieber eine Krankenschwester. Dann engagiere ich eine.«

»Das wäre wohl das Beste, wenn du in die City zurück mußt.«

Er hatte doch gerade gesagt, daß er nicht in die City zurück mußte, oder? War denn gar nichts, was die Mädchen gesagt hatten, bei ihr hängengeblieben?«

»Perfektes Timing«, meinte Steve Bauer, als er an Jack vorbei ins Zimmer schlüpfte und zum Bett ging. »Ich möchte, daß Sie noch einmal den Flur hinunterspazieren«, teilte er Rachel mit. »Jack kann Ihnen helfen.«

»Ich habe mich ja von dem ersten Gewaltmarsch noch nicht erholt«, wandte sie ein.

»Sie haben was gegessen? Sehr schön. Wir werden in den nächsten Tagen dafür sorgen, daß Sie wieder etwas auf die Rippen bekommen. Und was den Gewaltmarsch betrifft – je mehr Sie laufen, um so kräftiger werden Sie und um so schneller funktioniert die Wasserleitung wieder. Sobald es soweit ist, dürfen Sie nach Hause.« Er streckte ihr die Hand hin.

Sie ergriff sie seufzend und ließ sich so weit hochziehen, daß sie saß. Als sie nicht mehr schwankte, zog er ihr einen roten, fellgefütterten Hausschuh an, gab ihr eine Krücke, half ihr aus dem Bett und reichte ihr die zweite Krücke. Als beide richtig saßen, blieb Rachel erst einmal mit gesenktem Kopf stehen.

»Okay?« fragte Steve leise und legte den Arm um sie. Jack beneidete ihn glühend.

Sie nickte und machte ein paar ungleiche Schritte.

»Tut die Hand weh?« erkundigte sich Steve.

»Es geht«, antwortete sie. Ihre Stimme war so schwach, wie sie aussah.

»Ist sie denn schon kräftig genug dafür?« sorgte sich Jack, der sie im Geist hinfallen und sich neuerlich verletzen sah.

Aber Steve blieb dicht neben ihr, um sie notfalls aufzufangen. »Sie muß üben – sonst kann sie nicht nach Hause.« Als sie bei Jack ankamen, sagte er: »Jetzt sind Sie dran.«

* * *

SIE GINGEN, immer wieder Pausen einlegend, langsam den Korridor hinunter.

»Okay?« fragte Jack und nach ein paar weiteren Schritten: »Kannst du noch?« Als sie am Ende des Flurs ankamen, sagte er: »Du machst das großartig«, und beim Rückweg auf halber Strecke: »Gleich hast du's geschafft.«

Sie antwortete nicht, war ganz darauf konzentriert, das Gleichgewicht zu halten. Als sie wieder in ihrem Zimmer ankamen, standen Schweißperlen auf ihrer Stirn. Jack half ihr ins Bett und fragte, ob er etwas für sie tun könne. Sie schüttelte den Kopf und schloß die Augen.

Er war verzweifelt.

* * *

»WIE GEHT'S MOM?« fragte Hope, als sie ins Auto stieg. Sie trug noch immer ihre Glücksstiefel, was Jack zeigte, daß sie noch immer Angst hatte.

»Sehr gut«, antwortete er und stieß die Beifahrertür für Samantha auf, die prompt dieselbe Frage stellte. »Sie hat schon den ganzen langen Flur auf Krücken geschafft, und zum Mittagessen gab's ein Sandwich.«

»Hast du das für sie geholt?« wollte Hope wissen.

»Eliza ist mir zuvorgekommen – sie hat es vorbeigebracht.« Er warf einen Blick in den Rückspiegel und fuhr los.

»Aber du warst den ganzen Tag bei ihr?«

»Ja.«

»Und – habt ihr geredet?«

Er warf ihr einen neugierigen Blick zu. »Worüber?«

»Du weißt schon – ob wir wieder alle zusammenleben werden«, sagte Hope, die zwischen den Lehnen hing.

Er hatte sich schon gedacht, daß ihre Loblieder auf ihn am Tag zuvor darauf abzielten. »Du sollst dich doch anschnallen, Hope.«

»Also – habt ihr darüber gesprochen?« hakte Samantha nach.

Jack schaute immer wieder in den Rückspiegel, bis er die Schließe von Hopes Sicherheitsgurt ins Schloß klicken hörte.

»*Dad!*«

»Nein, Sam – wir haben nicht darüber gesprochen. Eure Mutter ist jetzt erst einmal damit beschäftigt, wieder zu Kräften zu kommen. Sie will doch möglichst schnell nach Hause.«

»Und was wird dann?«

»Wie meinst du das?«

»Bleibst du da?«

»Das kommt darauf an.«

»Worauf?«

Er reagierte erst, als sie die Frage wiederholte. Ein Blick in den Rückspiegel zeigte ihm, daß Hope seine Antwort ebenfalls voller Spannung erwartete.

»Wie sich alles entwickelt«, wich er aus. »Aber erst einmal stehen andere Dinge im Vordergrund, und ich wäre euch dankbar, wenn ihr aufhören würdet, euch einzumischen. Alles klar?«

* * *

Er hatte tauben Ohren gepredigt.

»Dad war also den ganzen Tag bei dir?« fragte Samantha.

Sie waren erst vor fünf Minuten angekommen. Jack stand am Fenster und hatte den Mädchen zugehört, die Rachel von der Schule erzählten. Als die Frage fiel, senkte er den Kopf, schürzte die Lippen und wartete.

»Ja«, bestätigte Rachel. »Es ist nicht einfach, sich an die Krücken zu gewöhnen, und er ging ein paarmal mit mir den Korridor auf und ab. Und er brachte mir ein Eis mit heißer Schokoladensauce.«

»Mokka-Mandel?« erkundigte sich Hope hörbar aufgeregt.

»Mmm. Ich schlafe immer noch viel. Komisch – man sollte meinen, daß sechzehn Tage Schlaf eine Weile reichen.«

»Ich finde, Dad sollte bei uns bleiben«, sagte Samantha. »Wenn du wieder zu Hause bist, meine ich.«

Jack umfaßte seinen Nacken.

»Wir werden später darüber reden«, meinte Rachel.

»Wann später? Du darfst vielleicht schon in zwei Tagen heim. Er ist wirklich ein anständiger Kerl.«

»Das habe ich nie bestritten.«

»Vielleicht solltest du dir mal anhören, wie *er* die Sache sieht.«

»Sam!« Jack drehte sich um.

»Er hat wirklich *alles* getan, als du krank warst«, schwärmte Hope. »Er ist gleich nach Katherines Anruf aus der City hergekommen und hat eingekauft und gekocht und uns rumgefahren. Er hat sogar Faith zu dir gebracht. Wußtest du das?«

»Nein. Ich bin ihm dankbar dafür.« Rachel schaute Jack nicht an.

»Er ist dir zuliebe aus der Firma ausgestiegen«, rief Samantha.

»Das stimmt nicht«, widersprach Jack ihr.

Sie fuhr mit wehenden, blonden Haaren zu ihm herum. »Natürlich bist du ausgestiegen!«

»Das schon – aber mir zuliebe. Die Arbeit gefiel mir nicht mehr, und darum habe ich sie aufgegeben. Doch ich muß mir deswegen keine Sorgen machen. Im Gegenteil. Jetzt stehen mir neue Türen offen und ich kann mir meine Kunden endlich aussuchen, anstatt mir Projekte von David aufzwingen lassen zu müssen.« Er brach ab. Stundenlang über seinen Beruf zu sprechen, würde Rachel bestimmt nicht für ihn einnehmen.

Samantha starrte ihn trotzig an. »Wenn du nach San Francisco zurückgehst, gehe ich mit«, erklärte sie.

»Samantha!« rief Rachel tief gekränkt.

»Die Sommerferien fangen bald an – da kann ich mir einen Job dort suchen.«

»Das tust du nicht«, sagte Jack.

»Tue ich doch!«

»Nein, das wirst du nicht tun. Erstens, weil deine Mutter deine Hilfe brauchen wird, und zweitens, weil ich gar nicht in San Francisco wohnen bleibe. Ich ziehe hierher. Es gefällt mir hier – und wenn es sein muß, kaufe ich mir ein eigenes Haus.« Was war nur mit ihm los? Wollte er Rachel mit Gewalt verprellen? Überfahren zu werden, weckte ihren Widerspruchsgeist, und wenn sie ihn nicht in Big Sur haben wollte, könnte er seine schöne Idee vergessen. Er hatte sich nur so weit vorgewagt, weil Sam ihn dazu provoziert hatte, und das nahm er ihr übel. Diese Angelegenheit ging weder sie noch Hope etwas an – sie war einzig und allein Rachels und seine Sache.

Als Katherine plötzlich in der Tür stand, reagierte er schon wieder falsch, verließ zornig das Zimmer, anstatt sie zu bitten, ihnen die Mädchen für eine Weile vom Hals zu schaffen. Sie hatten Rachel geschildert, wie die letzten Wochen für sie gewesen waren, und er wollte ihr unbedingt schildern, wie es für ihn gewesen war.

Aber er konnte unmöglich zurückgehen. Außerdem hätte sie ihm sicher gar nicht zugehört – sie würdigte ihn ja kaum eines Blickes. Er hatte in den vergangenen sechzehn Tagen viel erfahren und daraus gelernt, aber wie konnte er erwarten, daß auch ihre Einstellung sich geändert haben könnte?

Frustriert ging er den Korridor hinunter zu den Telefonzellen. Heute war Freitag, und er hatte Myron Elliott versprochen, sich bei ihm zu melden. Es bestand kein Grund, den Anruf hinauszuzögern – er brauchte keine Bedenkzeit mehr. Wo auch immer er leben würde – diesen Auftrag wollte er nicht übernehmen.

* * *

»WARUM HAST DU denn nichts *gesagt?«* fragte Samantha.

»Er liebt dich, Mommy«, sagte Hope.

Katherine war ans Bett getreten. »Laßt ihr mich mal mit eurer Mutter allein, Mädels?«

»Vielleicht kannst du ja was ausrichten.« Sam warf Rachel einen feindseligen Blick zu und zog Hope am Arm aus dem Zimmer.

»Das waren ja kurze Flitterwochen«, bemerkte Rachel trocken.

»Und warum *hast* du nicht?« fragte Katherine.

Rachel schaute sie verwundert an. Warum hatte ihre Stimme einen so scharfen Unterton? »Warum habe ich was nicht?«

»Etwas zu Jack gesagt.«

»Ich verstehe nicht, was du meinst.«

»Er ist aus der Firma ausgestiegen, und er will hierherziehen – und du hast es dir nur schweigend angehört.«

»Hat er mich nach meiner Meinung gefragt?«

»Brauchst du dazu neuerdings eine formelle Aufforderung? Komm schon, Rachel – der Junge ist dir nicht von der Seite gewichen. Geh ihm ein bißchen entgegen.«

»Warum sollte ich?« rief Rachel. »Ich will nicht, daß er

hierherzieht. Okay, die Mädchen hängen an ihm, aber ich will ihn nicht in meiner Nähe haben. Big Sur ist mein Zuhause – was fällt ihm ein, sich hier reinzudrängen?«

»Er liebt dich.«

Rachel schloß die Augen und drehte den Kopf weg.

»Sag ihm, daß du ihn auch liebst.«

Rachel tat das Herz weh. Was Jack McGill betraf, war es mit diesem Schmerz altvertraut. »Ich weiß nicht, ob ich das kann«, sagte sie.

»Wovor hast du Angst?«

»Noch einmal von ihm im Stich gelassen zu werden.«

Rachel atmete tief ein und aus.

»Du möchtest lieber den Rest deines Lebens ohne ihn verbringen?«

Rachel wandte sich ihr wieder zu, öffnete die Augen und schaute Katherine vorwurfsvoll an. Sie konnte verstehen, daß ihre Töchter in einen Loyalitätskonflikt gestürzt worden waren, aber ihre beste Freundin sollte doch eindeutig auf ihrer Seite stehen. »Er hat mir ja *auch* nicht gesagt, daß er mich liebt – und erzähl mir jetzt nicht, daß er es gezeigt hat, denn das ist nicht dasselbe. Wenn er mich liebt, dann soll er es mir *sagen,* das Risiko eingehen, ein Nein von mir zu hören. Würdest du das nicht tun, wenn du etwas unbedingt wolltest?«

Katherine schaute sie eine Weile nachdenklich an und steuerte dann wortlos auf die Tür zu. Rachel wollte sie fragen, wohin sie gehe, brachte aber nicht die Kraft auf, ihr nachzurufen.

* * *

Katherine ging mit finsterer Miene den Flur hinunter. Sie war zornig auf Rachel, weil sie so starrsinnig war, zornig auf Steve, weil er so hartnäckig war, zornig auf sich selbst, weil sie Angst davor hatte, das Risiko einzugehen, das einzugehen sie gerade von ihrer besten Freundin verlangt hatte. Sie war zornig auf Jack – und darum traf es sich gut, daß sie ihn bei den Telefonzellen stehen sah.

* * *

Jack hatte seinen Anruf erledigt und wußte nicht, was er als nächstes tun sollte. Sein Leben hing in der Schwebe – sowohl beruflich als auch privat – und in dieser Situation war eine Telefonzelle genauso ein guter Aufenthaltsort wie jeder andere.

»Was machen Sie bloß?« fragte Katherine mit der Stimme und dem Ausdruck der Frau, die ihn vor sechzehn Tagen abgrundtief verachtet hatte.

Seine Seele fühlte sich ohnehin schon an wie rohes Fleisch – er konnte es nicht brauchen, daß sie noch darin herumstocherte. Er stieß sich von der Kabine ab und hob die Hand. »Nicht jetzt, Katherine«, sagte er und machte sich auf den Weg zum Lift.

»Wenn nicht jetzt, wann dann?« Sie hielt problemlos mit ihm Schritt. »Sie haben mir gesagt, daß Sie Rachel lieben und sie wieder heiraten möchten. Warum *sagen* Sie es *ihr* nicht?«

Er hielt sich das ihr zugewandte Ohr zu. »Nicht jetzt, Katherine.«

»Wann dann? Wollen Sie wieder in Schweigsamkeit

verfallen? Haben Sie nicht schon genug Zeit verloren? Jesus, Jack – haben Sie denn gar nichts gelernt?«

Er packte sie am Arm, blieb abrupt stehen und antwortete mitten in ihre Augen hinein mit einer Gegenfrage. »Wie steht es mit Ihnen?«

Das saß. Sie schluckte, blinzelte und machte sich los, schaute mit zusammengezogenen Brauen Richtung Stationszimmer und schlug dann die Augen nieder. »Ich habe den ersten Schritt getan«, sagte sie leise, »mich eingehend erforscht – und Sie hatten recht. Was ich zu bieten habe, ist nicht so schlecht.« Sie legte die Hand auf die Brust. »Bin ich mit diesen Dingern glücklich? Nein. Aber ich kann mit ihnen leben. Ich kann mit ihnen leben.«

Sie ließ ihre Hand sinken, straffte ihre Schultern und erklärte entschlossen: »Ich werde der Sache eine Chance geben, die altbekannte Zurückweisung riskieren, weil mir der Mann das wert ist.« Sie lächelte, und plötzlich war sie wieder die Freundin, an der ihm lag und die er brauchte. »Also – was ist? Können Sie sich nicht auch dazu überwinden?«

Aus ihrem Mund klang es ganz einfach. »Sie vergleichen Äpfel mit Birnen.« Er setzte sich wieder in Bewegung.

»Durchaus nicht – in beiden Fällen geht es um Offenheit.« Sie ging wieder neben ihm her.

»Aber wo ist ihre? Sie weiß, daß ich aus der Firma ausgestiegen bin, sie weiß, daß ich nicht mehr in San Francisco bleiben werde, sie weiß, daß ich mich in den sechzehn Tagen um sie gekümmert habe.« Er blieb vor dem Aufzug stehen und wandte sich ihr zu. »Und sie hat kein einziges, verdammtes Wort zu auch nur einem der Punkte gesagt.«

Katherine sah ihn eindringlich an. Er spürte echte Zuneigung – von ihr für ihn und von sich für sie –, als sie ihre Hand auf seinen Arm legte. »Vor drei Wochen habe ich Sie noch für einen altgewordenen grünen Jungen gehalten. Grüne Jungs denken nicht, analysieren nicht, begreifen nichts. Sie *tun* nur – was auch immer, wo auch immer, wie auch immer. Aber Sie haben bewiesen, daß mehr in Ihnen steckt, Jack.« Sie drückte seinen Arm. »Sie fragen mich, warum Rachel nicht mit Ihnen spricht.« Sie tippte sich an die Stirn. »Denken Sie nach.«

Nach einem weiteren eindringlichen Blick und einem tiefen Atemzug, mit dem sie, wie ihm schien, all ihren Mut zusammennahm, drehte sie sich um und ging in die Richtung zurück, aus der sie gekommen war.

* * *

Je näher Katherine dem Stationszimmer kam, um so blümeranter wurde ihr, und als sie den Kopf zur Tür hineinstreckte, begannen ihre Knie zu zittern. Als sie auf ihre Frage, ob Dr. Bauer im Haus sei, die vage Antwort »Irgendwo da hinten« erhielt, stand sie einen Moment ratlos auf dem Flur herum, doch dann kam Steve Bauer plötzlich am anderen Ende aus einem Zimmer. Er entdeckte sie und beschleunigte seine Schritte, seine blauen Augen lächelten, und nun begann auch eine andere Körperregion von Katherine zu zittern, genauer gesagt, zu erbeben. Und dann stand er mit den Händen in den Taschen seines Arztkittels, wodurch die Revers nach außen verzogen wurden, vor ihr und hob fragend die Brauen.

»Kannst du kurz weg?« flüsterte sie.

Er wechselte ein paar Worte mit der Stationsschwester und ging dann mit Katherine zum Lift.

Die Fahrt war kurz, und sie waren allein, er lehnte an einer Wand, sie an der ihm gegenüber. Katherine verwendete die Zeit darauf, alle Dinge zu rekapitulieren, die dafür sprachen, daß er sie nicht enttäuschen würde, aber letztendlich war es der Gedanke an Jack und Rachel, der sie bei der Stange hielt. Wenn sie von ihnen erwartete, eine Niederlage zu riskieren, mußte auch sie dazu bereit sein.

Der Lift brachte sie ins Erdgeschoß, wo Steve erst mit dem Zeigefinger nach draußen deutete und dann mit dem Daumen in die Richtung eines langen Korridors. »Geht es um Rachel?« fragte er, und als sie den Kopf schüttelte, entschied er, dem Daumen zu folgen, nahm sie bei der Hand zog sie den Flur hinunter, dann um eine Ecke und in einen kleinen dunklen Raum. Er lehnte sich an die Tür, um sicherzustellen, daß niemand sie öffnen könnte, und griff mit beiden Händen in Katherines Haare. »Das ist so phantastisch«, flüsterte er und zog ihr Gesicht zu sich heran. Bei diesem Kuß hatten sie keinen Schaltknüppel zwischen sich, ihre Körper berührten sich unbehindert. Ein tiefer Atemzug verursachte eine Wellenbewegung. Katherine wußte nicht, wer von ihnen beiden da so tief Atem geholt hatte, aber das Beben in ihrem Unterleib wurde noch heftiger.

Nach einer unmöglich einschätzbaren Zeit lösten Steves Lippen sich von ihren, er nahm sie in die Arme, und ihr Kopf landete an seiner Schulter. Der Geruch von Wäschestärke und einem dezenten Herrenduft stieg ihr in die Nase.

Ihr Oberkörper war an den seinen gepreßt, und sie fragte sich, ob ihm wohl etwas daran merkwürdig vorkäme.

»Wo sind wir eigentlich?« erkundigte sie sich, denn außer ihrem heftigen Atmen hörte sie auch noch das Summen einer Maschine.

»In der Besenkammer«, murmelte er in ihre Haare. »Ich wollte es schon immer mal in der Besenkammer tun. Wenn ein Arzt seinen Kittel wert ist, dann hat er es mindestens einmal in der Besenkammer getrieben, stimmt's?«

»Das gilt nur für Fernsehserien«, rügte sie ihn und war froh, daß er in der Dunkelheit nicht sehen konnte, wie ihre Wangen glühten. »Wir müssen reden, Steve. Ich muß mit *dir* reden. Du mußt einige Dinge über mich erfahren, ehe unsere Beziehung sich weiter vertieft.«

Er begann zu schnurren wie ein Kater und drückte sie noch fester an sich.

Sie hätte sich gerne gehenlassen, aber die Angst vor einem Desaster saß zu tief. »Es gibt für keine Beziehung eine Garantie«, begann sie mit zittriger Stimme, »weil niemand weiß, was die Zukunft bringt. Sieh dir zum Beispiel Rachel an. Sie fährt kerngesund von zu Hause weg und kurz darauf liegt sie im Koma. Wir gehen davon aus, daß es uns nächste Woche noch gibt, aber du könntest beim Joggen überfahren werden und ich ... ich habe Brustkrebs.«

Sie hatte mit einer Schrecksekunde gerechnet, aber Steve atmete nicht anders als vorher.

»Du *hattest* Brustkrebs«, korrigierte er sie gelassen. »Vergangenheitsform. Du bist geheilt.«

Katherine stockte der Atem. Sie lehnte sich in seinen Armen zurück. »Woher weißt du das?«

»Als ich dich nach Rachels Unfall hier sah, kamst du mir bekannt vor, und dann erlebte ich, daß der Anästhesist dich begrüßte. Ich zählte zwei und zwei zusammen und schaute in der Datenbank nach.«

Sie hätte ihn weggestoßen, wenn er die Hände nicht über ihrem Steißbein verschränkt gehabt hätte. »Das war unethisch, Steve!« empörte sie sich. »Eine Verletzung meiner Intimsphäre.« Sie war entsetzt.

»Da hast du schon recht – aber ich wollte unbedingt etwas über dich erfahren. Kannst du es nicht als Kompliment betrachten?«

Und sie hatte sich das Gehirn zermartert, wie er wohl auf ihre Eröffnung reagieren würde! »Warum hast du mir nicht gesagt, daß du Bescheid weißt?«

»Ich wollte wissen, ob dir genug an mir läge, um es mir anzuvertrauen.«

»Na – das weißt du ja jetzt«, meinte sie trocken, und dann schossen ihr plötzlich Tränen in die Augen. »Es ist lange her, daß mir genug an einem Mann lag, um es ihm anzuvertrauen«, sagte sie mit erstickter Stimme. »Und der ließ mich daraufhin fallen wie eine heiße Kartoffel.«

»Fühlt sich das an, als würde ich auch abwehrend reagieren?« hörte sie ihn grinsen.

Was sie da spürte, zeugte sehr deutlich vom Gegenteil. »Vielleicht bist du ja pervers«, murmelte sie.

Er war nicht beleidigt. »Nein – es ist nur nicht so wichtig. Wir haben alle unser Päckchen zu tragen.«

»Was fehlt dir denn?«

»Noch nichts. Aber mein Vater starb mit zweiundvierzig an Prostatakrebs und sein Vater mit achtundvierzig an Lungenkrebs, womit ich quasi eine Zeitbombe bin und mein Leben entsprechend genießen möchte. Dazu gehört auch der CJ-7. Ich habe ihn mir mit fünfzig gekauft, weil ich dachte, nachdem mich bisher nichts umgebracht hatte, würde mich auch ein offener Wagen nicht umbringen. Und weißt du was? Ich liebe ihn. Er ist der billigste, den ich je besessen habe, aber ich bin mit keinem anderen so gerne gefahren. Es macht einfach Spaß. Und du paßt zu ihm.«

»Ich habe Implantate«, platzte sie heraus. »Hast du je mit einer Frau geschlafen, die unechte Brüste hatte?« Sie war erleichtert und gleichzeitg ängstlich.

»Nein – aber ich kann nicht sagen, daß sie sich unangenehm anfühlen.« Er drückte sie wieder fester an sich. »Nein – wirklich nicht. Und außerdem hast du Dinge zu bieten, die viel mehr ins Gewicht fallen.« Jack hatte es ähnlich formuliert. Zwei Männer, die sie kannte, wußten die richtigen Prioritäten zu setzen. Es war kaum zu glauben. »Mein Mann hat es nicht verkraftet. Er konnte sie nicht einmal ansehen, geschweige denn berühren. Und an eine Erektion war gar nicht mehr zu denken.«

»Dieses Problem habe ich nicht.«

Weiß Gott nicht – sie überstand sogar ihr Gespräch.

»Wäre es nicht möglich, daß ein Unterschied zwischen Theorie und Praxis besteht?«

Er ließ sie los und umfaßte im Dunkeln ihr Gesicht. »Willst du mich testen? Hier? Jetzt gleich? Ich bin dabei.«

Katherine mußte lachen. Sie war fast versucht, ihm zu glauben.

»Deine Brüste stören dich offenbar bedeutend mehr als mich«, sagte er.

Vielleicht hatte er recht.

»Wenn du noch nicht soweit bist, dann warte ich. Es fällt mir zwar nicht leicht, wie du dir sicher denken kannst, aber ich werde mich gedulden. Bis dahin muß ich mich eben hiermit begnügen«, grinste er, fing ihre Lippen ein und versetzte sie innerhalb von Sekunden mit seiner Zunge und seinen Zähnen in einen Zustand, der sie beinahe alle Bedenken hätte über Bord werfen lassen.

Ihre Brüste hätten ihn geliebt. Ein Jammer, daß sie nicht mehr da waren.

Aber *sie* war da. Sie war am Leben und gesund, und sie hatte einen liebenden Mann gefunden, der behauptete, sich nicht an einer Salzlösung zu stören. Sicher – er mußte noch den Beweis erbringen, aber sie war seit ihrer Operation noch nie so weit gekommen. Vielleicht war die Zeit der Enttäuschungen jetzt vorbei.

Vierundzwanzigstes Kapitel

JACK WAR KEIN GRÜNER JUNGE. Er dachte, er analysierte, er begriff. Er wartete darauf, daß Rachel reden würde, und sie wartete darauf, daß er reden würde. Wer auch immer den Anfang machte, setzte sich der Gefahr einer Zurückweisung aus.

Aber wenn er kein Risiko einginge, würde er mit Sicherheit wieder bei dem Leben landen, das er bis vor zweieinhalb Wochen geführt hatte. Dieses Leben war seicht, grau in grau, und die feuchte Kälte kroch ihm in die Knochen.

Rachels Leben hatte Tiefgang, es war bunt und voller Wärme. Sie konnte es sich leisten, darauf zu warten, daß er den ersten Schritt täte – sie hatte weniger zu verlieren, wenn es nie zu einem Gespräch käme.

Also müßte er ins kalte Wasser springen.

Das sagte ihm sein Verstand. Sein Herz sagte ihm, daß er sich ihr unmöglich in Gegenwart der Kinder offenbaren konnte, und wenn nicht die Mädchen bei Rachel waren, dann war Katherine da oder Charlene oder Faye, und dann kamen die Mädchen auch schon wieder.

Es wurde Abend, und er fuhr mit ihnen nach Hause. Die untergehende Sonne tauchte die Küstenstraße in bernsteinfarbenes Licht und verlieh den Wildblumen, Granitblöcken und grünen Hängen der ansteigenden Berge einen goldenen Schimmer.

Sag's ihr, frag sie, bitte sie, drängte ihn eine Stimme in seinem Kopf, die zwar leise, aber so durchdringend war, daß sie sich sogar gegen die Brandung durchsetzte, die hoch aufspritzend an die Felsen toste.

Sag's ihr, frag sie, bitte sie. Unaufhörlich wiederholte die Stimme die Litanei, und als er vor dem Haus aus dem Auto stieg, hatte sie ihn endlich mürbe gemacht.

»Wartet mal«, hielt er die Mädchen zurück, die gerade im Haus verschwinden wollten.

»Was ist los?« fragte Hope.

»Kann ich euch beide ein Weilchen allein lassen?«

»Wir sind doch keine Babys«, sagte Samantha, aber in freundlichem Ton.

»Ich ... äh ... ich muß mit eurer Mom reden.« Damit setzte er sich wieder hinters Steuer. Auf der Rückfahrt herrschte bereits Zwielicht, und er schaltete die Scheinwerfer ein, aber sie zeigten ihm nicht, was er suchte. Erst die Lichter von Carmel jenseits der Bucht brachten ihm die Erleuchtung.

* * *

Rachel war den Tränen nahe. Mit jeder Stunde wurde ihr klarer, was ihr widerfahren war. Der Unfall, das Koma, die Embolie – jedes einzelne davon hätte ihr Tod sein können. Sie hatte sich nie mit dem Gedanken befaßt, daß sie irgendwann ganz plötzlich sterben könnte – aber jetzt begriff sie, wie verwundbar sie war. Als diese Erkenntnis sie zu erdrücken drohte, dachte sie an Katherine und an Faith, und allein, sie sich zu vergegenwärtigen, spendete ihr Seelenkraft.

Und die brauchte sie dringend, denn plötzlich war ihr Leben wieder voller Jack. Von allen Seiten wurde sie mit Lobeshymnen über ihn berieselt oder bestürmt – je nach Temperament des Betreffenden – und es brachte ihre ganze Ordnung durcheinander. Sie hatte in ihrem Kopf Stapel angelegt – einen für jeden Menschen, der für sie eine Rolle spielte, und sie legte Wert auf eine gewisse Systematik. Also hatte sie den Jack-Stapel abseits von den anderen errichtet, um ein etwaiges Überborden in ihr restliches Leben zu verhindern. Manchmal jedoch, wenn sich die Gedanken oder Gefühle zu hoch darauf türmten, lösten sich einzelne und gerieten auf anderes Terrain, aber bisher war es ihr stets gelungen, sie schnell wieder an ihren Platz zu befördern. Auf diese Weise hielt sie sich aufrecht.

Doch jetzt war der Jack-Stapel überall verstreut – bei ihren Töchtern, bei Katherine, bei Freunden in Carmel, in ihrem Haus in Big Sur, bei Duncan und Faith. Sogar bis in ihre Arbeit hinein. Sie versuchte verzweifelt, ihn einzudämmen, aber ihr Herz hinderte sie daran. Es gelang ihr nicht, Jack von diesen anderen Bereichen ihres Daseins zu lösen.

Als er plötzlich in der Tür stand, sprang ihr Herz mit einem Satz in ihren Hals. Sie schluckte, aber es wollte nicht weichen.

»*Hi*«, sagte er und blieb unschlüssig auf der Schwelle stehen, doch nach ein paar Sekunden trat er ins Zimmer. »Ich habe die Mädchen zu Hause abgesetzt«, berichtete er und ließ, die Arme in die Seiten gestemmt, den Blick angelegentlich durchs Zimmer wandern. Schließlich kehrte er zu ihr zurück.

Sag etwas! beschwor sie sich, doch ihre Kehle war blockiert. Sag etwas! richtete sie ihren stummen Appell jetzt an ihn.

»Ich dachte ... na ja«, er räusperte sich, »es ... es ist zwar schon spät, aber wenn du ... ich meine ...« Er atmete tief durch und fragte in einem flüssigen Satz: »Hast du Lust auf eine Spazierfahrt?«

Jetzt ließen die Tränen sich nicht mehr zurückdrängen, überschwemmten ihre Augen und hingen dann wie Tautropfen an ihren Wimpern. Wie er da einen Meter fünfundachtzig groß in dem Sporthemd mit den bis zu den Ellbogen hochgekrempelten Ärmeln und den ausgewaschenen Jeans wie die personifizierte Unsicherheit vor ihr stand, bot er einen so rührenden Anblick, wirkte so lieb, daß andere Tränen nachdrängten und wie Tautropfen auf ihre Wangen fielen.

»Ich finde, du hast dir nach allem einen kleinen Ausflug verdient – es sei denn, der Unfall steckt dir noch zu sehr in den Knochen ...«

»Ich erinnere mich nicht an den Unfall.«

»Wenn du zu müde bist ...«

»Bin ich nicht.« Sie stemmte sich hoch, schob das Gipsbein über die Bettkante und streckte die Hände nach ihren Krücken aus. Ihr langes Nachthemd ließ Fuß und Gipsbein verschwinden.

»Wenn ich dich trage, mußt du dich nicht schinden«, sagte er so zärtlich, daß wieder ein paar Tränen über Bord gingen. Sie wischte sie mit den Handwurzeln weg und nickte. Er würde sie nicht zum ersten Mal tragen, seit sie sich kannten – aber zum ersten Mal seit weit vor der

Scheidung. Zum ersten Mal seit sechs langen Jahren würde sie wieder seine Nähe spüren.

Er schob die Arme unter sie und hob sie mit der gleichen behutsamen Fürsorglichkeit hoch, die seine Stimme ausgedrückt hatte.

Am Anfang war sie völlig verkrampft.

»Ist es unbequem?« fragte er, als er mit ihr auf die Tür zusteuerte.

»Nein – aber ich komme mir ein bißchen albern vor.« Sie hätte gerne die Arme um seinen Hals geschlungen und ihr Gesicht an seiner Kehle geborgen, aber sie wagte es nicht: Einem Bedürfnis nachzugeben, konnte einem Kummer bereiten, wenn das Objekt des Bedürfnisses einem wieder genommen wurde. »Darf ich das Krankenhaus denn überhaupt verlassen?«

Jack trug sie zum Stationszimmer und sagte zu den beiden Schwestern dort: »Ich mache mit meiner Frau eine Spazierfahrt. Wir sind in einer Stunde wieder zurück.«

Die Schwestern wechselten einen ratlosen Blick. »Das ist normalerweise nicht üblich.«

»Spricht vom medizinischen Standpunkt aus etwas dagegen?«

»Ich frage Doktor Bauer.« Eine der Schwestern griff zum Hörer.

Jack nahm das als Erlaubnis und machte sich mit Rachel auf den Weg zum Lift.

Ich bin nicht deine Frau, dachte Rachel, aber sie sagte es nicht, denn sie wollte die momentane Atmosphäre zwischen ihnen nicht vergiften. Sie entspannte sich ein wenig und dachte daran, daß sie gleich das neue Auto sehen würde. Sie freute sich darauf, nach der kliniksterilen endlich wieder einmal frische Luft zu atmen.

Als sie ins Freie kamen und die warme, dunkelblaue Nacht Rachel umschmeichelte, füllten sich ihre Augen erneut mit Tränen. Sie schluckte – und dann schnappte sie unwillkürlich nach Luft, als sie sah, auf welchen Wagen Jack sie zutrug. Er stand unter einer hohen Halogenlaterne. »Er ist ja rot!« rief sie begeistert. »Die Mädchen haben mir nicht erzählt, daß er rot ist! Ich hatte nie mehr ein rotes Auto seit ...«

»Seit dem VW. Ich dachte, es wäre an der Zeit.« Er mußte einen wahren Ballanceakt vollführen, um mit einer Hand die Beifahrertür öffnen zu können, und dabei hatte Rachel einen legitimen Grund, sich an ihn zu klammern. Viel zu schnell für ihren Geschmack setzte er sie vorsichtig in den Wagen. Er schob den Sitz so weit nach hinten, daß ihr Gipsbein bequem Platz hatte und schnallte sie an, ehe sie selbst dazu kam.

»Wofür?« fragte Rachel, als er hinter das Steuer glitt.

Er startete den Motor. »Wofür was?«

»Du sagtest, du dachtest, es sei an der Zeit. Wofür?«

»Daß ich dich endlich dafür entschädigte, daß ich deinen Wagen damals über deinen Kopf hinweg verkaufte. Das hätte ich nicht tun dürfen, denn du liebtest ihn.«

Dieses Eingeständnis nach so vielen Jahren überraschte sie. »Wo willst du eigentlich mit mir hin?« fragte sie, als sie den Parkplatz verließen.

»Zu P. Emmet's.«

»Um diese Zeit?«

»Freitags hat die Galerie doch immer länger geöffnet.«

»Es ist schon kurz vor zehn!«

»Wir kommen rein, auch wenn geschlossen ist.«

Sie wußte zwar nicht, wie das gehen sollte, aber sie widersprach nicht. Jack würde schon wissen, was er tat.

»Ich habe dir noch gar nicht dafür gedankt, daß du bei Nacht und Nebel gekommen bist, um dich um die Mädchen zu kümmern.«

»Ich bin ihr Vater.«

Sie betrachtete ihn im Schein der Armaturenbeleuchtung, die klassische Nase, die dicken, im Nacken zu langen Haare, das energische Kinn, und eine Welle der Zärtlichkeit erfaßte sie.

In der Galerie war alles dunkel. Jack klingelte. Nichts rührte sich. Er klingelte wieder – und diesmal ließ er den Finger auf dem Knopf. Nach etwa einer Minute flammte ein Licht auf, und gleich darauf erschien ein alter Mann an der Tür, der eine ablehnende Handbewegung machte und den Kopf schüttelte.

»Meine Frau ist die Malerin, deren Ausstellung hier in den nächsten Tagen eröffnet wird«, erklärte Jack ihm mit lauter Stimme. Sie hatte einen Unfall und liegt an sich im Krankenhaus, aber ich bekam die Erlaubnis, kurz mit ihr hierherzufahren, um ihr zu zeigen, wie ihre Bilder arrangiert wurden.«

Der Mann hob in einer Geste der Hilflosigkeit die Hände.

Jack bedeutete ihm, zu warten. Mit zwei großen Schritten war er beim Wagen, hob Rachel heraus und trug sie zur Tür.

»Sehen Sie den Gips?« rief er durch die Glasscheibe. »Ich erzähle Ihnen keine Märchen.«

»Zeig ihm doch deinen Ausweis«, schlug Rachel vor.

»Das hat keinen Sinn – du trägst ja nicht mehr meinen Namen«, erwiderte er, und Traurigkeit schwang in seiner Stimme mit.

Der Hausmeister betrachtete den Fremden mit der Frau auf dem Arm und hatte schließlich doch Erbarmen.

Dachte Jack zumindest. Aber es wurde lediglich die Tür einen Spaltbreit geöffnet.

»Ich kann Sie nicht reinlassen«, sagte der Mann. »Das würde mich meinen Job kosten.«

»Aber sie ist die Künstlerin – Rachel Keats.« Plötzlich kam ihm der rettende Gedanke. »Schauen Sie im Büro nach. Da liegen bestimmt Plakate – und da ist ihr Foto drauf.«

Der alte Mann schloß die Tür, sperrte wieder zu und schlurfte davon. Kurz darauf kehrte er mit einem Plakat in der Hand zurück und verglich mehrmals das Gesicht darauf mit Rachels. Als er endlich überzeugt war, ließ er die beiden späten Besucher ein.

Jack blieb in der Tür des Ausstellungsraumes stehen und legte mit dem Ellbogen sämtliche daneben untereinander angebrachten Lichtschalter um.

Rachel stockte der Atem. Sie wußte gar nicht, wo sie zuerst hinschauen sollte. Ihr Blick glitt von einem Bild zum nächsten ... »O Gott!« flüsterte sie, als sie begriff. Jack hatte ihre Bilder fertiggemalt! Niemand anderer hätte das auf diese Weise gekonnt! Er hatte es für sie getan!

Von Rührung überwältigt, begann sie hemmungslos zu schluchzen.

Jack setzte sich mit ihr auf einen Stuhl und begann sie wie ein Kind zu wiegen. Sie wollte ihm sagen, wie glücklich sie dieser Liebesbeweis machte, sie wollte ihm sagen, wie sehr sie es vermißte, mit ihm gemeinsam zu malen und daß sie sich wünschte, sie könnten es wieder tun. Sie wollte ihm sagen, daß sie ihn liebte. Aber sie konnte nicht aufhören zu weinen.

Und dann begann er zu sprechen, laut, um ihr Schluchzen zu übertönen, aber trotzdem mit unendlich sanfter Stimme. »Ich hätte mich nie an deine Bilder gewagt, wenn Ben mir nicht, als ich ihn wegen der Ausstellung hier besuchte, so begeistert die Rotluchse gezeigt und so von dem Hintergrund geschwärmt hätte. Im Krankenhaus konnte ich nichts für dich tun, und so beschloß ich, als nichts darauf hindeutete, daß du rechtzeitig aufwachen würdest, um deine Arbeiten selbst fertigzumalen, wenigstens deine Ausstellung für dich zu retten.« Rachels Schluchzen verebbte. »Ich hatte seit vielen Jahren keinen Pinsel in der Hand gehabt, aber die tiefe Verbundenheit, die ich beim Malen mit dir spürte, führte mir die Hand. Es war unglaublich. Ich war plötzlich ein ganz anderer Mensch, fühlte mich herrlich lebendig – und das war der Beginn vom Ende meiner Partnerschaft mit David. Ich bedaure die Zeit mit ihm aus einem einzigen Grund *nicht:* Sie hat mir das Geld eingebracht, um jetzt endlich tun zu können, was ich wirklich möchte: Häuser für Menschen entwerfen, die mir, wenn sie dann darin wohnen, zu Weihnachten eine Karte schreiben – keine bombastischen Objekte für irgendwelche Konsortien. Und ich möchte wieder mit dir malen. Ich möchte in Big Sur leben und mit den Mädchen zusammensein – und ich möchte, daß wir miteinander reden, wie wir es früher getan haben. Ich möchte, daß wir wieder heiraten.«

Rachel hob den Kopf und ihr Blick sagte ihm alles, was er sich zu hören wünschte. Er küßte sie, zuerst ganz zart und vorsichtig, doch als sie sich ihm entgegenhob, ließ er sie spüren, wie sehr er sie in all den Jahren vermißt hatte. Als sie sich voneinander lösten, flüsterte er: »Ich habe nie aufgehört, dich zu lieben.«

»Aber du hast dich von mir entfernt«, antwortete sie mit tränenverschnupfter Stimme. »So weit, daß ich dich nicht mehr erreichen konnte.«

»Ich hatte den Blick für das Wesentliche verloren«, gab er zu. »Das ist mir klar geworden, als ich im Krankenhaus so viel Zeit zum Nachdenken hatte. Aber das wird mir nicht noch einmal passieren.«

»Bist du wirklich aus der Firma ausgestiegen?«

»Ja.«

»Und was ist mit Jill?«

»Ich habe mich von ihr getrennt. Was ist mit Ben?«

»Nichts. Überhaupt nichts.«

»Ich mag deine Freunde.«

»Sie mögen dich auch. Was wirst du mit deinem Haus machen?«

»Es verkaufen. Wir könnten uns auch ein größeres nehmen, aber deines gefällt mir so gut, daß ich das gar nicht möchte.«

»Wirklich? Sagst du das nicht nur so?«

»Wirklich. Ich sage es nicht nur so.«

»Wird dir das Leben, das du dir heute wünschst, auch in fünf Jahren noch gefallen?«

Er wußte, was sie damit meinte. »Auch noch in zehn und in zwanzig – wenn ich nur mit dir zusammensein kann.« Seine Augen wurden feucht.

Rachel strich mit der Fingerspitze über seinen Mund. Ich liebe dich, formten ihre Lippen lautlos, und dann sagte sie es ihm noch einmal mit einem Kuß. Als er endete, spürte sie, das Jacks Arme zitterten.

Der Hausmeister kam nach dem Rechten sehen. Als er das ineinander versunkene Paar sah, zog er sich zurück.